KB114156

이 브 의 정 원

초판 1쇄 찍은 날 § 2005년 3월 17일
초판 1쇄 펴낸 날 § 2005년 3월 27일

지은이 § 김랑
펴낸이 § 서경석

편집장 § 문혜영
편집·및 디자인 § 이종민

펴낸곳 § 도서출판 청어람
등록번호 § 제1081-1-89호
등록일자 § 1999. 5. 31
어람번호 § 제5-0038호

주소 § 경기도 부천시 원미구 심곡1동 350-1 남성B/D 3F (우) 420-011
전화 § 032-656-4452 팩스 § 032-656-4453
http://www.chungeoram.com
E-mail § eoram99@chollian.net

ISBN 89-5831-473-7 03810

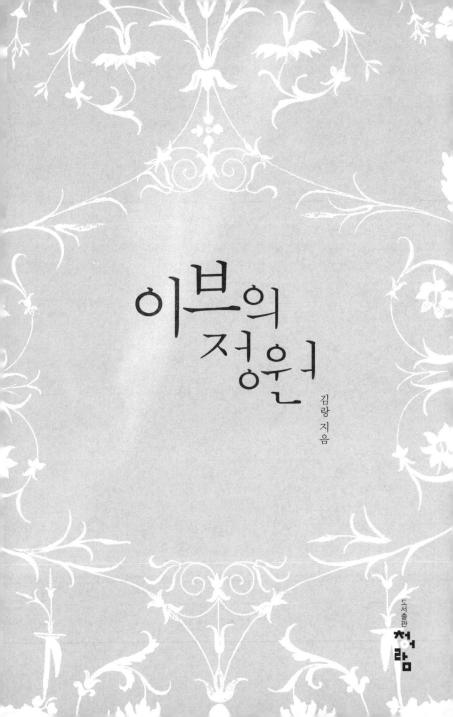

이브의 정원

김랑 지음

도서출판 책람

C O N T E N T S

프롤로그   —섭씨 73℃ • 7

암시   —섭씨 36.9℃ • 11

예감 —섭씨 37.4℃ • 78

미열   —섭씨 37.8℃ • 140

치명적 고열   —섭씨 40.4℃ • 183

심연   —섭씨 34.7℃ • 272

목각인형   —섭씨 35.1℃ • 309

감기   —섭씨 37.9℃ • 367

열병   —섭씨 38.5℃ • 393

알몸으로 마주 보다

—섭씨 36.5℃+36.5℃ • 440

작가의 말 • 450

프롤로그
—섭씨 73℃

도진의 눈에 문득 아름다운 한 여자가 들어왔다.

전면이 광택나는 선팅 처리된 유리창 밖으로 한 여자가 걸어오고 있는 모습이 보였다. 그녀는 유연하고 제법 꼿꼿한 걸음걸이로 카페를 향해 걸어오고 있었다. 도진의 입가에 미소가 감돌았다.

그녀가 카페에 다다랐을 즈음 유리창을 흘낏거리다가 자리에 멈춰 서더니 선팅된 유리창을 거울 삼아 혹시 흐트러진 구석은 없는지 매우 부드러워 보이는 머리카락과 정갈한 옷매무새를 고쳤다.

도진은 유리창 안쪽에서 그녀의 행동 하나하나를 퍽 흥미롭다는 눈길로 감상하고 있었다.

그녀는 별다르게 고칠 매무새가 없음에도 제법 오래 유리창에 자신의 모습을 비춰보다가 만족스러운 듯 싱긋 미소 짓고는 카페 입구를 향해 걸었다. 잠시 후 그녀가 카페 안으로 들어오더니 두리번거리며 누군가를 찾았다.

도진은 여전히 미소를 머금은 얼굴로 그녀를 바라보다가 손을 들어 보였고 그녀가 반가운 듯 눈빛을 빛내며 도진을 향해 걸어왔다.

"일찍 나왔네요."

"한 오 분?"

"도현 씬 오늘도 제시간에 나오지 않겠죠?"

지우가 손목시계를 들여다보며 말했다.

"점심 먼저 할래요?"

"배 고파요, 도진 씨?"

"아뇨, 고프진 않아요."

"그럼 같이 도현 씨 기다렸다가 먹는 거 어때요?"

"그래요, 그럼."

예쁘장하게 생긴 아가씨가 주문을 받으러 왔다.

"저도 커피 주세요."

지우가 말했다.

"이 골목 말고 다음 골목에서 한 십 미터쯤 올라가면 원두커피 집이 있는데 거기 커피 정말 맛있어요."

주문 받으러 온 아가씨가 카운터로 돌아가고 난 후 지우가 도진에게 말했다.

"그럼 거기서 만날 걸 그랬네요."

"아니에요. 거긴 테이크 아웃 커피라 앉을 자리가 없어요. 샌드 위치랑 같이 파는데 맛도 좋고 향기도 기가 막혀요. 수십 종류의 커피를 판매하는데 거기 주인 아저씨가 어디라더라? 커피 잘 만들 기로 유명한 나라에 유학도 갔다 왔대요. 별 이상한 유학도 다 있 다 했는데 마셔보니까 다르더라구요."

"다음에 사드릴게요."

"그래요, 다음에 사줘요."

아가씨가 커피를 가져와 계산서와 함께 내려놓고 돌아갔다.

지우가 커피를 한 모금 마시는데 유리창 밖으로 지나가던 두 여 자가 멈춰 서더니 유리창을 거울 삼아 화장을 고치기 시작했다. 지우는 약간 황당하다는 얼굴로 화장 고치기에 여념이 없는 두 아 가씨를 쳐다보다가 도진을 흘낏거렸다.

"맙소사."

지우가 어이없다는 얼굴로 속삭였고 도진은 키득거리고 웃기 시작했다.

두 여자는 안에서 지켜보고 있는 사람이 있다는 것은 꿈에도 생 각 못한 채 그야말로 열심히 화장을 고쳤다. 지우의 얼굴이 빨개 지기 시작했다.

"아까, 나도 저랬는데……."

지우가 민망한 얼굴로 중얼거리자 도진이 픽 웃었다.

"흉했겠네요."

"귀여웠어요."

"설마요."

"귀여웠어요, 진심으로."

도진이 진심으로 말했고 지우는 얼굴이 뜨거운 듯 손부채질을 하며 이제 화장을 다 고쳤는지 서로 팔짱을 끼고 지나가는 여자들을 쳐다봤다.

"끝났나 봐요."

"그러게요."

지우가 말했고 도진이 중얼거리듯 대답했다.

지우는 여전히 민망한 얼굴로 도진을 쳐다보다가 푹 하고 웃음을 터뜨렸다.

"세상에, 이렇게 망신스러울 수가."

"망신은요, 얼마나 사랑스러웠는데요."

"사랑스러웠다구요? 도현 씨한테 그런 말 한번 들어봤으면 좋겠네요."

"형이 그런 말 안 해요?"

"멋없는 사람이에요, 도현 씬."

지우가 이르듯 말하자 도진이 쓸쓸하게 웃었다.

"사랑스러워요."

"고마워요."

지우가 활짝 웃으며 말했다.

도진은 그때, 그렇게 지우를 사랑하게 됐다.

암시

—섭씨 36.9℃

"형 왜 이렇게 안 오죠?"

지우가 뚱한 얼굴로 창밖을 내다보며 중얼거리듯 물었다. 하긴 도현이 늦는 이유가 도진에게 물어본다고 해서 알아지는 건 아니다. 도진에게 도현이 늦게 오는 이유를 물었다기보다는 기다림에 지루해져 푸념하는 쪽이었다.

지우가 꼭 대답을 원해서 물은 게 아니라는 걸 알고 있는지 도진은 별다른 대답이 없었다.

창밖엔 한겨울 뿌얀 입김을 내뿜는 사람들로 북적거렸다. 여름에나 잘 빠진 몸매를 드러내며 멋을 부린다는 말은 순 거짓말이다. 요즘엔 겨울옷도 얼마나 멋스럽게 만드는지, 겨울이라 해서 칙칙한 색의 두꺼운 외투를 고집하는 시대는 오래전에 지나갔다.

두껍지 않으면서도 보온력이 탁월한, 게다가 밝고 강렬한 형형의 색들이 추위에 오그라드는 몸뚱어리를 멋들어지게 장식해 주고 있었다.

그래서일까? 겨울이라 해서 몸을 사리는 사람은 없는 듯하다. 표정도 매서운 바람에 움츠러들지 않았다. 한겨울에 미니스커트 차림의 아가씨를 보는 일이 이젠 흔해졌으니 말이다. 요즘 싱싱한 젊은 아가씨들은 낮은 기온에 지레 겁을 먹거나 다리를 드러내는 일을 그닥 두려워하지 않는 것 같다. 하긴 멋쟁이들에겐 추위나 더위가 크게 문제되지 않을 것이다. 그들은 어느 계절이든 신체를 적절하게 드러내고 숨기는 방법을 터득하고 있으니 말이다.

지우는 추위를 제법 타는 편이라 이 겨울에 미니스커트는 자신 없었지만, 창밖의 상큼한 미소를 머금고 짧은 미니스커트 아래로 쭉 뻗은 다리를 한껏 뽐내고 있는 아가씨는 전혀 추워 보이지 않았다. 살구색 번들거리는 립글로스가 솜씨 좋게 발라져 있는 입술 속에선 연신 입김이 뿜어져 나오고 있었지만 말이다.

지우의 시선이 도진에게로 향했다. 늘 느끼는 거지만 도진은 옷을 참 잘 입는 남자다. 오늘만 하더라도 도진의 옷차림은 대번에 눈에 띈다. 짙은 쥐색의 가죽점퍼 그 안에는 두껍지 않지만 꽤 따뜻해 보이는 니트 티를 받쳐 입고 목에는 퍽 튀는 컬러의 목도리를 둘렀다. 보통 남자들은 저런 목도리는 부담스러워서 꺼릴 텐데 도진은 오히려 튀는 차림새를 선호했으며 보통 남자들에겐 부담스러울 물건들이 도진에겐 잘 어울렸다.

옷을 잘 입는 남자가 매력적으로 느껴진 것이 언제부터인지 모르겠지만 지우는 그런 도진이 꽤 매력적이라고 생각했다. 도현이 도진의 멋을 따라가 주지 못하는 것이 다소 아쉽지만 말이다.

"정말 늦네."

지우가 다시 중얼거렸다. '늦네'라는 말을 지금 몇 번이나 했을 까. 다른 때도 그랬지만 오늘따라 도현은 지우의 기다림을 몹시도 힘겹게 만들고 있었다.

"언제 제시간에 맞춰서 온 적 있어요?"

도진이 시큰둥하게 대꾸하고는 앞에 놓인 토마토 주스를 한 모 금 마셨다.

도진의 시큰둥한 대답에 어쩐지 썰렁한 느낌의 카페가 더 썰렁 한 느낌이다. 빈자리가 제법 많아서인지 아니면 스팀을 덜 넣어서 인지 오늘따라 카페 안도 따뜻하지 않았다.

"지루하면 가도 돼요."

지우가 미안한 듯이 말하고는 초조한 얼굴로 손목시계를 들여 다봤다.

도진의 말대로 한두 번도 아니고 매번, 언제 제시간에 맞춰서 나온 적 있냐는 말이 과언이 아닐 정도로 도현은 항상 늦거나 늦 다 못해 아예 나타나지 않을 때도 있었다. 기본이 두 시간이었고 어떤 날은 네 시간을 넘게 기다리다 싸운 적도 있었다.

지우 혼자 서너 시간을 기다리게 하기가 무엇 했는지 어느 날부 터 두 사람의 만남에 도진을 슬슬 끼워 넣기 시작하더니 언젠가부 터는 도진과 둘이서 도현을 기다리는 게 자연스러운 일이 되어버 렸다. 가끔 오늘도 도현이 아닌 도진이 먼저 나왔네 하며 짜증이

날 때도 있었지만, 때론 카페 주인 보기 민망할 만큼 혼자 멀뚱히 서너 시간을 죽치느니 도진이라도 있어 다행이다 싶기도 했다.

기다림에 대해 말하자면 네 시간이나 지난 후에도 지우가 기다리고 있을 것이라 믿고 있는 도현에게도 문제가 있었지만, 네 시간이나 잇대어 미련맞게 기다리다 기어이 싸움까지 하는 지우에게 더 문제가 많았다. 기다리다 지루해졌을 즈음 더는 못 기다리겠으니 그냥 간다는 전화를 했으면 부아는 났을망정 싸우진 않았을 것이다. 매번 이렇게 늦는 줄 알면 어느 때부터는 도현이 늦을 것을 계산에 미리 집어넣어 덩달아 약속 시간보다 늦춰 나왔어도 지금처럼 약은 오르지 않을 것이다. 하지만 지우는 항상 미련스러운 성격 그대로, 아니면 오늘은 어쩜 제시간에 나올지도 모른다는 기대감으로, 혹은 오늘도 제때 안 나오면 기어이 되먹지 못한 시간 개념에 대해 교육시키리라 하는 마음에 시간에 맞춰 나오거나 조금 앞당겨 약속 장소에 도착했다. 하지만 늘상 이렇게 혼자 약 올라하고 결국엔 오늘도 약속을 지키지 않았다는 이유로 도현과 말다툼을 벌였다.

지우가 번번이 당하면서도(?) 기어이 약속 시간을 지켜내는 이유는 도현의 무책임한 대꾸도 한몫 거들었다. 약속 때마다 오늘은 별다른 일이 없으니 약속 시간에 나갈 수 있을 것이라 말하고, 지우는 그 말을 곧이곧대로 믿어버렸다. 또 한 가지 문제는 도현이 늦게 오면 늦게 온다는 연락을 하지 않은 것이었는데 도현은 도현대로 꼭 짜맞춘 듯이 피치 못할 사정으로 연락을 하지 못하게 되었고 그렇다 하더라도 두 시간 혹은 네 시간이라는 긴 시간은 도현의 그런 상황을 조금도 이해해 주고 싶지 않게 만들었다.

"시계 좀 그만 들여다봐요. 벌써 열아홉 번이나 봤잖아요."

도진이 슬슬 짜증나는 모양이었다. 아니, 짜증은 기다림이 한 시간을 넘어서면서부터 나기 시작했다.

"도진 씨, 가도 괜찮아요. 나 혼자 기다릴게요."

지우의 말에 도진이 지우를 넘어다봤다. 가도 괜찮다는 말 지금 껏 같이 기다려 준 사람에게 너무 가혹한 말 아니냐는 듯. 하지만 도현은 또 연락이 없고 이렇게 마냥 기다리는 것도 못할 짓인데 도진의 짜증까지 받아주고 싶지 않았다. 차라리 들여보내는 편이 지우에게 한결 편할 듯했다. 그래야 나중에 도현이 나타났을 때 맘 놓고 말싸움이라고 할 수 있을 것이다.

"됐어요. 혼자 놔두고 갔다가 형한테 무슨 소릴 들으라고. 그러 지 말고 이 케이크 먼저 먹자. 나 배고파."

도진이 몹시 배가 고픈 듯 잔뜩 찌푸린 얼굴로 말했지만 지우가 고집스럽게 고개를 가로저으며 완강한 어조로 말했다.

"그럴 순 없어요."

도진이 많이 배고프다는 건 말하지 않아도 알고 있었다. 지우 자신도 몹시 배가 고팠으니까. 저녁 먹을 시간은 훨씬 지나 있었 고, 토마토 주스로 시장기를 달래기에 겨울이라는 계절은 짜부라 진 위장을 더욱 처량맞게 만들었다.

하필 이 추운 날 왜 토마토 주스 따위를 주문했을까. 카페 스팀 도 시원찮은 것 같은데 말이다. 김이 모락모락 나는 코코아나 제 일 흔한 커피를 시켰다면 지금처럼 괜스레 한기가 더 느껴져 그닐

거리진 않았을 텐데. 아마도 그래서 도진이 더 성화일 것이다, 케이크를 먹어치우자고.

하지만 그렇다 하더라도 이건 그냥 케이크가 아니라 생일 케이크다. 도진이 들고 오긴 했지만 도현이 꼭 준비하라고 했다니 그렇다면 도현이 사준 케이크인데 기다리다 배고파 지쳤다고 그냥 먹어치울 순 없었다. 촌스럽다 할진 모르겠지만 초에 불을 붙이고 생일 축하 노래를 듣고 손뼉세례를 받으며 생일 초를 꺼보고 싶었다.

도현을 만나고 세 번째 맞는 생일, 지금껏 한 번도 생일날 도현과 함께하지 못했다. 한 번은 도현이 살인 사건을 해결하느라 지방에 내려가 있었고, 또 한 번은 지우가 수술 스케줄이 있어 수술실에 있었기 때문이다. 도현을 만나서 사랑하한 후 처음으로 함께 생일을 보내는 순간인데 또 이렇게 얼렁뚱땅 넘겨 버리기 싫었다. 하지만 솔직히 지우도 도진만큼, 아니, 그보다 더 짜증이 나 있었다.

그놈의 전화! 휴대폰은 폼으로 가지고 다니는지 어째서 연락이 없느냐 말이다. 늦으면 늦는다고 한마디면 될 텐데 한 통의 전화를 이토록 아쉽게 만들다니 지우는 화가 치밀었다.

"도현 씨가 사준 케이크이기도 하지만 오늘은 도현 씨 만나고 처음으로 같이 보내는 생일이에요. 오기로라도 기다렸다가 오면 같이 먹을 거예요. 배고파 죽는 줄 알았다고 양껏 퍼부어주면서."

지우가 씩씩거리며 말하자 도진이 한숨을 푹 내쉬었다.

"두 시간이나 늦었어요. 형 안 올지도 몰라요. 난 배고파 죽겠다고.”

도진이 일부러 더 힘없는 표정을 지어 보이며 하소연했다. 도진은 과장되게 느지럭거리며 지우에게 압력을 넣었다.

“조금만 더 기다려 봐요. 곧 들어올지도 모르잖아요.”

지우가 다시 한 번 창밖을 내다보며 혹시 도현과 비슷한 그림자라도 찾아지지 않을까 하는 기대에 찬 목소리로 중얼거렸다.

“융통성없는 건 안팎으로 똑같다니깐. 한쪽이 막혔다 싶음 한쪽은 뚫려 있어야 옆에서 보는 사람 숨은 안 막히지. 생일이니 챙겨달라고 사람 불러놓고 고작 오줌 한번 싸버리면 끝장나는 토마토 주스나 먹여주냐고. 난 씹는 게 먹고 싶다고!”

하소연도 통하지 않자 도진이 생짜증이 나는 목소리로 들이댔지만 지우는 입을 꼭 다문 채 구멍이란 구멍은 다 막혀 터진 미련퉁이처럼 고개를 저었다.

“돌아버리겠네.”

도진이 짜증스러워하는 순간에도 지우는 그새 시간이 또 얼마나 흘렀을까 무의식적으로 시계를 들여다보았지만 나오는 건 한숨뿐이었다. 기다리는 것도 기다리는 거지만 실은 자신도 아까부터 배가 고팠다. 지금은 신물까지 올라오려고 했기 때문에 그냥 먹어버릴까 싶은 생각에 약간 흔들렸다.

지우가 옆에 모셔둔 케이크 상자를 슬쩍 내려다봤다. 어느 제과점에서 산 건지는 몰라도 상자가 참 멋졌다. 상자도 이 정도이니 안에 담긴 케이크는 얼마나 예쁘고 멋질까. 그런 케이크에 초를 꽂고 불을 켜고 노래를 부르고······.

누군가 양손으로 위장을 주물러 비트는 듯 쪼르륵 배곯는 소리가 난다. 그냥 도진과 초를 켜고 재빨리 노래 불러 젖히고 먹어버릴까 싶다.

"먹자."

지우가 흔들리는 걸 도진이 눈치챈 모양이다. 쪼르륵 위에서 바람 터지는 소리도 들은 모양이다.

"안 돼요. 도진 씨 가도 돼요. 집에 가서 밥 먹어요."

지우는 잠깐 흔들렸던 마음을 다잡았다. 정말 오기로라도 기어이 기다려야겠다 싶었다.

"두 시간이나 기다려 줬는데 집에 가서 밥 먹으라는 게 말이 돼!"

도진이 갑자기 버럭 소리를 지르자 다른 테이블에 앉은 사람들이 힐끗거리며 쳐다보기 시작했다. 쟤들 조용하더니 갑자기 왜 저러나 하는 얼굴로. 어떤 종류든 싸움 구경은 그 무엇보다 재미난 것이라 다들 눈빛을 반짝거리며 예의주시했다.

"조용히 해요."

지우가 들릴 듯 말 듯한 낮은 목소리로 하지만 얼굴에 뻗쳐 있는 모든 근육을 곤두세워 경고했다.

"먹자고!"

도진이 몽니 사납게 고함을 지르자 지우는 심장이 철렁 내려앉는 동시에 온몸을 빼곡하게 채우고 있는 세포가 일시에 바늘이 돼서 곤두서는 듯한 분노를 느끼며 도진을 죽일 듯이 노려봤다. 노려보긴 도진도 마찬가지였다. 지금 당장 케이크를 올려놓고 먹게

끔 까발려 놓지 않으면 이 상을 뒤엎어버리고 그 망할 놈의 케이크를 개죽으로 만들 태세였다.

다른 손님들의 시선이 더욱 흥미로워졌다. 속물들. 쌈질 구경이 그렇게나 재밌더냐.

지우는 창피함에 빨개진 얼굴로 도진을 노려보다가 실속없는 눈싸움을 그만두고 옆자리에 조심스럽게 모셔두었던 케이크 상자를 테이블 위에 올려놓았다. 그리곤 약간 신경질적으로 상자를 열어 케이크를 꺼냈다. 역시 상상했던 것만큼 기가 막히게 멋지고 예쁜 케이크였다. 이런 케이크를 지우와 함께 주인공 역할을 해주어야 할 도현이 없이 이런 구질거리는 기분으로 남자 친구 남동생한테 면박까지 받아가며 먹어치워야 한다는 게 아깝고 약 올라 미칠 것 같았지만 도진은 더는 물러나 주지 않을 것이고 지우는 창피함에서라도 더는 버틸 수 없었다.

"진짜 치사하다. 두 시간을 같이 기다려 줬더니 집에 가서 밥을 먹으라니."

도진이 해도 너무한다는 듯이 구시렁거렸다.

하긴 터무니없는 푸념은 아니다. 기다린 게 몇 시간인데 말대로 소변 한번 싸버리면 금방 꺼질 토마토 주스 한 잔 먹여놓고 배고파 징징거리는 사람에게 집에 가서 밥 먹으라 했으니 지우도 참 성질 돋우는 말을 했다. 하지만 그래도 그렇다. 친구도 아니고 형의 애인인데, 맘 놓고 퍼대다니. 이렇게 사람 많은 데서 말이다. 것도 반말로.

성질이 뻗치자 파르르 손끝이 떨리고 속눈썹도 파들거린다.

"도현 씨만 오면 태도진 죽을 줄 알아. 형수 될 사람한테 은근히 반말하고 창피하게 소리 질렀다고 다 말할 거야. 도현 씨더러 엎어치기 해서 허리뼈 휘어놓으라고 할 거야."

지우가 매섭게 노려보다 케이크 위에 초를 꽂으며 낮은 목소리로 으르렁거리며 쏴붙였다.

"언젠 반말 안 했어?"

"이젠 하지 마!"

지우가 당장이라도 달려들어 코를 비틀어줄 기세로 쏘아붙였지만 도진은 꿈쩍도 하지 않았다. 저놈의 반말, 초장에 잡아났어야 하는데 그때 자동차 사고로 엄벙뗑 받아주는 바람에 지금까지 무시로 반말이었다.

면허증을 따고 두 달 만에 차를 구입했었다. 지우가 구입했다기보다는 아버지가 사주셨는데 차를 뽑아주시겠다는 말에 곧장 좋다고 했으니 차를 갖고 싶었던 건 부인할 수 없다. 아버지와 어머니는 당연히 외제 차를 생각하셨지만 수련의 신분으로 외제 차를 몰자니 좀 도가 지나친 것 같아 도진에게 국산 차 중 괜찮을 걸로 골라달라 했었다. 도진은 자동차 회사 신차 개발 연구팀에 있었고 차에 대해서는 누구보다 잘 아는 사람이었다. 게다가 도진은 도현의 동생이었고 도현과 만날 때마다 늘 함께해서인지 친근하면 친근했지 거부감은 없었다. 도진은 형과 사귀는 사람이어서인지 지우에게 늘 친절하고 다정했기에 지우가 부탁하면 다른 사람에게보다는 훨씬 더 신경 써서 골라줄 것도 같았다. 생각했던 것처럼 도진은 무척이나 신중하게 지우의 첫 차를 골라주었다. 도진은 값은 좀 센 편이지만 튼튼하고 잔고장이 적은, 한마디로 몰고 다니면 폼나는 차라며 중형세단을 권했다. 그 역시 수련의가 몰고 다니기엔 좀 과한 차종이긴 했지만 펄이 약간 섞인 듯한 화이트 색상의 차를 봤을 때 지우는 마음에 쏙 들어 그 자리에서 계약했다.

도진이 방금 생산된 차를 병원으로 가져왔다. 지우는 도진과 함께 차의 기능과 계약 때 주문했던 옵션 등을 점검했다. 도현에게 전화도 걸어 차가 너무 좋다며 구경시켜 줄 테니 만나자고 늘어지게 자랑도 했다. 그리곤 처음으로 차를 몰고 도로로 나갔다.

차는 나온 모습 그대로가 제일 좋아 외관에 장식하는 걸 별로 좋아하지 않는다는 지우의 말에 도진이 맞장구를 치며 그저 성능 좋은 카 오디오나 하나 달았으면 좋겠다, 겨울엔 양모로 된 시트를 사다 씌우면 어떨까 뭐 이런 대화들을 주고받으며 도로를 달렸다. 아니, 솔직히 거의 기어갔다는 게 맞는 표현이었다. '내 차'를 산 후 처음 운전이었고 또 두 달이나 도로주행 연습을 했지만 그래도 아직은 많이 겁나고 떨렸기 때문이다.

도진의 오른쪽 깜빡이, 왼쪽 깜빡이, 브레이크 살살 밟고, 기어는 중립에 넣고, 뭐 이런 듣기 싫지 않은 잔소리를 들으며 기념으로 도현의 경찰서까지 아예 가버리자고 하며 신호 대기 중에 있을 때였다. 몸이 풀쩍 뛰어올랐다가 내려간다 싶었는데 어떤 망할 인사가 갓 뽑혀 나온 새 차를 들이박은 것이다. 단지 들이박혔다는 사실 하나로도 지우는 벌벌 떨기 시작했다. 다친 곳이 있나 없나를 챙겨보기도 전에 사고가 났다는 것만으로도 심장이 발작을 일으킨 것이다.

"괜찮아요?"

"모르겠어요. 사고난 거죠?"

"살짝 부딪쳤어요. 아픈 데 있어요?"

"아뇨, 모르겠어요."

핸들을 잡은 채 지우가 오들오들 떨고 있는데 도진이 내려봐야 할 것 같은데, 라고 말했다.

지우가 떨리는 손 때문에 안전띠도 못 풀고 있는데 뒤에서 받은 사람이 먼저 차에서 내려 지우의 차로 다가왔다. 그는 유리창 밖에서 뭐라고 떠들어댔지만 무슨 소린지 알아들을 수가 없었다.

"미친 새끼 아니야?"

도진이 욕지거리를 하더니 차에서 내렸다. 도진이 차에서 내려 뒤로 가더니 뒷차와 부딪친 곳을 먼저 살핀 후 차를 한 바퀴 돌아 사고를 낸 당사자에게 갔다.

지우가 여전히 덜덜 떨리는 손으로 가까스로 안전띠를 끌르는데 도진의 고함 소리가 들렸다.

"이 양반이 무슨 말도 안 되는 소리야? 출발하는 것 같아서 출발했다니? 당신, 신호 안 봐? 당신, 운전할 때 신호도 안 보고 앞차 똥구멍만 보고 운전해?"

이건 또 무슨 곡할 소린지. 사고를 낸 사람이 무슨 애먼 소리를 했기에 도진이 저토록 화를 내는 걸까. 지우는 차사고가 나면 100% 자기가 잘못했어도 몰상식하게 구는 치들이 꼭 있다더니 저 치가 그런 모양이라고 생각하며 놀란 가슴을 진정시키려고 에쓰며 차에서 내렸다.

"난 분명히 앞차가 출발하길래 출발한 건데 급브레이크를 밟았잖아!"

진짜 곡할 소리를 지껄이고 있었다.

"이 양반아, 기어를 봐, 중립에 있잖아. 저쪽 신호 다음에 우리 신호가 아니라 왼쪽 신호가 들어오는데 미치지 않고서야 우리가 왜 출발을 하냐고! 우리 와이프가 운전 하루 이틀 한 것도 아니고 신호도 제대로 못 볼 줄 알아?"

"이보세요, 아저씨!"

지우가 파르르 성질이 돋친 얼굴로 새 차 뒤꽁무니를 들이받은 남자를 외쳐 불렀다. 새 차라고 키를 받은 지 삼십 분도 안 됐는데, 그런 차에 흠집을 내놓고 뭘 잘했다고 야단인지 지우는 분해서 참을 수가 없었다.

"당신, 들어가 있어."

도진이 지우를 막아섰다.

"초보인 척하면 절대 안 돼."

도진이 지우의 귀에 재빨리 속삭였다.

"어서 당신은 들어가 있어."

도진이 다시 말했고 지우는 생떼를 쓰고 있는 남자를 노려보다가 못 이긴 척 차에 올라탔다.

"초보인 척하면 안 되는구나."

운전석에 오른 지우가 혼잣말로 중얼거리는데 언제 나타났는지 교통경찰이 도진과 남자 사이에 끼어들었다. 그러자 남자는 언제 생떼를 썼냐는 듯이 한풀 꺾이더니 순순히 합의를 보겠다고 했고 오늘 삼십 분 전에 공장에서 나온 새 차라는 말에 뜨끔해하며 수리비를 전액 보상하겠다고 했다.

누가 운전자였냐는 교통경찰에게 지우가 면허증을 보이고 쌍방간에 합의를 본 후 도현이 있는 경찰서가 아니라 자동차 회사 A/S 센터로 향하며 지우는 어이가 없어 웃고 말았다. 재수도 없지, 새 차를 뽑자마자 사고가 나다니.

A/S 센터로 갈 때는 도진이 운전을 해야 했다. 지우는 사고 후유증으로 핸들을 잡기가 두려웠기 때문이다.

"있잖아요, 아까."

"뭐요?"

"그 아저씨한테 우리 와이프가 운전 하루 이틀 한 것도 아니고 할 때 말이에요. 그때 하마터면 웃을 뻔했어요."

"초보인 척하면 그런 놈들 십중팔구 물고 늘어지거든."

"정말 이상한 사람이야."

"그런 놈들 많아요."

"우리 와이프가 그런 것도 웃겼어요."

"내 형의 여자 친구가, 그렇게 일일이 설명하면 말만 길어지잖아요."

"그렇긴 하죠."

"괜찮아요?"

"괜찮지 않아요. 금방 나온 새 차가 긁혔는데 어떻게 괜찮겠어요."

"액땜했다 생각해요. 앞으로 절대 사고 안 날 거야."

"그랬으면 좋겠네요. 그래도 성질나요."

"날 만하지."

그때부터였다, 그전까진 깍듯하게 존대하던 도진이 슬슬 말을 놓기 시작한 것이. 그때부터 오늘까지 무시로 반말이다.

"이리 내. 자기 생일 케이크에 자기가 왜 초를 꽂아?"

도진이 지우에게서 초를 빼앗더니 케이크에 지우의 나이만큼 초를 꽂기 시작했다.

"반말하지 마요, 태도진 씨. 나 형수 될 사람이에요."

"아직 형수 아니잖아. 그리고 나보다 두 살이나 어리잖아."

"두 살이 아니라 열두 살이 어려도 형수 될 사람한테는 존댓말을 해야 하는 거야, 이 멍충아. 아니꼬우면 동생 하지 말고 형님하든지."

지우가 밉살맞아 죽겠다는 얼굴로 퍼부어대자 도진이 어이없다는 듯이 지우를 쳐다봤다.

"넌 신랑 동생한테 멍충이라 하냐? 나도 형한테 다 말할 거야. 형뿐이 아니라 엄마, 아부지한테 모조리 다 고해 바칠 거야."

"말해, 다 말해. 난 그런 적 없다고 딱 잡아뗄 거고, 내가 도진 씨보다 두 살 어리다는 거 알고부터 도현 씨 없을 땐 줄곧 반말했고, 내 생일날 두 시간 기다려 준 것 갖고 이렇게 사람 많은 데서 소리 질러 나 너무 창피하게 만들었다고 나도 다 말할 거야."

지우가 발딱 일어설 듯 쏴붙이는데 도진은 천연덕스레 초에 불을 밝히고 있다. 케이크 위에 꽂힌 초가 맘 설레게 하는 특유의 빛을 반짝거리며 빛나고 있었다.

"조명 좀 줄여달라고 할까?"

도진이 불쑥 물었다. 남 잔뜩 흥분시켜 놓고 별일없었던 것처럼 조명 줄여달라고 한다니. 사람 약 올리는 데 뭐 있다.

"됐어."

지우가 눈을 흘기며 쏘아붙이자 도진이 픽 웃었다.

"생일 축하합니다. 생일 축하합니다."

도진이 낮은 목소리로, 하지만 너무나 부드럽게 가벼운 박수까지 치며 생일 축하 노래를 해주었다. 지우는 혹시나 도현이 오고 있는 중일지도 모른다는 생각에 창밖을 살폈지만 그의 모습은 여전히 보이지 않았다.

"사랑하는 우리 지우 생일 축하합니다."

도진의 생일 축하 노래가 끝났다. 도진의 부드럽고 나지막한 목소리는 솔직히 참 듣기 좋았다. 근사했다. 하지만, 하지만 사랑하는 우리 지우라니. 그건 아닌데, 그건 도현이 해야 하는데. 도진이라면 어떻게 불렀어야 하는 걸까. 사랑하는 우리 지우가 아니라 사랑하는 우리…… 마땅히 붙일 만한 호칭이 없다. 우리 형수? 결혼을 하지 않았으니 형수는 너무 이르고 그렇담 사랑하는, 은 집어치우고 그냥 지우 씨? 것도 조금 어색했다. 하지만 어쨌거나 사랑하는 우리 지우는…… 도진이 해서는 안 될 말이다.

지우는 약간 이상한 기분이 들었지만 태평스러운 시선으로 어서 생일 초를 끄라고 고갯짓을 하고 있는 도진을 보자 깊이 생각할 필요 없이 그저 일반적인 생일 축하 노래를 불렀을 뿐이라고 생각하자 싶었다.

지우는 초와 도진의 얼굴을 번갈아 쳐다보다가 도현이 아니라 도진과 생일을 보내게 된 것에 또다시 화가 치밀어 별로 예쁘지 못한 표정으로 대충 입 바람을 불었다. 앞에 도진이 아니라 도현이 앉아 있어야 하는데…… 사랑하는 애인은 나타나지도 않고 그저 애인의 동생인 남자와 이러고 있다니.

"침 튄다."

"더러우면 먹지 마."

지우가 아까보다 더 거칠게 입 바람을 불어대는데도 불은 악착같이 심지에 매달려 꺼지려고 하지 않았다. 밉살맞은 초 같으니라고. 불이 붙여진 이상 온몸을 녹여 고운 형체가 으스러지도록 버텨보겠다는 심사인 모양이다.

"것도 한 번에 못 끄니?"

도진이 케이크 가까이 얼굴을 들이대더니 후욱 하고 바람을 내불었고 도진의 입 바람 한 번에 남아 있던 초가 모조리 꺼져 버렸다.

"봤지?"

"내 생일인데 도진 씨가 왜 초를 다 꺼요?"

"침만 튀기고 빌빌거리며 못 끄길래 도와줬더니."

"입심 세서 좋겠다."

지우가 잘근잘근 씹듯이 내뱉었다.

"형 앞에선 머쉬멜로우처럼 부드럽게 굴면서. 야, 놀랍다."

"도진 씨, 계속 반말할 거예요?"

지우가 정색을 하고 노려봤다.

"생일 축하해!"

도진이 예고없이 터뜨린 폭죽에 지우가 깜짝 놀랐다. 그 후 도진이 힘껏 박수까지 쳐주었지만 지우는 한 가지도 마음에 드는 게 없다는 얼굴로 입술을 실룩거렸다. 그때 도진이 몸속에서 작은 상자를 꺼내 내밀었다.

지우가 도진의 손바닥 위에 놓여 있는 앙증맞고 제법 고급스러워 보이는 상자를 집요하게 쳐다봤다. 저 상자를 투시해 안에 무엇에 쓰는 물건이 들어 있는지 맞히고야 말겠다는 듯.

"설마 선물은 아니겠죠?"

지우가 짐짓 선물에 금세 혹하는 성격이 아닌 것처럼 가장하며 물었다.

"그럼 뇌물이겠냐?"

"정말 선물이에요?"

조금 전까지 노려보며 씩씩거리던 것도 잊은 채 참 바보스럽게도 지우 얼굴이 활짝 펴진다.

"얼굴이 단박에 바뀌냐?"

"모른 척해주면 좋았을걸."

"알았어, 모른 척할게."

"이미 면박 주고선 뭘 모른 척해요."

지우가 도진의 손에서 상자를 낚아챘다.

"도현 씨가 도진 씨 편에 보낸 거죠? 그럴 줄 알았어."

지우가 상자를 만지작거리며 말했다.

"지금 열어봐요?"

"맘대로 해요. 난 이 케이크나 먹어야겠으니까."

도진이 퉁명스럽게 대꾸하고 케이크에 꽂혀 있던 초를 뽑아 한쪽에 치우는 동안에 지우는 포장지를 뜯고 상자를 조심스럽게 열었다. 상자 안에는 너무나 예쁜 목걸이가 들어 있었다.

"목걸이에요."

"그럼 그게 목걸이지 허리띠겠어? 여기요! 접시랑 포크 좀 줘요!"

도진이 종업원을 향해 손까지 들며 큰 소리로 말하자 카페 안에 있던 사람들의 시선이 일시에 도진과 지우에게 쏠렸다. 지우가 사람들 시선 끌 생각 조금도 없으니 목소리 좀 낮춰주면 고맙겠다고 재빨리 지껄인 후 상자에서 목걸이를 꺼내 손바닥 위에 올려놓았다.

목걸이는 지우의 눈동자 안에서 반짝거리며 빛을 내고 있었고, 도진은 지우의 눈동자 속에서 마치 원래부터 박혀 있었던 것처럼 광채를 발산하고 있는 목걸이를 바라보고 있었다. 지우의 눈동자를 보는 것인지, 아니면 눈동자 속에서 맑고 투명하게 몸부림치고 있는 목걸이를 보고 있는 것인지는 알 수 없었다. 지우의 눈동자는 목걸이와 똑같이 빛나고 있었고 모두 아름다웠다.

"정말 예쁘다."

입가에 행복한 미소가 걸린 지우가 감격한 목소리로 말했다.

"나 이렇게 예쁜 목걸이는 처음 보는 것 같아요. 우리 도현 씨, 이런 것도 너무 잘 고르는 것 같아요."

도진은 지우의 눈동자에서 시선을 거두곤 지우의 말은 들리지도 않는지 접시하고 포크 달란 게 언젠데 아직도 안 갖고 오는 거냐며 낮은 목소리로 욕설을 뇌까렸다.

그러나 지우 역시 성질을 부리고 있는 도진에겐 전혀 무관심한 채 목걸이에만 정신이 팔려 있었다. 흠집이 날까, 지문 자국으로 맑은 광채를 잃을까 전전긍긍하며 마음껏 주물러 보지도 못하고 손바닥 위에 올려놓은 채 바라보기만 했다.

"도현 씨한테 이런 재주가 있는지 몰랐네요."

"안목이 높다는 말인가?"

"도진 씬 남자라서 잘 모르는 모양인데, 남자가 이런 디자인 고르기 쉽지 않아요."

"점원이 골라줬을지도 모르죠."

"그런가? 하지만 그래도 좋아요."

지우가 싱긋 웃는데 도진이 다시 포크랑 접시를 달라며 소리쳤다. 이번에도 카페가 쩌렁쩌렁 울리도록 소리를 쳐댔기 때문에 다시 한 번 시선이 집중됐고 지우는 정말 못 참아주겠다는 얼굴로 도진을 노려봤다.

"왜 심통 부려요? 나 너무 좋아하는 것 같아 보기 싫어요?"

"너무 좋아해도 돼요."

"그런데 왜 소리를 질러대요?"

"포크 달라고 한 게 언젠데 아직도 안 가져오잖아. 배고파 죽겠는데."

노신이 무슨 이따위로 손님 말 안 들어주는 카페가 다 있냐는 얼굴로 말했고 그리고 보니 그렇게나 큰 소리로 접시 달라는데 여태껏 무성의하게 구는 종업원들도 어지간하다 싶어 달리 잔소리도 못했다.

"실은, 나 목걸이 선물 처음이에요. 내가 산 건 몇 개 되지만 선물은 처음이에요."

"형이 목걸이 안 사줬어요?"

도진의 물음에 지우가 고개를 끄덕였다.

"삼 년 사귀고 곧 결혼할 거라면서 목걸이 하나도 안 사주대?"

도진은 도현이 한 번도 지우에게 목걸이나 반지나 뭐 그런 액세서리를 사주지 않은 것이 이상한 모양이다. 하지만 지우는 지금까지 그런 선물을 하지 않았다고 해서 도현을 성의없는 사람이라거나 자신을 향한 사랑이 깊지 않다는 그런 의심은 해본 적이 없었다.

"형사가 무슨 돈이 있어요? 그리고 지금 이렇게 사줬잖아요."

지우가 말했고 도진은 퍽도 좋겠다는 얼굴로 비웃었다.

그제야 종업원이 접시와 포크를 가져다 주자 도진은 전혀 고맙지 않다는 듯 무뚝뚝한 얼굴로 받아 들고는 접시에 케이크 조각을 덜어 지우에게 주었다.

"먹어. 형 기다리다 시체 되기 전에 우선 먹고 보자고."

"고마워요."

케이크 접시를 받아 들긴 했지만 지우는 케이크에는 관심이 없었다. 여전히 목걸이에서 눈을 떼지 못했다. 아니, 목걸이를 보는 순간부터 배가 고프다는 것도 잊고 말았다.

"도현 씨가 바쁜데 언제 가서 샀을까요?"

"비싸 보이지도 않는데 뭘 그렇게나 좋아해요?"

"비싸지 않아도 좋아요. 난 목걸이 선물 받는 게 처음이라 너무 좋아요."

지우가 해맑게 웃으며 말했고 도진은 소리없이 한숨을 내쉬었다.

"그런데 이 목걸이 굉장히 비쌀 것 같은데…… 도현 씨한테 그럴 만한 여유가 있나?"

지우가 혼자서 중얼거리며 목걸이를 만지작거리는데 도진이 지우를 바라봤다.

"형이 어디가 좋은 거예요?"

도진의 물음에 지우는 그걸 질문이라고 하냐는 듯이 픽 웃었다.

"다 좋아요. 그런데 갑자기 그건 왜 물어요?"

"뭐가 다 좋아? 삼 년 동안 만난 여자한테 목걸이 하나도 안 사준 남자가 뭐가 좋아?"

"지금 사줬잖아요. 그리고 결혼할 때 반지랑 목걸이랑 다 사준다고 했단 말이에요."

"예물?"

도진의 말에 지우가 고개를 끄덕였고 도진은 황당하다는 듯이 웃었다.

"예물도 선물인가?"

하지만 도진이 뭐라고 하든 지우의 감동을 퇴색시키진 못했다.

"하여든 형이나 형수 될 사람이나 똑같다니깐."

도진이 뭐라고 놀리든 지우는 목걸이를 만지작거리다가 나 이

거 해보고 싶은데, 라고 중얼거리며 목에 두르기 위해 고리를 한쪽씩 붙잡고 목 뒤로 둘러 고리를 맞춰보려고 꼼지락거렸다. 바로 끼워질 줄 알았는데 고리와 구멍이 금세 안 만나지는지 자꾸 엇나갔다. 몇 번이나 해봤지만 계속 엇나가자 고리와 구멍이 잘 만나도록 고쳐 잡은 후에 다시 걸어보려고 하는데 도진이 벌떡 일어나더니 옆자리로 와서 앉았다.

"이리 줘봐요."

도진이 지우에게서 목걸이를 거의 뺏다시피 받아 들더니 귀찮은 듯한 말투로 돌아앉으라고 했다. 지우가 조금 미안하면서도 그거 하나 해주는 것 가지고 되게 잰 척하네 하고 생각하며 돌아앉자 도진이 지우의 목 앞으로 팔을 둘렀다가 고리를 잡고 채워주었다.

"목걸이도 안 채워주는 남자 뭐가 좋다고 부잣집 아가씨가 돈도 못 버는 형사나리를 좋아하는지 참 이해를 못하겠다니깐."

"그 형사나리가 도진 씨 형이에요. 형을 왜 그렇게 씹는 거예요?"

"형을 씹은 게 아니라 아가씨를 씹은 겁니다. 바보 같아서."

"나 바보 아니에요. 그리고 도현 씨 앞으로도 계속해서 내 사랑을 받을 테니 그만 해요."

지우가 가방에서 콤팩트를 꺼내 목에 걸린 목걸이를 들여다봤다. 정말 잘 어울리는지 어떤지 모르겠지만 하여튼 목에 매달려 반짝거리는 목걸이는 너무나 예뻤다. 카페 조명 때문일지도 모른다. 목걸이 선물을 받았다는 행복함에 젖어 조건없이 예뻐야 한다고, 예쁘다고 주문을 걸었기 때문일지도 모른다. 어쨌든 목걸이는 예뻤고, 그리고 자신과 잘 어울리는 것 같았다.

"정말 잘 어울리는 것 같죠?"

흥분했는지 지우가 필요 이상 높은 톤으로 물었고 도진이 픽 웃었다.

"그 말은 남이 해줘야 하는 거 아닌가?"

"내가 봐도 잘 어울리니까 그렇죠."

"잘 어울리네."

도진이 막 일어나서 자신의 자리로 돌아가려는데 종업원이 즉석카메라를 들고 앞에 서 있었다.

"오늘 생일이시죠? 두 분 다정하게 앉으세요. 사진 찍어드릴게요."

아무래도 접시를 늦게 갖다 준 것이 마음에 걸린 모양이다. 난데없이 폴라로이드 카메라를 들고 나타나 사진을 찍어주겠다고 하니 말이다. 종업원의 말에 지우가 당황한 얼굴로 우린 연인이 아니라고 말하려는데 도진이 다시 자리에 앉더니 지우의 어깨에 척하니 팔을 둘렀다.

"잘 찍어야 해요. 우리 지우 예쁘게 나오게 해줘요."

"걱정 마세요. 조금 더 다정하게 포즈 잡아보세요. 여자 분, 좀 웃으세요."

도진의 황당한 행동과 종업원의 재촉에 꼼짝없이 사진을 찍게 생긴 지우는 다른 사람노 아니고 도진이니까 도현이 이해힐 거라 생각하며 살짝 웃었다. 지우는 필요 이상 도진과 가깝게 앉지 않으려고 하는데 도진이 제법 강한 힘으로 지우를 끌어당겼다.

"그만 당겨요."

"웃어봐."

"찍을게요."

종업원이 하나 둘 셋을 헤아리기 시작했고 지우는 기왕이면 예쁘게 찍자 싶어 활짝 웃는데 종업원이 셋 하는 순간 도진이 지우의 볼에 입을 맞추었다. 즉석카메라가 아직 인화되지 않은 필름을 토해냈고 종업원이 몇 번 흔들다가 도진에게 건넸다.

"생일 축하드립니다. 좋은 시간 되세요."

종업원이 매너 좋게 인사를 건네고 사라지자 도진이 씩 웃으며 이제야 인화가 된 사진을 들여다봤다.

"놀란 토끼네."

"이리 줘봐요."

지우가 도진에게서 사진을 빼앗아 들여다봤다. 서서히 또렷해지고 있는 사진 속의 두 남녀는 도진과 자신이었고 도진이 지우의 볼에 입을 맞추고 있었다. 지우는 도진의 말대로 놀란 토끼 눈을 하고 있었다.

"무슨 짓이에요?"

지우가 낯을 찡그리며 따지자 도진이 웃으며 자기 자리로 돌아갔다.

"생일이야. 생일엔 원래 이러고 노는 거야. 재미없는 형하고 놀더니 지우까지 재미없어졌네."

"누가 생일에 이러고 놀아요? 그리고 이건 연인들이 하는 거지,

장차 형수와 도련님 될 사람들이 하는 짓이 아니라구요."

"장차 형 마누라가 될 거지 지금 형 마누라가 된 건 아니잖아."

"태도진 씨, 지금 농담하는 거예요?"

"찡그리지 마. 난 재밌게 해주려고 한 거야. 싫었어도 할 수 없어. 끝났어."

도진이 능글거리게 말하고는 케이크를 집어 먹었고 지우는 도진의 지나친 장난기에 화가 나서 노려보고 있었다.

"케이크 먹다 체하겠네. 내가 사과할 테니 그만 노려보고 케이크나 드세요."

"앞으론 그러지 말아요."

"내년 생일 되기 전에 결혼할 건데 이럴 일이 또 있겠수?"

도진의 말에 지우가 개운하지 않은 표정으로 입술을 깨물며 다시 사진을 들여다보는데 도진이 사진을 빼앗아갔다.

"이건 내가 버릴게. 지우 씨 갖고 있어봤자 형한테 보여주지도 못할 거고. 가만 생각해 보니 형한테 걸리면 나 진짜 허리뼈 휠 것 같거든."

"……알았어요."

지우도 아예 버리는 게 좋겠다고 생각했다.

'버릴 사진은 뭐 하러 찍어서는…….'

그때 휴대폰이 울렸고 분명 도현일 거란 생각에 얼른 받았다.

"도현 씨?"

[그래, 미안해. 많이 기다렸지?]

"지금 와요?"

[아니, 미안해. 아무래도 못 갈 것 같아. 지금 사건 현장인데, 빠질 수가 없어.]

"못 와요?"

지우의 얼굴이 서운함으로 구겨졌다.

[미안하다. 우리 내일 만나자.]

"나 내일부터 정말 바쁜데……."

[그래? 미안해서 어쩌지? 도저히 갈 수가 없어서 그래.]

"정말 못 와요?"

지우가 약간 신경질적으로 물었다.

[정말 미안해.]

지우는 점점 화가 나려고 하는 것을 가까스로 눌러앉혔다. 바로 앞에서 도진이 보고 있으니까.

"알았어요. 할 수 없죠 뭐."

[도진이 있지?]

"네."

[도진이하고 저녁 먹어.]

"그럴게요."

지우는 시무룩한 얼굴로 전화를 끊고 한숨을 내쉬며 삼 분의 일이나 잘려 도진의 입속으로 들어간 케이크를 쳐다봤다.

"못 온대요?"

"네."

지우의 가슴에 서운함이 한 움큼 부딪쳐 왔다. 서운함이 극에 달해 콧잔등이 빨개졌다. 마치 한마디만 더 하면 울음을 터뜨릴 듯이.

서운했다. 도현은 늘상 이런 식이다. 언제나 바쁘고 약속에 늦
게 나타나고 기다리다 지칠 때쯤 일이 생겨 못 온단다. 많이 서운
했다.

'오늘은 내 생일인데. 다른 날이라면 몰라도 부모님과의 저녁
식사도 물린 채 기다리고 있었는데…….'

서운함의 한숨을 길고 또 길게 내쉬었다. 서운함이 심해지자 가
슴은 삽시간에 분노에 휩싸였다. 나쁜 사람, 정말 화나게 하는 사
람.

도진이 지우의 우중충해진 얼굴을 바라보다가 케이크를 상자에
집어넣고 주섬주섬 소지품을 챙기기 시작했다.

"우리 심야 영화 볼래요?"

도진의 말에 지우가 고개를 들고 도진을 쳐다봤다.

영화? 지우는 영화를 볼 기분이 아니었다. 서운함이 극에 달하
니 화가 났고, 화가 나는데 풀지를 못해 속에선 요란한 반항이 불
쑥 대가리를 치켜들고 있었다.

당장 전화해서 따질까 싶었다. 뭐 이러냐고, 번번이 왜 이러냐
고. 정말 화가 나서 못 견디겠다고 퍼부어 버릴까, 세상 도둑놈 혼
자 잡으러 다니냐고, 다른 날은 참아줬는데 오늘은 못 참아주겠다
고 따져 볼까 싶었다. 그런 사람한테 심야 영화? 지우의 성격에 이
런 기분으론 영화 절대 못 본다. 한 장면 한 장면 곱씹어가며 이
장면에 이 대사는 아주 훌륭하고, 저런 징면은 대체 왜 필요한지
딴에는 철저하게 분석해 가며 보는 취향이라 이런 기분으론 안 된

다. 아마도 무슨 내용인지는 전혀 파악하지 못할 것이고 심하면 출연한 배우가 누군지도 모를 것이다. 성질 같아선 어디 가서 실컷 샌드백이나 두들겨 줬음 싶다.

"형은 못 오고 내가 오늘 형 대신 데이트 상대 해줄게요."

도진이 마치 자신이 약속을 어기고 아예 나타나지 않은 사람처럼 미안한 목소리로 말했다.

"……."

도진이 애를 썼지만 지우에게는 조금도 도움이 되지 못하고 있었다. 계속해서 당장에 전화를 걸어 따져 볼까, 이참에 지금껏 서운했던 일 옛날 옛적에 있었던 케케묵은 일까지 다 끄집어내 화풀이를 해버릴까 치열하게 고민 중이었다. 배고픈 걸 참고 참아가며, 자기 동생 배고파 퍼대는 것도 다 받아주며 기다렸는데…….

"형한테 비하면 형편없는 상대지만 인물은 내가 더 좋잖아."

도진이 지우의 구질거리는 기분을 풀어주기 위해 우스갯소리를 하자 가만 듣고 있던 지우는 황당해서 어이없어하며 픽 웃었다. 도진이 농담으로 한 소리라는 걸 알고 있는데, 그래서 픽 웃으면서도 어이가 없다.

"인물도 도현 씨가 더 좋아요."

"열이면 열 다 내가 더 잘생겼다는데. 심하네, 진짜."

"영화 보기 싫어요. 그냥 집에 갈래요."

영화는 생각이 없었다. 목걸이를 보고 가라앉았던 시장기는 도현이 오지 못한다는 말에 다시 기세등등하게 뱃속 밥통을 걷어차기 시작했다. 배는 갑작스럽게 고픈데 먹으면 체할 것 같고 그냥 집으로 가는 게 제일 좋을 듯했다. 집에 가서 조용히 생각을 정리해서 퍼부어볼까 하는 생각도 들었다. 지금은 흥분 상태라 조리있게는커녕 무턱대고 퍼부어대기만 할 것 같으니 차근차근 지금껏 어떤 것들로 나를 서운하게 했는지를 따지려면 집에 가는 동안이라도 시간을 버는 것이 좋을 듯했다. 제대로 싸우기 위해 시간을 번다는 얘기가 조금 우습지만 하여튼 어떤 말을 어떻게 할 것인가를 미리 준비해 두면 빠뜨리지 않고 다 까발릴 수 있을 것 같았다. 이왕에 작정하고 퍼붓는 거, 지금껏 다 봐줬지만 봐주다 봐주다 처음으로 퍼붓는 거 제대로 퍼대보자 싶었다.

"그러지 마."

가방을 들고 일어나려는 지우의 손을 도진이 붙들었다.

"그냥 가버리면 나 형한테 욕먹어. 저녁 먹고 영화 보자. 고분고분하게 할게. 아까처럼 장난 안 칠게."

"애쓰지 말아요. 나 도현 씨한테 너무 화가 나서 영화가 눈에 안 들어올 것 같아서 그래요. 화나려는 게 아니라 정말 화가 많이 났어요. 생각 같아선 당장 경찰서로 쳐들어가서 악쓰고 따지고 싶지만 경찰서 가봤자 보는 눈들이 있어서 싸우지도 못할 것 같고 이렇게 된 거 집에 가는 길에 시나리오 다 짜놓고 한번 붙어보려구요. 나 싸움 준비하러 가는 거니까 영화 얘기 꺼내지 말아요."

"그럼 나랑 같이 가서 악쓰고 따질까? 뭐 이따위 애인이 다 있냐고, 그럴 거면 관두자고 해버릴까?"

"정말 그러고 싶어요. 다 관두고 싶다구요."

지우가 몹시 화가 난 얼굴로 말했다.

"그럼 관둬요."

도진이 말했고 지우는 이 사람 농담하는 거야, 진심으로 하는 거야? 도현보다 이놈이 더 나쁜 놈 아니야? 하는 얼굴로 도진을 노려봤다.

"관둘 생각 없어요."

"제길, 농담도 한마디 못하겠네."

도진이 김샌다는 듯이 말했고 지우는 그런 농담은 전혀 즐겁지 않다고 구시렁거렸다.

"그렇게나 맹해서야 의사 하겠어?"

도진이 곧이곧대로밖에는 받아들이지 못하는 지우를 탓했지만 맹하든 어쩌든 지우는 그런 농담은 싫었다. 물론 농담인 줄도 알지만 하여튼 싫었다. 도현과의 관계를 인정받기까지 부모님과 얼마나 치열하고 괴로운 전쟁을 벌였는지 관둔다 헤어진다 하는 이런 비슷한 얘기만 들려도 속이 울렁거릴 지경이었다. 어떻게 얻은 사랑인데, 어떻게 얻어낸 결혼 승낙인데 도현과의 관계는 농담거리가 절대 될 수 없었다. 섬뜩하고 가슴이 울렸다.

"잠도 못 자가며 도둑놈들 잡으러 다니는 우리 형 불쌍하게 생각해서 싸움 걸지 말고 그냥 영화 보러 갑시다."

지우가 작정하고 판을 벌리면 도현을 제대로 달달 볶아놓을 거라는 것을 눈치챘는지 도진이 농담조로 슬쩍 형의 편에 섰다.

"난 영화 보기 싫어요. 눈에 안 들어올 거예요."

"들어올 거야. 엄청 재밌는 영화거든."

"무슨 영화인데요?"

보러 갈 생각도 없으면서 엄청 재밌다는 말에 솔깃해서 묻고 말았다. 사람이 그렇지 않은가. 전혀 관심이 없다고 하고서도 누가 그러고 그랬대, 하는 소리가 들리면 뭘? 누가 뭘 했대? 하는 식이다. 절대로 영화가 눈에 들어올 것 같지 않았는데 엄청 재밌는, 그냥 재밌다도 아니고 엄청 재밌다는 소리에 금세 궁금해진 것이다.

"나도 몰라."

도진이 대꾸하자 지우는 황망한 얼굴로 그를 쳐다보다가 또 속았다는 생각에 웃음을 터뜨렸다.

"실없기는. 하나도 안 재밌으니 그만둬요."

"밥 먹고 영화 보러 가자."

"또 반말이네. 나한테 반말하면 안 가요."

"알았어요. 알았으니까 갑시다, 아가씨."

"아가씨라고 부르지 말아요."

"알았어요. 알았어요, 형수님. 됐죠?"

도진이 비위를 찰떡처럼 잘 맞춰주었고 지우는 빙긋 웃으며 못 이긴 척 가방을 들고 일어났다.

"손목이 왜 그래요?"

도진이 지우의 손목을 잡으며 말했고 지우는 자신의 손목을 뒤덮고 있는 멍을 들여다봤다.

"괴팍한 환자가 있어서 조금 실랑이가 있었죠."

"무슨 실랑이요?"

"마약 한 환자가 난동을 부리는 바람에 이렇게 됐잖아요."

지우가 가방을 내려놓고 코트와 셔츠 소매를 동시에 걷어 올리며 양쪽 손목을 보여주었다. 거기엔 억센 힘으로 잡아 비튼 듯한 멍 자국이 선명하게 찍혀 있었다.

"마약을 했다면 죽으려고 환장한 놈인데 뭐 하러 보살펴 줘요?"

"죽으려고 환장한 게 아니라 약 때문에 자기 몸을 조절하지 못해서 그런 거예요."

"미친 새끼!"

도진이 일순간 험악해진 눈길로 멍을 노려보다가 지우의 손을 놓아주었다.

"아프지 않아요?"

"괜찮아요."

"왜 그런 사람을 여의사가 보게 하는 거예요?"

도진이 몹시 불만스러운 목소리로 따지듯 묻자 지우는 도진이 걱정하는 마음에서 하는 말이라는 건 알지만 필요 이상 분통을 터뜨리는 것 같다고 생각하며 도진을 쳐다봤다.

"그 환자가 응급실로 들어올 때 내가 그 자리에 있었거든요."

마약에 취해 발작을 일으켜 난폭해진 환자가 응급실로 들어올 때까지도 그 환자가 자신에게 덤벼들 것이라는 생각은 전혀 하지 못했었다. 순간적이었고, 그리고 지우는 무방비상태였다. 남자를 싣고 온 경찰에게 어떤 종류의 마약을 했다는 설명을 들으며 우선은 발광에 가까운 발작이 진행 중인 환자를 진정시켜야겠다는 생각을 했다.

간호사에게 진정제를 준비해 달라는 말을 하고 주위에 있던 사람들에게 남자의 사지를 붙잡으라는 말을 하고 남자의 동공을 살피려는 찰나에 남자가 괴력을 발휘하며 자신의 사지를 붙잡고 있던 몇몇 사람들을 다 물리치고는 지우의 팔목을 덥석 붙잡은 것이다.

지우만이 아니라 현장에 있던 모든 사람들이 놀랐다. 몇몇은 남자를 붙들고 그를 데려왔던 경찰들은 남자의 손에서 지우의 팔목을 빼내기 위해 손에 있는 급소를 꾹꾹 누르고 비틀어댔지만 순간적으로 힘이 그토록 극대화되는 것인지 급소를 눌리고도 남자는 한참 동안 지우의 손목을 틀어쥔 채 놓지 않았다.

지우의 손을 잡고 흔들며 고래고래 악을 써댔는데 그 대사가 참 가관이었다.

"어때? 모가지 졸리는 기분이 어때?"

지우는 이건 모가지가 아니라 손목이라고 말해 주고 싶었지만 남자의 손아귀에서 갑작스레 붙잡힌 손목에 너무 놀라 아무 말도 나오지 않았다.

"좋아? 흥분되지? 더 졸라줘?"

남자의 눈빛은 광기 그 자체여서 실핏줄이 뒤엉킨 남자의 눈을 똑바로 쳐다보기가 두려울 정도였다.

"좋다고 말해, 좋다고 말해 봐!"

"좋긴 뭐가 좋아, 미친 놈아!"

경찰인 듯싶다, 그렇게 욕지거리를 한 사람이. 하지만 남자의 귀엔 그 욕지거리가 전혀 들리지 않는 모양이었다.

"나는 날 수도 있다!"

난데없이 남자가 악을 썼고 그 순간에 지우의 손목을 놓아주었다. 아니, 놓을 수밖에 없었다. 손을 들어 허우적거리며 나는 시늉을 해 보였기 때문이다.

"이거 놔! 내가 날고 있잖아!"

남자는 선명한 환상 속에 갇힌 듯했다. 날아야 하는데, 날고 있는데 사지가 붙들리니 마음껏 날아지지 않는 모양이었다.

"낙하산은 메고 날아야 할 것 아니야."

마흔이 넘어 쉰 줄에 다가선 응급실 수간호사가 남자의 팔을 붙잡고 늘어지며 야단을 쳤고 지우는 자신도 모르게 픽 웃고 말았다. 하긴 날 땐 날더라도 낙하산은 메고 날아야지.

"남자를 묶어야겠네요."

지우가 말했고 여러 사람이 남자를 붙드는 동시 순식간에 남자는 기술적으로 묶이고 말았다. 묶이자 못 날게 되었다고 고래고래 악을 쓰는 남자에게 지우는 혈관을 확보하는 즉시 진정제를 주사했다.

응급실이 소란스러워지는 일이야 뭐 흔한 것이라 할 수 있겠지만 솔직히 이번 마약 과다 복용 환자의 해프닝은 자주 보는 일이 아니라 상당한 구경거리였다. 다 죽을 얼굴로 응급실에 실려왔던 환자들과 환자들을 따라온 보호자들은 죽을 만큼 아프다는 것도, 죽을 만큼 아픈 환자를 뒤치다꺼리하기 위해 따라왔다는 것도 잊은 듯했다.

진정제가 몸속에 퍼지자 남자는 더 이상 날지도 못했고 조용해지더니 곧 잠들었다.

그때까지 갑작스럽게 당하고 보니 너무 놀라 손목이 아픈지 어떤지 느낄 겨를도 없었는데 남자가 잠잠해지는 것을 확인하고 응급실을 나오자 손목이 욱신거렸고 멍이 들기 시작했다. 지우는 아픈 손목을 문지르며 자신도 모르게 한숨을 푹 내쉬었다.

남자는 어느 정도의 치료가 끝나면 곧장 경찰서로 끌려갈 운명이라는 것을 전혀 모르는 듯했다. 지우가 퇴근할 때까지도 그 남자는 여전히 꽁꽁 묶인 채로 자고 있었다.

마약 과다 복용 환자의 얘기를 듣는 도진의 표정은 사뭇 심각했다. 이 나라에 마약 환자들이 늘어나는 것을 걱정하는 표정인지 아니면 하필 그런 놈에게 지우가 걸려들어 손목을 다친 것이 싫은 것인지는 알 수 없지만 꽤 심각한 표정이었다.

"그런 놈이 당신 몸에 손을 대다니."

도진이 중얼거렸고 지우는 손목을 보여주느라 내려놓았던 가방을 집어 드는 사이 그런 놈이 당신, 후의 말을 알아듣지 못했다. 도진이 워낙은 웅얼거리듯이 말했기 때문이다.

"갑시다."

도진이 찻값을 지불하고 카페를 나온 도진과 지우가 저녁으로 뭘 먹을 건지에 대해 얘기하며 계단을 내려와 한 걸음 떼어놓으려는데 갑자기 누군가 우악스럽게 지우를 잡아당기더니 와락 끌어안았다.

갑작스러운 일에 깜짝 놀라 비명을 지르던 지우는 자신을 끌어안은 남자의 약간의 군내와 남정네 냄새와 하지만 싫지 않은 익숙한 체취에 그가 누군지를 알아채고 웃음을 터뜨렸다.

"도현 씨!"

"생일 축하해, 우리 지우."

도현이 재빨리 지우의 입술에 입을 맞추었다.

"못 온다고 하구선."

지우는 자신이 참 바보다 싶었다. 오지 못하겠다던 말에 너무 실망하고 화가 나서 전화를 걸어서 따질까 어쩔까 부글부글 약 올라하던 것이 언제였나 싶게 까맣게 잊어버리고 도현이 불쑥 나타나 준 것이 너무 좋고 행복하니 말이다.

"실은 여기서 전화를 걸었지. 놀려주려고."

"못됐어, 정말."

못됐다고 푸념하며 눈을 흘기면서도 지우의 눈은 한가득 행복한 웃음이 채워져 있었다.

"도진아, 수고했다."

"그래."

도진은 애매한 미소를 머금은 채 지우와 도현을 바라보고 있었다.

"저녁 먹으러 가자."

"그래요."

"도진이도 가자."

"그래요, 도진 씨도 가요. 도현 씨, 도진 씨 배고파서 나한테 막 화냈어."

"그랬나? 미안하다. 가자, 삼겹살 사줄게."

"여자 친구 생일날 삼겹살 사주는 남자는 형밖에 없을 거야."

"나 삼겹살 좋아해요, 도진 씨."

"어련하시겠습니까."

도진은 정말 못 말리는 남녀라고 중얼거리며 도현의 팔에 매달린 지우의 뒷모습을 보며 다섯 걸음 처진 채 뒤따라왔다.

"도현 씨, 많이 먹어요."

삼겹살이 익기가 무섭게 도현의 접시에 올려놔 주는 지우를 지켜보던 도진이 아, 정말 치사해서 승아를 부르든지 해야지 하고 투덜거리며 도현의 접시에 한가득 놓여 있던 삼겹살을 뭉텅이로 집어 상추에 싸 입에 쑤셔 넣었다.

"도현 씨, 도진 씨가 다 먹잖아. 빨리 먹어요."

지우가 애가 타서 재촉하자 도현은 웃으며 고개만 끄덕였다.

"웃지만 말고 어서 먹으라구요."

"알았어."

도현이 사람 좋게 웃다가 잠깐만 하더니 주머니에서 뭔가를 꺼내 지우에게 내밀었다.

"선물이야."

"선물 또 주는 거예요?"

지우가 어리둥절한 얼굴로 도진을 쳐다보는데 도진은 외면한 채로 삼겹살만 먹고 있었다.

"누가 선물 또 줬어?"

"아니, 도진 씨가…… 아니에요."

지우는 얼른 얼버무렸다. 뭔가 실수한 것 같았다. 아니, 무슨 실수인지는 모르지만 그냥 말하면 안 될 것 같았다. 도진이 선물 줬다는 말을 하면 안 될 것 같았다.

"나 삼겹살 먹다가 선물 받긴 처음이야."

"레스토랑 갈 걸 그랬나?"

"아뇨, 삼겹살이 더 좋아요. 열어봐요?"

"열어봐."

지우가 도현에게 예쁘게 웃어 보이고 포장지를 뜯었다. 작은 상
자가 나오자 지우는 도진이 목걸이를 넣어주었던 것과 크기가 비
슷하다고 생각하며 상자를 열었는데 아니나 다를까 상자 안에는
목걸이가 들어 있었다.

"목걸이네요."

지우의 함박 웃고 있던 얼굴이 기묘하게 일그러지기 시작했다.

"도진이한테 들었는데, 목걸이 선물하는 건 당신은 내 사람입
니다, 라는 뜻이래."

도현의 말에 지우는 묘한 기분에 사로잡혔다. 일그러지려는 얼
굴에 억지미소를 우겨넣으며 재빨리 도진을 쳐다봤다. 도진은 먹
던 걸 멈춘 채 아무것도 하지 않고 그저 불판에서 굽히고 있는 고
기만 노려보고 있었다.

"마음에 들어?"

"네, 그럼요. 마음에 들어요."

지우가 재빨리 도현에게 웃어 보이고 다시 도진의 눈치를 보는
데 도진과 시선이 마주쳤다. 도진은 알 수 없는 눈길로 지우의 눈
을 쳐다보다가 지우의 손에 들린 목걸이 상자로 시선을 옮겼다.

"해봐. 잘 어울릴 것 같아."

도현이 말했고 지우가 고개를 끄덕였다.

"그러게요. 너무 예뻐요."

지우는 분위기가 이상해진 것을 느끼며 어색한 기분으로 상자에서 목걸이를 꺼냈다.

"마음에 들어?"

"그럼요. 너무 예뻐요."

지우가 도현에게 일부러 활짝 웃어 보였다.

"어서 해봐. 외투 벗어."

"……네."

'어쩌지? 외투를 벗으면 도진 씨가 준 목걸이가 있는데…….'

지우가 도현과 도진의 눈치를 보며 조심스럽게 외투를 벗는데 도현의 휴대폰이 울렸다.

"잠깐만."

도현이 조금 돌아앉더니 휴대폰을 받았고 지우는 재빨리 터틀넥 밖으로 나와 있던 도진이 준 목걸이를 옷 속으로 집어넣었다. 도현에게 도진이 준 목걸이를 보이면 안 될 것 같았다. 그가 보지 못하도록 해야 할 것 같았다. 도진이 준 목걸이라는 걸 도현이 알리 없으니 그저 예전부터 갖고 있었던 것인 양 하면 될 것을 도둑이 제 발 저린다고 지우는 미처 그런 변명거리도 생각지 못하고 숨기기에 급급했다.

지우가 도진을 흘낏 쳐다보자 도진이 굳은 표정으로 지우를 바라보고 있었다.

지우는 무슨 생각을 하고 있는지 알 수가 없는 도진의 저 눈길이 부담스럽다고 생각하며 어색한 표정으로 다른 곳으로 서둘러 시선을 옮겼다.

"삼십 분 내로 갈게요."

도현이 전화를 끊고 난감한 얼굴로 지우를 쳐다봤다.

"어떻게 하지? 바로 들어가 봐야 할 것 같은데."

"왜요?"

"일이 생겼네."

"……그래요?"

"미안해서 어쩌지?"

"할 수 없죠 뭐. 어서 식사나 마저 해요."

"잠깐만, 목걸이 아직 안 했어? 내가 해줄게."

"그래요."

지우가 도현에게 목걸이를 내밀자 도현이 그녀의 목에 둘러주었다.

"어디 보자."

도현이 지우의 목에 걸린 목걸이와 지우를 번갈아 쳐다봤다.

"정말 잘 어울리는데?"

"그래요?"

"도진아, 예쁘지?"

도현이 도진에게 물었고 도진이 가라앉은 목소리로 잘 어울리네 하고 대답했다.

"고마워요, 도현 씨."

"비싼 거 아니야."

"비싼 거 아니면 어때요? 난 너무 좋은데."

"나중엔 정말 좋은 거 해줄게."

"난 이것도 좋아요."

"우리 착한 지우."

도현이 지우의 얼굴을 쓰다듬었고 지우는 갑자기 도진이 앞에서 보고 있다는 게 퍽 불편하게 느껴졌다.

"어서 먹어요."

"번번이 같이 있어주지 못해서 어떻게 하지?"

"괜찮아요."

"도진아, 형수님 잘 모셔다 드려라."

"알았어."

"괜찮아요. 택시 타면 되지."

"아니야. 위험해서 안 돼."

도현이 웃으며 말했고 지우는 속으로 어쩌면 도진이 더 위험할지도 모른다고 생각하며 갑자기 그만 먹고 싶어진 삼겹살을 입 안으로 우겨넣었다.

식당을 나온 지우는 미안하다 말하는 도현에게 미안해하지 않아도 된다고 조심하라는 말을 해줬다. 이렇게 잠깐 자신을 보러 나와준 것만도 고마웠다. 생일을 이렇게라도 챙겨줘서 너무 고마웠다.

"알았어. 걱정 말고 집에 가."

"알았어요."

"도진아, 부탁한다."

"걱정 마."

도현이 자신의 소형차를 타고 먼저 떠난 후 지우가 어색한 얼굴로 도진을 쳐다봤다.

"난 택시 탈게요."

"형 얘기 못 들었어요? 데려다 주라잖아요."

"도진 씨가 데려다 줬다고 할게요."

"됐습니다. 이리 와요. 차 가지러 갑시다."

"도진 씨, 나 정말 택시 타면 돼요."

"오라구요."

도진이 지우를 억지로 끌고 가는 바람에 그녀는 하는 수 없이 차를 세워뒀다는 주차장까지 한참을 걸어야 했다.

"승아 씨 안 만나요?"

"내일 스키장 같이 가기로 했어요."

"좋겠네요."

"좋겠죠."

도진이 무뚝뚝한 음성으로 대꾸했고 지우는 도진과 함께 있는 게 너무 불편하다고 생각하며 도진의 뒤를 따랐다.

한참을 걸어 유료 주차장에 도착해 주차비를 내고 있는 도진의 뒷모습을 보며 지우는 집으로 가는 동안에 어색한 분위기를 어떻게 감당해야 할지 갑갑함을 느꼈다.

도진을 알게 된 후 지금껏 오늘처럼 불편했던 적이 없었다. 도현의 동생이라 그런지 제법 낯을 가리는 성격인데도 도진은 퍽 편하다고 생각했었다.

항상 도진과 함께 도현을 기다렸기 때문일까? 도현을 만날 때마다 도진도 함께였기 때문일까? 도현만큼은 아니지만 불편할 것이 전혀 없었는데 지우는 이제 도진이 불편했다. 도진이 준 목걸이는 터틀넥 안에 숨겨져 있고 도현이 준 목걸이는 터틀넥 밖에서 야간조명을 받아 빛나고 있었다.

도진은 무슨 생각으로 목걸이를 준 걸까? 아까 카페에서 한 행동도 그렇고 약간, 아니, 조금 많이 이상한 구석이 있다 싶었다. 도진이 준 목걸이, 지우는 단순하게 도현이 준비한 것을 도진이 대신 전해준 것인 줄 알았는데 알고 보니 그건 도진이 준 선물이었다. 도현의 것이 아닌 도진이 준 선물. 목걸이의 의미는 당신은 내 사람입니다, 라는데 그 얘길 미리 알고 있었다는 도진은 생일 선물로 왜 목걸이를 준비한 걸까?

머리 속이 뒤죽박죽이었다.

'내가 너무 심각하게 생각하나? 그냥 준 건데, 괜히 혼자 이상하게 생각하는 걸까?'

지우는 심각하게 생각하지 말자고, 그냥 형이 오래 사귄 사람이고 다섯 달 후엔 형수가 될 사람이니까 선물을 챙겨준 거라고 생각하자고 마음먹는데 도진이 키를 받아 들고 왔다.

"타요."

도진이 차 문을 열어주었고 지우가 올라타자 도진이 문을 닫아준 후 운전석에 올랐다.

"영화 볼래요?"

시동을 걸고 막 출발하려던 도진이 지우에게 물었다.

"아, 아뇨. 좀 피곤해요. 그리고 늦었잖아요."

"알았어요."

도진이 무뚝뚝한 목소리로 대꾸하고는 차를 움직였다.

도진은 말이 없었고 그래서 지우도 아무 말도 하지 않았다. 그 목걸이 무슨 뜻이냐는 말이 목구멍까지 올라왔지만 물어보면 안 될 것 같은 기분이 들었다.

"목걸이 마음에 들어요?"

도진이 갑자기 물었고 지우는 누구의 목걸이가 마음에 드냐고 묻는 건지 몰라 아무 대답도 못하고 도진을 쳐다보기만 했다.

"내가 준 거 말이에요."

"……마음에 들어요."

도진이 목걸이를 내밀었을 때 그토록 예쁘다고 호들갑을 떨어 놓고선 이제 와서 예쁘지 않다고 할 수는 없었다. 그리고 솔직히 목걸이는 참 예뻤다, 도현이 준 것보다 더.

"다행이네요."

"승아 씨한테도 목걸이 많이 사줬죠?"

지우는 일부러 분위기를 전환시키기 위해 승아를 끌어들였다. 승아는 지우가 알기론 꽤 오래 만난 도진의 여자 친구였다. 승아를 끌어들이면 분위기가 지금보다는 나아질 것 같았다. 집에 가는 동안 조금이라도 덜 불편하려면 도진이나 지우에게 부담스럽지 않은 주제가 필요할 것 같았고 이에 승아는 딱 맞는 주제였다.

"사준 적 없어요."

도진이 낮은 음성으로 간단하게 대답했다.

사준 적이 없다?

"지우 씨가 처음이에요."

도진이 말했다.

처음…….

"……."

지우는 도진의 의도가 무엇인지 알 수가 없어 불안함에 입술을 깨물었다. 승아를 괜히 끌어들였다 싶었다. 말하지 말 걸, 묻지 말 걸. 더 어색해지고 더 갑갑해지고 말았다.

도진은 한동안 말이 없었고 지우는 지금 당장 목걸이를 풀어 돌려줘야 하는 게 아닌가 싶었다. 마치 남의 몫을 차지하고 있는 것 같아 불편했다. 뿐만 아니라 도현이 준 것과 도진이 준 것을 다 가지고 있을 순 없다는 생각이 들었다. 두 개 중에 한 가지를 없애야 한다면 그건 당연히 도진이 준 목걸이다.

'도진은 승아에게도 사준 적이 없다던 목걸이를 왜 내게 사준 걸까? 생일이라서? 단지 생일 선물로?

도진은 입을 굳게 다물고 있었고 지우는 바늘방석에 올라앉은 기분으로 갑갑함을 느끼다가 입을 열었다. 아무 말이든 해야 할 것 같았다. 그저 쓸데없는 말이라도 해야 할 것 같았다. 목걸이와 관계없는 말을 꺼내야겠다 싶었다. 그렇게 해서 도현과 도진이 똑같이 목걸이를 생일 선물로 주었다는 사실을, 그리고 목걸이가 가진 당신은 내 사람입니다, 라는 의미도 부드럽게 표나지 않게 섞고 또 섞어서 퇴색되게 해야 할 것 같았다. 그렇게 섞고 얼버무려서 목걸이 선물은 알고 보면 별뜻없는, 그야말로 단지 선물일 뿐이라는 그런 결론에 도달하면 더 좋겠다 싶었다.

"우리 결혼하면 승아 씨랑 자주 놀러 와요. 내가 맛있는 거 해줄게요."

지우는 결혼이라는 단어를 강조했다.

도진이 무슨 생각으로 목걸이를 선물했는지는 모르지만 승아에게도 준 적이 없는 목걸이를 자신에게 주었고 지우는 지나친 걱정일지는 몰라도 마음에 걸렸다. 그래서 결혼을 강조해야 할 것 같았다. 전혀 잘못 짚은, 전혀 다른 의도로 준 선물일 수도 있지만 말이다.

"할 줄 아는 음식이 몇 가지나 되는데요?"

다행히 도진의 목소리는 아까보다 덜 심각했다.

"뭐, 몇 가지 안 되지만……."

"김치찌개 한 개 해놓고 먹으라고?"

"콩나물무침도 할 줄 알아요."

"건 누구나 다 해."

"국도 끓일 줄 알아요."

"맛있게 할 자신은 없잖아."

"그거야……."

지우는 할 말이 없었다. 도진의 말이 맞았다. 할 줄은 알지만 불행하게도 맛있게 할 자신은 없었다.

"사방에 음식 재료 쓴 종이 붙여놓고 재료조차 다듬을 줄 몰라 멍하게 쳐다만 보고 있으려고."

"이젠 안 그래요."

"믿을 수 없는데? 맛있는 거 해준다고 집에 오라고 해놓고선 내가 가서 해 받쳐야 하는 거 아니야?"

그 말에 지우는 도진에게 눈을 흘겼다. 도진이 왜 저렇게 말했는지 알기 때문이다.

도현을 만난 지 꼭 일 년 되던 날이었다. 뜻 깊은 날이니만큼 도현을 감동시켜 보겠다는 일념으로 온갖 야채를 넣고 쇠고기로 마무리하는 샤브샤브―도현이 얼큰하고 시원한 국물을 좋아했기 때문에―를 만들 계획을 세웠다. 샤브샤브에는 어떤 야채가 들어가고, 쇠고기는 어떤 부위를 사야 하고, 뭐 그런 것들을 거창하게 프린팅해 도진에게 전화를 걸었었다. 형 몰래 일주년을 기념하고 싶으니 도와달라고. 도진은 기꺼이 승낙했고 두 사람은 도현의 집에서 멀지 않은 마트로 가서 장장 두 시간에 걸쳐 장도 봤다. 마트에서 장을 볼 때만 하더라도 지우는 자신있었다. 야채를 고르는 것이며 쇠고기를 살 때도 야무지고 똘똘하게 챙겼기 때문에 도진도 지우가 음식에 한가닥 하는 줄 감쪽같이 속았었다.

"다시마하고 멸치 가루도 사야 해요."

"그건 왜요?"

"육수를 내야 하거든요. 표고버섯 가루도 팔면 좋을 텐데."

"아마 있을 거예요."

지우는 마트를 샅샅이 뒤져 손에 넣고자 했던 모든 재료를 완벽하게 구비했다.

"과일도 좀 사요."

지우는 쇼핑카트가 터져 나가도록 담고 또 담았다.

"이 많은 걸 누가 다 먹는다고 계속 사요?"

"냉장고 있잖아요. 두고두고 먹으면 되죠. 사람이 건강하게 살려면 과일을 많이 먹어야 해요."

지우가 잘난 척 설교하며 돌아서는데 쇼핑을 하던 다른 사람의 쇼핑카트가 지우의 옆구리를 치고 지나갔다. 지우가 옆구리를 싸쥐고 주저앉자 도진이 고함을 쳤다.

"보고 지나가야 할 것 아니에요!"

"죄송합니다, 죄송합니다."

"앞을 보고 다녀야지, 어딜 보고 다니는 거예요!"

지우의 옆구리를 친 사람들이 사과를 하는 동안에도 도진의 격한 음성은 계속됐다. 도진이 필요 이상 화를 냈기 때문에 사과를 하는 사람도 기분이 나빠졌고 지우도 머쓱해졌다.

"나 괜찮아요. 그만 해요."

지우가 민망함에 손을 내저었다.

"괜찮아요? 이렇게 해봐요."

도진이 지우의 곁에 앉더니 지우의 옆구리를 만져 주었다.

"아파요?"

"괜찮아요. 내가 앞을 제대로 안 봤는데 뭘. 왜 그렇게 소릴 질러요."

"지우 씨를 아프게 했잖아요."

도진이 격앙된 목소리로 말했다.

"괜찮아요. 조금 부딪친 거예요."

"옆구리 뼈 부딪친 거 아니에요?"

"거기예요."

"여긴 살짝만 부딪쳐도 아파요."

"이젠 괜찮아요."

"일어설 수 있어요?"

"그럼요."

지우가 일어서려고 하는데 도진이 지우의 손을 잡아주고 겨드랑이 밑을 받쳐 부축해 주었다.

"누가 보면 중병 환자인 줄 알겠어요."

"정말 괜찮은 거죠?"

"괜찮아요, 정말."

옆구리를 다치고 도진이 과잉 반응하는 바람에 몇 가지 더 살 것들이 있었지만 쇼핑을 끝내고 도현의 집으로 왔다.

도현의 집을 방문한 것은 이번에 두 번째였다. 처음엔 약간 불편한 것도 있었는데 이번은 그래도 두 번째라고 한결 편한 기분이었다.

마트에서 구입한 산더미 같은 재료들을 식탁 위에 펼쳐 놓고 지우는 프린트해 온 음식 만드는 순서를 읽기 시작했다.

"도현 씨 몇 시에 온댔죠?"

"저녁 8시니까 다섯 시간 남았어요."

"충분하네요. 먼저 육수를 만들고 다시마랑 양파랑 무랑 멸치랑 넣고 표고버섯 가루도 넣고……."

"재료를 다듬는 게 먼저 아닌가요?"

"그렇군요."

지우가 프린트를 내려놓고는 식탁 위에 펼쳐져 있는 재료들을 뜨악한 표정으로 쳐다봤다. 그런데 이 재료들은 어떻게 다듬는 거지? 하는 얼굴로. 도진은 뜨악한 얼굴의 지우를 황당하다는 얼굴로 쳐다보고 있었고.

"뭐부터 해야 하는지 모르는 거예요?"

"글쎄, 버섯부터 다듬어야 하나?"

지우가 난감해지기 시작한 얼굴로 말했다.

"샤브샤브 할 거라고 했죠?"

"네."

"할 줄 알아요?"

"오늘 처음 해보는 거예요."

지우가 약간 창피한 얼굴로 대꾸했다.

"아까 마트에서 재료 살 때는 선수처럼 굴더니."

도진이 팔짱을 끼고 서서 놀리자 지우의 얼굴이 빨개지기 시작했다.

"그건…… 선수처럼 군 게 아니라 어떤 걸 사야 하는지 다 메모해 두었기 때문에 그런 거예요."

지우가 궁색하게 항변했다.

"어떻게 할 거예요?"

"어떻게 하든 하면 되잖아요."

지우가 고집스럽게 말하고는 프린트해 온 것들을 냉장고에 붙이기 시작했다. 도진은 여전히 팔짱을 끼고 선 채로 그런 지우를 구경하고 있었고.

냉장고에 프린트를 붙인 지우가 잠깐 선 채로 프린트를 한번 훑어보고는 식탁 위에 있는 것들을 하나씩 더듬기 시작했다. 솔직히 난감했다. 식탁 위에는 세 종류의 버섯과 대파, 양파, 무, 멸치, 다시마, 표고버섯 가루들이 즐비하게 늘어서서는 어서 나를 집어 들고 음식을 만들어달라고 알랑방귀를 뀌고 있는데 지우는 이것들을 어떻게 해야 할지 감을 잡지 못하고 있었다.

　도진이 지우 곁으로 오더니 대파를 집어 들었다.

　"이게 뭔지는 알죠?"

　"알아요."

　지우가 고집스럽게 대답했다.

　"몇 개 쓸 거예요?"

　"두 개."

　지우의 대답에 도진이 대파 두 개를 꺼내놓더니 나머지는 냉장고에 집어넣었다. 그리고는 대파를 집어 들고 마른 부위는 끊어내고 거친 겉껍질을 싹 벗겨낸 후 뿌리를 칼로 잘라 깔끔하게 다듬었다. 지우는 발갛게 익은 얼굴로 도진의 대파 다듬는 솜씨를 쳐다보다가 양파를 다듬겠다며 칼을 달라고 했고 도진이 픽 웃으며 칼을 건넸다.

　"양파는 다듬을 줄 알아요?"

　"알아요. 껍질만 벗기면 되잖아요."

　"먼저 뿌리부터 잘라내고 벗겨요."

　"알아요, 안다구요."

　지우가 새침한 얼굴로 대꾸하고는 막 양파의 뿌리를 잘라낼 때였다.

"악!"

양파의 뿌리를 지나왔던 칼날이 지우의 왼손 엄지손가락을 쳤고 지우는 칼과 양파를 떨어뜨리며 손을 싸쥐고 덜덜 떨기 시작했다.

"어디 봐요, 어디 보자고요!"

도진이 버럭 고함을 내지르며 지우가 싸쥐고 있는 손을 치우고 들여다봤다. 칼날이 엄지손가락 등을 파고들어 피부가 쩍 벌어져 있었다. 신경을 건드렸는지 손가락이 심하게 떨리고 있었다.

"젠장!"

도진이 주머니에서 손수건을 꺼내더니 지우의 손에 칭칭 감았다.

"병원 가요."

도진이 손수건을 감은 지우의 손을 움켜잡은 채로 집을 나서서 병원으로 달려갔다.

접수를 하고 벌어진 피부를 봉합하기 위해 처치실로 들어가는 동안에도 도진은 안절부절못했다.

"미안해요. 내가 했어야 하는데, 미안해요."

도진은 지우의 귀에 끝없이 미안하다고 속삭였다. 도진이 미안해할 일이 아닌데 도진은 너무 많이 미안해했다.

피부를 꿰매는 동안 도진은 지우의 손을 움켜잡은 채 몹시도 성이 난 얼굴로 바늘이 들어가는 지우의 손을 노려보고 있었다. 다섯 바늘을 꿰매고 약을 받아 집으로 돌아왔을 때까지도 도진의 창백한 얼굴을 나아지지 않았다. 다친 사람은 지우인데 도진이 더 괴로워하고 있었다.

"미안해요."

"도진 씨가 미안해할 게 뭐 있어요. 내가 잘못한 건데."

"내가 했어야 하는데. 오늘 여기 와서 계속 다치기만 하잖아요."

"내 잘못이에요. 그나저나 어쩌죠? 잔뜩 벌려놓기만 하고 손을 다쳐 버렸으니."

잔뜩 벌려놓은 것들을 수습한 사람은 도진이었다. 야채들을 다듬고 프린트에 나와 있는 대로 육수를 만들고 도현이 도착해서 샤브샤브라는 것을 해먹을 때까지 모든 것들이 도진의 몫이었다.

양파 하나도 다듬을 줄 몰라 칼에 손을 베이고 그 바람에 있는 대로 폼 잡았던 것들이 무색하게 도진이 음식을 시작해서 마무리한 것이다. 도진은 그때의 일로 지우를 놀리고 있었다.

"결혼하면 형 한 끼나 제대로 얻어먹을까 몰라."

도진이 말했고 지우는 남의 일이 아니라는 것에 한숨을 내쉬고 말았다.

솔직히 도현과 결혼한 후에, 도현을 목숨만큼 사랑하지만 그토록 사랑하는 도현을 위해 끼니끼니 잘 챙겨 먹일 자신은 없었다. 지금껏 줄곧 해주는 밥 얻어먹기만 했지 직접 해먹은 적은 한 번도 없었다. 그리고 신부 수업을 받아야 한다는 생각도 못했고 신부 수업을 받을 시간도 없었다.

초등학교 때부터 줄곧 일등만 달리던 지우는 우리 나라에서 최고로 쳐주는 대학에서 육 년 동안 의사 수업을 받았고 졸업하자마자 곧장 병원으로 들어가 본격적인 의사 생활을 하느라 신부 수업을 받을 여유도 없었다. 수련의 생활 일 년 그해 겨울에 전공의 시험을 치렀고 무사히 합격해서 레지던트로 불리는 전공의 사 년차였다.

전공의 사 년차. 정말 하루하루가 지옥과 같은 날들이었다. 어떻게 하면 조금 더 잘 수 있을까 궁리할 만큼, 언제나 모자란 잠과 싸움을 해야 할 만큼 눈코 뜰 새 없이 바빴다. 이런 상황이니 신부 수업은 정말 남의 세상일이다. 아니, 시간이 있다 하더라도 신부 수업 따위는 받지 않았을 것이다.

행운이라고 해야 할지, 아니지, 행운이라고 생각해 본 적은 없으니 행운이라고 하기엔 좀 그렇다. 지우의 집은 참으로 부유한 축에 속해서 지금까지 자신의 방도 스스로 청소하고 치워본 적이 없었다. 지우뿐만이 아니라 어머니조차도 손에 걸레를 들고 바닥 닦는 모습을 본 기억이 없고 직접 밥상을 차려 가족들을 먹인 것이 손가락 안에 꼽을 정도였다. 곁에는 항상 시중들어 주는 사람이 있었고 그래서 지우는 나중에 성장해 결혼을 하더라도 늘 그랬던 것처럼 누군가 시중을 들어주고 밥을 해서 먹여줄 것이라고 생각했지 직접 음식을 해서 누군가를 먹여야 한다는 생각은 못했다. 그런 사정으로, 환경으로, 여자로 태어났으니 밥도 잘하고 음식도 잘하고 청소도 잘하고 집안 일 하나만큼은 끼깔나게 잘해봐야지 하는 소박한 소망이나 사명감 같은 따위는 당연히 없었다.

그런 일은 당연히 다른 사람이 해야 할 몫이라고 생각했고 지우는 그저 공부만 하고 부모님이나 자신이 원하는 만큼의 성적을 내고, 그리고 대학에 들어가서 마치 미리부터 정해져 있던 것처럼 의사가 되면 그만이라고 생각했다.

지우는 정말 그렇게 했고 대학 입학 학력고사 성적이 나왔을 때 부모님과 지우는 어느 대학을 가고 어느 과를 선택할 것인지에 대한 고민도 하지 않았다.

"서울대 의과대학에 갈 수 있겠구나."

"네."

아버지가 말했고 지우가 대답했다.

지우가 만약에 서울대 의과대학에 들어갈 수 있는 성적을 내놓지 못했다 하더라도 그건 별문제가 아니었다. 재수 같은 것은 아예 생각해 본 적도 없고 만에 하나 성적이 내내 지지부진했다면 어머니와 아버지는 지우가 고등학생이 되기도 전에 영국이나 독일쯤으로 유학을 보내셨을 것이다. 그러니까 지우네 집은 지우가 어릴 적부터 국내에 있는 대학에 들어가지 못할 정도의 흐지부지한 학업 능력을 보였다고 해서 고민하거나 속상해할 이유는 없었다는 말이다. 항상 차선책이 준비되어 있었으니까. 하지만 지우는 부모님의 기대 이상으로 공부를 잘해주었고 어렵지 않게 서울대 의과대학에 합격했으며 의대 생활 육 년 동안에도 학점 때문에 고민해 본 적도 없이 수월하게 졸업하고 수련의 과정도 별탈없이 보냈으며 전공의 시험도 무난하게 합격했다.

이렇게 모든 일에서 별 어려움 없이 곱게 자란 지우가 어느 날, 정말 아무것도 내놓을 것이 없는 형사나리와 교제한다고 했을 때

부모님은 지우가 별 유쾌하지 않은 농담을 하는 것으로 이해하셨다. 하지만 교제가 사실임을 아셨을 때는 어떻게 지우 같은 여자가 도현 같은 남자를 사랑할 수 있는 것인지 절대 이해하지 못하셨고, 지우가 부모님의 불이해를 전혀 의식하지 않자 연애와 결혼은 별개라고 못 박으셨다. 그리고 딸이 만나고 있다는 형사나리에 대해서 요만큼도 알고 싶어하지 않으셨다. 철저하게 무시하기로 계획을 바꾸신 것이다. 하지만 교제를 지나 전문의 자격증만 따면 결혼하겠다고 말했을 때 부모님은 마치 지우가 지금 당장 자폭하겠다고 말하는 것처럼 충격적으로 받아들이셨다.

물론 지우도 부모님이 도현을 탐탁지 않게 생각할 것이라는 걸 어느 정도 예상하고 있었지만 그 정도로 강경하게, 아니, 격렬하게 반대하실 줄은 몰랐다.

"그 녀석이 너한테 무슨 짓을 한 거니?"

어머니가 물었다.

"무슨 짓이라뇨?"

"널 건드렸니?"

"어머니!"

"설사 널 건드렸다 하더라도……."

"절대 그런 사람 아니에요. 그런 일도 없었구요!"

지우가 격분해서 소리쳤다. 도현을 어떻게 보고 그런 형편없는 놈으로 한순간에 매도해 버리는지, 아니, 도현이 아니라 자신을 싸구려로 매도하는 것 같아 참을 수가 없었다. 설사 도현이 자신에게 무슨 짓을 했다고 쳐도 지우나 도현은 자신의 몸을 충분히 책임질 수 있는 나이였다. 도현이 육체적 관계를 요구했다 쳤을 때 허락과 거절은 얼마든지 지우의 권한으로 그녀 손아귀에 들어와 있었다. 받아들인다면 그건 건드리는 차원이 결코 아니다. 그리고 지우가 거절했다면 그것으로 관계는 성립이 되지 않는 것이다. 문제는 지우가 거절함에도 불구하고 도현이 강제적으로 관계를 요구했을 때인데 안타깝게도 도현은 지우에게 강제적으로 관계를 요구하지 않았다. 안타깝게라는 말은 농담이 아니었다.

도현은 몹시도 갈구하는 듯했다. 함께 있으면 전신을 만지고 싶어했고 스킨십에 매우 적극적이었다. 키스 때도 그랬고, 농도 짙은 애무 때도 그렇고. 지우는 일어선 그의 남성에서 그가 원하고 있다는 것을 느낄 수 있었다. 부모님이 교제를 심하게 반대한다는 말을 듣지 않았다면 도현은 지우에게 사랑을 나누자고 했을 것이다.

했었다, 사랑을 나누고 싶다고. 어떤 땐 욕정을 참아내는 한계에 다다라 발가벗겨 넘어뜨리고 몸 구석구석을 만지고 핥고 쓰러질 때까지 관계를 하고 싶다는 적나라한 표현으로 자신이 지금 얼마나 절실하게 원하는지 표출한 적도 있었다.

그날, 장소가 차 안만 아니었더라면 두 사람은 사랑을 나눴을 것이다. 조금만 더 어두컴컴했더라면 두 사람은 도현의 소형차 뒷좌석에서 비좁다는 것도 모르고 서로를 탐했을 것이다.

도현의 손길에 온몸의 세포들이 사랑을 나누라고 발악을 해댔고 지우는 머리 꼭대기까지 치밀어 오른 흥분의 끝을 맛보고 싶었다. 차 안만 아니었더라면, 조금만 더 어두컴컴했더라면.

도현이 지우와의 육체적인 관계에 대해 적극적인 권리를 나타낼 때쯤 부모님이 교제를 반대한다는 것을 알게 됐고 그 부분이 도현을 몹시도 괴롭히고 움츠러들게 한 것 같다. 부모님이 반대한다는 것을 알게 됐을 때쯤 지우의 집안이 어느 정도인지도 파악됐다. 아마도 도현은 지우 부모님의 반대보다도 지우의 집안 배경 그런 것 따위에 더 큰 무게감을 느끼는 듯했다. 그래서일까? 만날 때마다 농도 짙은 스킨십은 계속됐고 배겨내지 못할 정도로 흥분했지만 도현은 참았고, 그리고 주춤거렸다.

"도현 씬 그런 사람이 아니에요."

지우가 불쾌한 음성으로 내뱉었다.

"다행이구나. 하지만 결혼이라고? 그건 절대 안 될 말이야. 난 허락할 수 없어. 아버지도 마찬가지고. 난 네가 우리 집안에 오점을 남기지 않을 거라고 믿는다. 그리고 분명하게 말해 두는데, 다시는 결혼 얘기 꺼내지 말아라. 또 한 가지, 앞으로 널 위해서라도 그런 녀석을 만나고 다니는 모습 다른 사람에게 보이지 말도록 해라."

"무슨 말씀이세요?"

"모르겠니? 어떤 집안에서 남자와 교제가 있었던 널 며느리로 받아들이고 싶겠니."

어머니가 말하는 집안은, 소위 금배지를 여러 번 달아 패밀리가 형성된 집안이나 재벌가문 사람들이다. 재벌까지는 아니더라도 풍족한 물질에 외제 차를 식구 수대로 굴려가며 한자리 하는 집안입네 하는 그런 집안들도 포함된다. 그런 집안에서 자유연애는 참으로 힘들다. 아니, 자유연애는 얼마든지 인정된다. 다만 혼인에 한해서는 철저하게 같은 레벨의 사람만을 구하고 인정한다. 그런 집안의 패밀리가 되려면 엇비슷한 경제력에 영향력을 갖추어야 하고 겉으로 보기엔 상당히 공부를 많이 한 티를 내야 하며—외국 대학 졸업장 따위—신원조회도 깨끗해야 한다. 특히 여자는 더 더욱.

소위 결혼 적령기에 다다르면 여자는 온갖 음식 수업을 받아야 한다. 한식 양식은 기본이고 식탁 세팅하는 법부터 자질구레한 식사 때나 어른을 대할 때의 매너, 옷을 입는 법과 고르는 법(위쪽 레벨이 선호하는 브랜드나 디자이너 알고 있기), 좋은 포도주와 싸구려 포도주 맛의 차이가 어떤지 포도주 맛도 구분할 줄 알아야 하고. 일상생활에서 그닥 필요하지 않을 것 같은 것들은 줄줄이 꿰고 있어야 수업을 훌륭하게 받은 규수라는 말을 듣게 된다.

다행히 지우는 의사 수업 중이었고 그래서 취미에 맞지 않은 신부 수업은 피해갈 수 있었다. 의사니까, 시간이 많이 부족한 고급 인력이니까.

"널 눈여겨보고 있던 안주인들 입에서 혼사 얘기가 나오고 있다. 개중엔 새벽같이 출근하는 며느리를 탐탁지 않게 생각하는 바깥양반 때문에 의사를 관두면 안 되겠냐는 말도 있다만 그건 거절했다. 어떻게 한 공부인데 그만둬. 건 말도 안 되지. 네가 편하게 일하면서 대우받을 수 있는 집안으로 알아보고 있으니 바보 같은 짓은 그만두렴."

"전 제가 좋아하는 사람하고 결혼하고 싶어요."

"지우야."

"어머니가 도현 씨를 잘 몰라서 그래요. 좋은 사람이에요."

"따지고 보면 나쁜 사람은 없어. 하지만 결국엔 너만 피곤해져. 너무 다르잖니. 그 이질감을 어떻게 극복하려고 그러니?"

이질감. 재물의 차이를 이질감으로 표현해야 하는 걸까?

지우네 집에 비해 돈이 많이 부족한 집안이지만 도현은 사지 멀쩡한 건강한 남자였고 비록 알아주는 대학은 아니지만 사 년제 대학을 졸업했으며 제법 훤칠한 외모를 가진 괜찮은 남자였다. 양친 모두 살아 계셨고, 이렇다 하게 내세울 건 없지만 평생 빚지지 않고 지방 소도시에서 조금 더 들어간 시골에서 농사를 지으시며 몇 십 년째 살고 있었다. 유치하지만 눈물나는 드라마를 보면 대번에 질끔거리시는 어머니와 전혀 재밌지 않은 우스갯소리에 한참을 웃어대는 아버지. 대충 숭숭 썰어 밀가루 반죽해서 구워 내오는 김치전을 지우 앞에 밀어주시며 따끈할 때 먹어보라시던 두 분, 짜디짠 김치전 맛에서 따시고 정겨운 마음이 느껴지는 참 소박하고 푸근한 분들이었다. 단지, 단지 교양있게 보이기 위한 필수적인 몇 가지 고급스러운 위트와 조금 잰 척하는 사람들과 무리없이 대화를 이끌어 나갈 수 있는 굳이 필요하지 않을 법한 전문지식이 결여되어 있다는 것, 그리고 격식있는 자리에 입고 나가야 할 마땅한 의복과 의복에 맞춰 코디해야 할 핸드백과 자질구레한 액세서리가 없다는 것이 문제였다. 도현의 그런 외적인 성적표는 부모님이 설정해 놓은 합격 기준에는 턱없이 모자랐고 부모님의 실망은 이만저만한 것이 아니었다.

지우가 강경한 부모님에게 맞서서 의사도 포기하고 삶도 포기하겠다며 단식투쟁을 두 번이나 했을 때야 비로소 가까스로 결혼 승낙을 받아냈고 부모님은 도현을 만났던 한 시간 십 분 동안 내내 아무것도 모르는 순진한 아이를 손댈 수도 없는 망나니로 만들어놓은 불량인간을 보듯 그렇게 도현을 대면했었다.

　"난 태도현 씨한테 화가 몹시 많이 나 있어요."

　도현을 호텔 양식당 특실에 불러놓고 애피타이저가 나오고 정식코스가 나오기 직전에 엄마가 처음으로 한 말이었다.

　만나서 반갑다느니 하는 인사도 아니고 다 알고 있지만 그래도 형식상 어디서 일하냐, 일이 힘들지 않냐 따위의 안부 같은 것도 깨끗하게 생략한 어머니는 대번에 시비부터 걸었다.

　"예, 알고 있습니다."

　도현이 몹시 죄송한 듯, 하지만 부드럽게 받아넘겼다.

　"우리 지우가 태도현 씨하고 맞다고 생각해요?"

　조금은 더 상냥하게 보일 법도 한 '도현 씨'가 아니라 난 철저하게 남으로 생각한다는 듯한 '태도현 씨'라는 호칭에서 지우는 어머니가 도현을 필요 이상으로 적대시하고 있다는 것을 느낄 수 있었다. 하지만 어머니의 공격은 계속됐고 야속하게도 아버진 남자답지 못하게 어머니의 일방적인 공격을 방치하고 있었다. 마치 자신을 대신해 어머니가 공격해 주는 것이 고맙다는 듯이.

　"……지우 행복하게 해줄 자신이 있습니다."

　도현이 침착한 목소리로 말했다.

　행복하게 해줄 자신이 있다는 말…… 이런 상황에 어떻게 보면 너무 흔하게 쓰이는 섣불리 장담하지 못할 약속이긴 하지만 도현으로선 당연히 그 말밖에는 할 말이 없었을 것이다. 행복하게 해주겠다는 말. 얼마나 막연하고 정말 함부로 장담할 수 없는 아득한 약속이지만 지우는 도현이 그렇게 말해 준 것이 너무 좋았고, 행복했다. 도현은 이미 지우를 행복하게 해주고 있었던 것이다.

"어떻게요? 형사 월급으로 얼마나 행복하게 해줄 수 있어요? 하루 꼬박 일하고 쉬는 날도 거의 없다는데, 지우가 무리없이 의사 생활을 하려면 옆에서 도와주고 수발들어 줘야 할 사람이 있어야 해요. 결혼하면 도우미 쓸 여력이 되나요?"

어머니가 찬물을 끼얹었다.

도현의 능력으론 어떤 행복도 약속해서는 안 된다는 걸 말하고 싶으신 모양이다. 하지만 지우는 그랬다. 행복할 수 있는 것에 어떤 능력이란 없다. 사람을 행복하게 만드는 특별한 재주를 가진 사람이 몇이나 될까. 행복이라는 놈은 너무나 꼭꼭 솜씨 좋게 숨어들어 아무리 파헤쳐도 찾아낼 수 없는 것이 아니라 사실은 사방에 널려 있음에도 행복이라는 것을 알아차리지 못하게 만드는 요망한 신기루다. 내가 행복하면 그것은 행복이고 내가 행복하지 못하면 행복은 이미 숨기 좋은 방으로 숨어들고 있는 것이다.

"……."

도현의 말문이 막혔다. 멋들어지게는 아니더라도 몇 마디 더 어머니의 일방적인 공격을 받아쳐 주길 기대했는데 도현은 너무 쉽게 어머니의 심장 긁어놓기 작전에 말려들고 있었다.

"나와 지우의 아버지께서 반대한다는 걸 알았죠? 그런데 어째서 우리 지우를 계속해서 꼬드겨서 여기까지 오게 했는지 난 태도현 씨의 의도가 궁금하군요."

의도, 그놈의 의도.

어머닌 지금 지우가 어떤 반대에도 무릅쓰고라도 결혼을 감행하게 만든 몸통은 바로 태도현이며 안 될 일을 어거지로 되게 만든 이유가 따로 있다는 것을 말하고 싶은 것이다.

의도, 어머닌 그 얘기가 하고 싶은 것이다. 도현에 대한 일말의 배려처럼 입 밖으로 내놓지는 않았지만 어머닌 너 우리 재산 때문에 지우를 놔주지 않는 것이 분명해. 우리에게 자식이라고는 오로지 지우 하나고 우리가 늙고 기운이 없어 판단이 흐려지면 그 재산을 서둘러 지우에게 물려줄 걸 알고 있는 거야. 결국 태도현 네놈은 우리 지우가 아니라 지우의 것이 될 재력에 포기할 수 없는 매력을 느낀 거야. 물론 이런 모멸감쯤은 백 번 감수할 작정도 했겠지, 그 말이 하고 싶은 것일 게다.

도현도 느끼는 듯하다. 얼굴이 일그러지진 않았지만 피부 밑바닥에서 모욕으로 상처받은 반항심이 치켜드는 것을 느낄 수 있었다. 막말로 사내놈인데, 아무것도 가진 게 없어도 불알 두 쪽이면 반은 먹어준다는 사내놈인데 내가 이따위 잡소리를 듣고 있어야 하는 거야? 확 뒤엎어 버리고 양껏 내지르고 나가 버릴까? 하는 밑바닥 본능의 격렬한 삿대질과 싸우고 있는 듯했다.

지우는 온몸에 골고루 퍼져 있는 36.5℃의 열기가 순식간에 얼굴로 집결하는 것을 느꼈고, 분노로 심장이 두근거리고 호흡이 격해졌다.

도현을 향한 어머니의 공격이 너무 지나치다 싶었다. 사지를 꼼짝 못하게 포박해 놓고 아니꼬우면 덤벼보라는 식이다. 어디 놀릴 주둥이가 있으면 한번 대거리를 해보라는 식이다.

"지우를 얼마나 도와줄 수 있어요? 의사 되는 게 쉬운 일이 아니라는 건 잘 알 테고, 의사 일이 얼마나 피곤한지도 알 텐데 하루 종일 병원에서 시달리고 녹초가 된 아이한테 집안일까지 시키는 거 난 못 참아요. 어떤 대책이 있어요?"

어머니는 정말 치사하고 야비했다. 겉으론 딸 걱정인 듯했지만 결국 어머니가 말하고 싶은 것은 도현이 가진 너무나 보잘것없는 재력이었다. 워낙에 가진 것 없는 도현의 재력을 탓하고 꼬집고 있는 것이다.

도현은 아무 말도 못했다. 모멸감으로 눈빛은 날카로워져 있었고 입술은 굳게 다물어져 있었다.

"내가 이 자리에서 박차고 나가길 원하세요?"

지우는 어머니와 시선도 맞추지 않은 채 낮은 목소리로 자신이 지금 얼마나 필사적으로 참고 있는지 알려주려는 듯 탁자 위에 올려놓은 주먹을 틀어쥐고 중얼거렸다.

"지우 너……."

"허락하셨잖아요. 그래서 사위 될 사람 만나러 나온 거잖아요. 집으로 부른 것도 아니고 일부러 도현 씨 기죽이려고 여기 호텔 양식당 특실로 불러낸 거잖아요. 이 정도면 됐지 기어이 쓰린 델 찌르셔야겠어요?"

"넌 가만히 있어. 곱게 곱게 키워 아무것도 가진 것 없는 녀석한테 생으로 뺏기게 생겼는데 그럼 이만한 말도 못해?"

수십년간 교양과 매너로 다져진 어머니는 높지도 낮지도 않은 억양을 유지하려고 애쓰며 푸념하셨다.

"가겠어요."

지우가 벌떡 일어나자 도현이 지우의 손을 잡았다.

"앉아."

"일어나요."

"앉아. 이러는 거 아니야. 앉아."

"부끄러워서 더는 못 앉아 있겠어요. 어머니, 정말 실망했어요. 아니, 아버지한테 더 실망했어요. 어떻게 사람이 사람한테 이런 식으로 모욕을 퍼붓는데 아버진 그냥 듣고만 계세요?"

지우는 별안간에 화살을 아버지에게로 돌렸고 아버지는 어머니 못지않게 몹시도 불쾌한 듯한 시선으로 지우를 노려봤다.

"분명히 말씀드리지만 두 분이 어떤 말씀을 하셔도 난 도현 씨와 결혼해요. 결혼한다구요."

지우는 지금까지 한 번도 그래본 적이 없는 두 분을 향한 격한 거부감과 적대감을 드러내며 꼬집듯 그렇게 내뱉었다.

어쨌거나 그날 후로 달라진 건 없었다. 어머니, 아버지는 도현과의 결혼을 승낙했기 때문에 도현을 만난 것이고 호텔 양식당 특실에서의 첫 대면이 사위감을 만나기 위해서가 아니라 마치 원수의 아들을 만나는 자리처럼 되어버렸지만 그래도 달라진 것은 없었다. 지우는 도현과 결혼할 것이고 그 사실이 달라질 수는 없다. 도현과의 만남 후 부모님과 지우의 관계는 서로 부딪치는 일이 거북할 만큼 냉랭해지고 말았다. 아버지는 지우와 대화하길 꺼려하셨는데 어떻게 보면 아버지가 아니라 지우 쪽에서 대화를 단절시켰던 것인지도 모른다.

도현을 만나고 난 후 두 달 뒤에 양가 부모님의 상견례가 있었다. 한 번도 웃지 않았던 부모님, 그리고 상견례가 진행되었던 사십 분 동안 내내 굴욕적인 미소를 머금고 계시던 도현의 부모님. 중간에서 밝게 웃지도, 그렇다고 얼굴을 구기고 있을 수도 없어 어정쩡한 미소를 머금고 있었던 지우와 도현. 전혀 화기애애하지도 않은 상견례에서 다가오는 봄에 결혼하기로 날짜를 잡았고 지금쯤 신부 수업을 시작해야 하는데, 지우에겐 그럴 시간이 없었다.

어쩌면, 신혼 첫날부터 도현을 굶겨서 내보내야 할지도 모르는 상황이었다.

예감
—섭씨 37.4℃

"무슨 생각 해요?"

도진이 불쑥 물었다.

"아, 아니에요."

지우는 도현의 아침밥 걱정을 지금 한다고 해서 무슨 소용이 있을까 싶어 고개를 가로저었다.

"내가 준 목걸이는 버릴 거예요?"

도진이 물었고 지우는 난감한 얼굴로 도진을 쳐다봤다.

"버리긴 왜 버려요. 선물 받은 건데……."

자신이 준 목걸이를 지우가 부담스러워한다는 걸 눈치챈 듯 도진이 물었다.

"그럼 서랍 안에 쑤셔 박아놓을 거예요?"

버리지 않으면 서랍 안에 쑤셔 박아둘 생각이었는데 그것까지 알아차린 모양이었다.

"······아뇨."

지우가 자신없는 목소리로 대꾸했다.

"그럼 어쩔 거예요?"

어떻게 할 거냐고? 지우도 그건 알 수 없었다.

뭣 때문에 이렇게 따지고 들까, 선물했으면 그만이지. 그것으로 뭘 하든, 국을 끓이든 찌개를 끓이든 이젠 받은 사람의 몫인데 왜 따지고 들까.

어떻게 해야 할까.

도현이 준 목걸이가 있으니 목에 걸고 다닐 수도 없고, 도진이 서랍에 쑤셔 박아둘 거냐고 묻는 바람에 뜨악해져서 처박아둘 수도 없게 됐다. 그렇다고 버리는 건 더욱 말 안 되고, 또 아깝고. 버릴 수도 없고, 처박아둘 수도 없고, 하고 다닐 수도 없고 대번에 거추장스러운 처치곤란이 돼버렸다.

"정말로, 목걸이 선물하는 게 당신은 내 사람입니다 그런 뜻이에요?"

"응."

"그럼 승아 씨한테 사줬어야지 왜 나한테 사줬어요. 아무리 생일이라도······."

"난 승아가 내 사람이라고 생각한 적 없거든."

도진의 대답에 지우는 입 안이 마르는 것을 느끼며 불안한 눈길로 도진을 쳐다봤다.

"그렇게 쳐다보지 마."

도진이 중얼거렸다.

그럼 어떻게 쳐다보라고, 낭패스러운 상황에 몰아넣어 두고 나더러 어쩌라고.

그런 도진이의 목소리가 억양이 이상했다. 원래 가끔 버르장머리없이 반말을 지껄이기는 했지만 그때의 억양과 또 다르다. 무슨 의미일까. 너무 과장되게 생각하는 걸까?

"설마, 도진 씨가 그런 의미로 나한테 목걸이를 준 건 아닐 테고…… 도현 씨랑 도진 씨가 한꺼번에 목걸이를 줘서 실은 좀 당황스러워요."

지우가 일부러 별 의미를 주지 않기 위해 이내 시선을 거둔 채 가볍게 웃으며 말했다.

그래, 설마 도진이 곧 형의 와이프가 될 내게 그런 의미로 목걸이를 주었을 리 만무하다. 장난을 치고 싶은 거겠지. 지우는 그렇게 생각하기로 했다.

"목걸이를 주는 건 당신은 내 사람입니다, 라는 뜻이야."

도진이 낮은 목소리로 말했다.

지우의 고개가 저절로 도진에게로 향했다. 지우는 한참 동안이나 아무 말도 못한 채 도진의 옆모습만 쳐다보고 있었다.

장난이 아닌 모양이다.

그럼 안 되는 거잖아. 장난이 아니면 안 되는 거잖아.

"도진 씨."

지우의 목소리가 갈라졌다, 불안한 듯이. 어찌해야 할지 몰라

허둥거리듯이.

"그냥 모른 척하면 돼. 그러면 된다고."

"도진 씨……."

모른 척하면 된다고? 이렇게 무책임할 수가. 그 이상한 의미를 가진 선물을 주고선 이제 와서 모른 척하면 된다고?

"하지만 도진 씨……."

"내려요. 다 왔어요."

도진의 말에 밖을 쳐다보자 정말로 집 대문이 보였다.

지우는 무슨 말인가 하고 싶었지만 어떻게 말을 꺼내야 할지 몰라 그만뒀다. 아니, 아무 말도 안 하는 게 좋을 듯했다. 이렇게 헤어지면 다음날부턴 아무 일도 없었던 것이 되는 걸까? 그는 어떤 의미를 잔뜩 담은 말을 하고 말았는데, 그냥 이대로 모른 척하면 그만일까?

그래, 무시하자. 선물을 준 당사자가 그 선물에 어떤 뜻이 담겨 있든 모른 척하면 된다고 했으니 모른 척하자. 구태여 깊은 의미를 두지 말자. 그래선 안 되는 사람의 선물이고 그래선 안 되니까.

"데려다 줘서 고마워요."

지우가 어색한 얼굴로 말했다. 얼굴은 어색하지만 그가 모른 척하라고 했으니 어쨌거나 짐스러운 무엇인가가 한 가지는 해결된 것 같았다. 마음은 여전히 무겁지만.

"잘 자요."

"조심해서 가요."

지우가 차에서 막 내리려는데 도진이 갑자기 지우의 손을 움켜잡았다. 지우가 깜짝 놀라 쳐다보자 도진이 괴로운 듯한 눈길로 지우를 바라보고 있었다.

"왜, 왜 그래요?"

지우가 불안함을 느끼며 물었다.

"날 먼저 만났어야 해."

도진이 낮은 음성으로 중얼거리듯 말했다.

"무슨, 말이에요?"

"날 먼저 만났다면, 날 사랑했을 거야."

도진이 지우의 손을 더욱 꽉 움켜잡으며 말했다.

지우는 자신도 모르게 숨을 후욱 들이마셨다.

날 먼저 만났어야 해, 라는 말은 뭘까? 나를 먼저 만났다면 날 사랑했을 거야, 라는 말은 무슨 뜻일까? 아니, 뜻 따위는 필요하지 않다. 뜻 따위를 알려고 할 필요도 없다.

지우는 결코 들어선 안 될 저주를 들은 듯했다. 들어선 안 될 얘기였다.

도진은 같은 말을 반복했고 반복한 끝에 사랑을 언급했다. 도진은 지우를 상대로 사랑을 언급해서는 안 된다. 지우는 형이 사랑하는 여자고 형의 아내가 될 사람이니까.

'미쳤어. 미쳤다고. 난 내 남편이 될 사람의 동생과 눈이 맞는 따위의 저급한 짓을 할 생각이 결코 없어!'

지우는 불에 덴 듯 화들짝 놀라며 도진의 손아귀에 잡힌 자신의 손을 빼내려고 했지만 도진은 지우의 손을 놓아주지 않았다.

"왜 이래요?"

지우가 딱딱한 어조로 나무라듯 말했다.

"네가, 형의 여자라는 게 너무 고통스러워. 네가 내 여자가 아닌 게 너무 고통스럽다고."

도진이 지우를 노려보며 맵게 내뱉었다.

가슴이 두근거리고 얼굴이 화끈거렸다.

이 사람 무슨 말을 하고 싶은 걸까. 대체 왜 이러는 걸까.

어쩐지 두렵고 이질적인 죄책감이 느껴졌다. 죄책감이 누굴 향해 있는지도 몰랐다. 그저 이건 아니라고, 이건 절대 안 된다는 생각만이 머리 속을 가득 채우고 있었다. 자신의 책임이 아닌데도 전적으로 자신의 책임인 것만 같다. 도진의 예상치 못한 한마디로 인해 목걸이가 가진 의미가 가슴을 옥죄기 시작해 또 두려웠다.

지우는 어디에다 시선을 두어야 할지 모른 채 차 안 여기저기를 불안한 눈동자로 더듬거리다 도진에게 시선을 고정했다. 어리숙하게 굴면 안 될 것 같았다. 어떤 입장이든 밝혀야 할 것 같았다. 확고하게 명확하게, 쐐기를 박듯이.

"난 도현 씨를 만났고 그 사람을 사랑해요."

지우가 도진의 눈을 똑바로 바라보며 확고하게 말했다.

이런 얘기 아무 소용 없다는 것을 분명하게 해두기 위해, 지금 한 말 너무나 위험한 말이라 입 밖으로 토해서는 안 될 말이었다는 것을 가르쳐 주기 위해.

"난 도현 씨를 사랑하고 그 사람은……."

"알아, 형을 사랑한다는 거. 안다고, 알고 있다고!"

도진이 신경질적으로 내뱉었고 지우는 도진의 신경질에 가슴이 오그라드는 걸 느끼며 입술을 꼭 깨물었다. 하지만 도진의 객기를 못 이긴 척 받아들일 수는 없었다.

"그 사람은 도진 씨 형이에요. 이젠 그러지 말아요."

지우가 충고하듯 말했고 도진은 짜증스럽게 웃으며 지우의 손을 놔주었다.

"형이라는 걸 모르고 있을 것 같아? 내 형이라 미칠 것 같은 거야."

도진이 더욱 짜증스럽게 내뱉었고 지우는 그의 짜증을, 아니, 짜증이 아닌 무엇도 더는 받아주어선 안 된다는 것을 알았다.

"조심해서 가세요."

지우는 서둘러 도진의 차에서 내렸다. 지우가 차 문을 닫는데 도진도 차에서 내렸다.

"지우야."

그가 그렇게 불렀다.

지우 씨가 아닌 지우야 라고. 제길, 제길!

지우는 그를 쳐다보지 않았다.

"지우야."

그가 타 들어가는 목소리로 다시 불렀다.

"데려다 줘서 감사해요."

아무 말도 하지 않고 그냥 집에 들어가고 싶은데, 도망치듯 그렇게 가버리면 그가 오해할 것 같았다. 그의 말에, 그의 장난질에 반응하는 것으로 오해할 것 같았다. 당신이 무슨 말을 해도 난 흔들리지 않는다고, 난 이렇게 당신에게 어떤 감정도 없다는 것을 보여주기 위해 사뭇 사무적인 태도로 아무런 감정도 담지 않은 눈길로 도진을 쳐다보며 말했다. 데려다 줘서 감사하다고.

"날 그렇게 쳐다보지 마."

도진이 낮은 억양으로 중얼거렸다.

지우가 어색하고 민망한 기분으로 돌아서는데 다시 도진의 중얼거림이 지우의 귓속으로 파고들었다.

"날 그렇게 쳐다보지 마, 널 뺏고 싶으니까."

가슴이 철렁 내려앉았다. 널 뺏고 싶으니까…… 철렁 내려앉았던 가슴은 두렵도록 급하게 뛰기 시작했다. 그 말이 뭐라고, 그깟 말이 뭐라고…….

지우는 그의 시선이 무섭게 잡아끄는 것을 느끼며 도망치듯 집 안으로 들어왔다. 그의 시선에서 벗어났는데 아직도 가슴은 급하게 줄달음질치고 있었다. 조금 전 어쩐지 두렵고 이질적인 죄책감 때문에 느껴졌던 그런 두근거림이 아니었다. 그럼 이 낯선 두근거림은 뭐란 말인가. 설마 셀렘은 아니겠지? 그럴 리가 없다, 그래서도 안 되고. 그는 도현의 동생이다. 남편이 될 남자의 동생은 일반적인 감정 외에 다른 감정은 절대 개입할 수 없고 개입해서도 안 될 관계다.

그런데 도진의 말이 무슨 의미가 있다고 이렇게까지 소름 끼치게 설렌단 말인가. 어째서 이렇게 가슴이 떨릴까? 좋아서? 아니, 좋을 리가 없다. 좋을 리가 없어. 좋지 않다, 두렵다, 두려워…….

지우는 혼란스러움에 고개를 가로저었다.

알 수가 없었다. 도저히 도진의 의도를, 마음을 이해할 수가 없었다.

뺏고 싶으니까? 그래, 도진이 언젠가 비슷한 말을 했던 적이 있다.

"어머님이 뭘 좋아하시는지, 아버님은 뭘 좋아하시는지 전혀 정보가 없어요. 그리고 도현 씨랑은 아침부터 연락이 안 되네요. 평창에 갔다고 하더니 전화가 먹통이 됐어요."

어버이날 선물을 준비하기 위해 아침부터 도현과의 통화를 시도했지만 어젯밤에 평창으로 떠난 도현의 휴대폰이 터지지 않아 통화가 안 됐다. 오늘은 선물을 준비해서 붙여야 어버이날 도착할 텐데 도현과는 통화가 안 되고 하는 수없이 도진에게 도움을 청했다.

"저녁에 같이 백화점에 가줄 수 있어요? 같이 골랐으면 좋겠는데. 어떤 걸 준비해야 할지 전혀 감이 안 잡혀요."

[알았어요. 병원으로 데리러 갈게요.]

"그래 주면 고맙구요."

병원으로 지우를 데리러 온 도진은 먼저 저녁을 먹자고 했지만 지우는 선물을 마련해 둬야 안심이 될 것 같다며 백화점부터 가자고 했다.

"도현 씨한테 서른두 번 전화해서야 통화가 됐어요. 산골짜기에 있어서 휴대폰이 터지지 않았대요. 내일 모레나 되어야 돌아올 것 같다네요."

지우가 아쉽다는 목소리로 말했다.

"형하고 와야 하는데 나하고 와서 재미없지 않아요?"

"재미가 넘치는 건 아니지만 나쁘지 않아요."

"오늘 하루 애인으로 끌고 다니기 나쁘지 않죠?"

"어머, 내가 끌고 다니는 거예요?"

지우가 미안한 얼굴로 물었다.

"아니에요. 말이 그렇다는 거지."

"같이 와줘서 고마워하고 있어요. 내가 나쁘지 않다는 건 도진 씨가 옆에 있어서 든든하다는 얘기였어요."

"알아요."

도진이 씩 웃었고 지우는 도진의 미소가 참 멋지다고 생각했다.

"뭐가 좋을까요? 이럴 때가 제일 곤란한 것 같아요. 뭘 사야 할지 모른 채로 백화점에 올 때 말이에요."

백화점에 들어와 벌써 일층을 두 번이나 돌았는데도 마땅한 것을 찾아내지 못한 지우가 난감한 얼굴로 말했다.

"구두가 좋을까요? 넥타이는 너무 흔하고, 양복은 어때요?"

"아버지는 라이터 하나 사드리세요."

"라이터?"

지우가 솔깃한 얼굴로 도진을 쳐다봤다.

"생각났는데 아버지 친구 분이 라이터 선물을 받은 걸 보고 부러워하시는 것 같더라구요."

"라이터, 괜찮겠네요."

지우가 활짝 웃으며 말했다.

"그럼 어머니는요?"

"엄마 건 내가 준비할게요."

"싫어요. 두 분 다 해드릴 거예요."

"장에 나가실 때 입으실 겉옷 하나 사드릴 생각이었는데 그럼 그거 살래요?"

"어머니 어떤 색 좋아하세요?"

"밝은 색이면 다 좋아하세요."

"스카프랑 같이 사야겠어요. 사이즈를 알아야 하는데."

지우는 수십 종류의 라이터를 거의 분석에 가깝게 훑어본 후 가장 비싸고 화려한 것으로 골랐다.

"그렇게 비싼 거 살 필요 없어요."

"난 사드리고 싶어요."

도진이 너무 비싸다며 만류했지만 지우는 들은 척도 하지 않았다. 라이터를 근사하게 포장한 후 여성복 코너로 올라온 지우는 명품 코너로 가려다 도진에게 가로막혔다.

"그럴 필요 없어요."

"선물할 사람은 나니까 내버려 둬요."

"우리 엄만 명품이 뭔지도 몰라요. 그리고 만약에 아신다면 너무 아깝고 무서워서 한 번도 못 입고 죽을 때까지 장롱 속에 걸어 두고 들여다보고만 있을 거예요. 입으라고 사주는 옷인데 걸어놓고 구경만 하면 무슨 소용이에요?"

"난 좋은 거 해드리고 싶어요."

"명품 아니어도 좋은 거 많아요. 입고 다닐 수 있는 것으로 사드려요. 안 그럼 못 사게 할 거예요."

"……알았어요."

지우는 도진의 말이 맞다고 생각했고 그래서 명품 코너를 포기하고 여성복 매장을 돌아다니다 장래의 시어머니가 장에 가실 때 멋쟁이가 되실 수 있는 딱 맞는 옷을 골라냈다.

"어때요?"

"나도 마음에 들어요."

지우는 흡족한 기분으로 계산을 한 후 특별하게 포장을 부탁했다.

도진은 그만하면 됐다고 했지만 겉옷에 어울리는 스카프를 꼭 사야 한다는 지우의 고집을 꺾지는 못했다. 지우는 기어이 스카프도 샀고 그제야 배가 고프다며 저녁을 먹으러 가자고 했다.

"뭐 먹고 싶어요?"

"뭐든 지금은 다 맛있을 것 같아요."

뭐 먹을 건지 고를 시간도 없을 만큼 배가 고프다며 백화점 안에 있는 식당가로 올라가서 비빔밥 집에 들어간 두 사람은 제발 순식간에 나와주길 기대하며 돌솥비빔밥 두 개를 주문했다. 음식이 나오기 전에 주린 배를 달래라며 나온 숭늉을 도진이 자신의 것까지 밀어주었다.

"마셔요."

"이거 한 잔이면 돼요."

"다 마셔요. 급하게 먹다가 체하지 말고 물이라도 마셔서 배를 채운 다음에 먹어요."

도진이 말했고 지우가 픽 웃으며 도진의 숭늉까지 다 받아 마셨다.

"그거 알아요?"

"뭘요?"

"도진 씨 꽤 자상한 거요."

"그래요?"

"정말 자상해요. 승아 씨가 좋아하겠어요."

"……형은 안 그래요?"

"형도 자상하지만…… 너무 바빠서 자주 못 만나잖아요."

"자주 만나지 않아도…… 사랑해요?"

"그런 말이 어딨어요?"

지우가 눈을 흘겼다.

"이럴 적에 형을 부러워하던 몇 가지가 있었어요."

"어떤 거요?"

"싸움도 잘하고 그래서 골목대장이고. 형이 어깨에 짊어지고 다니던 유도복이 너무 멋지게 보여서 형 몰래 입어보기도 했어요. 어릴 땐 까불다 매도 많이 맞았지만."

도진의 말에 지우가 웃었다.

"도현 씨한테 매도 맞았어요?"

"많이 맞았어요, 까불다가."

"그 얘긴 처음 듣네요."

"다른 형제들은 서로 치고받고 싸운다는데 우린 형이 운동을 하는 바람에 꼼짝없이 내가 얻어맞았죠."

도신이 천진하게 씩 웃었다.

"어른이 되어서는 별로 부러운 게 없는데…… 형이 하는 일, 내

가 하는 일이 다르니까. 나이가 드니까 부럽고 어쩌고 하는 것도
없었는데…… 한 가지 부러운 게 생겼어요."

"어떤 거요?"

"……내가 갖고 싶을 정도로, 내가 뺏고 싶을 정도로 부러운
거."

그날 말했었다, 뺏고 싶을 만큼 도현에게 부러운 게 있다고.

"뭔데요?"

지우가 천진하게 물었다.

"사람요."

"사람? 어떤 사람요?"

지우가 묻는데 돌솥비빔밥이 나왔다.

"음, 냄새 좋다."

지우가 수저를 들고 덤벼들었다.

"당신……."

"뭐라구요?"

"아니에요, 천천히 먹어요."

도진이 당신이라고 속삭인 말을 그때는 알아차리지 못했었다.
그런데 지금 그 의미가 알아졌다. 도진이 당신, 이라고 했던 속삭
임이 무엇을 뜻하는지 알아졌다.

지우는 그날 백화점에서 저녁까지 해결하고 나와서 도진의 차
를 타고 집으로 돌아왔을 때의 기억까지 더듬었다.

밥을 먹고 도진의 차를 타고 집으로 돌아온 지우는 차에서 쇼핑
한 것들을 꺼내주는 도진에게 다시 한 번 고맙다고 말했다.

"고맙다는 말 그만 해도 돼요. 고마워하는 거 알아요."

"정말 고마워서 그래요."

"알았어요, 들어가요."

도진이 대문 앞까지 쇼핑백을 들어주더니 초인종도 눌러주었다.

—누구세요?

"저예요."

지우가 대답하자마자 삑 하는 소리와 함께 문이 열렸다.

"조심해서 가요."

"잘 자요."

"도진 씨두요."

지우가 예쁘게 미소 지어 보이고 집으로 들어왔다.

부모님께 돌아왔다고 인사하고 자신의 방으로 올라온 지우가 침대 위에 쇼핑백을 내려놓는데 휴대폰이 울렸다.

"여보세요?"

[방에 들어갔어요?]

"도진 씨? 네, 들어왔어요."

[알았어요. 그만 갈게요.]

"아직 안 갔어요?"

지우가 깜짝 놀라며 커튼을 걷고 창문을 열자 저만치 도진이 이층을 올려다보고 있는 모습이 보였다.

"왜 안 갔어요?"

[방에 들어가는 거 보려고요.]

"들어왔어요."

[알아요. 됐어요, 그럼. 갈게요. 잘 자요.]

"조심해서 가요."

도진이 전화를 끊고 지우도 전화를 끊었다. 도진이 손을 들어 보였고 지우도 손을 흔들었다. 도진이 차에 올라 떠나고 난 후에도 지우는 창문을 닫지 못하고 있었다.

무슨 기분일까…… 어떻게 표현해야 할까, 지금 이 기분을.

기분? 아니다. 기분이라니, 그런 거 아니다. 그냥 조금 이상한 거다.

저 남자가 너무 살갑게 챙겨주니까 조금 이상했다. 아니, 남자가 아니라 남자 친구의 남동생이 너무 살갑게 챙겨주니까 조금 이상한 거다. 그래, 그는 남자 친구의 동생이다. 남자가 아니라, 남자가 아니라…….

지우는 기억해 냈다, 그때 이상했던 기분을. 도진이 애인의 남동생이 아니라 마치 애인처럼 굴었던 그때, 가슴을 울렁거리게 했던 그 기분을. 그땐 별것 아니라고, 쓰잘데기없는 감상이라 생각했었는데 오늘 다시 되새겨 보니 쓰잘데기없는 감상이 아니었다. 뭔가 있었던 거다. 그럼 안 되는 뭔가가.

그럼, 그때부터 도진이 이상했던 걸까? 지우는 미처 생각하고 인식하지 못했던 그때부터 도진은 지우를, 형의 애인을 가슴에 담고 있었던 걸까?

지우는 도진을 처음 만났던 날도 생각해 봤다. 그날 도진의 눈빛이 어땠는지.

한집에서 사는 동생이라며 동생 보면 아마 깜짝 놀랄걸? 정말 멋진 녀석이거든 하고 침이 마르도록 자랑하던 도현의 손에 이끌려 도진을 만나러 갔었다. 아무리 사랑하는 동생이라도 대체 뭣 때문에 저렇게 칭찬이 늘어질까 의아해하며 도진을 만났었다.

"도진이는 나하고 다르거든. 그 녀석은 머리가 너무 좋아서 어릴 때부터 못 만드는 게 없었어. 손에 쥐기만 하면 하여튼 이상한 걸 잘도 만들어냈거든. 저 녀석이 뭐가 될까 했는데 자동차 만드는 기술자가 됐단 말이지."

자동차 만드는 기술자. 도진이 나타나기 전, 지우는 손에 기름 때를 잔뜩 묻히고 있는 엔지니어를 상상했었다.

"그 녀석은 나하고 많이 달라."

"어떻게요?"

"옷도 잘 입고 꾸미는 거 엄청 좋아해. 나만 보면 한심해한다니깐. 사랑하는 여자가 생겼다고 하니까 도저히 못 믿겠대. 미치지 않고서야 어떻게 나처럼 후줄그레한 남자를 좋아하겠냐고."

도현은 정말 그랬다. 옷도 잘 입을 줄 몰랐고 어떤 때는 같은 옷을 일주일 동안 입고 있을 때도 있었다. 직업이 그렇다 보니 옷을 자주 갈아입을 사정이 아니기 때문이었고, 타고나길 꾸미는 데는 전혀 관심이 없는 그런 남자였다. 하지만 도현이 멋쟁이가 아니라 하더라도 지우는 도현이 좋았다. 듬직하고 따뜻하고 무엇보다 도현은 자신을 끔찍하게 사랑해 줬으니까.

지우는 그거면 됐다. 참 이상한 일이지만 사랑을 받지 못하고 자랐던 것도 아닌데, 지우는 도현의 편안하고 꾸미지 않은 솔직함이 너무 좋았다. 그건 어쩌면 어릴 때부터 줄곧 머리카락 한 올도 삐져 나오는 것을 용납하지 못하는 어머니의 지나친 깔끔함과 귀와 온몸에 굳은살이 박히도록 훈련되어졌던 예의, 정숙, 교양 따위의 것들과는 너무나 거리가 먼 다소 지저분하고 구질거리고 전혀 조여져 있지 않은 자유분방함에 매력을 느꼈을지도 모른다.

학창시절에도 허락되지 않았던 길거리 포장마차에서 도현과 선 채로 사먹는 떡볶이나 어묵도 꿀맛 같았고, 천장이 무너질 것 같은 불안함이 느껴지는 삼십 년 된 허름한 냉면집에서 바글거리는 사람들 틈에 끼어 삼십 분이나 줄을 서 있다가 어쩐지 위생적이지 못한 것 같은 닳고 닳은 스테인리스 그릇에 담겨 나오는 냉면을 먹으면서도 행복했다.

도현을 사랑하면서부터 지우는 서민들의 삶을 알게 됐고 매력까지는 아니지만 퍽 살갑게 느꼈었다. 버스나 전철을 타는 일이 고되다는 것을 알았고, 풍족하지 못하다는 것은 꽤나 불편하다는 것도 알게 됐지만 불만은 전혀 없었다. 도현을 사랑하니까, 그와 함께 있으면 어디라도 좋았으니까. 그래서 궁금했다. 도현이 그토록 자랑하는 동생은 어떤 사람일지, 많이 다르다는데 얼마나 다를지.

도진을 만났다. 그리고 알았다, 도현과 참 많이 다르다는 걸.

"도진아, 인사해. 지우야, 형 여자 친구."

도현이 도진에게 소개했고 지우는 조금은 쑥스러운 듯, 하지만 반갑게 도진에게 인사했다.

"안녕하세요."

"네, 안녕하세요. 태도진이에요. 형이랑 한집에 사는 동생요."

도현의 짧은 스포츠형 머리와는 정반대로 부분 부분 브리치도 넣은 굽실굽실 머리의 도진이 그렇게 인사를 받아주었다.

여드름 자국이 많고 항상 2㎜ 정도의 수염이 비죽 자라 있는 도현에 비해 참 깨끗하고 깔끔한 남자였다. 검은색 진 바지에 색감이 살아 있는 티셔츠, 그리고 멋쟁이들만 소화 가능해 보이는 구두. 도진의 첫인상은 참 멋지고 매력적이었다.

"우리 지우, 우리 지우, 형이 입에 달고 살던 우리 지우를 오늘 만났네요."

도진이 활기찬 얼굴로 말했고 지우는 도진의 말에서 도현의 사랑이 느껴져 수줍게 웃었다.

"난 형이 거짓말하는 줄 알았는데, 놀랍네요."

"뭐가, 자식아."

"형이 예쁘다며 텔레비전에 나오는 어떤 여자를 데려와도 우리 지우한테는 안 된다고 하길래 그런 여자가 미치지 않고서야 형을 좋아하겠냐고 했는데 우와, 놀랍네요."

"우리 지우 예쁘지?"

도현은 마냥 싱글벙글이었다. 동생이 자신의 여자 친구에게 후한 점수를 준 게 너무 좋은 모양이었다.

"정말 의사예요?"

"지금 전공의 과정 밟고 있어요."

"의사 선생님이 형을 어떻게 만난 거예요?"

"도현 씨가 백화점에서 내 지갑 소매치기한 사람을 잡아줬거든요."

"백화점에서요?"

"지난번에 있잖냐. 아버지 생신 때 사서 보내 드린다던 넥타이. 네가 아무리 시골에 산다고 진짜 촌스럽다고 깡촌 이장님이나 매는 넥타이 같다고 했던 거. 그거 사던 날이야."

"아, 그날."

도진이 웃었고, 그리고 지우에게서 눈을 떼지 못했다.

"형 좋아요?"

도진이 물었다.

"야 인마, 그런 말이 어딨냐? 좋지, 그럼."

도현이 그놈 참 싱겁네 하듯이 말했고 지우는 웃었다.

"네, 좋아요."

"승아 씨하고 나중에 같이 밥 먹자."

도현이 말했다.

"승아 씨가 누구예요?"

"도진이 여자 친구."

"아, 그래요. 같이 밥 먹어요."

"그러죠."

처음 만났을 때는 아닌 것 같았다. 그래, 설마 처음 만난 날 형의 여자를 탐했을 리는 없다. 도진은 적어도 그때는 어떤 이상한 눈길을 보내지 않았다, 그때는.

도진이 언제부터 자신을 형의 여자가 아닌 전혀 새로운 개체로 생각하게 되었는지 지우는 골몰했다. 그걸 알아내자면 도진과 함께했던 시간들을 더듬어야 했다. 자신이 사랑하는 여자, 사랑까지는 아니더라도 형의 여자에게 하는 행동치고는 조금 지나치다 싶은 행동을 한 것이 언제이고 어떤 것들이 있었나를 알아내고 싶었다.

도진은 승아라는 여자 친구를 가끔씩 데리고 왔는데 아마 그때가 승아를 두 번째 데리고 나왔던 날 같다. 그날 두 사람은, 그러니까 도진과 승아는 아주 좋아 보였다. 도진이 승아를 많이 신경 쓰는 것 같자 도현 역시 도진에게 지지 않기 위해 참 살뜰하게도 지우를 챙겼었다.

승아는 지우보다 한 살이 더 많았고 꽤 괜찮은 회사에 취직이 돼서 일하고 있다고 했다. 도진과 승아는 나이트클럽에서 처음 만났다고 했다. 첫인상이 꽤 괜찮았기 때문에 계속 만나는 거라고 했는데 지우는 남자와 여자가 그런 장소에서 만나 지속적으로 교제를 할 수 있다는 것을 퍽 이상하면서도 신기하다 생각했었다.

"여자들은 이런 음식을 왜 좋아하는지 몰라. 난 암만 먹어도 배도 안 부르고 느끼하기만 한데."

레스토랑에서 양식을 주문해 먹고 있던 도현이 벌써 느끼해지기 시작한 얼굴로 말하자 지우는 도현이 좋아하는 삼겹살이나 그냥 밥 먹는 식당으로 갈 걸 생각했다.

다른 데로 갈걸 그랬나 봐요, 라고 중얼거리며 도현의 입가에 묻은 소스를 닦아주는데 도진이 스테이크 한 조각을 포크로 찍어 승아의 입에 넣어주었다.

"어떻게 된 게 이놈의 동네는 모조리 금연 구역이냐. 나 나가서 담배 한 대 피우고 올게. 괜찮지?"

도현이 지우에게 양해를 구했고 지우가 고개를 끄덕이자 도현이 레스토랑 밖으로 나갔다.

"지우 씨, 혹시 그거 있어요?"

승아가 물었다.

그거라니?

"뭐요?"

"마법이요. 마법에 걸렸는데 깜빡하고 안 가져왔네."

지우는 도진이 마법이 무엇인지 알고 있을 거라고 생각했다. 전혀 무관심한 얼굴을 하고 있었지만 말이다.

"종업원한테 말하면 줄 거예요."

승아가 나 화장도 좀 고치고, 라고 도진에게 말한 후 종업원을 향해 사라졌다. 지우가 거의 바닥을 드러내고 있는 샐러드를 한 점 집어 드는데 도진이 스테이크가 매달려 있는 포크를 지우에게 내밀었다.

"먹어요."

"내 거 남았어요."

"먹어요. 먹여주고 싶어서요."

도진의 말에 지우가 민망한 얼굴을 하자 도진이 장난스럽게 씩 웃었다.

"형이 한 번도 안 먹여주길래 대신 해주는 거예요."

"도현 씨한테 바가지 좀 긁어야겠네요."

지우가 웃으며 말하자 도진이 포크를 지우의 얼굴에 더욱 가까이 들이밀었고 지우는 별다른 생각 없이 받아먹었다. 아니, 별다른 생각을 안 한 게 아니다. 도현이 볼까 봐, 승아가 보면 기분 나빠 할지도 모르겠다 그런 생각을 했었다. 다행히 아무도 보지 못했지만.

도진이 승아한테 하듯 지우에게 스테이크 먹여준 걸 이상하다고 생각해야 할까? 그때부터 도진이 이상했던 걸까?

도진이 스테이크를 먹여주었던 일은 어버이날 선물 준비하는 걸 도와달라고 도진에게 부탁하기 한참 전의 일이었다. 그러니까 도현에게 동생인 도진을 소개받고 인사를 나누고 그 후로 몇 번 더 만났을 때인데, 그렇다고 해서 스테이크를 먹여줄 만큼 많이 가까워진 정도가 아니어서 꽤 당황했던 것으로 기억이 됐다. 도현의 눈치도 보고 승아의 눈치도 봐야 했을 만큼 말이다. 그럼 그때부터 도진이 이상했던 걸까? 그건 아닌 것 같다. 그래, 그건 아니다. 그건 그냥 도현이 그렇게 해주지 않아 대신 해주는 거라고 했고, 레스토랑을 나와 헤어질 때까지 도진은 승아에게 더없이 좋은 남자 친구였다.

그럼 대체 언제부터지?

도진은 자상한 남자였다. 남자 친구의 동생치고는 좀 지나치다 싶을 만큼 자상하고 친절한 사람인 것은 분명했다. 그렇다고 하더라도 지우는 달리 생각하지 않았었다. 다른 생각은 하지 않았다. 할 수도 없었고. 자주 만나서 가깝다지만 그래도 늘 일정한 거리를 두었던 사람이었다. 시우도 그랬고, 도진도 그랬다. 그런데 왜 내내 깍듯하게 형의 여자 친구이자 곧 형수가 될 여자로 대우하다가 갑자기 왜, 의미가 남다른 목걸이를 선물한 걸까. 그리고 알아들을 수 없는, 아니, 충분히 알아들었지만 헤아리기 참으로 난감한 말들을 내뱉은 걸까.

생각해 보니 깍듯하게 형의 여자 친구로, 곧 형수가 될 여자로 대우했던 건 아니었던 것 같다. 그 이상의 모습을 보인 적이 있었다는 것을 지우는 기억해 냈다.

신호음이 한참 울린 후에야 반대편에서 전화를 받아주었다.

"도현 씨?"

[저예요, 도진이.]

"도진 씨예요? 도현 씬요?"

[형 자요.]

"그렇구나. 미안해요, 늦게 전화해서."

지우가 손목시계를 들여다보며 말했다. 늦긴 많이 늦었다. 벌써 자정이 넘어 새벽 한 시에 가까운 시간이었다.

[괜찮아요, 늦게 해도.]

"도진 씬 안 잤어요?"

[아직요. 형은 어제 밤새고 들어와서 완전히 곯아떨어졌어요.]

"그럴 줄 알면서도 혹시나 해서 했는데. 잠깐 전화할 시간이 생겼거든요."

지우가 약간 아쉬운 듯이 말했다.

[형 깨울까요?]

"아니에요. 그냥 자게 해줘요."

[병원이에요?]

"네."

[오늘 밤새는 거예요?]

"날마다 밤새는 게 일이죠."

[저녁은요?]

"저녁은 먹었는데 이 시간 되면 졸음과 배고픔과 싸워야 해요."

지우가 한숨 섞인 목소리로 말했다.

"늦게 전화해서 미안해요, 도진 씨. 도진 씨도 그만 자요."

[내일 형더러 전화하라고 할게요.]

"그래 줘요."

전화를 끊고 한 시간이 채 지나지 않았을 때였다. 지우의 휴대폰이 울렸다. 컵라면이라도 하나 사먹을까 생각하며 깜빡깜빡 졸고 있을 때였다.

"여보세요?"

[지금 나올 수 있어요?]

"누구세요?"

[도진이에요.]

"도진 씨?"

도진이 이 시간에 왜 전화했을까?

"무슨 일이에요?"

[나올 수 있어요?]

"나오라구요? 어딜요?"

[일층 로비에 있어요.]

"어디? 병원요?"

[예.]

"잠깐만요."

지우는 전화를 끊고 서둘러 일층으로 내려갔다. 일층엔 응급실 환자 보호자들과 몇몇의 환자복을 입은 환자들이 있었는데 그중에 도진이 있었다.

"도진 씨, 무슨 일이에요? 아파요?"

"아니에요. 놀라지 말고 앉아요."

그의 말에 지우가 도진의 곁에 앉자 도진이 의자에 올려두었던 쇼핑백에서 음식을 꺼내기 시작했다.

"뭐예요?"

"야식집에서 사 왔어요. 김치볶음밥이에요."

"나 먹으라구요?"

"배고프다고 했잖아요. 먹어요."

도진이 일일이 랩을 벗겨낸 후 일회용 젓가락과 수저를 건넸다.

"나 먹으라고 이 밤중에 사 온 거예요?"

"배고프다 해서요."

"막 미안해지려고 해요."

"미안해질 필요 없어요. 내가 사 오고 싶어서 사 온 건데요 뭘."

"그래도요. 미안해서 못 먹을 것 같아요."

"먹어줘요. 안 먹으면 화날 것 같아요."

도진의 말에 지우가 정말 미안한 얼굴로 미소 짓고는 수저를 받아 들고 김치볶음밥을 먹기 시작했다.

"국물도 같이 먹어요."

"내일 출근해야잖아요."

"하면 되죠."

"언제 자고 언제 출근해요."

"내가 알아서 해요. 걱정 말아요."

"좀 이상해요."

"뭐가요?"

"도진 씨가 야식 챙겨 오니까."

"형은 곯아떨어졌고 형 애인은 배고프다고 전화했고, 그래서 나라도 사다 줘야 할 것 같아 온 거예요."

"배고프다고 전화한 거 아닌데…… 하여튼 정말 고맙고 미안해요."

"미안해하지 않아도 돼요."

지우는 유달리 맛있게 느껴지는 김치볶음밥을 먹으며 도진이라는 남자를 다시 보게 됐다. 원래 친절하고 자상한 남자라는 것은 알고 있었지만 지우가 생각하는 것보다 도진은 훨씬 더 자상하고 살뜰한 남자였다. 도현이 챙겨주었다면 지금보다 몇 배로 감동했겠지만 도진이 챙겨다 주자 미안하면서도 보호받고 있는 듯한 느낌에 가슴 한구석이 조금 이상해졌다.

"도현 씬 아마 이렇게 야식 싸들고 오는 거 생각도 못할 거예요."

지우가 도현에게 약간 서운한 듯 말했다.

"형도 바쁘잖아요."

"그래요, 형도 바쁘죠. 그래도…… 도진 씨가 야식 싸들고 오니까 도현 씨한테 더 서운하네요."

"내가 괜히 왔나 봐요."

"아니에요."

지우가 고개를 저었다.

"좋아서요. 고마워서 그래요, 도현 씨 대신 챙겨줘서."

지우가 일부러 더 맛있게 김치볶음밥을 먹으며 말했다.

"승아 씨한테는 말하지 말아요."

"뭘요?"

"나 야식 챙겨다 준 것 말이에요."

"왜요?"

"기분 나빠할 거예요."

"왜 기분 나빠해요?"

"남자 친구가 형 애인 먹으라고 이 밤중에 야식 챙겨다 줬다 하면 좋아할 사람 없어요."

"그래요?"

"말하지 말아요."

"말 안 할게요."

"그런데 어떻게 보답할까요?"

"뭘요?"

"나 야식 챙겨다 준 보답 해야죠."

"하고 싶어요?"

"하고 싶어요."

"그럼 오늘 밤에 나하고 데이트해요."

"그럴까요?"

"약속했어요."

거의 농담처럼 한 말이었다. 어떻게 보답할까요 하고 농담처럼 한 말인데, 보답하고 싶냐는 물음에 하고 싶다는 말도 농담처럼 했는데 도진이 오늘 밤 데이트하자고 하자 지우는 잠깐 움찔했다. 데이트? 남자 친구의 동생과 어떤 데이트를 한단 말인가.

"뭐 할 건데요?"

"글쎄, 그건 좀 생각해 볼게요."

"정말 오늘 밤에 데이트하자는 거예요?"

도진이 너무 진지했기 때문에 지우가 농담 아니었냐는 듯한 억양으로 물었다.

"싫어요?"

"아니, 싫은 건 아니고…… 그래요, 데이트해요."

보답을 하겠다느니 어쩌니, 아무리 농담조였다고 해도 이미 뱉은 말 농담이었다 하면 실없는 사람이 될 것 같아 지우는 그러자고 했다. 그런데 그러자고 하고 나니 좀 그랬다. 도현만큼이나, 아니, 도현보다 더 많이 만났다고 할 수도 있지만, 그래서 남자 친구의 동생이라도 퍽 편하고 친근했지만 막상 데이트라는 것을 하자고 약속해 놓고 보니 서먹서먹했다. 도현도 없이 장래 시동생이 될 사람과 데이트를 한다?

병원을 나서며 오늘 밤에 병원으로 데리러 오겠다는 도진을 보낸 후 의국으로 올라온 지우는 그냥 농담이었다 할 걸 괜히 약속했나 후회했다. 데이트라고 해봤자 기껏해야 저녁이나 먹고 차 마시는 게 다겠지만 공통적인 화젯거리를 갖고 있지 않은 두 사람이 자연스럽게 대화를 이어나갈지 그것도 걱정이었다.

"별걸 다 가지고 걱정이야."

지우는 지나친 걱정이라고 생각하며 무시하려 노력했지만 도진이 저녁에 데리러 오는 시간까지 한쪽 가슴을 묵직하게 괴롭혔었다.

밤 늦게 부탁하지 않았는데도 야식을 챙겨온 남자. 그 남자는 도현이 아니라 도진이었다.

도진, 그러고 보니 애인의 동생치고는 지나칠 만큼 친절하고 자상했다. 그래도 그가 다른 마음을 갖고 있을 것이라고는 생각 못했는데.

"날 만났어야 해. 날 만났다면 날 사랑했을 거야."

무슨 뜻일까? 왜 그런 말을 했을까.

사실 생각할 필요도 없는 말이었다. 도진의 말대로 무시하고 모른 척하면 그만이다. 도진이 무슨 의미로 그런 말을 했든 무슨 상관이야 해버리면 그만이다. 그런데 자꾸만 도진의 속마음을 알아내고 싶었다. 그리고 지우는 밤이 새도록 그의 진심이 무엇일까를 고민하느라 한숨도 자지 못했다.

✽

형석이가 바짝 얼어붙은 얼굴로 서 있었고, 지우는 당장에 따귀를 올려붙일 눈초리로 노려보고 있었다. 수련의 이 년차인 형석이. 지우는 형석이가 저지른, 어찌 보면 너무나 흔하고 사소한 실수 때문에 화가 꼭대기까지 뻗쳐 있었다.

"보호자가 똑같은 질문을 백 번 하면 백한 번 대답해 줘야 하는 사람이 의사야. 너 그런 기본적인 것도 몰라?"

"……."

"보호자나 환자가 질문하는 걸 그렇게 귀찮아하면서 너 왜 의사 하려고 하니?"

"서너 번이나 얘기했는데도 계속 따지고 들어서……."

"너, 다 알아?"

"예?"

"너 의과대학 나오고 수련의 이 차인데 너 다 알아? 세상에 이름 달고 나와 있는 병 다 고칠 수 있어?"

"……."

형석이는 아무 말도 못한 채 입만 다물고 있었다.

"너도 지금 배우고 있어. 의사 가운 입었다고 다 아니? 너나 나나 죽을 때까지 배우면서 의사 짓 해야 해."

"……잘못했습니다."

"몇 번이나 말했니? 너 잠 못 자고 피곤한 거 알아. 우리도 다 그렇게 지나왔어. 잠을 너무 못 자서 때려치우고 싶은 게 한두 번 아닌 거 다 안다고. 나고 그랬으니까. 하지만 너보다 더 답답하고 미치겠는 사람은 환자와 보호자야. 우리 병원 응급실 간호사 선생

들하고 응급실 선생들 불친절하다고 항의받은 게 한두 번이니? 항
의가 들어오든 더 못 참고 응급실 찢어지게 소리를 지르든 넌 전
문의 자격증 따면 의사 그냥 해먹을 수 있다고 나 몰라라 하는 거,
너 틀려먹었어."

"죄송합니다."

형석이가 죄송하다고 사과하는데 의국의 문이 벌컥 열리며 과
장님이 들어왔다. 과장님 옆에 사색이 된 태일이 서 있었다. 과장
님이 들어오자 수련의들의 얼굴은 그야말로 굳은 돌이 되어버렸
다.

"어떤 새끼야? 어떤 새끼가 보호자한테 그따위로 한 거야!"

응급실에서 형석이한테 면박을 당한 보호자가 그쯤에서 끝날
줄 알았더니 기어이 분을 못 이기고 과장님 방에까지 쫓아 올라간
모양이다.

"너 이 새끼, 죽으라는 소리야? 의사가 시키면 시키는 대로 하
든지 안 그럼 나도 모르겠다고 했어?"

"그렇게 얘기한 게 아니라……."

"죽으라는 소리야?"

과장님이 고래고래 고함을 질렀다.

어젯밤에 응급실로 실려온 환자는 열이 40도 이상 올라가 있고
정신을 제대로 수습하지 못한 상태였다고 한다. 동공도 많이 풀려
있는 상태였고. 맥박과 호흡은 그나마 정상치였기에 일단 열이 나
는 원인을 찾기 이전에 열부터 떨어뜨려야 했다. 입고 있던 옷을
벗기고 얼음주머니를 수건에 싸서 겨드랑이에 끼게 만들고 수액

을 꽂고 해열제를 주사했지만 한 시간이 지나도록 열은 내리지 않았다. 피를 뽑아 검사실에 보내놓고 가슴 사진을 찍어도 별다른 문제점이 발견되지 않아 하는 수 없이 초음파 CT까지 촬영했단다.

슬슬 보호자의 화가 뻗치기 시작한 것은 그때부터였단다. X─선 갈 동안 환자의 열이 전혀 떨어지지 않은 것이다. 사진 결과가 얼른 나오지도 않을 뿐 아니라 금방 있던 의사는 어디로 가버렸나 없어져서 나타날 때까지 가다려야 하고 선생님 어딨냐고 물어보면 간호사는 잠깐 병실에 올라갔다며 금방 올 거라면서도 감감무소식이고. 환자는 열에 들떠 헛소리까지 할 지경인데 의사는 없고.

보호자가 담당 의사를 불러 열을 떨어뜨려 달라 하소연했지만 워낙 정신없이 돌아가는 응급실이라 제대로 상대해 주는 사람이 없었다. 보호자가 치밀 대로 치밀어 소리를 지르기 시작했고 그제야 의국에서 졸고 있던 형석이를 호출했다. 보호자는 형석이를 보자마자 양껏 화를 내기 시작했는데 형석이가 보호자의 답답한 입장을 전혀 고려하지 않은 채 맞상대를 해버린 것이다.

보호자와 붙어서서 그 복잡한 응급실에서 고래고래 고함까지 질러가며 싸운 형석이가 너무나 괘씸해서 보호자는 병원이 찢어질 정도로 발칵 뒤집어놔 버렸다. 지우가 여섯 시가 조금 넘어 병원에 들어갔을 때까지도 보호자는 분에 못 이겨 로비에 서서 고함을 질러대고 있었고 형석의 편을 들겠답시고 몇 명의 수련의가 더 달라붙어 보호자를 흥분시키고 있었다. 지우를 뒤따라 막 출근한 태일이 보호자들에게 사과를 하며 진정시키는 동안에 지우는 형석이와 나머지 수련의들을 끌고 의국으로 올라왔다.

　수련의들을 의국에 묶어놓고 응급실로 내려가 자초지종을 들어보니 간호사가 형석이에게 유리하도록 설명을 했지만 아무리 그랬다 해도 상황이 어떻게 돌아갔는지 안 봐도 알 수 있었다.

　태일과 함께 보호자들에게 사과하고 또 사과하고 응급실이라는 곳이 원래 그렇다고, 환자는 많은데 인력이 부족하다 보니 그렇게 됐다고 아쉬운 설명도 했다.

　태일한테 아직도 흥분을 가라앉히지 못한 보호자를 맡기고 의국으로 올라온 지우는 재수없어 걸려들었다는 얼굴을 하고 있는 형석이를 죽일 듯이 노려봤다.

　"잤어?"

　"예?"

　"응급실 맡은 놈이 잠을 자?"

　응급실 담당이라 해서 잠을 안 잘 수는 없다. 사람이 잠을 안 자고 살 수는 없으니까. 하지만 이런 사건이 터지면 의사라는 놈이 환자는 돌보지 않고 잠을 잔 것은 대역죄였다.

　"그러다 죽으면 너 뭐라고 할래? 그러다 정말 환자가 죽어버렸음 너 뭐라고 할래!"

　"검사도 하고…… 해열제도 놨는데……."

　"자고 싶으면 관두고 가서 잠이나 자!"

　지우가 소리쳤고 그때부터 형석이를 개 잡듯 잡은 것인데 과장님이 나타난 것이다. 그 일 때문에 아침부터 단 한 사람도 맑은 기분인 사람이 없었다.

"솔직히 형석이 죽일 듯 몰아댔지만 조금 찔리지 않냐?"

스테이션에서 환자 차트를 들여다보고 있는데 언제 왔는지 태일이 속삭였다.

"뭐가?"

"너나 나나 잠 못 이겨서 혼나봤잖아. 우리도 아까 네가 형석이한테 했던 말 똑같이 들었을걸?"

"난 환자 보호자하고 붙어 싸우진 않았어."

"난 보호자하고 싸운 적도 있어."

"그 바람에 싸가지없다는 소리 들었잖아."

"최초였지, 그때가. 싸가지없다는 말 들은 게. 빌어먹을 유재섭 선배한테서."

태일이 다른 사람이 들을까 봐 목소리를 잔뜩 낮춰 속삭였다.

"기억나지?"

"뭐?"

"너 졸다가 환자 보호자가 항의하는 바람에 혼나서 질질 울었던 거."

"꼭 그렇게 질질 울었다고 표현해야겠니? 질질?"

지우가 노려보자 태일이 키득거렸다.

"그땐 울만 했어. 너도 알잖아. 형석이만큼 새까만 초자도 아니고 삼 년차인데 밑에 애들 세워놓고 그렇게 욕을 퍼부으면 되겠냐고. 것도 쌍욕으로. 게다가 잠자고 싶으면 시집가서 실컷 퍼질러 자라고 했잖아, 빌어먹을 유재섭 선배가."

지우가 지금 생각해도 불쾌한 듯이 말했다.

"내 생애 처음 보는 광경이었지."

"뭐가?"

"인간 서지우가 우는 거."

"됐어. 아침부터 꿀꿀해 죽겠는데 쓸데없이 긁고 있어. 꼴 보기 싫어. 비켜."

지우가 양껏 눈을 흘겨주고 의국으로 들어가다가 픽 웃고 말았다.

의사 하겠다고 병원에 다니면서 운 게 그날이 처음이었다. 누구보다 독하게 견뎌내며 버텼는데 시집가서 실컷 잠이나 퍼질러 자라는 말이 어찌나 자존심 상하는지 화장실이며 의국이며 숨을 수 있는 곳을 찾아다니며 펑펑 울었었다.

울고 또 울고, 그동안 힘들고 지치고 괴로웠던 것들을 힘껏 눌러놓고 살았는데 한 번 터져 버리자 걷잡을 수가 없었다. 쏟아지기 시작한 눈물은 끝이 없었고 유재섭 네깟 게 뭐가 그렇게 잘났다고 내 자존심을 건드리나 싶어 달려가서 싸대기 올려붙이고 당장 때려치울까도 싶었었다. 지금 생각하면 그리 심한 말을 한 것도 아닌데 그땐 마치 여자라서 깔보는 것 같아 몹시 분하고 자존심 상했었다.

울어도 울어도 분이 안 풀리고, 상한 속이 회복되지 않아 도현에게 전화를 걸었었다. 속상한 기분도 하소연하고 유재섭한테 쌍욕도 바가지로 퍼부어주길 기대하며 전화했었다. 휴대폰은 안 받고 경찰서로 전화하자 퇴근했다 해서 재차 휴대폰으로 걸어보다가 안 되어서 집으로 전화를 걸자 도진이 받았다.

[형 아직 안 들어왔어요.]

"경찰서에선 퇴근했다는데……."

[그래요? 한잔하는 모양이네요.]

"휴대폰도 안 받네요."

[그런데 목소리가 왜 그래요?]

"내 목소리가 어떤대요?"

[운 것 같아요.]

"아니에요. 울긴요."

[무슨 일 있어요?]

"아무 일 없어요."

아무 일 없다면서 지우는 한숨을 푹 내쉬고 말았다.

[무슨 일이에요? 말해 봐요.]

"속이 상해서 하소연 좀 하려는데 도현 씨는 어디 간 거예요?"

지우가 우울한 목소리로 말했다.

[말해요. 무슨 일이에요?]

"그냥, 그냥 선배한테 혼나서, 혼났는데 너무 분하고 속상해서요."

지우가 울먹거리며 말했다.

[어떤 놈이 감히 지우 씨를 혼냈다는 거예요? 어떤 자식이에요?]

도진이 성이 난 목소리로 물었다.

"유재섭이에요. 유재섭이라는 사람이 있어요. 너무 졸려서 깜빡 졸았는데, 졸았다고 시집가서 잠이나 퍼질러 자라고 하잖아요. 자존심 상해 죽겠어요. 밑에 후배들도 잔뜩 있었는데 욕을 퍼부어 대고, 정말 신경질나요."

지우는 도진이 마치 도현인 것처럼 붙잡고 하소연을 시작했다.

[망할 놈의 자식. 유재섭? 말만 해요, 당장 달려가서 모가지를 비틀어 버릴 테니까.]

도진이 분개하며 소리쳤다.

[지금 갈까요? 가서 유재섭이가 어떤 새끼냐고 잡고 흔들어 버릴까? 개새끼, 아주 주둥이를 찢어놓을 테니까. 어떤 새끼가 감히 지우 씨한테 욕지거리를 한 거예요? 개새끼!]

도진이 파르르 성질을 내주자 지우는 단세포적인 위안을 느꼈다. 욕하는 사람들, 참 저질스러워 보였는데 지금은 저질스러운 욕지거리가 얼마나 사람 속을 시원하게 해주는지 멋지게 보일 정도였다.

지우는 위안을 얻으면서도 한숨을 푹 내쉬었다.

"너무 속이 상해서 위로받으려고 전화한 건데 도현 씬 없고 도진 씨가 괜히 내 하소연 들어줬네요."

[많이 울었어요?]

"네, 많이 울었어요. 너무 자존심 상해서 울었어요. 울다 보니까 멈춰지질 않는 거예요. 너무 울어서 창피하기도 해요."

이럴수록 더 안 울려고 어금니를 앙다물었어야 하는데 분한 것과 서러운 것이 동시에 가슴을 후벼 파는 바람에 도저히 눈물을 참을 수가 없었다. 욕을 먹었을 때부터 우느라 눈이 새빨개져 있었고 새빨개진 채로 환자를 보고 있었다.

[안 끝났어요?]

"병원에서 밤새요."

[만약에 오늘도 그 선배라는 사람이 건드리면 말해요. 쥐도 새도 모르게 묻어버릴 테니까.]

"정말 그래 줘요."

[정말이에요.]

도진의 정말이에요 하는 대답이 얼마나 실감나는지 지우는 푹 웃음을 터뜨렸다.

"좀 나아졌어요."

[나아졌어요?]

"멍청해 보이죠?"

[그렇지 않아요.]

"한 며칠은 분하고 속상해서 졸지 않을 것 같아요. 졸음 쏟아질 때마다 유재섭이 생각하면서 이를 바득바득 갈 거예요."

[아주 가루로 만들어 버려요.]

"그럴게요."

지우는 한결 나아진 기분으로 전화를 끊었다. 전화를 끊고 보니 고마우면서도 미안했다. 도현의 몫인데, 도현이 달래주고 위로해 주었어야 하는데 도진에게 쓸데없는 소릴 한 것 같아 미안했다. 어느 정도 위안이 되어서 고맙기도 했지만 말이다.

지우는 도현의 휴대폰으로 다시 전화를 길었다. 역시나 전화를 받지 않았다.

"이 남자는 이럴 때 전화도 안 받고 뭐 하고 있는 거야?"

지우는 도현에게 약간의 서운함을 느꼈다.

"도진 씨보다도 못해."

지우가 샐쭉하게 중얼거렸다.

유재섭에게 아침나절에 혼쭐이 나고 하루 온종일 울고 살았으면서도 밤이 깊어지자 어김없이 졸음이 쏟아지기 시작했다. 졸음이 쏟아지지 않는다면 그게 비정상이었다. 욕을 먹었지만 잠깐씩 졸았던 거지 제대로 자리 펴고 누워 잔 게 아니었던 터라 하루 온종일 잠과의 전쟁이었다. 아침엔 욕을 먹는 바람에 긴장 상태라 다른 날과는 달리 낮 동안에 생생했지만 깊은 밤으로 접어들자 욕먹었던 건 깡그리 잊어먹고 또다시 졸음의 유혹에 흔들리고 있었다.

"아침에 그 욕을 먹고도 또 졸면 닭이겠지?"

졸음에 취한 지우가 태일에게 속삭였다.

"총 들고 쳐들어와도 잘 판인데 닭은 무슨 닭."

태일이 책상에 엎드리며 대꾸했다.

"이 말은 꼭 하고 싶어."

"무슨 말?"

"유재섭 재수없다고."

지우도 태일을 따라 책상에 엎드리며 속삭였다. 태일이 키득거리고 웃었고 지우도 따라 웃는데 갑자기 휴대폰이 울리는 바람에 두 사람이 깜짝 놀라 몸을 일으켰다.

"네 거다."

태일이 다시 엎드리며 말했고 지우는 유재섭이가 재수없다고 욕하는 걸 들은 게 아닐까 하고 구시렁거리며 휴대폰을 받았다.

"여보세요?"

[도진이에요.]

"도진 씨?"

[삼층 스테이션 앞에 있어요. 커피 배달 왔어요.]

도진이 말했다.

지우가 깜짝 놀라 뛰어나갔을 때 도진이 양손에 샌드위치 상자와 커피를 들고 서 있었다.

"도진 씨?"

지우가 멍한 얼굴로 쳐다보자 도진이 웃으며 다가왔다.

"졸지 말라고 커피 사 왔어요. 이건 커피만 마시면 속 아플까 봐 같이 먹으라고 사 왔구요."

도진이 샌드위치 상자를 들어 보이며 말했다.

"나 졸고 있는 거 어떻게 알았어요?"

"날마다 밤새는데 어떻게 안 졸려요. 졸다가 걸려서 혼나지 말라구요."

"막 감격하려고 해요."

지우의 말에 도진이 웃었다.

"다른 분들하고 같이 먹어요. 유재섭 새끼만 빼고."

"퇴근하고 없어요."

"지 혼자 자빠져 자러 간 모양이네."

도신의 밀에 지우가 입을 막고 웃음을 터뜨렸다.

"기분은 좀 나아졌어요?"

"도진 씨가 욕해줘서 괜찮아졌어요."

"다행이네요. 커피 괜찮죠?"

"없어서 못 마시죠. 음, 원두커피 냄새 너무 좋다."

지우가 커피를 받아 들고 한 모금 마셨다.

"이 시간까지 하는 커피집이 있어요?"

"지우 씨가 가르쳐 줬던 그 집요. 커피 만드는 거 배우러 유학까지 갔다 왔다는 사람이 하는 테이크 아웃 커피집. 거기서 사 왔어요."

"어쩐지 향기가 다르다고 했어요."

지우가 행복한 얼굴로 말했다.

"그런데 도현 씬 들어왔어요?"

"아직요."

"도현 씨한테 화나려고 해요. 도진 씨도 이렇게 날 달래주는데 애인이라는 사람은 뭐 하고 있는 거야?"

지우가 일부러 삐친 듯이 말하자 도진이 픽 웃었다.

"저녁은 먹었어요?"

"제대로 못 먹었어요. 도진 씨한테 전화하기 전이라 속이 엄청 상해 있었거든요."

"샌드위치 먹어요."

도진이 샌드위치를 건넸고 지우는 냉큼 받아먹었다.

"속상한 게 오래가는 성격이라 좀 안 좋아요."

지우가 샌드위치를 씹으며 말하는데 도진이 지우의 입가에 묻은 샌드위치 소스를 닦아주었다. 지우가 약간 멋쩍은 얼굴로 웃자 도진도 웃었다.

"미안해지려고 하네요."

"뭐가요?"

"아까 전화 끊고 나서 도현 씨가 아니라 도진 씨한테 하소연한 것도 좀 그랬는데 도진 씨가 이렇게 커피랑 샌드위치까지 챙겨 오니까 말이에요."

"그냥 오고 싶었어요. 나도 일하다가 상사한테 욕먹으면 엄청 기분 더럽거든요. 그래서 술도 한잔 마시고 욕도 하고 그러는데 지우 씬 못할 것 아니에요. 하루 종일 울었다는 소리도 걸리고."

"도현 씨가 도진 씨만큼 해주면 얼마나 좋을까요?"

"나하고 애인 할래요, 그럼?"

도진의 물음에 지우가 눈을 흘겼다.

"농담이에요."

"그런 농담은 하지 말아요."

지우의 말에 도진이 씁쓸하게 미소 짓는데 지우의 호출기가 울렸다.

"응급실이에요. 내려가야겠어요."

지우가 다 먹지 못한 샌드위치를 대충 싸서 주머니에 넣고 일어났다.

"커피는 들고 가서 먹을게요. 고마워요, 도진 씨. 나중에 근사하게 밥 한번 살게요. 나 내려가야 해요."

"그래요, 가요."

도진과 지우는 같이 엘리베이터에 올랐다.

"참, 이거."

엘리베이터가 일층에 멈췄을 때 도진이 주머니에서 뭔가를 꺼내주었다.

"비타민 캔디예요. 졸릴 때 한 개씩 까먹어요."

"알았어요. 고마워요."

"재주껏 쉬면서 해요."

"그래요."

도진이 지우에게 손을 들어 보이고 먼저 병원을 빠져나갔다.

도현보다도 더 알뜰하게 챙겨주던 남자가 도진이었다. 지우가 필요로 할 때, 아니, 무엇이 필요한지 자신도 잘 모르고 있을 무엇인가를 채워주던 사람이 도진이었다. 그렇게 불쑥 나타나서 커피를 건네던 사람. 지우를 속상하게 만든 사람을 향해 되직하게 욕을 던지던 사람. 그가 도진이었다, 도현이 아니라.

지우는 멀어지는 도진의 뒷모습을 보며 승아는 참 좋은 남자 친구를 뒀구나 하는 생각을 했다. 아마도 그런 생각을 한 건 도현이 도진만큼 자상하지 못하기 때문일 것이다. 그리고 그런 생각도 했다. 도현이 아니라 도진이 남자 친구였다면 어땠을까 하는 생각.

"내가 지금 무슨 생각을 하는 거야?"

지우는 어쩌다 생각이 삼천포로 새서 도진에게 도달했는지 어이없다는 듯 생각을 털어내며 의국에서 도로 나와 커피 자판기가 있는 곳으로 갔다. 그날 도진이 사다 준 원두커피 맛은 정말 기막히게 좋았다고 생각하면서.

자판기에는 태일이 달라붙어 커피를 뽑고 있었다.

지우가 다가가자 자판기 주둥이에 동전을 집어넣던 태일이 씨발, 하고 욕을 곱씹더니 아니꼬워서라고 주절거렸다.

"나한테 한 소리니?"

"아니야."

"그럼 누구?"

"조금 전에 응급실에서 또 안 좋았어."

"뭐가 얼마나 안 좋았는데?"

"교통사고 환자가 한 사람 들어왔는데 들어올 때부터 안 좋았거든. 하는 데까지 했는데 사망했어. 그랬더니 병원 올 때까지도 살아서 말하던 사람인데 죽여놨다고 멱살을 잡잖아. 멱살 잡히니 기분 더럽대."

"기분 더럽지."

"아침부터 하루 종일 더럽다, 더러워."

아침에 병원을 발칵 뒤집어놓은 형석과 다른 한 명의 수련의가 지나가며 인사하는데 지우는 깨끗하게 무시했다. 태일이도 마찬가지고. 형석이가 기가 팍 죽은 얼굴로 재빨리 사라졌다.

"난 남자라 치고 넌 여자면서 그렇게 차게 구냐. 애가 인사하면 고개라도 까딱여 주지."

"됐어. 꼴 보기 싫어."

"형사나리도 아냐?"

"뭘?"

"너 그렇게 쌀쌀맞은지."

"꼬지 마."

지우가 눈을 흘기자 태일이도 같이 흘겼다.

"혹시 옆에 정 간호사 있었어?"

"있었어."

"그렇군."

정 간호사가 있었단다. 그렇다면 태일이 이렇게 기분 더러워하는 거 당연하다. 정 간호사는 태일이 마음에 두고 있는 여자였고 잘 보이기 위해 부단히 노력 중이었다. 그 노력이라는 것이 조금 엉뚱하긴 했지만. 가령, 쓸데없이 눈에 힘주고 목소리를 착 가라앉혀서 카리스마라고 불리는 그런 이미지를 심어주기 위한 노력이었는데 그런 노력이 한창 진행 중인 상황에 멀쩡히 말도 했다는 사람이 들어오자마자 죽었지, 사람 죽여났다고 보호자한테 멱살 잡혔지, 정 간호사가 보는 앞에서 묵사발이 되어버렸으니 태일의 울화통은 당연했다.

"쪽팔려?"

"개쪽팔렸다."

"쪽팔릴 일 아니야. 정 간호사도 아는데 뭘."

"그래도 멱살 잡히는 거 진짜 인간적으로 모욕이야."

"건 그래."

태일이 다시 씨발 하고 구시렁거렸고 지우는 픽 웃으며 커피를 한 모금 마셨다.

"있잖아."

지우가 종이컵 안에 담긴 커피를 쳐다보며 말을 하는데 태일이 벌써 알아채고 지우를 노려봤다.

"뭐? 자판기 커피는 네 취향 아니라고?"

"응."

"됐어. 지금 네가 폼나게 아메리칸 스타일 찾게 생겼어? 과장님한테 말해 봐라. 당장 가운 벗고 집에 가서 죽을 때까지 개폼 잡으며 아메리칸 스타일 커피나 타먹고 살다 뒈지라 그러지."

"너무 강하게 말한다, 너. 과장님 그렇게 말씀하실 분 아니야."

"오늘은 그럴걸. 과장님도 엄청 열받으셨으니까. 씨발."

"욕 좀 그만 해."

"성질나서 그래."

태일은 마치 떡을 씹듯이 입에 머금은 커피를 잘근잘근 씹어삼켰고 지우는 그러다 이빨 다 썩는다 하고 충고했다.

"호출하기 전에 가서 대기할란다."

지우가 다 마신 종이컵을 구겨 쓰레기통에 집어넣고 돌아서다가 다시 태일을 쳐다봤다.

"너 있잖아, 목걸이가 무슨 의미를 가진 줄 아니?"

"목걸이? 목걸이에 의미도 있냐?"

"몰라?"

"뭔데? 내 목을 사정없이 졸라줘 뭐 그런 의미라도 있는 거야?"

"됐어. 재미없어."

내가 입술을 실룩거리자 태일은 떫은 감 씹은 듯 칙칙한 표정을 지어 보였다.

"뭔데?"

"당신은 내 사람입니다, 그런 의미래."

"개뿔은, 쓸데없이 그런 건 왜 갖다 붙인다냐?"

"멋대가리 하고는."

"왜, 형사나리가 목걸이 주대?"

태일의 말에 지우가 블라우스를 벌려 목에 걸려 있는 목걸이를 보여주었다.

"오, 하나 받았다 그거지?"

"부럽지?"

"내가 여자냐? 그게 왜 부러워?"

"이런 거 주고받을 파트너가 있다는 거 부럽지 않아?"

"염장 지르지 말고 가. 가서 대기해."

"정 간호사한테 줘봐."

지우가 말했고 태일의 얼굴이 금세 솔깃해졌다.

"뭐라고? 무슨 뜻이라고? 넌 내 여자라고?"

"멋대가리 하고는. 당신은 내 사람입니다."

"알았어. 당신은 내 사람입니다, 라는 뜻이란 말이지? 좋아, 알았어."

태일이 종이컵을 구겨 버리고는 지우 옆에 바짝 다가와 서서 지우 목에 걸린 목걸이를 들여다봤다.

"음, 싸구려군."

"됐어, 이 속물아."

"당신은 내 사람입니다, 그기란 말이지."

태일이 휘파람을 불며 앞서 걸었다.

"그런데 애인이 아니라 다른 사람이 이런 목걸이를 선물하면

그건 어떻게 되는 거니? 목걸이에 그런 의미가 있다는 걸 알고 있
는 다른 남자가 이런 목걸이를 선물했다면 말이야."

"뭐긴 뭐야, 복잡한 삼각구도로 가는 거지."

"삼각은 무슨."

"또 누가 줬는데?"

"준 게 아니라 만약에 그렇게 되면 어떻게 되는 건가 해서."

지우는 얼른 말을 바꿨다.

"몰라. 난 머리가 나빠서 그런 경우가 어떤 경우인지 해석불능
이야."

태일은 아까보다는 훨씬 좋아진 기분으로 걸어갔다.

*

지우는 오른쪽으로 커브를 틀다가 주얼리샵을 발견하고 적당한
곳에 차를 세웠다. 도현의 생일 선물로 어떤 것을 준비하면 좋을
까 내내 고민만 했지 정하지 못하고 있었는데 주얼리샵을 보는 순
간에 아주 멋진 선물이 생각난 것이다.

"커플링 보여주세요."

"이쪽에 있는 게 전부 커플링이에요."

요즘 커플링이 유행이라더니 아예 커플링 진열장이 따로 마련
이 되어 있었고 참으로 갖가지 디자인의 커플링이 선택되어지길
기다리고 있었다.

지우는 꼼꼼하게 커플링을 살폈고 그중에서 눈에 띄는 몇 가지

디자인을 지목해 보여달라고 했다. 지우는 그중에서 한 가지를 집어 들고 손가락에 끼워보았다. 오른쪽엔 자신이 낄 반지를, 왼쪽엔 도현의 반지를. 도현의 반지는 너무 커서 손가락 안에서 돌아다니려고 해서 마디에 힘을 주고 있어야 했다.

심플하면서도 너무 밋밋하지도 않고 제법 무게도 나가 보이는 디자인이었다. 지우 손가락엔 몰라도 도현이의 손가락에 아주 잘 어울릴 것 같았다.

"예쁘죠?"

종업원이 물었다.

아주아주 예쁜 건 아니다. 예쁘다기보다는 마음에 든다는 쪽이 더 맞는 말일 것이다. 마음에 아주 쏙 드는 것은 아니었지만 이 많은 디자인의 커플링 중에서 그나마도 제일 마음에 드는 반지였다.

지우는 몇 가지의 반지를 더 껴본 다음에 제일 먼저 골랐던 커플링을 선택했고 자신의 엄지손가락에 끼워서도 조금 헐거운 사이즈를 도현이의 사이즈로 정한 다음 예쁘게 포장해 달라고 부탁했다.

"사이즈가 안 맞으시면 교환이 됩니다."

종업원이 말했고 지우는 가격을 알려달라 한 후 듣자마자 바로 금액을 지불했다. 포장이 된 반지를 코트 주머니에 넣고 차에 오른 지우는 흐뭇한 기분으로 집으로 향했다. 케이크는 내일 준비하면 되고 저녁은 도현이 좋아하는 음식으로 먹은 후 다음에는 뭘 할까 하는 계획들을 세워보며 집에 도착했을 때 어머니가 많이 기다리신 듯이 지우를 맞았다.

"아버지 좀 봐드려."

"왜요?"

"몸이 안 좋다 하시는구나."

"알았어요."

지우는 이층 방으로 올라와 가벼운 옷으로 갈아입은 다음 손을 씻고 의료기를 챙겨 들고 아버지 방으로 들어갔다.

"어떠신데요?"

지우가 침대에 걸터앉으며 묻자 아버지가 머리가 지끈거리는구나 하고 대답했다.

"감기 기운 있으신 거예요?"

"목도 따갑고."

지우는 아버지의 잠옷을 걷어 올리고 청진기를 대보았다.

"숨 쉬어보세요. 내쉬구요…… 다시 내쉬구요."

가슴 소리가 맑지 않았다.

"언제부터 이러세요?"

"점심 먹으려는데 찌뿌둥한 것 같더니 심해지는구나."

"입 벌려보세요."

지우는 아버지의 목 안을 들여다보았고 좀 부어 있는 것을 확인했다. 결론은 감기였다. 혈압은 정상이었고 열은 38.2도로 조금 높은 편이었다.

"해열제 드시고요, 주사 놔드릴게요. 푹 쉬세요."

"내일 일본 가야 한다."

"내일요?"

"가야 해. 안 갈 수 없어."

"링거 한 대 놔드릴게요. 어머니, 습도 좀 맞춰주세요. 목이 부으셨어요."

"알았어."

"물 많이 드셔야 해요, 더운 물로."

"물 가져올게."

어머니가 물을 가지러 나가셨다.

"이불은 덮지 마세요, 열 내릴 동안에."

지우는 아버지의 엉덩이에 주사를 놔드리고 링거를 한 대 꽂아드린 다음 주무시라고 한 후 식당으로 왔다.

이미 차려져 있는 저녁을 반쯤 먹었을 때 주무시는 것 같다며 어머니가 식당으로 와서 맞은편 자리에 앉았다.

"열은 내린 것 같은데 기침을 하시는구나."

"링거 다 들어가면 제가 다시 볼게요."

"오늘은 어땠니?"

"똑같죠 뭐."

"내일 쉬는 날이지?"

"나가봐야 해요. 다음 달에 전공의 시험 있잖아요."

"그렇구나. 나가서 일하는 거니?"

"아뇨, 가서 공부 좀 하고 저녁에 도현 씨 만날 거예요."

도현을 만난다는 지우의 말에 어머니는 잠깐 동안 입을 다물었다. 도현의 이름만 나오면 할 말이 없으신 모양이다. 아니, 아예 말을 하고 싶지 않은 거겠지.

"집은 구했다니?"

어머니가 물었고 지우는 고개를 저었다.

"아직 몰라요."

"봄에 결혼할 거라면서 아직도 집을 안 구하면 어떻게 해?"

"구하겠죠."

"병원 근처로 구하라고 해. 너무 멀면 힘들어."

"……."

"왜 대답이 없는 거야?"

"……."

"애, 지우야."

"걱정 마세요."

"너무 멀면 곤란해. 너 힘들까 봐 하는 소리야."

"알아요."

"내일 도현 만나면 집 병원 근처로 구하라고 꼭 말해."

"내일 말고 다른 날 할게요."

"왜 다른 날 해? 도현이 집 구할 돈 없다니?"

"내일 도현 씨 생일이에요. 그런 얘기 하고 싶지 않아요."

"네가 그 녀석 신경 쓰는 만큼 도현도 너한테 신경 쓰긴 하는 거야?"

어머니의 목소리에 날이 섰다.

왜 그렇게 생각하는지 모르겠지만 어머닌 도현은 그렇지 않은데 지우 혼자 도현을 향해 과잉충성하고 있다고 생각하는 모양이었다.

"도현 씨는 나한테 그지없이 잘해줘요. 항상 더 잘해주지 못해 미안해요. 난 그 사람이 나한테 미안해하는 거 정말 싫어요. 도현 씨는 할 수 있는 만큼, 아니, 더 많이 잘해줘요."

"널 그렇게까지 순진하게 키우지 않았는데, 실망스럽다."

"뭐가 실망스럽단 말씀이세요?"

"내가 봤을 땐 그 녀석은 널 조금도 걱정하지 않아."

"엄만 도현 씨를 두 번 만났을 뿐이에요. 도현 씨 인사시킬 때와 양가 부모님 상견례 때. 그 후론 도현 씨를 본 적이 없는데 어째서 조금도 날 걱정하지 않는다고 생각하세요?"

"널 걱정할 것 같으면 진작에 집을 구해야 하고 결혼해서 살게 될 땐 집안일을 대신 할 사람을 구해다 놓겠다고 말했어야 해. 내가 그 녀석을 상견례 후로 보지 않은 건 그 녀석이 그 후로 한 번도 인사를 하러 오지 않았기 때문이야."

"결혼해서 집안일과 병원 일을 병행하기에 벅차지면 사람을 구하는 건 그때 가서 우리가 결정할 일이에요. 그리고 엄마, 아버진 도현 씨를 처음 만났을 때도, 상견례 때도 쥐 잡듯 하셨잖아요. 도현 씨가 이 집에 발을 못 들여놓게 빗장을 단단히 걸어두고 왜 오지 않느냐고 하시는 건 맞지 않아요."

"그럼 내가 그 녀석한테 숙여야 한단 말이니? 딸 가진 죄인이라서? 난 그따위 말은 인정할 수 없어."

"숙이라는 게 아니라 마음을 열어달라는 부탁이에요. 진짜 사위가 되고 난 후에도 어머니 태도가 이렇다면 누구도 엄마를 만나고 싶어하지 않을 거예요."

지우가 딱딱한 어조로 말하자 어머니가 지우를 쏘아봤다.

"넌 그 녀석이 널 행복하게 해줄 거라고 생각하니?"

"엄마, 난 이미 행복해요."

지우가 확고하게 대답했다.

"순진한 것. 남자한테 넘어가서는."

어머니 입에서 순진하다는 말이 다소 비꼬듯이 흘러나왔다.

순진함의 반대로 되바라진 딸이길 바라는 말은 아니라는 걸 지우는 알고 있었다. 조금 더 똘똘해서 정말로 부모님 마음에 쏙 드는 거창한 남편감을 잡아채지 못한 것을 탓하고 있다는 것을 알고 있었다.

순진하다…… 누가 그랬더라? 지우에게 순진하다는 말을 했던 사람이 있었다. 도진이었다.

작년 도현의 생일이었다.

도현은 늦게 나타났고 도진은 제시간보다 일찍 나와 있었다. 저녁을 함께 먹기로 했는데 도현은 사건이 생겨서 늦게 올 수밖에 없는 사정이 되어버렸고 도진은 그날 승아를 데려오지 않았다.

지우는 승아가 있었다면 편했을 텐데 하고 약간 어색하며 도진과 마주 보고 있었다.

"형하고 결혼할 거예요?"

그땐 도현과의 결혼 얘기가 아직 오가지 않았을 때였다.

"그러고 싶어요."

"그렇군요."

그냥 평범한 대답이었는데 지우는 도진이 혹시 자신을 조금 마땅치 않게 생각하는 건 아닌가 하는 그런 생각을 했었다. 도진의 표정은 썩 좋아 보이지 않았고 또 결혼했으면 좋겠다든지 조금 앞서 가긴 하지만 축하한다든지 하는 말 없이 시무룩해 보였기 때문이다. 하긴 도진이 결혼에 대해 못마땅하게 생각한다고 해서 신경 쓸 필요까지는 없지만.

"도진 씨는 언제 결혼해요?"

"난 결혼할 사람 없어요."

"승아 씨…… 두 사람 싸웠어요? 그래서 안 나온 거예요?"

"아, 아니에요. 승아는 다른 일이 있어서 안 왔어요. 난 승아하고 결혼할 거라는 생각 안 해봤어요. 아직 결혼을 생각해 본 적이 없어서."

"난 교제하면 결혼해야 하는 걸로 아는데."

"순진하네요."

그때 도진이 순진하다고 했었다.

"순진한 거예요? 원래 그래야 하는 거 아니에요?"

"순진한 거예요."

"순진은 아닌 것 같은데."

"고지식한 거네, 그럼."

"뭐, 자유연애주의자는 아니에요."

"다른 남자 좋아해 본 적 없어요?"

"없어요."

"형이 처음이에요?"

"네."

"그냥, 그냥 보자마자 좋아진 거예요?"

"건 아니에요. 음, 두 번째 만났을 때 괜찮은 사람이라는 느낌이 들었어요. 처음 봤을 땐 사실 조금 무섭고, 음…… 웃는 모습이 예뻤어요."

"형이 웃는 게 예쁘다고?"

"예뻐요. 너무 예쁘지 않아요?"

지우는 마치 바로 앞에서 웃고 있는 도현의 얼굴을 보고 있는 것처럼 행복해하며 물었다.

"예쁘다는 말은 지우 씨한테 하는 거지, 형은…… 멋지지."

도진이 슬쩍 말을 놨고 지우는 사실 조금 거슬렸다.

"멋진데, 멋진 거 아는데, 나한테 너무 예쁘게 보여요."

"그렇군요."

도진이 말했고, 그리고 언제 나타날지 모르는 도현을 말없이 기다렸다.

"승아 씨가 서운해하겠어요."

말없이 앉아 있는 것이 서먹해서 지우가 말했다.

"뭘요?"

"결혼할 생각이 없다는 걸 알면요."

"결혼하고 싶은 사람이 있어요."

도진이 말했고 지우가 약간 놀라며 도진을 쳐다봤다.

"승아 씨 말고요?"

"예."

지우는 정말 많이 놀랐고 다른 사람의 아주 중요한 비밀을 알아버린 것처럼 가슴이 콩닥거리는 것을 느꼈다.

"승아 씨도 알아요?"

"아뇨."

"그런데, 그럼 안 되는 거 아니에요?"

"뭐가요?"

"결혼하고 싶은 여자가 있는데도 승아 씨 만나는 거요."

"결혼하고 싶지만 할 수 없는 사람이에요."

도진이 말했고 지우는 금방 못 알아듣겠다는 얼굴로 도진을 쳐다봤다.

"결혼하고 싶은데 할 수 없는 사람이라뇨?"

"그런 사람이…… 있어요."

도진이 더는 말하고 싶지 않은 듯 가라앉은 목소리로 말했기 때문에 지우는 더 이상 물을 수가 없었다. 지우가 묻고 싶은 걸 억지로 참고 있는데 도진은 지우가 거북할 정도로 집요하게 바라보고 있었다. 문득 그때 도진의 눈빛이 조금 이상했었다는 생각이 들었다.

그때 자신을 바라보던 도진의 눈빛이 이상했었다고 말해도 되는지 모르겠지만 지우는 쳐다보는 눈빛이 다른 때와 그러니까 승아가 있을 때와는 사뭇 다르게 느껴졌었다.

하지만 도현이 나타나면서 도진은 평소대로 밝고 시원하고 지우에게 깍듯한 애인의 동생으로 돌아가 있었고 지우는 그날 도진이 했던 말과 눈길을 잊어버렸었다.

그리고 그 후로 몇 번, 그리 자주는 아니었지만 함께 어울릴 때가 있었고 그럴 때 무슨 뜻일까? 하는 의문이 생기는 말을 내뱉었지만 늘 그냥 지나쳐 버렸었다.

그때부터였나?

결혼하고 싶은데 할 수 없는 사람이라고 했는데, 그럼 그 사람은…… 설마 아닐 것이다. 그럴 리가 없을 것이다.

지우는 며칠째 도진이 자신의 생일날 데려다 주면서 했던 말에 내내 매여 있었다. 잊어버리자, 잊어버리자 하면서도 문득문득 떠올라 지우를 괴롭히고 있었다. 괴롭힌다고 생각하면서도 느껴지는 알싸한 셀렘. 지우는 자신이 괴롭히는 것이 도진의 말이었는지 아니면 셀렘인지 정확하게 알 수 없었다. 그날 도진이 했던 말이 생각나면 가슴이 무거웠고 가슴이 무거운 동시에 심장 저 구석진 곳에서 작은 떨림이 물결쳤다.

"들었니?"

"네?"

어머니의 말에 지우가 상념에서 벗어나며 어머니를 쳐다봤다.

"그 녀석 시간 될 때 집으로 데려오라고."

"……."

지우는 조금 놀란 얼굴로 어머니를 쳐다봤다.

"놀랄 것 없어, 감격할 것도 없고. 예뻐서 오라는 거 아니야. 그렇게라도 부딪쳐야 나중에 니들 결혼하고 나서 같이 들어오는 꼴 보고 한숨 쉬지 않을 것 같아 그래."

"도현 씨 불러놓고 밥상머리에서 오장 뒤집을 작정이시면 안 데려와요."

"못된 기집애. 데려와."

어머니가 자리에서 일어났다.

어머닌 정수기에서 더운물과 찬물을 반반씩 섞어 뽑은 후 손바닥만한 쟁반에 컵을 받쳐 들고 방으로 들어갔다. 지우는 어머니의 뒷모습을 쳐다보다가 살며시 미소 지었다.

도현은 지우가 준비한 커플링을 손에 껴보며 어린아이처럼 좋아했다. 약간 타이트한 감은 있지만 더 늘릴 필요는 없을 정도로 도현의 손에 잘 맞았고 도현과 지우는 똑같이 생긴 반지가 끼워져 있는 손을 대보며 기뻐했다.

"부럽네요."

승아가 약간 삐친 얼굴로 말했다.

"도진아, 승아 씨 부럽단다."

도현이 놀렸다.

승아가 부러워하고 도현이 놀리는데도 도진은 별다른 반응이 없었다. 얼굴엔 웃음기가 있었지만 승아의 기분을 맞춰주기 위해 우리도 당장 커플링을 맞춰 끼자든지 도현의 놀림에 반격하기 위해 다음에 만날 때 그것보다 더 멋진 것으로 끼고 있을 거다라는 대꾸가 없었다.

그냥 약간의 웃음기가 드리워진 얼굴로 지우의 손가락에 끼워진 반지만 쳐다보고 있었다.

저녁을 먹고 원래 계획은 도진 승아 커플과 헤어져 두 사람만 따로 한적한 곳에 가서 은밀한 스킨십이 섞인 오붓한 시간을 보내기로 되어 있었다. 막 헤어지려는데 도진이 갑자기 나이트클럽에 가서 놀자는 말을 했고 승아가 즉각 찬성했다. 도현은 지우를 보며 어쩌고 싶냐는 무언의 물음을 던졌고 지우는 가만 생각해 보니 것도 재밌을 것 같다는 생각이 들어 그러자고 대답했다. 그래서 네 사람은 도진과 승아가 자주 간다는 물 좋은 나이트클럽으로 갔다.

지우는 도진이 몸치라는 것을 그때서야 알았다. 춤과는 거리가 한참 멀었고 어찌나 뻣뻣한지 도현의 그저 우스운 움직임에 지나지 않는 춤을 쳐다보며 한참을 웃었다.

"나 미래의 형수랑 브루스 한번 춰도 돼, 형?"

도진이 불쑥 물었다. 지우가 깜짝 놀라 도진을 쳐다보는데 도진은 아주 집요한 눈길로 지우를 바라보고 있었다. 도진은 많이 취해 있었다. 많이 취해서인지 눈길이 더욱 집요하고 이상했다.

"그래, 춰."

도현이 흔쾌히 허락했다. 지우와 브루스를 추겠다는 도진의 객기를 도현도, 승아도 막지 않았다. 오히려 흔쾌하게 그러라고 했다. 그건 승아와 도현도 도진만큼이나 많이 취했기 때문이다.

지우는 도진의 브루스 신청이 달갑지 않았다. 도진은 지우가 아니라 도현에게 허락을 받으면 지우의 승낙 따위는 필요없다고 생각하는 듯했다. 그래서 지우는 약간 불쾌했고 브루스를 춰야 하는 상대가 도진이기 때문에 더 거북했다. 그는 예전에 이상한 말을 했던 사람이니까. 이상한 말을 했던 그 사람은 도현의 동생이니까.

승아와 도현은 아까부터 술기운에 시시덕거리며 별로 웃기지도 않은 얘기에 끝없이 웃고 있었다. 그래서 도진과 지우가 브루스를 추는 것에 별 관심이 없어 보였다.

취하지 않은 지우만이 도진과의 브루스 타임이 멋쩍어 막 거절하려고 하는데 도진이 지우의 손을 움켜잡더니 스테이지로 거의 끌다시피 데려갔고 스테이지에 오르자마자 와락 끌어안았다.

미열
―섭씨 37.8℃

무슨 곡이었는지는 모르겠지만 나이트클럽이 그렇듯이 아무리 좋은 곡도 너무 크게 틀어놔서 좋은 줄도 모르는, 그런 느린 곡이었고 도진은 브루스를 꽤 많이 춰본 듯 유연하게 지우를 이끌었다. 승아와 나이트클럽에 꽤 자주 다녔다고 하니 많이 춰보긴 했을 것이다.

"발 밟을지도 몰라요. 나 브루스 출 줄 모르거든요."

지우가 약간 경직된 어조로 말했다.

"밟아. 괜찮아."

도진이 중얼거리며 지우를 더욱 단단하게 끌어당겨 안았고 지우는 자신의 허리에 감긴 도진의 팔과 손이 너무 불편하다고 생각했다.

술 때문에 체온이 상승해서일까? 지우는 자신의 허리를 단단히 휘감고 있는 도진의 팔에서 열기를 느낄 수 있었다.

"기분 어때요?"

기분? 어떤 기분을 묻는 걸까?

"나하고 브루스 추는 기분이 어떠냐고."

지우의 속마음을 읽었는지 도진이 가라앉은 목소리로 물었다.

그가 말할 때 지우의 귓가에 그의 입김이 느껴졌다. 입김은 뜨겁고 은밀한 자극을 불러일으켰다. 자극, 그 자극이라는 것을 느껴서도, 받아서도 안 되는데 그가 한마디 던질 때마다 느껴지는 입김은 지우의 목줄기를 타고 가슴에 등허리에 살짝 짜릿한 전류로 와 닿았다. 지우는 그것이 짜릿한 전류와 같은 자극이라는 것에 놀랐다.

도진을 남자로 보지 않았다. 그는 분명한 남자이지만, 수컷에 대해 느껴지는 어떤 원초적인 감각이 아닌 그저 도현의 동생으로서의 남자일 뿐이다. 지우의 감정은 그렇게 분명했다. 도현의 동생으로서의 남자. 이성이지만 동성과 같은 그것, 마치 아주 가깝게 지내던 동성 친구의 손등을 쓰다듬을 때의 촉감 그런 것과 비슷한 감정. 그랬다. 아니, 그래야 했다. 그래, 어처구니없게도 그랬다가 아니라 그래야 했다, 였다. 아마도 지우는 자신이 애써 그렇게 해야 한다고 몰아붙이고 있는지도 몰랐다. 그렇지 않으면 안 되니까. 하지만 분명히 지우는 도진에게서 자극이라는 것을 받고 있었다. 짜릿하고, 손가락 끝으로 피부를 쓸어내리는 듯한 아스라한 쾌감. 그 묘한 것들을 느끼고 있었다.

"괜찮아요."

지우가 되도록 어떤 감정도 드러내지 않으려고 애쓰며 대답했다. 좋지도 나쁘지도 않은, 지극히 평범한 평온한 마음 상태라는 것을 보여주기 위해. 이깟 브루스 정도로 마음이 흔들리거나 어떤 느낌을 받는 것 자체가 이상하지 않냐는 듯이.

사실 괜찮았다. 도진과 이렇게 부둥켜안고 춤추는 것이 약간 어색하고 불편하지만 괜찮았다. 이 정도라면 까탈스런 성격 드러내며 굳이 안 좋다 할 필요까진 없었다.

"다행이네요."

도진이 말했다.

두 사람은 다시 말이 없었고 도진이 이끄는 대로 퍽 세련되지 못한 스텝을 밟고 있었다. 뭐, 브루스라고 할 것까지도 없었다.

도진은 지우를 두 팔로 가슴 가득히 옹골차게 끌어안고 있었고 지우는 그와의 사이를 조금 넓히기 위해 애쓰는 자세로 갇혀 있는 그다지 멋져 보이지 않는 자세로 브루스라고 불리는 춤을 추고 있었다.

지우가 공간을 넓히려고 하자 도진이 지우를 조금 더 끌어당겼고 그 바람에 도진이 입고 있는 검은색 캐시미어 폴라티 밖에서 멋스럽게 번쩍거리며 매달려 있는 제법 커다란 펜던트가 지우의 얼굴 피부에 살짝 스쳤다.

"난 어때요?"

도진의 품에 필요 이상 가까이 끌어안긴 채 제법 오랫동안 브루스 같지도 않은 춤을 춘 것 같은데 도진이 쉰 목소리로 불쑥 물었다.

'난 어떠니? 뭐가 어떻다는 거지?'

지우가 고개를 조금 돌려 도진을 쳐다봤다. 도진을 올려다보자 도진의 턱 언저리에 살폿 돋아 있는 점이 보였다. 점에서 눈을 떼고 시선을 올리자 도진과 눈길이 마주쳤다.

도진의 눈동자는 민망할 정도로 이글거리며 타오르고 있었다. 쌍거풀이 없어 어쩐지 날카롭게 보이는 도진의 두 눈은 지우에게 집중되어 있었다. 그런데 이상했다. 그저 힘이 잔뜩 들어간 눈초리로 바라보고 있을 뿐인데 지우는 도진이 무엇을 원하는지, 그가 눈으로 무슨 얘기를 하고 있는 느낄 수가 있었다. 그것을 느끼는 순간 화들짝 놀랐다. 그의 눈에는 놀랍게도 약탈이 담겨 있었다. 제어할 수 없는 무자비한 약탈, 그리고 완전한 소유와 권리를 드러내고 있었다. 내 안에서 벗어나지 말라고 강력하게 경고하고 있었다.

"도진 씨……."

그의 시선 앞에 경고 위험이라는 빨간색 글자가 적힌 표지판을 들이대는 것처럼 움찔 새가슴이 된다. 불현듯 끼쳐 온 불안감은 아닐 것이다.

도진의 이름을 불렀는데 지우는 무슨 말을 해야 할지 몰랐다. 잘못 읽었을지도 모른다. 해석이 완전히 잘못됐을지도 모른다. 하지만 저 눈빛은…… 언젠가 도현이 젖가슴에 얼굴을 파묻고 있다가 열정에 가득 찬 목소리로 '널 가졌으면 좋겠어' 하고 웅얼거릴 때의 그 눈빛과 같았다.

지우가 또다시 조금 떨어지자 도진이 지우를 더욱 바짝 끌어당겨 안았다.

"나라면, 사랑할 수 있는 남자예요?"

도진이 물었고 지우는 순간 몸이 뻣뻣하게 굳는 것을 느꼈다. 해석이 잘못되지 않았다. 지우의 느낌이 옳았다. 제대로 들어맞은 것이다.

도진이, 그가 다시 시작한 것이다. 위험한 속삭임, 위험한 사랑의 속삭임을.

"날 만났다면, 형처럼 나도 사랑할 수 있었을까?"

지우의 가슴이 급하게 방망이질을 시작했다. 설레면 안 되는데, 이 알 수 없는 셀렘은 꼭 기다렸다는 듯이 그가 입을 열 때마다 물결친다. 일렁거리고 파도쳐서 온몸을 감싸고 두려워 떨게 만들면서도 한순간 즐기고 싶어지게 한다. 고약한 것, 요상한 것, 그리고…… 멋진 것. 하지만 순간 지우는 약간 섬뜩함을 느꼈다. 그의 눈빛이 아까보다 더 짙은 욕망을 드러냈기 때문이다. 숨이 막힐 듯한 열기, 뜨거움에 취하게 한다.

도진의 얼굴이 바로 앞에 있고 그의 눈빛은 지우의 눈길을 꽁꽁 붙들어 매놓고 그의 입술은 당장에 지우의 입술을 약탈할 듯 가까이 와 닿아 있다. 지우는 도진의 얼굴을, 눈빛을, 입술을 샅샅이 더듬으며 또다시 셀렘을 느꼈다. 그러면 안 된다고 머리 속에선 악을 써대면서도 그에게서 눈길을 거둘 수가 없다.

도진의 손길이 지우의 등을 쓸어 내렸다. 다시 섬뜩함이 느껴졌다. 하지만 괴기영화에 나오는 비틀어진 얼굴의 유령을 봤을 때의 그런 섬뜩함이 아니라 뭐라고 해야 할까, 살짝 끼쳐 오는 소름과 같은 그것. 아마도 또 셀렘인 것 같다. 지우는 몹시 당황스러웠다.

"저, 도진 씨, 많이 취한 것 같아요. 그만 들어가요."

지우는 도진이 옴짝달싹 못하게 사방에 쳐놓은 거미줄 같은 포박에서 벗어나려 했다. 하지만 도진은 지우의 허리를 틀어안은 채 꼼짝도 하지 않았다.

"그대로 있어."

도진이 지우의 어깨에 얼굴을 묻었다.

이럼 안 되는 건데. 지우는 갑자기 너무 두려워졌다, 도현과 승아가 볼까 봐. 그들이 보면 안 될 것 같았다. 당장이라도 그들이 도진이 토해낸 말썽 많은 얘기들을 들을 것 같아 겁났다. 지우는 그와의 브루스를 그만두고 그의 품에서 빠져나가는 것이 현재 가장 현명한 행동이라고 생각하고 그의 어깨를 밀었다.

"도진 씨, 그만 놔줘요. 도현 씨한테 가야겠어요."

그러나 도진은 자신의 어깨를 밀어낸 지우의 손을 잡더니 틈도 없는 두 사람의 몸 사이로 집어넣곤 꼭 끌어안았다. 도진의 손에 꽉 틀어잡힌 지우의 손은 도진의 명치에 있었고 지우가 화들짝 놀라며 손을 빼려는데 지우의 손바닥을 자신의 심장에 가져다 댔다. 도진의 가슴은 미칠 듯이 뛰고 있었다.

술 때문이야, 술 때문에 맥박이 빨라진 거야.

지우는 아무것도 느끼고 싶지도, 생각하고 싶지도 않았다. 도진의 대담한 행동이 두렵고 싫었다. 그저 어서 도진의 품에서 빠져나가 도현의 품에서 안식을 찾고 싶었다. 아니, 도현의 품이 아니라도 좋았다. 그냥 그에게서 벗어나고만 싶었다.

"놔요."

지우가 다소 신경질적으로 엄포를 놓았다. 화를 내지 않으면 그가 놔줄 것 같지 않았으니까. 이렇게 화를 내서라도 결코 즐기고 싶지 않은 게임이라는 것을 알려줘야 하니까.

"이렇게가 아니면, 난 절대 널 안을 수가 없잖아."

도진이 절박한 음성으로 속삭였다.

지우는 몸이 떨렸다. 입술이 말라왔다.

"이렇게 취한 척이라도 하지 않으면 널 만질 수조차 없잖아."

도진이 지우의 귀에 대고 속삭였다. 절박하게, 너무나 애타는 음성으로.

"도진 씨, 왜 이래요?"

지우의 눈빛이 사나워졌다.

"너무 힘들어."

도진이 힘들다는 말보다 스무 배는 더 힘든 얼굴로 말했고 지우는 그를 힘들게 하는 것이 무엇인지 알 수 없었다. 아는 척해서도 안 되고, 더 이상 알고 싶지도 않았다. 이건 절대 있을 수 없는 일이니까. 깨끗하게 무시하고 냉정하게 싹을 잘라줘야 한다.

"태도진, 너 지금 뭐 하는 짓거리야? 내가 그렇게 쉬워 보이니? 내가 너 같은 놈한테 놀아날 것 같아?"

지우가 똑바로 노려보며 신경질적으로 내뱉었다. 도진이 두려워하길 바라며. 성신을 차려주길 바라며.

"네가 쉬우면, 네가 쉬운 여자면 내가 이래?"

도진이 성난 목소리로 말했다.

"네가 쉬우면 이렇게 숨어서 술 취한 척해? 네가 쉬웠으면……
난 널 가졌을 거야."

도진의 목소리가 슬펐다.

"도현 씨한테 갈 거예요. 놔요."

지우가 몸을 비트는데도 도진은 지우를 놔주지 않았다.

"놔요, 도현 씨한테 갈 거라……."

"지우야!"

도현의 외침이 들렸고 지우가 고개를 휙 돌리자 승아와 함께 웃
으며 다가오는 도현이 보였다.

"놔줘요. 도현 씨 왔어요. 승아 씨 왔다구요."

지우가 떨리는 목소리로 말했다.

"자기, 이제 나랑 춰."

승아가 나타나자 지우의 허리를 감고 있던 도진의 손이 조용히
풀렸다.

"이리 와."

도진이 승아를 끌어당겼고 지우는 도현의 품으로 들어갔다.

"도진이하고 춤추니까 좋아?"

도현이 취해서 분명치 않은 발음으로 물었고 지우는 자기가 훨
씬 좋아라고 말하며 도현의 품으로 파고들었다.

"도진이하고 무슨 얘기 했어?"

도현이 지우의 얼굴에 자신의 얼굴을 부비며 물었다. 도현의 턱
에 자라난 깔끄러운 수염에 피부가 따가웠다.

"그냥, 별 얘기 아니에요. 우리 두 사람 너무 잘 어울린다고. 도현 씨한테 잘해달라고 그러던걸요?"

"그렇지, 도진이가 날 얼마나 챙기는데."

도현은 행복해했다.

"도현 씨."

"응?"

"나 사랑하죠?"

"그걸 말이라고 해? 내가 우리 지우를 얼마나 사랑하는데."

도현이 지우의 허리를 꽉 끌어당겨 안았고 지우는 도현의 목에 팔을 둘렀다. 그리고 그때 서너 걸음 떨어진 자리에서 승아를 껴안고 있던 도진과 눈이 마주쳤다. 도진은 알 수 없는 시선으로 지우를 바라보고 있었다. 품에는 승아를 안은 채 눈길은 지우에게 향해 있었다.

지우는 도진의 시선을 피해 도현의 어깨에 얼굴을 기댔다. 도진을 보지 않으려고 애썼다. 그의 눈길이 두렵고 이상했으니까. 그러다 다시 도진과 시선이 엉켰다. 도진은 지우를 노려보고 있었고 그때 승아에게 키스했다.

지우는 당황해하며 고개를 얼른 돌렸다. 도진의 그런 대담함에도 놀랐지만 대체 무슨 의도인지 알 수가 없었기 때문이다.

스테이지에 밝은 불이 들어오며 빠른 비트의 음악으로 바뀌었다. 스테이지로 사람들이 몰려 올라왔고 지우는 도현의 품에서 떨어졌다.

도현과 승아는 아주 많이 취해 있었다. 하지만 도진은 취하지 않앉고 취한 척하는 것일 뿐이라는 걸 아는 사람은 지우밖에 없었다.

스테이지로 사람들이 한꺼번에 몰려나오면서 춤추기에 좋은 음악은 한층 볼륨이 올라갔고 소리를 지르지 않으면 말소리가 들리지 않을 만큼 시끄러웠다. 지우는 도현에게 화장실에 갔다 오겠다며 고함을 내질렀는데 도현은 알아들었는지 어쨌는지 그냥 웃기만 했다.

지우가 스테이지를 내려오면서 흘낏 도진을 쳐다봤을 때 그때까지도 도진과 승아는 서로 부둥켜안고 있었다. 도진을 신경 쓰지 않겠다고 결심하고서도 지우는 어느새 도진의 눈치를 살피고 있었던 것이다.

지우는 화장실로 와서 거울을 들여다봤다. 나이트클럽 안에 있는 엄청난 수의 사람들이 뿜어내는 열기 때문인지, 아니면 브루스 타임 때 보여준 도진의 아찔하고 발칙한 행동 때문인지는 몰라도 지우의 얼굴은 발갛게 상기되어 있었다.

그는 취했어. 취했다고.

지우는 차가운 물에 손을 씻으며 애써 도진이 취한 거라고 믿고 싶었다. 그가 취하지 않았다는 걸 알면서도 억지로라도 그를 취한 사람으로 몰아가고 싶었다. 그렇지 않으면 그가 내뱉은 위험한 속삭임에 숨이 막힐 것 같았다.

도현에게, 그리고 승아에게 너무나 큰 죄를 지은 것 같아 괴로워 견딜 수가 없었다. 아무런 잘못이 없는데, 아무것도 저지른 것이 없는데도 괴롭고 힘들었다. 잘못이 있다. 그의 말에 설레고 그의 눈길에 떨렸으니까. 심중으로의 유죄, 지우는 그것을 저지른 것이다.

"나라면, 사랑할 수 있는 남자야?"

그렇게 물었던 도진의 두 눈엔, 분명히 욕망이 어려 있었다.
결코 욕망일 리가 없다고 고개를 가로저었지만 분명히 그의 눈
에서 읽었던 감정은 욕망이었다. 지우는 오싹 추워지는 느낌에 몸
을 감쌌다.
욕망일 수가 없어. 그래선 안 된다고.

"날 만났다면, 형처럼 나도 사랑할 수 있었을까?"

욕망이 어려 있던 그의 눈엔 잡을 수 없는, 하지만 포기할 수 없
는 갈망이 교차됐고 지우는 눈빛의 변화 하나하나가 다 마음에 걸
렸다. 도진이 불순한 마음을 먹지 않은 이상, 형이 사랑하는 여자
에게 그런 말은 할 수도 없고 해서도 안 될 말이다.
지우는 고개를 가로저었다.
그를 만났다면 그를 사랑했을까? 도현 씨처럼 그를 사랑했을
까?
대답은…… 지우도 알 수 없는 일이다. 그가 아니라 도현을 만
났으니까.

"이렇게가 아니면, 난 절대 널 안을 수가 없잖아."

"이렇게 취한 척이라도 하지 않으면 널 만질 수조차 없잖아."

목을 졸리고 있는 듯한 그의 목소리. 너무나 깊은 절망에서 헤어나오지 못해 차라리 목숨을 끊는 것이 행복하리라는 절망의 끝에 다다른 그것처럼 그의 목소리와 눈빛은 이제 완전한 절망의 빛으로 어두워져 있었다.

그가 지우를 껴안고 그렇게 말했지만 지우는 듣지 않은 것으로 하고 싶었다. 기억하지 말자고, 두 번 생각하지 말자고, 되새겨볼 말도 아니라고, 그럴 가치가 없다고 하면서도 지우는 도진의 말 한 마디 한 마디에 그의 눈에서 뿜어내는 보이지 않은 올가미에 단단히 포박당한 기분이었다.

내가, 어째서 도진의 그런 말 따위에 신경을 쓰는 거지? 따귀를 올려붙여도 시원치 않을 농지거리에 불과한데 말이야.

이건 분명히 아주 많이, 몹시 불쾌해해야 할 일이었다. 다른 사람이 아니라 애인의 동생이 그딴 몹쓸 수작을 걸어온 거니까. 그런데 지우는 도진의 그 말이 단지 허접한 수작이 아니라 어떤 의미가 담긴 행동으로 느껴졌고, 그래서 괴롭고 혼란스러웠다.

"지우 씨."

어깨를 툭 치며 부르는 소리에 지우가 화들짝 놀라 뒤를 돌아봤다.

"뭐 해요?"

승아였다.

"아, 손 씻느라구요."

"나 많이 취한 것 같아요. 너무 많이 마셨나 봐. 도진 씨가 싫어하겠어."

"오늘은 괜찮아요. 도현 씨 축하하는 자리니까."

"그렇겠죠?"

"도현 씨랑 도진 씨는요?"

"지우 씨가 나오길 기다리고 있어요. 잠깐 나 볼일 좀 보고요."

"나 먼저 나갈게요."

"그래요."

지우는 승아가 칸막이 안으로 들어가는 걸 보고는 화장실을 나와 테이블을 찾아가려고 하는데 누군가 팔을 잡았다. 고개를 돌려보니 도진이었다.

"우리 나갈 거야."

"네……."

도현은 클럽 입구에서 담배를 태우고 있었다. 지우는 도진을 지나쳐 도현에게 왔다.

"집에 가자, 지우야."

"네."

도현이 지우의 손을 잡아 자신의 낡은 점퍼 주머니 속으로 집어넣었고 지우는 늘 그랬던 것처럼 도현의 손과 도현의 호주머니 속이 따뜻하다고 생각하며 도현과 먼저 클럽을 나와 신선한 공기를 마시며 도진과 승아를 기다렸다.

"오늘 같은 날은, 네가 부자인 게 싫어."

도현이 말했고 지우는 취기로 많이 풀려 있는 도현의 눈을 쳐다봤다.

"왜요?"

"안 들여보냈으면 좋겠거든."

도현의 말에 지우가 픽 웃었다.

"안 들여보내면 나 어디서 자요?"

"재워줄 데야 많지."

"어디요? 설마 형사나리가 여관에 날 데려갈 리는 없고, 건전하고 법에 저촉되지 않을 장소라도 있어요?"

지우의 물음에 도현이 킥킥거리고 웃었다.

"여관도 법에 저촉되지 않아, 원조교제만 아니라면."

지우가 입술을 삐죽거리며 노려보자 도현이 너털웃음을 터뜨리며 지우를 끌어안았다.

"길에서 왜 이래요. 사람들이 봐요. 정말 많이 취했나 봐."

지우가 도현을 밀어내려고 하는데 도현은 킬킬거리며 지우를 계속 껴안고 있었다.

"우리 지우, 우리 지우는 왜 이렇게 예쁘니."

도현이 지우를 으스러져라 껴안으며 얼굴을 부벼댔고 지우는 사람들이 아무리 많이 오가도 개의치 않고 이렇게 애정 표현을 해주는 도현의 행동에 부끄러우면서도 으쓱해지는 행복을 느꼈다. 그렇게 도현의 가슴에 안겨 그만 놔달라고 어리광을 부리면서도 그의 가슴에 아주 오래 안겨 있었으면 좋겠다고 생각하는데 승아와 함께 나오는 도진이 보였다.

"어머, 두 분 뭐 하시는 거예요?"

승아가 깔깔거리고 웃는데 도진이 신경질적인 동작으로 승아의 허리를 끌어당겼다.

"우리 먼저 간다."

도진의 말에 그제야 도현이 지우를 놓아주고 돌아섰다.

"그래, 가라."

"형은 어디로 갈 거야?"

"글쎄, 우리 지우하고 어디 갈까 생각 중이다."

도현의 넉살에 지우가 눈을 흘기는데 도진의 입가에 비웃는 듯한 미소가 떠올랐다.

"어디 좋은 데 가시나 봐요."

승아가 어디 가려는지 알 만하다는 듯한 얼굴로 지우를 쳐다보자 지우는 아무 죄도 짓지 않았으면서도 죄지은 사람처럼 얼굴을 붉히며 손을 내저었다.

"집에 가야 해요."

"가만있어 봐, 그건 내가 결정해."

도현이 지우의 손을 틀어잡으며 말하자 지우는 도현답지 않게 동생과 동생 여자 친구도 있는 앞에서 저런 이상한 뉘앙스가 풍기는 말을 서슴없이 하는 걸 보니 취하긴 정말 많이 취한 모양이라고 생각했다.

"도진아, 먼저 가라. 승아 씨, 우리 다음에 또 만납시다."

"네, 다음에 꼭 한잔해야 해요."

"물론이죠."

누가 더 많이 취했다고 할 수도 없을 만큼 똑같이 많이 취한 승아와 도현이 우스꽝스러운 인사를 주고받는 동안에 도진은 태울 듯한 눈으로 지우를 노려보고 있었다.

지우는 도진의 눈빛이 거슬리고 짜증스럽고, 그리고 두려웠다.

'난 취하지도 않았고, 아무런 말도 하지 않았고, 저런 우스꽝스러운 짓도 하지 않는데 어째서 날 저렇게 노려볼까.'

도진이 승아의 허리를 감고 있던 팔을 풀고 그녀의 손을 잡았다.

"가자."

도진이 승아를 이끌자 승아는 냉큼 도진을 따라갔다.

두 사람은 이 밤거리를 벗어나 어디로 가는 걸까?

그건 지우가 걱정하고 궁금해할 일이 아니었다. 그들이 어디로 가든 그건 그들의 일이지 자신의 일이 아니니까.

도진과 승아가 어디로 가는지, 어디쯤에서 사라지는지 자꾸만 뒤돌아보려는 자신의 고개를 바로잡으려고 애쓰며 지우는 책망했다. 무슨 상관이냐고, 왜 궁금해하냐고. 그들이 어딜 가서 무엇을 하든 신경 쓰지 말라고. 도현이 바로 앞에 있으니 도현의 얼굴만 보라고. 하지만 지우의 머리와 눈은 도진과 승아가 어딜 가는지 궁금해하고 보고 싶어했다.

왜 이럴까. 흔들리는 걸까? 아니야, 그럴 리가 없어. 그러면…… 안 돼, 절대!

"지우야, 우리 어디 갈까?"

도진과 승아가 어디로 가는지 궁금해하는 자신을 꾸짖고 있는데 도현이 그렇게 물었다.

"도현 씨는 어디 가고 싶어요?"

"잘 모르겠는데 그냥 너 집에 들여보내기 싫다."

"나도 집에 가기 싫은데 이럴 땐 어떻게 해야 하는 걸까요?"

"어, 이 녀석 봐라. 너 이러면 큰일나."

"그 큰일이라는 거 한번 당해보고 싶네."

지우가 장난기 어린 목소리로 말하자 도현이 픽 웃으며 지우를 껴안았다.

"우리 지우가 날 유혹하네."

"유혹하면 안 돼요? 우리 결혼할 건데."

"나 지우 부모님께 욕먹기 싫어."

"그런 말 말아요."

지우가 도현을 밀어내며 약간 짜증난 듯이 말했다.

"내가 몇 살인데."

"참자. 참을게."

도현이 지우의 어깨를 끌어당겨 안았다.

"도현 씨, 참지 않아도 된다구요."

참 우습다. 남자는 참겠다는데 여자인 지우는 참지 말라고 하고 있다. 솔직히 성욕이 불길처럼 치솟아 견딜 수 없어서도, 도현이 부모님한테 욕먹을 것을 걱정하자 내 나이가 몇인데 언제까지 내 남자 될 사람 부모님 눈치를 보게 해야 하나 하는 반발심리로 억지를 부려보는 것도 아니었다. 그냥 가슴이 옥죄어왔다. 브루스 타임 때 스테이지에서 도진과 부둥켜안고 있던 그때의 셀렘 때문에. 도진의 행동과 낯선 유혹이 담긴 말들 때문에 설레고 흔들렸던 자신이 너무 밉고 도현에게 미안했다. 도현에게 헌신적인 여자라는 것을 보여주어야겠다는 것도, 잠깐 동안 정신적 외도에 대한 대가로 그에게 내 몸이라도 주어 보상해야지 하는 생각도 아니다. 그럴지도 모르겠다. 당신만 사랑하고 당신만 아는 헌신적인 여자, 아무런 흔적도 없지만 정신적 외도의 대가로 내 몸이라도 받쳐 주자 하는 보상심리. 그렇든 그렇지 않든 지우는 오늘 도현과 함께 있고 싶었다.

도현이 지우의 어깨를 감싸 안은 채 큰길가로 갔고 택시에 오르자마자 지우의 집 주소를 댔다. 도현은 정말 참기로 한 모양이었다. 오늘은 저질러 주길 바랐는데. 도현은 오늘도 모범생 노릇을 하려나 보다. 지우는 어쩐지 서운했지만 집에 가기 싫다고 보채지 않았다.

집으로 가는 내내 도현은 지우의 손을 꼭 잡은 채 자신의 호주머니에 넣고 있었고 지우는 도현이 조용해진 것이 이상하면서도 고마워 도현의 어깨에 머리를 기대고 있었다.

한참을 달려 택시가 멈춰 섰고 도현은 택시비를 지불한 후 택시에서 내렸다.

지우와 도현의 눈앞에 서 있는 건 도현이 볼 때마다 사람 질리게 하는군 하고 낮게 뇌까리는 지우네 집 높은 담벼락과 대문이었다. 어디서 다 주워온 바위 덩어리인지는 몰라도 참 멋스럽게도 차곡차곡 쌓아 올린 담벼락, 저 대문이라면 십 톤 트럭도 끄떡없이 들어갈 수 있을 거라고 생각됨직한 튼튼하고 웅장한 대문.

목이 뒤로 완전히 꺾일 정도로 참 높고 높은, 저 대문을 만드는데 어느 만큼의 철이 소비되었을까 셈해보고 싶은, 그래서 볼 때마다 질리는군 하는 도현의 뇌까림이 퍽 정직하게 느껴지는 부유함의 상징이었다.

"혼자 가려면 쓸쓸하겠네. 택시 괜히 그냥 보냈어요. 바로 타고 돌아갈걸."

"그럴 순 없지. 들어가는 걸 봐야지."

"도현 씨 혼자 돌아갈 거 생각하니 속상하니까 그렇죠."

"우리 지우는 왜 이렇게 착할까."

도현이 지우의 볼을 쓰다듬었다.

"지우야."

"응?"

"너 병원에 다니면서 돈 잘 벌고 능력있는 의사 놈들한테 반해서 나 배신하면 그땐 난 어쩌냐?"

"그럴 것 같았음 진작에 그러지 않았을까?"

"그런가?"

"병원에 괜찮은 의사들 많거든."

"무서워 죽겠다."

"그러니까 나한테 잘해요."

"어떻게 하면 우리 지우가 의사 놈들한테 반하지 않을까?"

"키스해 주면."

"그걸로 되겠어?"

"좀 부족하긴 하지만."

지우의 말에 도현이 픽 웃더니 살며시 지우를 껴안았다.

"우리 약혼하고 결혼하려면 오 개월이나 남았는데 그때까지 맘 변하지 않을 자신 있지?"

"그런 일 절대 없어요. 도현 씨보다 더 멋진 남자도 없구요, 도현 씨 말고 다른 남자를 사랑할 생각도 없어요."

지우가 도현의 등을 토닥이며 말하자 도현이 지우를 힘껏 껴안았다가 놓아주었다.

"이리 와봐."

도현이 거리를 살핀 후 높고 높은 담벼락 중앙에 위치한 대문 중에서 카메라와 초인종이 달린 벽 반대편 구석으로 지우를 데리고 올라갔다.

"키스하자구요?"

"키스해 달라고 했잖아. 아니야?"

"맞아."

"진하게 해줄게."

도현이 싱겁게 키득거리며 말하는데 지우가 얼른 입을 막았다.

"조용히 해요. 에스가 짖어요."

에스는 지우네가 키우는 독일산 셰퍼드였다. 귀가 유별스럽게 밝은 녀석.

지우가 도현의 입에서 손을 치우자 도현이 지우를 껴안았다.

지우는 도현의 가슴에 안겨 소리없이 한숨을 내쉬다가 깜짝 놀랐다. 사랑하는 사람의 가슴에 안긴 안도의 숨이 아니라 아무것도 느껴지지 않은 모자란 포옹이라는 생각이 들었기 때문이다. 그리고 도현의 품에서 도진의 향기를 찾으려는 자신을 발견했다.

미쳤어!

지우는 머리 속에서 그를 치우려고 노력했다.

도현의 가슴에 안겨 있는 거라고, 도현이 나를 안고 있다고.

그런데 어째서 다른 남자의 향기를 찾으려는 걸까. 다른 남자…… 지금 자신을 안고 있는 사람의 동생.

미쳤어!

지우는 입술을 깨물었다. 어디 한 군데 신경이 살아 있는 살점을 깨물어서라도 정신을 차리고 싶었다.

자신의 가슴과 맞닿아 있는 도현의 가슴에서 심장 박동이 느껴졌다. 약간 빠른 듯한 박동. 힘차게 지우의 가슴을 두드리고 있다.

"이렇게가 아니면, 난 절대 널 안을 수가 없잖아."

절박하던 도진의 목소리.

아, 제발 이러지 마. 돌았어? 너 돌아버린 거야? 도현 씨가 널 안고 있잖아. 심한 죄책감이 지우의 가슴을 파고들었다. 도현의 품에 안겨 그를 생각하다니. 돌았다, 돌아버렸다.

지우는 그가 상상하지도 못할 죄책감에 사로잡혀 도현을 더욱 꼭 끌어안았다. 이렇게 해서라도 다른 사람을 향하려는 자신의 마음을 붙잡기 위해, 도현에게 사죄하기 위해.

"노현 씨, 사랑해요."

지우가 필사적인 심정으로 뇌까렸다.

"사랑해요. 사랑해요, 도현 씨."

"사랑한다, 지우."

도현이 진심을 담은 목소리로 중얼거렸다.

자려고 누운 지가 언젠데 지우는 잠을 못 들고 있었다. 머리 속은 온갖 잡념들로 넘쳐 나서 지우의 수면을 방해하고 있었다.

어디로 갔을까?

승아의 어깨를 감싸 안고 사라지던 도진의 뒷모습이 내내 지우를 괴롭히고 있었다.

내가 왜 이러지? 그들이 어디로 갔든 무슨 상관이라고!

지우는 세차게 고개를 내저었다. 도현이 아니라 도진을 생각하는 자신을 이해할 수 없었다. 미웠다. 그럼 안 되는 줄 알면서도 나이트클럽에서 헤어지고 집에 돌아와서 지금까지 도진이 승아와 어디로 갔으며 지금 뭘 하고 있을까를 생각하고 있었던 것이다.

지우는 엉뚱한 생각을 하느라 정신을 소모하고 있는 자신이 너무나 한심하고 한심한 줄 알면서도 털어내지 못하는 생각들에 치여 자리에서 일어나고 말았다.

아까부터 밖에 무슨 소리가 들린다 싶었는데 비가 오는 모양이었다. 유리창에 빗방울이 부딪치는 소리였다. 지우는 비 오는 걸 꼭 확인할 필요도 없었는데 커튼을 걷어젖히고 창문을 열었다. 역시 비가 오고 있었다.

"야구 보러 가요."

언젠가 밤늦게 도현에게 전화를 걸었었는데 도현은 전날 밤새서 곯아떨어졌다며 도진이 받았었다. 그래서 어쩌다 보니 도진에게 배도 고프고 잠도 쏟아진다며 푸념을 한 적이 있었다. 그런데 전화를 끊은 지 한 시간도 되지 않아 도진이 야식집에서 김치볶음밥을 사들고 병원에 온 것이다. 너무 고마워서 지우가 농담조로 어떻게 보답할까요 했는데 도진은 데이트를 하자고 했다.

"야구요?"

"야구장 가서 본 적 있어요?"

"아뇨."

"그럼 보러 가요. 표 구했어요. 지금 가도 늦겠지만 5회부터는 볼 수 있을 거예요."

데이트로 뭘 할 건지 생각해 보겠다더니 야구장을 생각해 낸 모양이었다.

부지런을 떨어 야구장으로 갔고 야구장 안에 있는 패스트푸드점에서 저녁거리를 포장해 들고 들어갔을 때 도진의 말대로 게임은 5회 말 진행 중이었다.

야구장은 처음이었고 작은 TV 모니터가 아니라 탁 트인 야구장에서 선수들의 생생한 움직임을 보며 경기를 지켜보는 것도 퍽 색다른 맛이라 지우는 도진이 야구장을 생각해 낸 것은 꽤 그럴듯했다고 생각했다.

포장해 온 햄버거와 콜라와 감자튀김 같은 것을 집어 먹으면서 다른 관중들을 따라 괜히 고함도 한번 질러보며 지우가 몹시 들떠하자 도진이 웃었다.

"재밌어요?"

"재밌어요."

"다음에 또 올래요?"

"좋아요. 다음엔 도현 씨랑 승아 씨도 같이 와요."

지우가 대답했고 도진은 아무 말이 없었다.

포장해 온 것들을 모두 먹어치우고 7회 말이 끝나고 8회 초로 넘어가는데 빗방울이 떨어지기 시작했다.

"비 오네요."

지우가 하늘을 올려다보는데 관중석이 동요하기 시작했다. 아직 자리에서 일어나는 사람은 없었지만 이대로 계속 비가 온다면 더는 자리를 지킬 수가 없었다.

"갈까요?"

"이러다 그칠지도 모르잖아요."

"그럼 기다려 볼까요?"

"그래요."

도진이 입고 있던 잠바를 벗더니 지우의 머리 위에 씌워주었다.

"비 맞지 말고 덮고 있어요."

"도진 씬요."

"난 괜찮아요."

지우가 미안해서 옷을 돌려주려고 했지만 도진이 기어이 머리에 쓰고 있도록 했다.

몇 분 지나지 않은 것 같은데 빗방울이 굵어지기 시작했다. 한 사람 두 사람 자리를 뜨는가 싶더니 갑자기 약속이라도 한 듯 우르르 몰려 경기장을 빠져나가기 시작했다.

"우리도 가요!"

지우가 소리쳤고 도진이 고개를 끄덕였다. 지우가 도진에게 옷을 돌려주려고 하자 도진이 벗지 말라며 자신의 옷으로 지우에게 우산을 만들어주었다.

"도진 씨 젖잖아요."

"한 사람만 젖자구요, 둘 다 젖지 말고."

도진이 지우의 어깨를 감싸 안더니 사람들을 헤치고 스탠드를 빠져나가는 입구를 향해 달렸다.

일단 스탠드를 벗어났지만 주차장까지 가려면 또 비를 맞아야 했다.

"이거 입어요, 더 맞지 말고. 벌써 많이 젖었어요."

"이미 젖었는걸요 뭐. 아무래도 비가 그칠 것 같진 않고 그냥 가야겠어요."

"그래야 할 것 같아요."

"괜찮겠어요?"

"난 괜찮아요. 어서 옷 입어요."

지우가 옷을 건네자 도진이 받아 들었다. 하지만 입는 것이 아니라 다시 펼치더니 지우의 머리에 덮어씌웠다.

"벗지 말아요."

도진이 말했고 지우가 괜찮다고 하기도 전에 지우의 어깨를 감싸 안더니 주차장을 향해 뛰기 시작했다.

"도진 씨 비를 너무 많이 맞았잖아요."

"난 괜찮아요. 조심해요, 넘어지지 않게."

한참을 뛰어 주차장에 세워져 있던 도진의 차로 왔다. 도진은 급히 문을 열고 지우를 먼저 차에 태운 후 운전석에 올랐다. 도진은 흠뻑 젖어 있었다. 안쓰러울 정도로 젖어서 지우는 미안해 어쩔 줄 몰라 했다.

"어떻게요? 많이 젖었어요."

"괜찮아요."

도진은 차 안을 뒤지더니 티슈를 찾아내 뭉텅이로 뽑아 들었다. 그걸로 그의 젖은 머리를 닦을 줄 알았는데 도진은 자신이 아니라 지우의 얼굴과 어깨에 묻은 빗방울을 닦아주었다.

"난 괜찮아요. 이리 줘요."

지우가 도진에게서 티슈를 빼앗아 도진의 젖은 머리를 털어주는데 도진이 가만히 지우의 얼굴을 바라봤다.

"많이 젖었어요. 감기 걸리면 어쩌죠?"

"내가 아픈 게 나아요."

"뭐라구요?"

"당신이 아픈 것보다 내가 아픈 게 낫다구요."

"그런 말이 어딨어요?"

지우가 바보 같은 소리라고 생각하며 도진의 머리를 털어주었다.

"오늘 멋지게 데이트하려고 했는데 비가 오네요."

도진이 못내 아쉬운 목소리로 말했다.

"비는 왔지만 좋았어요. 야구장 오는 거 괜찮은 것 같아요."

"다행이에요. 다음엔 비 안 올 때 와요."

"그래요."

야식을 사다 준 보답으로 갔던 야구장은 비가 오는 바람에 흐지부지됐다. 아니, 흐지부지는 아니었다. 야구장에 갔던 날을 이렇게 생생하게 기억하고 있는 걸 보니 말이다. 그러고 보니 도진과 야구장에 갔던 일을 도현에게 말하지 않았다. 일부러 숨기려고 했던 것도 아닌데 그렇게 돼버렸다. 굳이 말해야 하나? 라고 생각했던 것 같다. 그게 아니라면 일부러 말하지 않았을 수도 있고. 어떤 이유든 말하지 않았다.

이제 그만 생각하라고, 도현과 함께했던 시간이 아니라 어째서 도진과 함께했던 시간들을 더듬고 있는 것이냐며 지우는 자신을 나무랐다. 이 무슨 한심하고 멍청한 짓이냐고.

그러면서도 지우는 비 오던 날 야구장에서 도진과의 데이트는 퍽 인상적으로 기억하고 있었다. 당신이 아픈 것보다 내가 아픈 게 낫다고 소설에서나 나올 법한 대사를 읊던 도진을 보며 볼수록 괜찮은 남자라고 생각했었다.

"그만둬. 쓸데없는 생각이야."

한숨을 푹 내쉬며 창문을 닫으려던 지우는 길가에서 자신의 방을 올려다보고 있는 도진을 발견했다.

그가, 저기 있었다.

"후욱."

불에 덴 듯이 화들짝 놀란 지우는 커튼 뒤로 숨고 말았다.

잘못 본 것일까? 그가, 도신이 서기 있을 리가 없지 않은가.

지우는 가슴이 두근거리는 것을 느끼다가 다시금 조심스럽게 창밖을 내다봤다. 잘못 본 게 아니었다. 정말로 도진이 그곳에 서서 이층을 올려다보고 있었다.

이 무슨 해괴한 감정일지 몰라도 그가, 도진이 승아와 함께가 아니라 저기에서 자신을 올려다보고 있었다는 것에서 새록새록 기쁨이 피어올랐다. 그가 승아가 아니라 자신을 보러 왔다는 것에서 바보 같은 승리감이 느껴졌다.

지우는 반은 커튼 뒤에 숨은 채로 그렇게 도진을 내려다보고 있었다. 도진 역시 그런 지우를 타 들어가는 눈빛으로 올려다보고 있었다.

어머니의 강요에 의한 약혼식이 두 달, 결혼식은 불과 석 달 앞두고 있었기 때문에 이젠 조금 급한 맘에 오늘은 꼭 만나 집에 대한 얘기를 해야 했다.

도현이 지금껏 집을 구하지 못한 이유는 달리 없었다. 도현이 마련할 수 있는 집과 지우 어머니가 요구하는 집의 정도가 너무 차이가 났기 때문이다. 두 사람 모두 출퇴근이 힘들지 않은 병원 근처에 집을 구하는 데는 동의했지만 어머니는 도현이 가진 능력 이상의 집을 바랐고 그러다 보니 도현은 집 구하는 문제를 자의 반 타의 반 미뤄놓고 있었다.

도현이 염두에 두고 있는 아담한 집은 어머니 기준에서 보면 판잣집을 겨우 면한 형편없는 방 한 칸에 불과했다. 그나마도 도현은 내 집으로 만들 정도의 여력은 없어 전세를 생각하고 있었는데 어머니는 당연히 '내 집'이어야 했다. 내 딸을 데려갈 심산이라면 '내 집' 정도는 구할 능력이 되어야 옳다는 얘기였다. 양심이 있다면 그것은 해내란 말이었는데 경찰이 무슨 돈이 있다고 적어도 도현은 비리경찰이 아니었고 쥐꼬리만한 월급 받아다 기름값과 밥값을 제외하고는 몽땅 시골에 보내 드리던 형편인데 양심과 비양심을 떠나 지우의 어머니는 도현에게 무리한 요구를 하고 있었다.

사실 지우는 도현과 결혼해서 함께 산다는 생각에 푹 빠져 집이 넓고 좁은 것에는 그다지 관심이 없었다. 그저 매일 한집에서 얼굴을 맞대고 같은 이부자리에서 자고 일어나는 생각만으로도 달콤하고 재미났으니까. 또 먹고 사는 문제 역시 지우 자신이 다달이 벌어들이는 월급이 상당하니 도현과 결혼해서 돈 때문에 걱정할 일은 별로 없을 것이라 생각했다. 하지만 어머닌 그게 아닌 모양이었다. 지우는 상관없으니 제발 그 문제로 도현을 괴롭히지 말아달라고 어머니와 몇 번 다투기도 했지만 어머니도 절대 물러설 수 없는 부분이 있었고 그게 바로 집의 평수와 '남의 집' 살이냐 '내 집'이냐였다.

"능력이 안 되면 말해, 보태줄 수도 있으니."

어머니가 말했다. 그러나 지우는 어머니의 말을 도현에게 전하지 않았다. 능력이 안 되는 줄 뻔히 알면서도 안 되면 말을 하라는 것은 기어이 도현의 도와주십사 히는 기죽은 부탁을 듣고야 말겠다는 뜻이었으니까.

도현은 아마도 정 안 되면 부탁도 할 것이다. 지우를 걱정해서. 하지만 지우는 도현의 기죽은 모습을 보고 싶지 않았다. 지금껏 부모님은 지우를 사랑한 죄로 사내놈 기를 당연하다는 듯 밟아댔었다. 이젠 더는 기 밟는 짓도, 밟히는 꼴도 보고 싶지 않았다.

"우리가 알아서 할게요. 나 전문의 시험 때문에 골치 아파요. 이런 일로 신경 쓰고 싶지 않아요."

지우가 골이 난 얼굴로 말했고 전문의 시험은 상당한 효과가 있어서 적어도 겉으로는 집 문제로 지우를 괴롭히지 않았다. 더 교묘한 방법으로 괴롭혔지만 말이다.

집 문제로 골머리를 앓는 사람은 지우 어머니뿐이 아니었다.

도현의 어머니가 지우에게 먼저 운을 뗐었다. 도현의 어머니도 몹시 신경 쓰고 있는 눈치였다. 오죽하면 시골에서 상경해 병원까지 찾아오셨을까. 오죽하면 적금 부어놓은 돈에다가 곗돈 탄 것까지 보태 내놓으며 어쩌면 좋겠냐고 걱정스럽게 물으셨을까.

나중에 안 얘기지만 지우에게 통하지 않자 어머닌 도현에게 직접 전화를 걸어 집에 대해 채근했고 볶이다 못한 도현이 조심스레 부모님께 의논을 했던 모양이다. 지우 어머니 입맛에 맞추기에 턱없이 부족한 돈으로 고민하던 도현의 어머니가 지우를 찾아온 것이고.

"죄송해요."

"죄송하긴. 아무리 우리가 시골에 파묻혀 사는 무시렁이라도 알건 안단다. 의사 며느리가 어디 쉬운 자리니. 우리도 원없이 해주고 싶다만 가진 게 너무 없으니 말이다. 사돈 분들께 민망하구나."

"그러실 것 없어요. 전 어디에 살든 상관없어요."

"그래도 그렇지 않다. 달리 자식이 또 있는 깃도 아니고 너 하나인데, 얼마나 아까우시겠니."

어머닌 도현을 얼마나 닦달하신 걸까. 이 어른이 며느리 될 지우 앞에서 꼿꼿하게 고개 한번 못 세우시고 오그라들었으니 말이다.

"논 잡히면 농협에서 대출받을 수 있어. 그것까지 보태면……."

"그러지 마세요. 제가 가진 돈도 있어요."

지우가 얼른 말렸다.

태어나서 한 번도 이사한 적 없이 도현과 도현의 형제자매들을 공부시키며 함평이라는 시골에서 농사짓고 사시던 양반들이 논을 담보로 대출받으면 그걸 어떻게 갚으시겠다고.

"집은 도현 씨와 제가 알아서 할게요. 죄송해요, 어머니."

"네가 죄송할 게 뭐가 있니. 오백만 원 정도는 더 보탤 수 있어."

"그러지 마세요, 제발."

지우가 고개를 저었다.

누구네는 아들 가진 유세로 며느리 자리에 혼수로는 뭘 해오라, 시부모 덮을 이불은 어떤 것이어야 하고, 친척들에겐 어떤 선물을 해야 하네 일일이 따지며 갖은 폼을 다 잡는다는데 도현의 부모님은 아들 가진 유세는 고사하고 입맛도 다시지 못하는 입장이 돼버렸다.

지우는 말할 수 없이 죄송했다. 병원에서 몸을 뺄 수가 없어 기차역까지 모셔다 드리지도 못하고 병원 앞에서 택시를 잡아드리고 차비 하시라며 십만 원짜리 수표 두 장을 꺼내 시어머니가 되실 분의 손에 쥐어드렸다. 한사코 거절하시는 어머니의 손에 수표 두 장을 기어이 쥐어드리며 죄송하다는 말을 몇 번이나 되뇌었지만 몇 번의 죄송합니다로는 죄가 깎이지 않을 것 같았다. 쭈글스러운 표정으로 수표 두 장을 쥐고 어서 들어가라고 손짓하는 어머니의 얼굴에서 지우는 부끄러움과 죄스러움을 느꼈다.

도현의 어머니가 병원을 다녀가신 후 지우는 틈틈이 공인중개사를 돌아다니며 집을 구했고, 그래서 혼자 봐둔 집이 있었다. 두 사람 다 출퇴근을 걱정하지 않을 가까운 거리였다. 도현이 생각하는 아담한 집보다는 조금 더 컸고 어머니가 생각하는 집보다는 작은 도현과 어머니의 중간 정도의 집이었다.

도현이 가진 돈으론 지우가 봐둔 집을 사기에 모자랐기 때문에 지우는 자신이 가진 돈을 보태기로 했는데 도현이 어떻게 생각할지 몰랐다. 융통성이 약간 부족한 성격이라 기분 나빠할지도 몰랐다. 하지만 도현이 기분 나빠한다 하더라도 지우는 물러서지 않을 생각이었다. 이젠 정말 집을 구해야 하는 것도 그랬지만 집 문제로 더는 어머니에게 들볶이고 싶지 않아서였다.

지우는 삼십 분이라도 만나서 얘기하자며 시간을 잡아놓고 시간 맞춰 약속 장소로 나가자마자 맘부터 상해 버렸다.

전문의 시험이 며칠 후라 시간을 내기가 너무 힘들었다. 그래도 두 사람에게 이보다 더 중요한 일은 없었기 때문에 시간을 쪼개고 쪼개서 만나자 했던 건데 그 자리에 도진이 먼저 나와 있었다.

도진이 나타날 자리가 아닌데, 분명히 집 문제로 의논할 게 있

다고 말했는데 도현은 어쩌자고 오늘도 도진을 내보낸 걸까. 지우
는 도현을 만난 후 처음으로 그가 싫고 짜증스러워졌다.

　그날도 도현은 약속 시간이 지나도록 나타나지 못했고 하는 수
없이 부담스럽고 껄끄러운 도진과 마주 앉아 있어야 했다.

　"승아 씬 왜 안 왔어요? 승아 씨가 왔으면 좋았을 텐데……. 바
쁘데요?"

　지우는 승아 얘기를 꺼내는 게 가장 좋을 것 같아 그렇게 물었
지만 도진은 별다른 대답을 하지 않았고 도진의 대답이 제때 나오
지 않아 지우는 실없는 사람이 돼버렸다.

　지우는 불편한 기색으로 시계를 들여다보며 만약에 십 분 내로
도현이 나타나지 않으면 그냥 가버릴 거라고 결심했다.

　"봐둔 집이 있다면서요? 형이 집 보러 갈 거라고 하던데."

　십 분을 넘기고 지우는 도진더러 혼자 기다리라며 가야겠다고
말할 참인데 도진이 불쑥 입을 열었고 지우는 그렇다고 대답했다.

　"봐둔 집이 마음에 들어요?"

　"네."

　"계약해요, 그럼."

　도진이 말했고 지우는 저절로 찡그린 얼굴로 도진을 쳐다봤다.
계약을 하라는 말은 도현이 해야 하는데 감히 도진이 왜 나서냐
싶었다.

　"그건 도현 씨와 내가 알아서 해요."

　"말했다시피…… 형은 부족한 돈 때문에 고민하고 있어요. 어
머니도 그렇고. 돈은 내가 가진 것도 조금 있으니까 걱정 말라는

거예요."

"그러니까 그건 나와 도현 씨가 알아서 할 일이에요. 어머니께
도 말씀드렸어요, 무리하게 돈을 더 만드실 필요 없다고. 돈은 내
가 가진 것도 있어요. 도진 씨 도움까지 필요하지 않아요. 도진 씨
는 신경 쓰지 말아요."

지우가 불쾌한 듯 딱 잘라 말했다.

바보 같은 도현 씨. 뭐 하러 그런 사정을 동생한테 구구절절 다
말해서는. 아무리 동생이라도 못마땅했다. 오늘도 늑장 부리며 잽
싸게 나타나지 않는 것도 못마땅한데 동생한테 집 때문에 고민이
라는 말까지 구구절절 다 늘어놓다니. 도진이 그만 끼어들었으면
좋겠는데, 도진은 이제 그만 퇴장해 주었음 좋겠는데.

도진이 은밀하게 속삭인다는 걸 모르고 있으니 저렇겠지. 그 은
밀한 속삭임이라는 것이 너무나 위험해서 감히 입에 담을 수도 없
다는 것을 모르고 있으니 그렇겠지. 하지만 그래도 그렇다. 이 문
제는 도현이 나서서 지우와 해결하고 결정해야 할 일인데 왜 오늘
같은 날 도진을 끼워 넣었을까. 도진의 얼굴을 보고 있는 일이 너
무 힘든데, 그와 눈빛만 마주쳐도 심장이 덜컥 내려앉는데. 그가
무슨 말을 할지 몰라서, 그가 또 은밀하게 속삭여 올까 봐…….

도진은 다시 입을 닫았고 지우는 또다시 불편해졌다.

"나 그만 가볼게요. 아무래도 도현 씨가 늦을 모양이에요."

지우가 가방을 챙겨 들자 도진이 물끄러미 쳐다봤다.

"형 오면 뭐라고 해요?"

"기다리다 지쳐서 집에 갔다고 해줘요."

"오겠죠, 이제."

"한 시간을 넘게 기다렸는데…… 이제 기다리는 거 조금 지치네요. 한 번도 제시간이 안 오구…….."

지우가 약간 화난 듯이 말하자 도진이 이해한다는 듯이 고개를 끄덕였다.

"나하고 밥 먹으러 갈래요?"

"아뇨, 그냥 갈래요."

"그냥 가면…… 형 서운해할 텐데."

"도현 씨도 한 번쯤 서운해 봐야 하지 않겠어요?"

"결혼하고 나서도 형 날마다 늦게 오고 시간 못 지킬 텐데 벌써 그럼 어떻게 해요?"

"글쎄, 오늘은 괜히 짜증이 나네요. 미안해요, 먼저 갈게요."

지우가 일어나자 도진도 일어났다.

"같이 나가요."

"도진 씨도 갈 거예요?"

"나 혼자 멍청하게 뭐 하겠어요."

지우는 도진이라도 혼자 기다려 줬으면 좋겠는데 간다고 하자 난감해하다가 다시 자리에 앉았다.

"도진 씨도 가버리면…… 난 기다려야겠네요. 아무도 없으면 도현 씨가 정말 서운해할 테니."

"일어나요."

"아니에요, 기다릴게요."

"형도 한 번쯤은 서운해 봐야 한다면서요."

"그래도……."

"일어나요."

도진이 지우의 손을 잡고 일으켰고 더 기다려 보겠다는데 도진이 강제로 지우를 데리고 카페를 나갔다.

"저녁이나 먹읍시다."

"집에 가서 먹을래요."

"수제비 맛있게 하는 집 알아요. 갑시다."

"도진 씨, 나……."

"아무 말 말고 따라와요."

도진은 이번에도 지우의 말을 무시한 채 그녀의 손을 잡아끌었다. 도진이 지우를 차에 태웠고 지우는 운전석에 올라타는 도진에게 집에 가고 싶다고 말했지만 도진은 듣지 않고 차를 출발시켰다.

"도현 씨가 오면……."

도진의 차가 카페 지하 주차장을 나와 오른쪽으로 커브를 트는데 도현의 차가 막 카페에 도착해 지하 주차장으로 빨려 들어가는 게 보였다.

"도현 씨예요. 왔어요!"

지우가 반갑게 소리치는데 도진은 들은 척도 하지 않고 앞으로 전진만 했다.

"도진 씨, 도현 씨 왔어요."

"내버려 둬요."

"왜 그래요? 도현 씨 왔다는데. 차 세워요."

지우가 신경질적으로 말했지만 도진은 꿈쩍도 하지 않았다.

"도진 씨!"

"오늘은 나하고 있어요."

도진이 낮은 목소리로 말했고 지우는 몸에 소름이 돋는 것을 느끼며 도진을 노려봤다.

"나 지금 놀리는 거예요?"

"놀리는 거 아니야."

"도진 씨!"

그때 지우의 휴대폰이 울렸다.

지우는 도현이란 생각에 얼른 전화를 받으려는데 도진이 거칠게 지우의 휴대폰을 빼앗더니 배터리를 분리해 버렸다.

"뭐 하는 짓이에요? 이리 내놔요!"

지우가 도진의 손에 들린 휴대폰을 빼앗으려고 하자 도진이 뒷좌석으로 휴대폰을 내던져 버렸다.

"정말 뭐 하는 짓이에요! 당장 차 세워요. 차 세우라구요!"

지우가 새파랗게 질린 얼굴로 고함을 질렀다.

"차 세우라고 했잖아요! 태도진 씨, 지금 뭐 하는 짓이에요? 내가 누군지 모르는 거예요? 난 도진 씨 형의 여자 친구……."

"오늘 하루만 나한테 시간을 달란 말이야!"

도진이 난폭하게 소리쳤고, 지우는 두려운 얼굴로 움츠러들었다.

"형 여자 친구인 거 나도 알아, 안다고! 그래서 나도 미치겠단 말이야! 오늘 하루만, 오늘 하루만 나한테 시간을 달라고. 오늘 하루 나하고 같이 보낸다고 당신이 내 여자가 되는 건 아니잖아!"

도진이 격분한 듯 계속해서 소리쳤고 그 바람에 운전도 난폭해졌다. 지우는 극도의 공포를 느끼며 입을 다물었고 도진은 험악해진 표정으로 거칠게 차를 몰았다.

지우는 눈을 감아버렸다. 도진이 당장 어디다 들이받을 기세로 차를 몰고 있었고 이러다간 정말로 사고가 날지도 모른다는 생각에 도저히 눈을 뜨고 있을 수가 없었다.

"제발……."

지우가 간신히 입을 열었다.

"속도를 줄여요…… 나 무서워요."

지우가 헐떡거리며 말했고 곤두박질칠 기세로 달려가던 차는 서서히 속도를 줄였다.

"눈 떠. 이제 괜찮아."

도진이 말했고 지우는 현기증을 느끼며 눈을 떴다.

지우는 아무 말도 할 수가 없었다. 차를 세우라고 할 수도, 여기서 내려달라고 할 수도, 도현에게 전화를 걸어야겠다는 말도 할 수 없었다. 도진이 지금은 가라앉은 듯하지만 언제 어떻게 또 변해 버릴지 몰랐기 때문이다.

지우는 도진이 차를 세울 때까지 잠자코 있었고 차는 한참을 더 달려 어느 식당 앞에 멈춰 섰다.

도진이 지우의 안전띠를 직접 풀어주었다. 지우는 도진이 바로 옆에 있는 것이 이상해서 움찔거렸지만 도진은 안전띠만 풀어줄 뿐 다른 짓은 하지 않았다. 도진은 차에서 내리더니 차 앞머리로 돌아와 지우가 내릴 수 있도록 문을 열어주었다.

차에서 내린 지우는 '휴대폰' 하고 말했고 도진이 뒷좌석 문을 열더니 휴대폰을 꺼내 지우에게 건넸다. 지우는 본체와 분리된 배터리를 주머니에 아무렇게나 쑤셔넣고 도진이 차 문을 닫길 기다렸다가 도진의 얼굴을 세차게 올려붙였다.

"건방진 자식. 너 어디다 대고 감히 겁 주고 협박이야?"

지우가 카페를 출발해 어딘지도 모를 곳에 멈출 때까지 속으로 삭여야 했던 공포와 분노에 파르르 떨며 고함쳤다.

"미안해."

도진이 낮은 목소리로 중얼거렸다.

"나한테 이런 짓 해도 된다고 허락한 적 없어. 너 내가 우습게 보였다면 지금부터 다시 생각하는 게 좋을 거야. 나 그렇게 우스운 여자 아니야."

지우가 한 대 더 올려붙일 기세로 윽박지르자 도진이 지우를 똑바로 노려봤다.

"우습게 본 적 없어."

"내가 누군지 몰라? 나 네 형이랑 결혼할 여자야. 나에 대해 어떤 감정을 갖고 있든 그건 네 감정이야. 나하고 상관없어. 너 혼자 해결 봐. 고약하게 나까지 끌어들여 공범으로 만들 생각 하지 말란 말이야!"

지우는 사람들이 오가는 길이라는 것도 잊고 도진을 향해 소리쳤다.

"갖고 놀아볼 생각도 하지 마. 나 그렇게 호락호락하지 않아."

"갖고 놀 생각이 아니라고!"

갑자기 도진이 버럭 소리를 지르더니 자동차 유리를 주먹으로 내질렀다.

"난 뭐 이러고 싶어 이러는 줄 알아? 나라고 이러고 싶은 줄 아냐고! 나도 이러기 싫어. 나도 내 형이 사랑하는 여잘 사랑하고 싶지 않단 말이야!"

도진이 악을 썼고 지나가던 사람들이 흘낏거리며 쳐다보기 시작했다.

"그럼 하지 마. 그래야, 너 사람이야."

지우가 얼음처럼 차가운 음성으로 내뱉었다.

도진이 절망적인 시선으로 지우를 바라봤지만 지우는 그의 시선을 피하지 않았다.

"다신, 그러지 마."

지우가 쐐기를 박듯 말하고는 획 돌아서는데 도진이 지우의 팔목을 움켜잡았다.

"내가 뺏으면? 내가 뺏으면 어떻게 할 건데?"

도진이 분노가 가득 찬 눈으로 지우의 얼굴을 노려보며 꽉 다문 잇새로 물었다.

"미쳤어."

지우가 오물이 붙은 듯 혐오스러워하며 도진의 손을 털어냈다. 그리고 뒤도 돌아보지 않고 도진의 곁을 벗어났다.

식당 앞길을 지나 혼잡한 큰길가로 걸어가는 동안 지우는 후들거리는 다리를 지탱하느라 어금니를 앙다물어야 했다.

가슴이 뛰고 온몸의 체온이 얼굴로 집중되는 듯한 열기를 느끼며 지우는 휘청이듯 걷다가 도진의 시선에서 안전하게 벗어났겠다 싶은 즈음에 전봇대에 기대고 섰다.

가슴이 떨리고 손이 저려왔다.

잘했는데, 잘한 일인데 왜 이렇게 가슴이 떨리고 떨리는 만큼 상실감이 느껴지는 걸까.

참으로 적절한 방어이자 공격이었던 것 같은데, 지우로선 최선의 태도를 취한 것인데 소중한 무엇인가를 잃어버린 듯한 이 기분은 무엇일까.

내가 빼앗으면?

도진의 말을 들었을 때 불현듯 공포가 밀려들면서도 등허리를 훑어 내리는 짜릿함에 몸서리쳤었다. 이 무슨 이중적 반응인지 모르겠다.

그가 무슨 짓을 하려는지 몰라 공포스러우면서도 그에게서 느껴지는 자신만만한 소유욕에 생경한 감각이 가슴을 쓸고 지나갔다.

지우는 전봇대에 기대선 채 꽤 오랜 시간 동안 마음을 추스린 후에야 택시를 잡아타고 집으로 돌아왔다.

주머니에 분리된 휴대폰이 들어 있는 걸 알면서도 조합할 생각도 없이 되는 대로 일단 두껍고 불편한 옷만 벗어 던진 채 침대에 드러누웠다.

휴대폰을 켜두면 분명 도현이 전화를 할 것이다, 늦게 도착했는데 그새 갔냐고. 물론 지루하고 화도 나서 그냥 와버렸다 하면 그만이지만 이런 말 저런 말 하는 것 자체가 구차스럽고 귀찮았다. 지금은 통화를 하지 않는 것이 가장 좋을 듯하고 맘 편히 자연스럽게 통화할 자신도 없었다.

베개도 베지 않고 엎드린 채로 지우는 도현과 도진에 대해 생각했다.

도현과 함께 있을 땐 그와의 관계가 신중하게 변화되는 것을 느낄 수 있었다. 아무래도 결혼에 대해 얘기를 나누고 미래에 어떤 모습을 하고 있을까 하는 남은 평생에 대한 설계 때문일 것이다. 아무리 우스갯소리를 해도 그는 결혼해서 함께 살 사람이고 내가 낳을 아이들의 아버지가 되어줄 사람이니 신중한 관계가 안 될 수가 없다. 그런데 도진이 있을 때는…… 지우는 어떤 팽팽한 규율의 선을 잘라 버리고 싶은 유혹을 느낄 때가 있었다. 솔직한 심정이었다. 도진이 곁에 있으면 두뇌회전이 느려지고 욕구를 억제시키던 해묵은 규칙들을 모조리 어겨 버리고 싶은 위험천만한 유혹이 불쑥불쑥 치솟았다. 먹으면 죽는다는 극단적인 경고를 듣고도 설마 꼭 한입 맛본다고 죽겠어 하며 내미는 이브의 선악과를 베어 물고 싶은 금지된 욕망.

"도진이 아니라 내가 미쳤어."

지우는 시트에 얼굴을 파묻으며 괴로운 어조로 읊조렸다.

도진은 지우에게 있어 달콤한 잡연과도 같은 존재였다. 그리고 환영받지 못할, 싸구려지만 손에 쥐고 놓기 싫은 이 몹쓸 감정은 다잡으려는 이성을 뒤흔드는 향이와 같았다.

석 달이 지나는 동안에 지우는 도진을 만나지 못했다.

도현과의 데이트에 빠짐없이 나타나던 도진은 두 번 다시 두 사람의 데이트에 끼어들지 않았다. 도현의 입을 통해 도진이 승아와 영화를 보러 간다거나 배낭여행을 간다더라는 말을 전해 들었을 뿐이다.

아마도 그날 후로 도진은 이제 지우라는 여자가 질린 모양이었다. 질렸다기보다는 이 말도 안 되는, 온전치 못한 줄다리기는 그만두는 것이 현명하다는 것을 깨달은 모양이었다. 아니면 정말로 정신을 똑바로 차렸던가.

지우는 도진이 눈에 보이지 않았기 때문에 편해졌지만 이상하게도 마음 한구석에서 그를 기다리고 있는 자신을 발견했다. 정말 말도 안 되는 소리였지만 문득 도현이 아니라 도진의 얼굴이 떠오를 때가 있었고 그를 그리워한다는 것을 알게 됐다.

도진을 그리워하는 자신을 발견할 때마다 거짓말이라고, 그럴 리가 없다고 부인하고 싶었지만, 그저 조금 궁금해하는 것일 뿐이라고 변명하고 싶었지만, 지우는 자신이 도진을 그리워하는 것이 거짓이 아니라는 것을 알고 있었다.

그리고 겨울이 끝난 어느 날 아주 우연히 서점에서 승아와 함께 있는 도진을 보게 됐다.

치명적 고열
—섭씨 40.4℃

베스트셀러로 불리는 책이 어디 한두 권이랴만은 읽은 독자들이 유독 읽지 않으면 후회할 것이라는 협박에 가까운 리뷰들을 쏟아내 대체 얼마만큼 재미나고 잘된 작품이기에 그러나 지우도 호기심에 그 베스트셀러를 사기 위해 서점에 들렀었다. 장안에 화제가 된 베스트셀러라는 것을 실감할 수 있을 만큼 '무엇의 속삭임'이라는 제목의 소설 코너가 아예 따로 마련되어 있었다.

바글바글 '무엇의 속삭임'을 사기 위한 독자들의 손이 바쁘게 책을 만지고 지우도 그 사람들 틈에 끼어 말머리를 훑어보고 있었다.

말머리만 보고서야 이 책이 재미있는지 없는지 알 수가 없고 열 페이지라도 읽어본 후에 사자 싶어 바글거리는 곳을 피해 전문서

적들만 비치되어 있는 한적한 곳으로 옮겨온 지우는 쭈그리고 앉아 '무엇의 속삭임'을 펼쳤다.

재미있다 재미없다를 떠나 세 페이지까지 막힘없이 잘 읽혀지는 걸 보니 손해는 보지 않겠다 생각하며 다음 페이지를 넘기는데 지우의 눈앞에 남자의 구두가 멈췄다. 아주 반질하게 잘 닦여진 깨끗한 구두였다. 지우는 자신이 길을 막고 있는 바람에 못 지나가나 싶어 피해줄 생각으로 일어섰다가 깜짝 놀랐다. 못 지나가는 사람이 아니라 바로 도진이었기 때문이다.

"도진 씨……"

지우가 당황하며 조그맣게 불렀다.

"책 사러 왔어요?"

도진이 물었다.

"네."

"혼자 왔어요?"

"혼자 왔어요. 도진 씨도 혼자 왔어요?"

"승아하고."

"승아 씨 어딨어요?"

"인테리어 잡지 산다고 저쪽에 있어요."

두 사람은 잠깐 말없이 서로를 쳐다보고 있었다. 갑자기 말문이 막혀 버렸고 무슨 말을 해야 할지 몰라서였다. 한참 만에 만나서 서먹했다. 게다가 두 달 전 마지막에 봤을 때 좋지 않은 모습으로 헤어져서인지 어색한 기분이 더했다.

"시험 통과했다구요?"

아마도 전문의 시험을 말하는 모양이다. 도현이 전했을 것이다.

"네."

"축하해요."

"고마워요."

"오늘 만나기로 했어요?"

"아뇨, 주말에 집 보러 가기로 해서 그때 만나기로 했어요."

"집 구했다는 말도 들었어요."

"구했어요."

"다음 주네요."

"뭐가요?"

"약혼식."

"아……."

지우가 고개를 끄덕였다.

"잘 지냈죠?"

도진이 더욱 낮아진 목소리로 물었다.

"그럼요. 도진 씨도 잘 지냈죠?"

지우가 애써 웃으며 물었다.

"……아니."

도진이 지우의 눈을 뚫어져라 쳐다보며 중얼거렸다.

지우는 도진의 눈길이 부담스러웠다. 그의 눈동자가 더듬는 자리마다 불꽃이 타오르는 것 같았다. 이놈의 병이 또 도졌나 보다. 태도진만 만나면 도지는 병, 금지된 사랑의 병, 돌 맞을 병, 끝내 치유할 수 없을 것 같은 불치병.

"잘 지내지 못했어요?"

가늘게 떨리는 목소리로 지우가 물었다.

지우는 그가 어떤 대답을 할지 몰랐다. 어떤 대답을 해줄지 기대하지도 않았다. 그런데 왜 이렇게 가슴이 두근거리는 걸까.

"예."

"왜……."

"당신을 만나지 못했으니까."

도진이 말했고 지우는 자신도 모르게 한숨을 내쉬고 말았다.

주책맞은 가슴, 그 말이 뭐라고 갑자기 이렇게 떨리는 걸까. 너, 이런 대답을 기대했니? 이거야? 이걸 원한 거니? 돌았구나. 정말 돌았구나.

더 들으면 안 될 것 같았다. 함께 있어도 안 될 것 같았다. 그의 따귀까지 올려붙여 가며 정신 차리라 충고하고 헤어져 두 달 만에 만났는데 조금도 달라진 것이 없다니. 그를 탓하는 것이 아니라 지우는 자신을 탓하고 있었다.

두 달이라는 시간이 이젠 그가 무슨 소리를 해도, 어떤 괴괴망측한 은밀함을 속삭여도 흔들리지 않게 해줄 것이라고 믿었던 것은 아니다. 그래도 시간이 짧지 않은데 그냥 무심히 들어 넘길만도 하건만, 어째서 이 매욱한 가슴은 고작 그런 소리에 또 설레고 떨리는 것일까. 못마땅했다.

"저 도진 씨……."

마음자리 하나도 조절할 수 없을 정도로 맹추라면 그에게서 멀어지는 것이, 그를 보지 않는 것이 가장 빠를 듯했다. 그만 가야겠다고 잘 지내라고 인사하자, 그리고 돌아서야 할 것 같았다.

"나 그만……."

"당신이 만나지지 않으니까, 당신을 만날 핑계도 만들어지지 않으니까 너무 힘들었어."

도진이 말했고, 그리고 한 걸음 더 지우에게 다가섰다.

지우는 심장 속으로 회오리가 휘몰아쳐 들어오는 것을 느끼며 도진을 올려다봤다. 도진의 눈길이 못 박힌 듯 지우의 얼굴에 꽂혀 있었다. 그의 눈에는 슬픔이, 억눌림이, 그리고 통증이 자리하고 있었다. 가질 수 없는 것을 바라만 봐야 하는 슬픔, 가지고 싶은 것을 참아야 하는 억눌림, 가질 수 없는 것에 대한 집착의 통증. 도진의 얼굴이 바로 눈앞에 있었고 그의 숨결이 콧잔등에 날아와 앉았다.

도진의 손이 천천히 올라오더니 손등으로 지우의 볼을 살며시 훑어 내렸다.

"그러지 말아요."

지우가 거부하듯 고개를 돌리려는데 도진이 지우의 얼굴을 두 손으로 감싸고 똑바로 쳐다보도록 고정했다.

"도진 씨."

지우는 누가 보기라도 할까 봐 흠칫 물러섰다. 아니, 사람 많은 서점 구석진 한 곁에서 별로 보기 좋지 못한 행위를 하고 있는 두 사람을 그의 여자, 승아가 볼까 봐 등에서 식은땀이 흘렀다. 아니, 승아에게 들킬까 싶은 두려움보다도 그의 손에 사로잡힌 자신의 얼굴이, 얼굴의 세포가 마치 이 순간을 애타게 기다렸다는 듯이 파닥 놀라 경련을 일으키고 있어서 두려웠다.

"하지 말아요."

지우가 낮게 윽박질렀다.

어쩌면 그건 그를 향해서가 아니라 자신을 향한 꾸짖음일 것이다. 그의 손길에 설레지 말라고, 그의 손길을 받아들이지 말라고.

"내가 어떻게 해야 하는지 알아. 알고 있어."

도진이 한숨을 내쉬며 웅얼거렸다.

"놔요."

"나도 참고 있어."

"어서 놔요."

"한 시간만이라도, 아니, 일 분만이라도 당신을 가져서는 안 되는 거겠지?"

도진이 속삭였고 이 자식, 나를 또 농락하는구나 싶어 발끈하며 노려보던 지우는 도진의 깊다란 절망의 눈빛을 보고 그만 꺾이고 말았다. 화내고 싶지 않았다. 그가 정말로 너무나 많이 아파하는 것 같아서.

"도진 씨, 놔요. 승아 씨가 올지도 몰라요."

지우가 도진의 손을 치워내려는데 도진이 더욱 다부지게 지우의 얼굴을 감쌌다.

"놔요."

지우가 초조함이 극에 달해 자신의 얼굴을 감싸고 있는 도진의 손을 다시 힌 번 치워내려는데 그의 입술이 지우의 입술에 다다를 듯 다가왔다.

"안 돼요, 하지 말아요."

지우가 도진을 밀어내려고 애쓰는데도 불구하고 도진의 입술이 지우의 입술을 향해 내려왔다.

그가, 내게 키스하려나 봐.

가슴으로 파드득 떨림이 끼쳐 왔다. 속속히 끼쳐 오는 떨림에 자지러질 것 같았다.

도진의 입술이 막 내려앉으려는 찰나였다. 그의 휴대폰이 주머니 속에서 울렸다.

불에 덴 듯 놀란 지우가 도진을 밀어내자 어금니를 앙다물었는지 도진의 턱 근육이 실룩거렸다. 도진이 전화를 꺼내 폴더를 열었다.

"여보세요?"

[도진 씨, 어디 있어? 안 보여.]

도진이 전화를 받는 사이 그 자리를 피하기 위해 지우가 서둘러 걸음을 옮기는데 도진의 손이 지우의 팔을 움켜잡았다. 도진이 무섭게 지우를 노려보고 있었다.

[여보세요? 도진 씨? 어딨냐구.]

"전문서적 코너."

지우는 도진의 손을 세차게 털어내고 도망치듯 전문서적 코너를 나와 사려고 마음먹었던 '무엇의 속삭임'을 내던지고 서점을 나와 버렸다.

승아가 전문서적 코너로 들어섰을 때 도진은 지우가 있던 자리를 노려보고 있었다.

"뭐 사려고 여기 왔어?"

승아가 도진의 팔에 자신의 팔을 끼우며 물었다.

"나가자."

도진이 걸음을 옮겼다.

승아가 계산을 하는 동안 뒤에서 우두커니 서 있던 도진은 유독 사람들이 몰려 있는 코너로 눈길을 돌렸다. 그곳엔 조금 전 지우가 쭈그리고 앉아 읽고 있던 소설이 진열되어 있었다. 도진은 코너로 다가가 그 책을 집어 들었다.

『무엇의 속삭임.』

도진은 하얀 백지에 푸른색 뱀이 길게 늘어진 무광 엠보싱 책표지를 만지작거리다 계산대로 들고 와 올려놓았다.

"어머, 자기 이거 읽으려고? 베스트셀러던데."

"아니, 선물할 거야."

"나한테?"

승아가 귀엽게 웃으며 물었다.

"아니."

도진이 낮은 목소리로 대답한 후 지갑에서 만 원짜리 지폐 한 장을 꺼내 계산원에게 건네주었다.

급하게 시동을 걸어 서점 건물을 빠져나온 지우는 서점에서 두 블록이나 지나온 후에야 갓길에 정차했다. 도저히 운전을 계속할 수가 없었다. 손이 떨려서 이 상태로 운전을 한다는 것은 자살 행위나 다름없었다.

사이드 브레이크를 채우며 숨을 격하게 내쉰 지우는 가슴을 진정시키기 위해 주유소에서 받았던 생수병을 따서 벌컥 들이켰다.

그가, 키스하려고 했어.

도진이 키스하려고 했다.

그의 입술이 내려올 때, 그의 뜨거운 입김이 콧날에 스칠 때 지우는 떨리다 못해 온몸이 저려 쓰러질 것만 같았었다.

도진의 휴대폰이 울리지 않았으면 어떻게 됐을까?

휴대폰이 울리지 않았다면 그의 입술은 내 입술에 기어이 다다랐을까?

지우는 고개를 내저었다.

도진과 키스라니. 정말 어처구니없는 상상이었다.

상상? 상상은 아니다. 실제로 그와 키스할 뻔했으니까.

하지만 그 키스라는 것이 어디 가당키나 한 일인가. 도진과 키스라니. 그가 키스하려고 덤비다니. 발칙하다, 고약하다. 아니, 덤빈다는 말 자체가 너무 깡스럽다. 하여튼 그는 키스하려고 했다. 형의 여자에게, 형과 결혼할 여자에게. 몹쓸 사람, 협잡배 같으니라고.

하지만 그를 몹쓸 사람이라고 협잡배로까지 몰면서 정작 그의 키스에 고대하고 떨려했던 꼴이라니.

내가 그의 키스를 고대했던가?

지우는 곰곰이 생각했다. 정직하게 솔직하게. 만약에 그의 휴대폰이 울리지 않았다면 그의 키스를 받아들였을 것이냐고.

받아들였을까?

모르겠다, 그건 지우도 알 수 없었다. 갑자기 끼어든 휴대폰 벨 소리에 정신을 차렸고 도망쳐 나와 버렸으니까.

"후욱……."

지우는 거칠고 깊은 숨을 몇 번이나 내쉬었다가 들이마셨다.

분탕질해 대는 가슴은 아직도 가라앉지 않은 채 점점 더 깊은 곳까지 전이시키고 있었다.

그리고 지우는 알았다. 불발로 끝나 버린 키스였지만 그 어떤 키스의 감정보다도 격렬했다는 것을. 도현과의 키스보다도 더.

✳

목욕탕에서 두 시간이나 때를 밀고 온 도현이 얼굴에 바를 것 좀 달라며 도진의 방에 들어왔다.

도진이 써 하고 말하자 도현이 책상 위에 있던 스킨을 열어 손 바닥에 몇 방울 덜어 손에 비비더니 얼굴에 대고 거칠게 문질렀 다.

"스킨 다 썼어? 하나 사다 줄까?"

"아니야. 내 거 사무실에 갖다 놨어. 집에서보다 거기서 세수할 때가 더 많으니까."

도현은 스킨 뚜껑을 닫고 원래 있던 자리인 책상 위에 올려놓다 가 흰 바탕에 파란색 뱀이 그려져 있는 책을 보게 됐다.

"무슨 책이냐?"

도현이 건성으로 책을 들여다보며 물었다.

"자동차 잡지."

"아니, 이거."

도현의 말에 도진이 잠깐 고개를 들었다.

"베스트셀러래."

도진이 침대에 비스듬히 누워 다시 자동차 전문잡지를 들여다보며 대꾸했다.

"소설?"

"응."

"넌 소설도 읽는구나."

"많이 팔렸다고 해서 그냥 읽어보려고."

도현이 책을 뒤적거리다가 첫 장에 적힌 메모를 보게 됐다.

『갖고 싶지만 가질 수 없는…… 내가 당신을 어떻게 견뎌낼까.』

무슨 말인지, 도현은 성의없이 넘겨 버렸다.

"재밌으면 말해 주라."

"읽을 시간이나 있어?"

"베스트셀러라 하니까 뭔 내용인가 해서."

"알았어."

"잠이나 자야겠다."

도현이 밖으로 나가고 난 후 도진은 책상 위에 있던 책을 물끄러미 쳐다보다가 서랍 안에 집어넣었다. 도진은 저 책을 지우에게 주려고 샀다는 걸 도현이 알면 뭐라고 할까 생각하며 한숨을 푹 내쉬었다.

이 위험한 감정의 줄다리기를 언제까지 해야 할까.

언제까지? 그다지 길지 않을 것이라는 걸 도진은 알고 있었다.

형과 지우는 곧 부부가 된다. 형의 아내가 된 지우에게 지금과 같은 감정을 내보일 순 없다. 이판사판으로 어떻게, 누가 망가지든 내 감정대로 해보겠다 하는 건 아니었다. 형을 다치게도, 지우를 다치게도 하고 싶지 않았다. 다른 사람도 아닌 형의 아내가 될 사람과 치화를 만들 생각도 없었다. 다행스럽게도 그 정도의 이성은 챙기고 있었다. 하지만, 도현 자신도 어쩔 수 없는 것이 바로 지우가 눈앞에 있을 때 주체할 수 없이 치솟아오르는 갈망이었다. 그녀를 소유하고 싶은 갈망. 그녀에게 흠집을 내서는 안 된다는 걸 알면서도 그녀를 향한 추스를 수 없는 갈망이 곧 형을 배신하고 치명적인 상처를 내 짓무르게 하는 것인 줄 알면서도 도진은 그녀가 형의 여자가 아닌 내 여자였으면 하는 바람을 버릴 수가 없었다.

형의 아내가 될 그녀, 가질 수 없는 사람. 알고 있었다. 마음속으로 원하는 것조차도 용납되지 않는 일이라는 걸 누구보다 잘 알고 있었다. 하지만 지우를 보면 만지고 싶고, 갖고 싶고, 뺏고 싶어 견딜 수가 없었다.

형이 지우의 얘기를 하면 가슴이 두근거리고, 지우 때문에 행복해하면 가슴이 아프고, 두 사람이 함께 마주 보며 웃으면 가슴이 무너지는 것 같았다.

형이 없어 지우를 마음껏 바라볼 수 있는 시간이 허락되면 저 여자를 갖고 싶다고, 형의 여자가 아니라 누구의 여자든 뺏고 싶은 욕망이 불처럼 타올라 주체할 수가 없었다. 그녀를 껴안고 싶고, 그녀의 입술에 입을 맞추고, 그녀의 몸을 만지고…….

형이 그녀를 껴안고 그녀의 입술에 입을 맞추면 도진은 가슴이 갈기갈기 찢어지는 듯한 통증을 느꼈다. 차라리 보지 않으면 고통스럽지 않을 거라는 생각에 눈을 뽑아내 버리고 싶을 정도였다. 형이 누구의 눈치도 보지 않고 아무런 죄책감 없이 그녀를 만질 것이라고 생각하면…… 차라리 미쳐 버렸으면 싶었다.

어째서 지우가 형의 여자가 아니라 자신의 여자여야 한다고 생각하는지 그건 도진도 몰랐다. 그냥 그랬다.

지우를 처음 만났던 날, 그녀에게서 눈을 떼지 못했고 나를 만났어야 한다고 생각하게 됐다. 나를 만났어야 한다고. 지우가 도현이와 어울리지 않아서가 아니었다. 지우는 도현이와 너무나 잘 어울렸다. 두 사람이 잘 어울린다는 것도 도진을 힘들게 했다. 저렇게나 서로 사랑하고 잘 어울리는 두 사람. 다른 사람이 끼어들 여지가 전혀 없어 보이는 그지없이 사랑하는 두 사람. 도진은 두 사람 중에 지우를 꺼내고 싶었다.

"난 도현 씨를 만났고 그 사람을 사랑해요."

지우가 그렇게 말했었다.

지우의 말에 도진은 가슴이 타 들어가는 것 같았다.

'그래요, 도진 씨를 만났어야 해요'라는 대답을 기대했던 것은 아니지만, 기대해서도 안 되지만 형을 사랑한다는 지우의 한마디는 도진을 너무나 큰 상심의 나락으로 곤두박질치게 했다.

다음 주면 약혼식. 그리고 한 달 후면 결혼식. 형의 아내, 형수님…… 싫다. 미치게 싫다.

도진은 형옥에 갇힌 듯한 답답함을 느끼며 찬물에 샤워라도 해야겠다 싶어 잡지를 내려놓고 밖으로 나갔다.

도현은 이 인용 소파에 불편한 자세로 누워 리모컨으로 텔레비전 채널을 돌리고 있었다.

"이 시간에 재밌는 거 뭐 하냐?"

"돌려봐. 영화 채널도 많아."

"소파 삼 인용으로 바꾸자. 내가 반 댈게, 네가 반 대. 요즘 삼 인용 소파도 싼 거 많다며."

"형 장가가면 나 혼잔데 뭐 하러."

"그런가? 그래도 이 소파는 불편해. 다리도 못 뻗고 말야."

"그렇긴 해."

"들어가서 다리 뻗고 자야겠다."

도진은 도현이 방으로 들어가는 것을 보다가 화장실로 들어갔다.

"청주? 청주까지 가야 한단 말이야?"

도진이 샤워를 하고 나왔을 때 자러 들어갔던 도현은 거실에 서서 손목시계를 들여다보며 불만스러운 표정으로 통화를 하고 있었다.

"알았어. 지금 나갈게."

도현은 휴대폰을 접으며 짜증난다는 얼굴로 머리를 벅벅 긁어 댔다.

"왜?"

"청주 내려가야겠다."

"이 시간에?"

막 자정을 넘겼는데 이 밤에 청주를 내려가야 한다니.

"잡으려던 놈이 청주에 있단다. 그 씨발 놈은 뭐 하러 청주까지 내려가고 개지랄인지."

도현은 보통 땐 욕을 안 하지만 몸이 퍽 고달프거나 일이 꼬일 땐 여지없이 욕설을 내뱉었다. 꼬이는 일이 있는 모양이다. 몸도 고달플 테고. 집에 들어온 지 이제 두 시간 좀 넘었는데. 며칠 묵은 때 벗기느라 목욕했지, 그래서 제대로 쉬지도 못했는데 또 나가야 하니 욕할 만도 했다.

"내일 비번인데."

욕을 해도 백 번은 하겠다. 이 시간에 청주 내려가서 그놈 잡아 와서 족쳐서 조서 꾸미고 하려면 비번은 생으로 날아간다.

"내일 지우랑 집 보러 가기로 했는데. 도배한 거랑 장판 깐 거 같이 보자 해서."

도현이 방으로 들어가 옷을 걸쳐 입고 나왔다.

"이번 주 내로 해결 안 하면 까딱하다간 결혼식도 못할 판이니

가서 잡아와야지."

"잡아와서 반쯤 죽여놔."

"반 죽여서 싣고 올 거야."

"조심해."

"아참, 도진아. 내일 내가 못 나오면 네가 지우랑 집 좀 보러 가라."

"내가?"

"내일도 안 가면 나 지우한테 사람 취급 못 받는다. 네가 대신 가줘. 난데없이 시골에 있는 엄니 올라오랄 수도 없고."

"중간에 시간 못 내?"

"시간 나면 들릴 테고…… 안 되지 싶다."

"내가 가도 안 좋아라 할 것 같은데?"

"아무도 안 가는 것보다는 낫지. 그래도 너 지우랑 친하잖아. 내일 형수한테 나 대신 알랑방구 좀 껴줘. 지우 화나면 엄청 겁나."

"그러게 겁날 짓을 왜 해."

"하고 싶어 하냐. 청주 있는 그 새끼가 사람을 못 믿을 놈으로 만드는 거지."

"그건 내일 통화해."

"그러자. 내일 통화하자. 간다."

"바로 청주 가?"

"서에 들렀다."

"조심해."

"그래."

도현이 집을 나가고 현관문을 잠근 도진은 방으로 들어와 책상 서랍에 넣어두었던 책을 꺼냈다. 지우를 주려고 샀던 책인데 아직 전해주지 못하고 있었다.

어쩌면 내일 지우를 만날 수 있을지도 모른다고 생각하자 가슴이 아릿거렸다. 형이 오지 못하면 혼자 지우를 만날 수 있다는 생각에 갑자기 생기를 얻는 듯했다.

"내가 왜 이러지, 정말……."

자신이 왜 이러는지, 형의 아내가 될 사람인데 어째서 마음을 돌려 세우지 못하는지. 그러면 안 된다고 형에게도, 지우에게도, 그리고 자신에게도 할 짓이 아니라는 걸 알면서도 도진은 지우를 놓지 못하고 있었다.

"형하고 결혼할 사람이야."

다음 주면 약혼할 테고 한 달 후면 형의 아내가 될 사람. 탐해서는 안 될 사람이라는 걸 알고 있었다. 그런데 어째서 미련맞은 가슴은 내일 그녀를 볼 수 있다는 이유 하나만으로 이렇게나 바삐 뛰는 것일까.

"형수님이라니……."

미칠 것만큼 사랑하는데, 그 사랑에게 형수님이라고 불러야 한다니…….

도진은 갈증을 느끼며 방에서 나가 냉장고에서 캔 맥주를 꺼내 단숨에 다 들이켜 버렸다.

하고 많은 인연 중에 왜 하필이면 형의 여자로 나타났을까. 형의 여자만 아니었더라면, 형의 아내가 될 사람이 아니었더라면…… 빼앗았을 것이다. 누구의 사정도 봐주지 않고 기필코 빼앗았을 것이다.

도진은 가슴 답답증을 느끼며 침대에 누웠다. 그리고 생각했다. 두 달 만에 다시 만난 지우는 여전히 너무나 아름다웠다고.

도진은 무척이나 초조했다. 도현에게서 전화가 걸려온 건 두 시간 전이었고 아무래도 지우에게 못 갈 것 같으니 대신 가달라고 부탁했다. 오지 못한다는 형의 말에 도진은 안도하는 자신을 발견했다. 그리고 질책했다. 지우를 만날 수 있는 기회가 생긴 것을 기뻐하는 자신이 너무 추해 보였기 때문이다. 그러나 기쁜 마음을 숨길 수는 있을지언정 부정할 수는 없었다. 기뻤다. 기쁘고 행복했다. 지우를 단둘이서 만날 수 있다는 것이 너무 기쁘기만 했다.

도진은 도현이 알려준 주소로 찾아가며 가슴이 두근거리는 것을 느꼈다. 지우는 오늘 또 얼마나 아름답고 사랑스러운 모습을 하고 있을까. 도현이 아니라 태도진이 나타났다는 것에 불쾌해하며 콧잔등을 찡그릴 것이다.

형은, 지우가 사랑하는 남자를 감싸기 위해 부모님과 맞설 때는 어찌나 용감하면서도 냉정하고 쌀쌀맞은지 옆에 있으면 한기가 느껴질 정도라고 했었다. 겉은 순해 보여도 성질 내놓으면 당할 장사가 없을 거라고. 원래 조용하고 차분하던 사람이 성이 나면 뒤집어지는 거라고. 우리 지우가 마냥 물러 터진 게 아니라 뿔을 낼 땐 확실히 내는 성격이라 좋다고 형이 그랬었다.

도진도 한 번 경험이 있긴 있다. 따귀까지 얻어맞아 가며 혼쭐이 났었으니까. 그럼에도 지우는 착한 여자였다. 꼭대기까지 치밀어 도저히 못 참을 지경에 다다르기 직전까지는 차라리 자신이 참고 삭이는 것이, 그래서 내 속이 조금 아프고 마는 것이 속 편한 쪽이라 생각하는 여자. 아마 오늘도 참을 것이다. 참아줄 것이다. 태도진의 등장에 대놓고 화도 못 내고 동생을 대신 보낸 도현에게 속으로 씩씩 화풀이를 할 것이다. 그 모습은 또 얼마나 사랑스러울까.

어처구니없는 사랑 고백으로 지우가 몹시 괴로워하고 불편해한다는 것을 도진이 모를 리 없었다. 알고 있었다. 자신의 무모한 사랑이 지우를 괴롭히고 있다는 것을. 하지만 멈출 수 없는 이유는, 아니, 멈추려고 노력해도 노력만큼 성과를 거두지 못하는 이유는 어쩔 수 없는 그녀에 대한 사랑 때문이었다. 그녀에 대한 사랑, 형의 여자를 향하는 사랑.

지우를 만나지 못하고 지내던 두 달 동안 도진은 극심한 금단현상에 시달리는 환자처럼 허기를 느꼈었다. 불안하고 초조했다. 입 안이 타 들어가고 금방이라도 불길한 일이 닥쳐올 것 같은 착각에 괴로워했었다.

형이 그녀와 연락을 주고받을 때는 그 증상이 더 심해졌었다. 형은 되는데 자신은 안 되는 그것. 그녀와 통화하면서 미소 짓는 형을 볼 때마다 가슴에서 불길이 치솟는 것 같았다. 보고 싶다고 달려가서 볼 수도 없고 미칠 것 같아도 목소리조차 들을 수 없는 사람이 지우였다. 지우와 통화하는 형의 곁에 마치 스토커처럼 붙어 앉아 두 사람이 무슨 말을 하는지 점검하는 꼴이란, 추했다. 볼

썽 사나웠다.

그동안 잘 지내지 못했다는 말은 기짓말이 아니었다. 지우를 볼 수 없어서 내가 마시고 있는 것이 공기라는 것도 모른 채 지냈다. 불면의 밤은 계속 이어졌고 며칠씩 쉬지 않고 강소주를 들이킨 적도 있었다.

못난 놈이라고, 참으로 못할 짓이라고, 형과 결혼할 여자에게 매달려 이게 무슨 흉한 짓이냐며 정신 차려보려고 노력하지 않은 것이 아니다. 점점 더 관심 밖으로 밀어내고 있는 승아를 불러내 춤도 추고 놀기도 했다. 내키지 않은 키스도 해보고 승아가 꼭 원하지 않는데도 노략질하듯 잠자리도 가져보고.

지금까진 그렇게 생각했었다, 남자라는 동물은 사랑을 하지 않아도 발가벗은 여자가 눈앞에 있으면 얼마든지 발기가 되고 관계도 가질 수 있다고. 도진 역시 자신도 그런 보통 남자인 줄 알았다. 그런데 아니었다. 지우를 만나지 못하는 두 달 동안에 도진은 승아의 기분과 무관하게 그녀를 취하려고 노력했지만 되지 않았다. 승아를 발가벗긴 사람은 도진 자신이면서도 승아의 알몸에서 어떤 흥분도, 느낌도 받지 못한 것이다. 승아의 알몸을 보며 승아는 지우가 아니다라는 사실을 더 절실하게 깨달을 뿐이었다.

이기적이라는 것 역시 도진은 알고 있었다. 지우를 사랑하면서 또한 승아에게 못할 짓거리라는 것을 알고 있었다. 하지만 승아는 도진에게 있어 형을 끌어내리지 않고, 형에게 상처 주지 않고, 지우를 형에게서 빼앗지 않고, 그저 바라보는 것만 허락할 수 있게 해주는 마지막 보루였다. 지우 때문에 승아마저 쳐낸다면 도진은 더는 바라보고만 있을 수 없을 것 같았다. 집안이 터져 버려도, 형과 철천지원수가 된다 해도 지우를 뺏기 위해 무슨 짓이든 할 것 같았다. 그렇게 할 수는 없었고, 그래선 안 되는 일이었다. 그래서 잘못하는 줄 알면서도 승아를 붙잡고 있는 것이다.

형의 결혼식 날 아니면 지우를 만나지 못할 것이라 생각했는데 서점에서 우연히 다시 만나게 됐을 때, 한산한 전문서적 코너에 쭈그리고 앉아 열심히 책을 들여다보고 있는 여자가 지우라는 것을 알았을 때 도진은 심장이 터져 나갈 것 같은 두근거림을 앓았다. 그래, 느낀 것이 아니라 앓았었다. 감기를 앓듯, 신열을 앓듯. 지우에게 다가가는 걸음걸음이 떨리고 초조해서 목을 졸리는 것 같았다. 눈앞에 있는 지우가 당장 사라져 버릴 것 같아 두려웠다.

지우와 다시 마주 보게 됐을 때 도진은 위태롭게, 날림으로 메워놓았던 가슴의 감정 구멍이 일순간에 터져 버리며 봇물처럼 격정적으로 뿜어져 나오는 것을 알았다. 지우를 다시 만난 것이 너무 꿈같아서 지금이 아니면 다시는 만나지 못할 것 같아서, 아니, 모르겠다. 그냥 자신도 모르게 시선이 그녀의 입술로 향했고, 입술이 보이자 키스하고 싶었다. 그녀에게 키스를 시도했을 때 도진의 머리 속엔 아무것도 들어 있지 않았다. 백지, 완전한 공허였다. 지우에게 키스하고 싶다는 것, 그녀에게 키스해야 한다는 것, 그것밖에 없었다. 형의 여자라는 것, 그녀는 형과 결혼할 여자라는 것은 존재하지 않았다.

지우가 뛰쳐나갔을 때 극심한 정신적 현기증을 느끼며 도진은 운명 같은 그녀와의 재회를 참으로 어이없이 날려 버렸다는 것에 분노했다. 그런데 그 기회가 다시 온 것이다. 다시 오지 않을 줄 알았던 기회가 한 번 더 주어진 것이다.

하지만 아무 짓도 할 수 없다. 아무 짓도 해서는 안 된다. 그냥 바라볼 뿐이다. 바라보는 것으로는 멈춰지지 않아 고백하고 말았다. 그렇다고 달라지는 것은 없다. 도진이 사랑하는 여자는 도현을 사랑하고 있고, 그녀는 그 사랑을 변질시킬 마음이 없는, 도현에 대한 사랑을 의리를 끝까지 지켜낼 여자니까. 그래서 아팠다. 그래서 괴로웠다. 그녀를 가질 수 없다는 것이. 그녀가 도현을 버리고 자신을 선택할 여자가 아니라는 것이 아프고 괴로웠다. 하지만 그것이 정답이라는 것을 도진 역시 잘 알고 있었다.

아파트촌 안으로 들어와 텅 빈 주차장에 차를 세우며 도진은 자신과 지우가 결혼해 살 집을 둘러보러 왔다면 얼마나 좋을까 생각하다가 고개를 가로저었다. 부질없는 생각이니까. 도현에 대한 심각한 배반이니까.

도진은 도현이 불러준 주소를 적어둔 메모를 다시 한 번 확인하고 아파트 안으로 들어와 엘리베이터 버튼을 눌렀다. 늘 시계추처럼 정확하게 시간을 지키는 지우이니 틀림없이 먼저 도착해 기다리고 있을 것이다. 태도진이 아닌 태도현을.

엘리베이터는 십오층에서 멈춰 섰고 도진은 엘리베이터에서 내려 양옆으로 마주 보며 자리한 대문을 쳐다봤다. 오른쪽 집이었다.

초인종에 손을 대려다 내려놓았다. 문이 조금 열려 있었기 때문이다. 도진은 문을 열었고 대문은 요만큼의 잡음도 없이 열렸다. 지우가 보이지 않았다. 지우의 그림자도 보이지 않았다. 하지만 도진은 그녀가 집 안에 있다는 것을 느낄 수 있었다. 존재가 존재를 느끼는 것. 도진은 본능처럼 지우의 존재를 느끼고 있었다. 도진은 천천히 안으로 들어갔다.

가구도, 장식도 없이 도배 공사와 마루 공사만을 끝내놓은 집. 아늑하고 분위기있는 컬러의 벽지는 휑한 공간을 따뜻하게 만들어주었고 매끄럽게 절개선이 드러나지 않게 깔린 마루는 집을 한층 고급스러워 보이게 했다.

도진은 거실에서 안방으로 걸음을 옮겼다. 그리고 그곳에서 걸레질을 하고 있는 지우를 보게 됐다. 쭈그리고 앉아 새 장판이 깔린 방바닥을 닦아내고 있었다.

도진은 말없이 지우의 걸레질을 바라보고 있었다.

다른 체온을 느낀 걸까? 걸레질이 멈추는가 싶더니 지우가 고개를 돌렸다.

"도진 씨……."

지우가 시커먼 때가 묻은 걸레를 들고 일어났다.

"형 못 온대요."

"연락받았어요. 도진 씨도 보낼 필요 없다고 했는데……."

지우의 표정이 좋지 않았다. 화가 났을 것이다. 다른 일도 아니고 결혼해서 살 집을 보는 날인데 이런 날까지 도현이 오지 않았으니 화가 많이 날 일이다. 게다가 원하지 않는 남자가 대신 왔으니.

"청소하는 사람 부르지 그랬어요."

"그럴 거예요. 그냥 우두커니 있기가 그래서…… 관두려고 했어요."

지우가 안방에 붙어 있는 화장실 안에 걸레를 던져 넣으며 말했다.

"집이 좋으네요."

"네."

"화났어요, 내가 와서?"

"아니에요."

"형이 안 와서 화난 거예요?"

"그렇지도 않아요. 지난번에 보긴 했어요. 그냥 장판도 깔고 도배도 했으니 다시 보자 했던 건데……."

지우가 말끝을 흐렸다.

"많이 미안해하고 있어요."

"알아요."

지우는 도진과 눈을 마주치지 않으려고 노력했다. 도진의 눈빛과 엉키는 것이 두려웠다. 그의 눈빛에 자신의 눈빛을 섞는 것이 싫었다.

"주말인데 괜히 시간만 뺏은 것 같네요. 도진 씨가 올 필요는 없었는데. 승아 씨하고 데이트해야 할 텐데 말이에요."

"데이트없어요."

"……난 그만 가려던 참이에요."

지우가 딱딱한 어조로 말했다. 끝까지 도진을 보지 않으려고 애쓰며 도진의 곁을 지나치는데 도진이 지우의 팔을 붙잡았다.

"피하지 말아요."

도진의 말에 지우가 껄끄러운 표정으로 도진을 올려다봤다.

160㎝쯤 될까? 도진의 턱에도 미치지 못할 만큼 작달막한 지우. 자그마한 얼굴에 오목조목 조화를 이룬 이목구비. 사랑스럽다.

"피하는 거…… 아니에요."

피하지 않는 척하려고 하다 보니 억지로 시선을 맞추는 게 표가 났다. 지우의 시선이 반드럽지 못하다. 두 사람의 시선이 한 지점에서 정확하게 부딪치자 지우가 슬그머니 고개를 돌렸다.

"아무 짓도 안 할게요. 피하지 말아요."

"도진 씨를 왜 피하겠어요."

지우는 짐짓 내가 당신을 피할 이유가 없다는 듯 제법 당차게 도진을 쳐다보며 미소까지 지어 보였지만 어색하기만 했다.

"……그만 가죠. 도현 씨는 안 왔고 할 일도 없네요."

지우가 도진에게 잡힌 팔을 빼내려고 하는데 도진이 더 강하게 틀어잡았다.

"이거 주려고……."

도진이 다른 손에 들고 있던 책을 들어 올렸다.

"지난번에 서점에서 읽고 있던 책."

지우가 도진의 손에 들린 책을 쳐다봤다.

"사주고 싶었어요."

"괜찮아요. 승아 씨 줘요."

"지우 씨 주려고 샀어요."

지우는 그만, 다시 도진의 눈빛을 바라보고 말았다. 보지 말아야 하는데, 그의 눈빛을 바라보지 않을 거라 결심했었는데. 그의 동공에 위험한 욕망이 불을 지피기 시작했다.

"도진 씨."

"그냥 받아요. 책 선물이잖아요. 그냥 받아요."

"나한테…… 이러지 말아요. 힘들어요."

지우가 일부러 냉정하게 도진을 바라보며 말했다.

"알아."

"알면 이러지 말아요. 알다시피 난 도현 씨와 결혼해요."

"알아."

"도진 씨한테 들었던 말 난 다 잊었어요. 아니, 안 들은 걸로 할 거예요. 그러니까 이러지 말아요."

"그냥 선물이야, 선물. 그냥 선물이라고."

도진이 가라앉은 목소리로 말했고 지우는 복잡한 눈으로 도진의 손에 들린 책을 쳐다보다가 돌아섰다.

"거절할게요."

지우가 도진에게서 팔을 빼내고 가려는데 도진이 지우의 양 어깨를 움켜잡고 돌려 세웠다.

"내가 아무 짓도 할 수 없다는 거 나도 알아. 내가 무슨 짓을 하든 당신이 날 받아주지 않을 거라는 것도 알아. 그래서 난 아무것도 할 수 없어. 그냥, 당신한테 선물을 하고 싶었을 뿐이야."

도진이 격해진 감정을 누르려고 애쓰며 말했다.

"하지 말아요. 선물도 하지 말라구요. 아무것도 아닌 책이라도 나한테 선물하지 말라구요."

지우가 차갑게 내뱉었다.

"당신 말이 맞아요. 당신이 무슨 짓을 해도 난 당신을 받아주지 않을 거예요. 난 도현 씨를 사랑하니까. 당신은 도현 씨 동생이에요. 도현 씨한테 죄책감 느껴지지 않아요? 도진 씨 못돼먹은 장난에 동참할 생각이 없으니 날 괴롭히지 말라구요!"

지우가 도진이 가슴팍을 밀어내는데 도진이 지우의 양 손목을 움켜잡더니 지우의 등 뒤로 돌리며 포박해 버렸다. 도진은 지우를 벽에 밀어붙이고 자신의 몸을 밀착시켰다. 지우를 주기 위해 샀던 책이 바닥으로 떨어져 버렸지만 떨어진 책은 아무도 의식하지 못하고 있었다.

"뭐 하는 짓이에요? 뭐 하는 짓이에요!"

지우가 도진의 품에서 빠져나오려 발버둥 쳤지만 도진은 꼼짝도 하지 않았다.

"망할 자식, 당장 비켜!"

지우가 욕설을 내뱉었지만 그래도 도진은 꼼짝하지 않았다.

"미쳤어, 미쳤어!"

지우가 도진의 품에서 몸부림쳤다.

"제발, 너도 알잖아. 내가 결국 아무 짓도 못할 거라는 거."

도진이 고통스럽게 중얼거렸다.

"하필이면 널, 형의 여잘 가슴에 두게 돼서 나도 미칠 것 같아. 미쳐 버릴 것 같다고!"

도진이 꽉 다문 잇새로 윽박지르듯 소리치곤 불처럼 타오르는 눈길로 지우를 바라봤다.

지우는 그의 눈에서 고통을 읽을 수 있었다. 그리고 망할 자신의 가슴 역시 고통스럽게 설레고 있는 것을 느낄 수 있었다.

"멈춰요. 이러지 말아요."

지우가 냉정하게 도진을 올려다보며 경고했다.

"나도…… 이러고 싶지 않아."

도진이 괴로운 음성으로 중얼거렸다.

"이렇게 오 분만 내가 가지면 안 될까? 아니, 일 분만, 내 평생에 꼭 일 분만이라도 형의 여자가 아니라 내가 가지면 안 될까?"

도진이 무너져 내리는 음성으로 속삭였다.

오 분만? 일 분만? 도현의 여자가 아니라 도진의 여자가 된다면……?

지우는 소스라치게 놀랐다. 이 무슨 망상스런 욕기일까.

"안 돼요."

흔들리려는 가슴을 다잡으며 지우가 꽉 다문 잇새로 쥐어짜듯 내뱉었다.

"후욱……."

도진이 장이 뒤틀리는 듯 애틋한 한숨을 내쉬었다. 그의 한숨이 지우의 얼굴에 끼쳐 왔다.

도진과 지우의 시선이 부딪쳤다. 지우는 도진에게서 눈을 떼지 못하고 있었다. 그의 시선을 피하지 못하는 것이 그를 향한 허락받지 못할 어쩔 수 없는 끌림 때문일까, 아니면 그의 시선을 피해

버리면 자신이 굴복하고 있다는 것을 들키기 때문이라고 생각해서일까? 어느 쪽인지 지우도 몰랐다. 아니, 아마 둘 다일 것이다. 피할 수 없는 끌림, 굴복하고 싶지 않은 일말의 이성에서 비롯된 반발.

그의 시선이 지우의 눈꼬리를, 광대뼈를, 코끝을 훑어 지나갔다. 단지 촉각을 느낄 수 없는 시선일 뿐인데 지우는 마치 그가 손끝으로 쓸어 내리는 듯한 착각을 하며 잠자고 있던 세포들이 들고 일어서는 것을 느꼈다. 그리고 도진의 눈은 지우의 입술에 고정됐다. 불타오르는 그의 두 눈. 그의 홍채가 좁아지며 지우의 타 들어가는 입술을 노려보고 있었다.

등 뒤로 지우의 손을 잡은 도진의 손에 힘이 들어간다고 느끼는 순간 그의 입술이 지우의 입술을 향해 내려오기 시작했다.

안 돼…….

이러면 안 되는데, 이건 정말 잘못하는 건데. 지우는 그의 입술을 피하지도, 거부하지도 못한 채 자신의 입술을 향해 내려오고 있는 도진의 입술을 노려보고 있었다.

그의 입술이 지우의 입술에 닿을 듯 말 듯했다. 그의 향기가 맡아졌다. 도진의 향기. 도현의 것과는 사뭇 다른 강하고 도발적인 향기.

지우는 도진이 망설이고 있다는 것을 알 수 있었다. 도저히 견딜 수 없어 힘으로 포박까지 하며 붙잡았지만 그는 지금 이 순간까지도 도현에 대한 죄책감으로 치열하게 싸우고 있을 것이다. 놓아주어야 하나, 키스할 수 있는 마지막 기회를 붙잡아야 하나.

도진의 두 눈이 지우를 집어삼킬 듯이 노려보고 있었다.

도진이 결심을 한 모양이다. 그의 입술이 지우의 입술에 닿는 찰나였다.

"지우야?"

지우의 몸이 흠칫 움츠러들었다.

"지우야?"

도현의 목소리였다. 지우는 불에 덴 듯이 도진을 밀쳐 냈다.

"지우야?"

도현의 목소리가 더 가까워졌다.

"나 여기 있어요."

지우가 정신없이 옷과 머리를 가다듬고 밖으로 나갔다.

"못 온다고 하고선."

지우가 어색하게 웃으며 도현을 맞았다.

"빨리 끝났어. 도진이 안 왔어?"

"왔어요."

"왔어?"

도진이 거실로 나왔다. 도진은 정말 아무렇지도 않은 얼굴이었다.

"귀찮게 해서 미안하다."

"용서해 줄게. 형, 집 좋다."

"그러게."

"마음에 들어요?"

지우는 도진을 보지 않으려고 애쓰며 도현에게 물었다.

"우리 둘이 살기엔 크다."

"더 작으면 곤란하다고 지난번에 말했잖아요. 볼 때마다 집 크다는 말 하면 나 속상해요. 오늘은 도배랑 장판만 봐요."

"그래, 마음에 들어. 어떻게 마음에 안 들겠어."

"비꼬는 말 같아요."

"아니야, 비꼬는 거. 마음에 들어."

"정말 마음에 들죠?"

"마음에 들어."

"방도 봐요."

지우가 도현의 손을 잡고 도진을 지나쳐 방으로 들어갔다.

"방도 더 넓어 보이죠?"

"그러게, 되게 넓어 보인다. 장판 때문인가?"

"가구 다 들어오면 그렇게 넓어 보이진 않을 거예요."

"가구는 어떻게 하지?"

"뭘 어떻게 해요. 엄마한테 준비해 달라고 하면 되지. 도현 씨 시간 안 되잖아요."

"시간을 내서라도 같이 보러 다녀야 하는데."

도현이 미안한 얼굴로 지우의 어깨에 손을 올려놓았다.

"나도 시간 안 돼요. 미안해할 필요 없어요."

지우의 말에 도현이 지우의 어깨에 팔을 둘렀다.

"나중에 가구 들어오고 커튼이랑 달고 나면 다시 보러 와요."

"그러자. 여기서 이제 우리가 산단 말이지?"

"그래요."

도현이 도배와 장판만 깔아놔서 별다르게 볼 것도 없는 방을 다시 한 번 주욱 둘러보다가 지우의 머리에 입을 맞추었다.

도진은 도현이 지우의 머리에 입맞추는 걸 어두운 눈길로 바라보고 있었다.

"저쪽에 파우더룸도 있고 샤워실도 따로 있어요. 볼래요?"

"파우더룸이 뭐야?"

"보면 알아요."

지우가 파우더룸의 문을 열었다.

"화장대가 있네?"

"샤워하고 나와서 꽃단장하는 방이에요."

"샤워하고 나와서 무슨 꽃단장을 할까?"

도현이 지우에게 짓궂은 눈길을 보내며 농담을 던졌다. 지우가 못 말린다는 듯이 눈을 흘기는데 지우의 휴대폰이 울렸고 지우가 도현에게 양해를 구한 후 전화를 받았다.

"여보세요? 네, 서지우예요. 네? 아, 그거요? 잠깐만요. 메모 좀 할게요."

지우가 도현을 남겨두고 전화를 받기 위해 거실로 나간 후 도현은 파우더룸 곁에 만들어진 작은 샤워실을 구경한 후 더 볼 것도 없는 방인데도 빙 둘러보다가 바닥에 떨어진 책을 쳐다봤다.

도현은 천천히 걸어가 떨어진 책을 집어 들었다.

무엇의 속삭임.

밖에 있는 화장실을 둘러보고 방으로 막 들어오던 도진과 책을 들고 서 있던 도현의 시선이 부딪쳤다.

"이거 네 책이냐?"

도현의 물음에 도진이 책을 내려다봤다.

"······아니."

"집에서 본 책 아니냐?"

"맞는데 내 거 아니야. 난 벌써 선물했거든."

"그래?"

도현이 무심코 책을 뒤적거리다 첫 장에 적힌 메모를 보게 됐다.

『갖고 싶지만 가질 수 없는······ 내가 당신을 어떻게 견뎌낼까.』

이건······

도현이 이상한 기분에 사로잡혀 도진을 쳐다보는데 지우가 방으로 들어왔다.

"도현 씨, 테라스 봤어요?"

"어? 어, 아니. 근데 이거 지우 네 책이야?"

"네? 아, 네, 내 책이에요."

지우가 약간 굳은 얼굴로 대답했다.

도현이 도진을 잠깐 쳐다봤다.

도진은 다소 긴장한 표정으로 도현의 손에 들려 있는 책을 쳐다보다가 고개를 돌렸다.

"지난 주에 샀어요."

지우가 도현에게서 책을 뺏듯이 받아 들었다.

"그랬어?"

"네."

"도진이도 이 책 가지고 있더라고."

지우는 가슴이 타 들어가는 걸 느꼈다.

"이 책 베스트셀러예요, 세 명 중에 한 명은 읽었다는."

"그래?"

도현이 어색하게 웃었다. 웃을 이유가 없는데 웃었다. 왜 웃음이 나는지 도현 자신도 몰랐다. 괜히 등줄기가 따끔거리는 것 같았고 겨드랑이에 진땀이 배어나오는 것 같더니 실없이 웃음이 났다. 남의 지밀한 애모행각을 훔쳐보다 들킨 것 같은 겸연쩍음에서 나온 웃음. 지금 이런 기분이 왜 드는지 알 수 없었다.

기억이 틀리지 않다면 분명히 저 메모는 집에서 도진의 책상 위에 놓여 있던 책에서 본 글귀였다. 그런데 지우는 지난 주에 샀단다. 도진은 이미 선물했다고 말했고.

도현은 자신도 모르게 의신간에 도진을 처다봤다. 도진은 도현의 시선을 피한 채 문틀에 묻은 티를 손톱으로 살살 긁어내고 있었다.

"테라스 봤어요?"

지우가 물었다.

"아니."

"이리 와요. 지난번에 비 와서 제대로 못 봤잖아요. 전망 괜찮아요."

한 달 전 도현과 처음 집에 들렀던 날은 비가 심하게 쏟아져 테라스에 나가서도 전망을 감상할 수 없었다.

지우가 도현의 손을 잡고 테라스로 나가는데 도현이 다시 한 번 도진을 쳐다봤다. 두 사람의 시선이 짧은 순간 부딪쳤다가 서로를 외면했다.

지우와 도현이 테라스에서 전망을 보고 있는데 도진이 뒤로 다가왔다.

"나 먼저 갈게."

도진의 말에 도현과 지우가 돌아봤다.

"먼저 갈게."

"왜? 점심 먹고 가."

그렇게 말했지만 도현은 도진을 꼭 붙들 생각은 없는 듯했다.

"승아랑 약속있어."

아까 지우에겐 승아와 데이트가 없다고 했었다.

"그래?"

"집 구경 잘했어요, 지우 씨."

"네, 안녕히 가세요."

지우가 어색한 얼굴로 인사했다.

도진이 떠나고 난 후 도현과 지우는 말없이 테라스에서 세상을 바라보고 있었다.

"결혼하면……."

"네."

"이렇게 해야지 저렇게 해야지 하는 거, 그런 생각 요즘 많이 하게 되더라고."

"그래요? 나도 그런대."

"결혼하면 되도록 집에 일찍 들어와야지. 결혼하면 지우하고 얘기도 많이 하고, 내가 설거지도 해주고, 청소도 해줘야지. 결혼하면 같이 껴안고 소파에 앉아서 텔레비전도 보고, 밥도 같이 먹고, 목욕도 같이 해야지 뭐 그런 생각들."

"나하고 똑같네요."

"그래?"

도현이 지우에게 미소 지어 보였다.

"연애하는 동안엔 잘 챙겨주지도 못하고 자주 만나지도 못하고 선물도 좋은 거 못해주고 해서 미안한 게 많아."

"미안해하지 말아요. 난 괜찮으니까."

"실은 걱정도 해. 난 너보다 훨씬 못 벌고 지우 부모님도 탐탁지 않게 생각하시고, 그래서 결혼하면 더 잘해야 하는데 늘 바쁘니 잘해 드리고 싶어도 마음처럼 되지 않을 것 같고. 그래서 계속 날 미워하시면 어쩌나."

"그런 걱정도 하지 말아요. 나한테만 잘해주면 돼."

"지우한테만 잘하면 되는 거야?"

도현이 지우의 어깨를 쓸어안으며 우스갯소리로 물었다.

"우리가 잘살면 되는 거잖아."

"정말 잘해주고 싶은데 그렇게 못할까 봐 겁나. 우리가 싸우게 되면 그땐 어떻게 할까도 싶고. 지우도 알다시피 욱하는 성질이 있어서 앞뒤 분간 못하고 막 내질러서 너 속상하게 할 것도 같고."

"나도 한성질 해요. 도현 씨가 욱해서 내지른다고 다 참아주진 않아요."

"알아, 너도 한성질 하는 거."

도현의 말에 지우가 웃었다.

"현정이가 그러는데 내 친구요, 안 싸우고 사는 부부 없대요. 현정이도 죽고 못산다고 결혼하고선 이 년 동안 싸우기만 했다잖아요. 누가 그랬더라? 부부가 살면서 싸우지도 않고 이혼하고 싶다는 생각 한 번도 안 하고 살면 정말 위험한 부부래요. 결혼해서 도현 씨가 나 속상하게 하면 나도 현정이처럼 친구들한테 전화해서 우리 신랑이 이렇게 내 속을 뒤집네, 치사하고 아니꼬워 못살겠네 푸념하고 흉보지 뭐."

지우의 말에 이번엔 도현이 킥킥거리고 웃었다.

"우린 잘살 수 있겠지?"

"그럴 거라고 믿어요."

지우의 대답에 도현이 지우의 관자놀이에 입을 맞추었다.

"도진이."

"네?"

"우리 만나는데 도진이 너무 자주 끼는 거 같지?"

도현의 말에 지우는 긴장감이 심장을 훑고 지나가는 것을 느꼈다.

"자기가 끼웠지, 내가 끼웠나?"

"그러니까 말이야, 내가 만날 늦게 나가니까 미안해서 도진이라도 나와서 너랑 말동무해 주라 했던 건데, 또 장차 형수랑 시동생 될 사람들이니까 친하게 지내면 좋을 것 같기도 싶어서. 그런데 괜히 그랬던 것 같아."

"갑자기…… 왜 그런 생각을 해요?"

"그냥, 네가 좀 성가시게 생각할 수도 있겠다 싶어서."

"성가시기보다는…… 기다리는 사람은 안 오고 동생이 오니까 김이 좀 새죠."

지우는 지금 자신이 진심을 말하는 것인지 진심인 척하면서 말하는 것인지도 모른 채 대답했다.

"그런데 지우야."

"네."

"저…… 책 말이야."

도현이 망설이듯 입을 열었다.

"책이요?"

"아까 그 책."

"네."

"도진이……."

"네?"

지우가 약간 긴장한 얼굴로 도현을 쳐다봤다.

"아, 아니야."

도현이 픽 웃었다.

"무슨 말 하려고 했는데요?"

"아니야, 아무것도. 점심 먹으러 가자. 맛있는 거 사줄게. 뭐 먹고 싶어?"

도현이 지우의 어깨를 팔을 둘렀다.

도현과 헤어지고 집으로 돌아온 지우는 내키지 않은 기분으로 부모님께 도현과 결혼해서 살 집에 다녀왔다고 설명하고 억지로 모과차까지 한 잔 마셔야 했다.

지우의 기분이 어떻든 어머니는 궁금한 게 많았고 이머니가 꼭 알려고 할 필요가 없을 것 같은 것들을 알려주고—가령 집을 보고 도현이 어떤 표정을 지었느냐 따위—대꾸하느라 조금 피곤해졌다.

피곤하다며 다 마시지 않은 모과차를 내려놓고 방으로 올라온 지우는 도진이 준 책을 책상 위에 올려놓고 옷도 벗지 않고 침대에 걸터앉았다. 받지 않겠다 거절했던 책인데, 도진이 키스하려는 찰나에 못 온다던 도진이 갑자기 나타나고 그 바람에 얼렁뚱땅 내 책이라며 들고 와버렸다. 화장대 위에 올려놓은 저 책이 여간 부담스러운 것이 아니었다.

안 그런 척했지만 못 오겠다던 도현 대신 도진이 나타나면서 모든 것들이 뒤죽박죽이 돼버렸다. 서점에서 그렇게 헤어지고 결혼식까지 더는 안 만났으면 했던 사람이다. 안 만날 줄 알았다. 만날 일이 없을 것이라 생각했다. 그런데 도진이 나타났다. 도현이 도진이라도 대신 보내겠다 할 때 강력하게 말렸기에 도진이 오지 않을 줄 알았다.

솔직하게 고백하자면 지우는 서점의 일을 오늘까지 끌어안고 있었다. 도진이 키스하려고 했던 그 일을 오늘까지 수십 번이나 되새겼었다. 그러지 않으려고 아무리 애를 써도 자신의 입술을 향해 내려오던 그의 입술과 콧잔등에 내려앉던 그의 입김이 불쑥불쑥 생각나 가슴이 떨렸다. 그가 키스하려고 했던 생각에서 벗어나지 못해서, 그를 보면 모든 것이 흐트러진다고, 엉망이 되어버린다고 생각해 만나지 않는 것이 가장 좋겠다 결론지었었다. 보지 않으면 잊게 될 것이고 생각도 안 하게 될 거라고, 그렇게 기대했었다. 그런데 그는 지우 앞에 나타난 그가 나타난 순간부터 지우는 다시 흔들리기 시작했다.

아무렇지 않은 척 행동했지만 혼자 걸레질을 하다가 익숙하면서도 위험한 어떤 기운이 느껴졌을 때 그가 왔다는 것을 알았었다. 고개를 돌렸을 때 그가 서 있었다.

흔들리기 싫어서, 가슴 설레는 게 싫어서 그를 보내지 말라고 그 어느 때보다 강력하게 말렸었는데 도현은 기어이 도진을 보낸 것이다.

그가 다시 키스하려고 했다. 그의 키스.

지우는 자신의 양팔을 포박한 채 벽에 밀어붙이고 키스하려 했던 도진을 생각하다가 후욱 한숨을 내쉬었다.

그의 단단한 가슴에 부딪쳤을 때, 그의 강한 팔 안에 갇히고 말았을 때……

지우는 후욱 숨을 내쉬며 가슴을 움켜잡았다.

미쳤나 보다. 세상에, 미쳐도 단단히 미쳤나 보다.

도현이 아닌 도진의 품을 생각하다니, 그의 품을 떠올리며 가슴 떨려하다니.

도현의 목소리가 들렸고 키스의 저주에 빠졌던 시간은 다시 흐르기 시작했다.

도현이 오지 않았다면…….

지우는 화들짝 놀라고 말았다.

갑자기 오지 못한다던 도현이 왜, 뭣 때문에 왔을까 하고 생각했기 때문이다. 몇 달 만에 다시 만난 도진이 아니라 도현이 나타나는 바람에 잘 돌아가던 시간이 뒤죽박죽이 돼버렸다고 생각했기 때문이다.

마녀 같으니라고. 이제 곧 결혼할 남자를 성가셔 하다니.

얼마나 오지게 혼이 나야 정신을 차릴까.

지우는 침대에서 일어나 잠옷으로 갈아입고 깨끗하게 씻은 다음 침대에 누운 후 제발 아무 생각도 하지 않고 잠들길 기대하면서 눈을 감았다.

그러나 생각했다, 도진의 입술이 내 입술에 닿는다면 그 기분이 어떨까를.

도현이 맥주를 마시며 비디오를 보고 있는데 도진이 집으로 들어왔다.

"일찍 왔네?"

도진이 의외라는 얼굴로 물었다.

"지우 병원에 불려 들어갔거든."

"서운했겠다."

도진이 탁자 위에 자동차 키와 지갑을 내려놓으며 말했다.

"서운하네. 그런데 저녁 먹었냐? 피자 시켜놨다. 같이 맥주 한 잔 마시자."

"좋지."

"만 원짜리 있으면 한 장만 내놔라."

"지갑에서 꺼내. 나 샤워하고 나올게."

도진이 욕실로 들어가고 도현이 맥주를 마시며 영화를 보고 있는데 초인종이 울렸다.

도현은 문을 열어 피자 상자를 받아 들고 들어와 탁자에 올려놓은 뒷주머니를 뒤져 갖고 있던 만 원짜리 한 개와 도진의 지갑에서 만 원을 꺼내 배달원에게 건네주었다.

"맛있게 드세요."

"고맙습니다."

문을 걸어 잠그고 탁자로 돌아와 피자 상자 뚜껑을 열던 도현이 뭔가 이상한 듯 욕실 쪽을 쳐다봤다. 그리고 조심스럽게 도진의 지갑을 다시 집어 들었다. 그리곤 그 속의 사진을 뚫어져라 쳐다봤다.

도진의 지갑에 왜 이런 사진이 들어 있는 걸까.

지갑에서 천천히 사진을 빼낸 도현은 복잡한 표정으로 바라봤다. 사진 속에는 깜짝 놀란 얼굴의 지우와 그런 지우의 볼에 입맞추고 있는 도진이 있었다.

언제 찍은 사진일까.

도현이 욕실과 사진을 번갈아 쳐다보고 있는데 욕실 문이 열렸다. 도현은 재빨리 사진을 자신의 바지 주머니에 넣고 도진의 지갑을 탁자에 올려놓았다.

"피자 왔어?"

"그래, 먹자."

"옷 갈아입고."

도진이 방으로 들어간 후 도현은 도진의 지갑 속에서 발견된 사진을 어떻게 해석해야 할지 몰라 난감한 얼굴을 하고 있었다. 지우의 볼에 도진이 왜 입을 맞추었으며 그 사진을 도진이 지갑에 넣고 다니지? 그것도 보통 주민등록증을 집어넣는 자리에? 어떻게 해석해야 할까?

도현의 머리 속에 한꺼번에 여러 가지 그림이 떠올랐다.

낮에 지우와 결혼해 살 집에서 보았던 책, 무엇의 속삭임.

갖고 싶지만 가질 수 없는…… 내가 당신을 어떻게 견뎌낼까, 라는 묘한 뉘앙스의 메시지. 분명히 도진의 책상 위에서 봤던 책에 똑같은 메시지가 적혀 있었는데 지우는 지난 주에 샀다고 했었다. 그리고 한나절도 지나지 않아 보게 된 도진의 지갑 속의 사진. 지우의 볼에 입맞추고 있는 도진.

지우와 도진…… 이 두 사람에게 무슨 일이 있는 걸까.

아니, 그럴 리가 없다. 상식적으로 말이 안 된다. 지우는 곧 결혼할 사람이고 도진은 사신의 동생이다. 무슨 일이 있는 걸까, 라고 생각하는 것조차 우스운 일이다.

도현은 지금 내가 무슨 불민한 상상일까 자신을 꾸짖으며 고개를 젓다가 자꾸만 고개를 쳐드는 의심에 길게 숨을 내쉬었다. 상식적으로 말이 안 되는 일이라 치더라도 그 책은 무엇이며 이 사진은 뭐란 말인가.

도현은 무엇에 눌린 듯 가슴이 답답해져 오는 것을 느끼며 맥주를 들이키는데 옷을 갈아입은 도진이 거실로 나와 도현의 곁에 앉았다.

"승아 씨랑 놀다 왔냐?"

"어."

"넌 언제 결혼하냐?"

도현이 슬쩍 떠보듯이 물었다.

"결혼 계획 없어, 아직."

"승아 씨 결혼 얘기 없어?"

"아직은."

"결혼하자고 하면?"

"글쎄."

도진은 승아와 꽤 오랫동안 만나왔는데 아직 승아와의 결혼은 확신이 없는 모양이었다.

"승아 씨가 좋긴 하냐?"

"글쎄, 그렇다고 생각하는데…… 잘 모르겠어."

"잘 모르겠다니?"

"좋아하는 감정인지 오래 어울리다 보니 그냥 같이 지내는 건지."

"무책임하게 들린다."

"나도 알아."

"뭐 다른 여자 생겼냐?"

"다른 여자?"

도진이 도현을 쳐다봤다.

"아니."

도진이 도현의 얼굴을 쳐다보며 말했고 도현은 무표정한 얼굴로 고개를 끄덕였다.

"승아 씨가 싫은 건 아니지?"

"음……."

도현은 도진의 성격을 잘 알고 있었다. 대학 때부터 지금까지 진득하게 여자를 만난 적이 없었다. 꼭 무슨 약속을 하고 만나야 하는 것을 부담스러워하는 성격이었다.

약속 같은 거 만들지 않고 책임감 같은 것도 가지려고 하지 말고 편하게 만나다가 싫어지거나 그만 만나고 싶어질 때 깔끔하게 헤어지는 것을 전제로 여자를 만났다. 여자도 도진과 같은 생각을 가졌는지는 잘 모르겠지만 도진이 헤어졌다고 말할 때 매달리는 여자는 지금껏 없었다.

그러고 보니 승아와는 제법 오래 사귀고 있었다. 도진이 승아를 처음 만났을 때 그 자리에 도현도 있었다. 도현이 사귀던 여자와 헤어지고 이별을 심하게 앓느라 세상 다 산 사람처럼 지낼 때 누가 보면 불치병 걸린 줄 알겠다며 가서 술 한잔하면서 기분 풀자고 내켜하지 않는 도현을 끌다시피 나이트클럽으로 데려갔었다. 동생 녀석이 사랑에 아파하는 형을 보살펴 주는 게 기특해 거절하지 못하고 따라갔었는데 그 자리엔 도진이 불러낸 도진의 친구들도 두어 명 있었다. 동생 친구들이 도현을 어려워하는 바람에 처음엔 영 재미가 나지 않았지만 술이 몇 순배 돌고 나자 어렵고 부담스럽던 건 어디로 사라지고 분위기가 제법 재밌게 돌아갔다.

자연스럽게 부킹이라는 것을 했다. 도진이 녀석이 호나우두라는 웨이터에게 부탁했는데 부킹을 받아들여 합석하게 된 여자 쪽에 승아가 있었다. 승아의 외모는 단연 돋보였는데 꼭 예뻐서가 아니라 눈에 띄는 외모를 가진 여자였다. 도진뿐 아니라 도진의 다른 친구 놈들도 승아를 제일 괜찮게 생각했었다. 어울려 춤을 추고 술을 마시고 자연스레 대화가 오가는 사이 짝이 지어졌던 것 같다. 도현 자신의 짝이 누구였는지는 이제 얼굴도 기억나지 않는데 승아는 도진의 짝이 됐다. 두 사람은 그 후로 줄곧 만나고 있었다.

오래 만났으니 이번엔 결혼까지 생각하나 보다 했다. 도진은 여자들이 꽤 많았는데 지금껏 사귄 여자들 중에서 승아와 제일 오래 가고 있었고 또 잘하는 것 같아 결혼까지 가나 했다. 그런데 결혼까지는 아닌 모양이다.

도진이 여러 명의 여자를 사귀었다고 해도 바람둥이는 아니었다. 양다리나 몇 다리씩 걸치는 타입은 절대 아니니까. 한 여자와 만나 사귀다 헤어지고 곧바로 또 누군가를 사귀는 것이 아니라 최소한 몇 개월, 길게는 일 년 동안 싱글로 지내다 여자를 만났다. 그러니 바람둥이라고 할 수는 없었다. 여자든 남자든 만나다 헤어지고 또 다른 여자를 만나는 것은 어쩌면 당연하니까.

도현도 지우를 만나기 전에 두 번 정도 연애 경험이 있었다. 경찰대학에 다닐 때 구 개월 정도 사귄 여자가 있었는데 같은 경찰대학에서 공부하던 친구였다. 구김살없이 밝고 활기찬 모습이 좋아 만났었는데 더 가깝고 깊은 관계로 진전이 없어 자연스럽게 헤어지게 됐다. 헤어지고 나서 퍽 마음 아파하지 않았던 기억으로 봐서 많이 좋아했던 것은 아닌 것 같다.

두 번째 만났던 여자는 막 경찰이 되고 나서 선배 형사의 소개로 만났는데 이 년 가까이 사귀었으니 제법 오래 사귄 셈이었다. 처음 만나 일 년 정도까지는 탈없이 잘 만났었다. 보통의 연인들처럼 영화도 보러 다니고, 밥도 먹고, 키스도 하고 그런 평범한 연애였다. 그런데 일 년이 넘어서면서부터 자주 다퉜고 다툼은 갈수록 더 심해져서 한 번 싸우면 일주일 이상씩 연락을 안 하게 돼버렸다.

싸워서 성질난다 푸념하면 이미 결혼을 했거나 연애한 지 오래된 선배들이 다 그렇게 싸우며 정이 드는 거라고 말했고 아직 멀었다며 결혼해서도 터지게 싸운다고 놀려댔었다. 그래서 도현도 그냥 그런 줄 알았다. 그런데 처음엔 싸우더라도 화해하는 게 자연스러웠지만 시간이 지나자 싸움은 서로를 지치게 만들고 서로에게 더 큰 상처를 입히기 위해 용을 쓰는 행태가 돼버렸다. 밥을 먹다가도 싸우고 차를 마시다가도 싸우고 서로를 향한 불만거리를 찾아내 꼬집어주고 그러다 누구든 성질을 못 이겨 먼저 가버리고, 이렇게 싸우면서 뭐 하러 계속 만나냐는 말이 나올 정도로 세 번 만나면 두 번은 싸우게 됐다. 하지만 그렇게 싸우면서도 도현은 그 여자와 결혼까지 하게 될 줄 알았다. 다들 그렇게 싸우다 정이 들고 그 정을 못 끊어 결혼해 자식 낳고 산다고 하니까.

그런데 결혼이라는 것은 그렇게 쉬운 일이 아니었던 모양이다. 심하게 다퉜고 한 보름쯤 연락을 끊었던 것 같다. 도현도 그녀도 서로 먼저 연락하길 기다렸던 것인지, 아니면 쉽게 풀어지지 않을 만큼 화가 많이 났던 것인지 보름이 되도록 서로 연락을 하지 않았다. 결국 도현이 먼저 전화를 걸었는데 그녀가 헤어지자고 했다. 사과하려고 전화한 사람한테 헤어지자는 말을 하니 화가 나서 좋다, 헤어지자며 맞받아 소리치고 전화를 끊어버렸다. 솔직히 괜히 하는 소린 줄 알았다. 이참에 도현의 욱하는 성질을 고쳐 보자는 생각에, 속 긁어놓은 것 보상받아 보려는 계산에 맘에도 없는 이별을 요구한 것이라 생각했었다. 그런데 아니었다. 그녀는 정말 헤어질 결심을 했던 것이다. 도현이 두 번째, 세 번째 먼저 연락했을 때도 그녀의 태도에는 변함이 없었다. 일관되게 헤어지자고 말했고 마지막엔 이미 잊었다는 말도 했다. 그녀는, 아니, 여자는 참 무섭도록 냉정하게 돌아서는 존재였다.

그녀에게 새로운 애인이 생겼다는 것을 알게 된 것은 그녀에게 여섯 번째로 다신 연락하지 말라는 얘길 듣고 나서부터였다. 말하자면 도현이 무척 매달렸다는 말이다. 정이라는 것이 그렇게 쉽게 끊어지는 것도 아닌데 그녀는 잘라 버렸을지 몰라도 도현은 아니었다. 잦은 싸움에 갈수록 험해지는 다툼에 지쳤지만, 때론 따지고 드는 그녀가 싫었지만 사랑이 식거나 정이 떨어진 것은 아니었다. 그녀가 아무리 싫다 해도, 헤어지자 해도, 잊었다 해도 사과하고 매달리면 돌아설 줄 알았다. 그런데 아니었다.

그녀에게 여섯 번째로 두 번 다신 연락하지 말라는 냉정한 말을 듣고 일곱 번째 전화했을 때 그녀의 전화번호는 변경되어 있었고, 그리고 그녀에게 새로운 애인이 생겼다는 것을 알게 됐다. 그 후 불과 일곱 달 만에 그녀는 새로 만난 애인과 결혼해 버렸다.

도현이 그때 얼마나 큰 상처와 충격을 받았는지 도진이 누구보다 잘 알고 있었다. 일하는 날은 죽지 못해 일했고 쉬는 날은 온종일 술에 절어 살았다. 술만 마시면 분을 풀지 못해, 그녀를 향한 배신감과 정을 끊지 못해 고래고래 고함도 지르고 지나가는 낯모르는 사람에게 시비도 걸고 바보 같은 짓도 해댔다. 그 짓을 일 년도 넘게 한 모양이다. 시간이 약이라고 일 년이 넘고 또 일 년이 넘어가까스로 떠나 버린 그녀를 향한 그리움을 정리했다. 그렇다고 해서 기억 속의 그녀를 완전히 지워 버린 것은 아니었다. 생각하고 싶지 않은데도 불쑥 그녀가 생각났고 이미 다른 남자의 아내가 되어 있는 그녀를 떠올리면 속이 쓰렸다.

도현이 다른 남자에게로 떠나 버린 그녀를 그리워하며 괴로워할 때 가장 좋은 처방은 다른 여자를 만나는 것이라고 말해 준 사람이 도진이었다. 그만 괴로워하라도 아니고, 잊어버리라도 아니고, 형의 병을 고칠 사람은 그녀가 아닌 다른 사람이라는 처방을 해준 것이다. 그때 도현은 픽 웃고 말았었다. 한 여자를 가슴에 두고 죽도록 앓고 있는 사람한테 다른 여자를 만나라니. 신소리다 했었다. 그런데 결국 그 말이 진리였다. 도현은 지우를 만났고 지우를 만나는 순간 떠나 버린 그녀 때문에 아팠던 가슴은 거짓말처럼 치유됐다.

지우와 함께 있으면 좋다고 말했지만 얼마나 좋은지 말한 적이 없었다. 지우를 사랑한다고 말했지만 얼마나 사랑하는지는 말한 적이 없었다. 지우가 예쁘다고 했지만 얼마나 예쁜지는 말한 적이 없었다.

도현은 지우를 사랑했다. 다른 사람 누구에게나 사랑히는 사람의 가치와 깊이가 남다르겠지만 지우를 향한 도현의 사랑은 깊고 깊어서 지우가 다른 곳을 바라보고 있는 것조차 불안할 지경이었다.

어떻게 나 같은 놈이 이런 여자를 만났을까.

도현은 늘 그런 생각을 했다.

내가 어떻게 지우 같은 여자를 만났을까. 지우가 나를 사랑해 준다니.

지우는 배경, 직업, 외모 어느 것 하나 빠지는 것이 없었다. 지우의 겉모습 때문에 하는 말이 아니었다. 지우는 냉정한 여자였다. 지적이고 냉정하고 때론 너무 냉소적이라 질릴 정도지만 도현에게만큼은 단 한 번도 그런 모습을 보인 적이 없었다.

지우는 따뜻하고 사려 깊고 도현을 탐탁지 않아하는 부모님에게 맞서 완벽하게 도현을 감쌌다. 시달리다 지쳐 포기할 만도 한데, 너무 비교가 되어서 창피할 만도 한데 지우는 비교도, 창피해하지도 않았다. 늘 걱정하고 안타까워해 주는 지우. 보잘것없는 작은 선물 하나에도 천 배로 기뻐해 주는 지우. 도현에게만큼은 세상에 둘도 없이 사랑스럽고 아까운 여자가 지우였다. 도현은 자신이 지우를 얼마나 사랑하고, 지우가 얼마만큼 예쁘고, 지우와 함께 있으면 얼마나 좋은지 말주변이 없어 속마음 그대로 표현해 주지 못하지만 시우로 인해 숨을 쉬는 것까지도 황홀할 지경으로 지우를 사랑하고 또 사랑하고 있었다.

그토록 사랑하는 지우, 그런 지우에게 도진이 입을 맞추었다.

언제 찍은 사진인지 몰라도 그 사진을 도진이 지갑에 넣고 다니고 있었고 도현은 그걸 몰랐다. 도진에게 승아가 있는데 어째서 지우에게 입을 맞추고 사진을 찍고 그 사진을 지갑에 넣고 다닌 것일까. 어째서 두 사람은 그런 사진을 찍었다는 것을 말하지 않았을까.

그리고 그 책. 언제였지? 그래, 청주에 내려가던 날 밤인가 보다. 목욕을 하고 얼굴이 당겨 스킨을 빌리러 도현 방에 갔다가 그 책을 봤다. 읽어보고 재밌으면 말해 달라 했던 그 책. 갖고 싶지만 가질 수 없는…… 그런 메모가 적힌 책이 이제 지우의 책으로 둔갑해 있었다. 뭘까, 두 사람 사이에 뭐가 있는 걸까. 그리고 갑자기 밀려드는 불안함은 뭘까.

"우리 지우 어떠냐?"

도진에게 지우를 처음 소개한 날 밤 도진과 맥주를 마시며 도현이 자랑하듯 물었었다.

"괜찮은 여자야."

도진이 그렇게 대답했었다, 괜찮은 여자라고.

"잘해줘."

그렇게도 말했었다.

도현은 지금 한입 가득 쑤셔넣은 채 씹고 있는 피자가 무슨 맛인지 느끼지 못한 채 힐끗 도진을 쳐다봤다. 도진 역시 피자를 씹으며 비디오를 보고 있었다.

도현은 망설이다, 망설이다 결국 입을 열었다.

"도진아."

"응?"

"우리 지우 말이야."

"응."

"참 괜찮은 여자지?"

"……그래."

도진이 한참 만에 대답했다.

"만약에 내가 아니라 널 만났다면 어땠을까?"

도현은 물었고 곧 후회했다. 참 쓸데없는 질문을 했다 싶었기 때문이다.

"날 만났다면?"

"아니다."

도현이 싱겁게 웃으며 별로 당기지도 않은 피자 한 조각을 또 집어 들었다.

"내가 만났다면…… 승아와 헤어졌겠지."

도진이 낮은 목소리로 말했고 도현은 가슴이 철렁 내려앉는 걸 느꼈다. 두 사람은 한참 동안 말없이 느끼한 피자를 씹고 또 씹었다.

"하지만 결국 형 사람인데 뭐."

도진이 중얼거리듯 말했고 도현은 아무 말도 하지 않았다.

잠자리에 누운 도현은 좀체 잠을 들이지 못하고 있었다. 시간은 벌써 새벽 한 시를 넘어섰는데, 내일 새벽같이 일어나 출근하려면 진작에 잠이 들었어야 하는데 도현은 잠들지 못했다.

내가 이게 무슨 치졸한 생각인가 싶다가도 불쑥 혹시 도진이 지우를 마음에 두고 있는 건 아닌가 하는 의심으로 가슴이 오그라드는 것 같았다. 오그라들었던 가슴이 풀어질 사이도 없이 이놈이 감히 누굴! 하며 푸들푸들 성이 끓어올랐고 그러다 설마 우리 도진이가 그럴 리가 없지, 내 동생을 의심하다니 천속한 놈 하며 한 풀 꺾어놓길 몇 번이나 반복했을까.

다른 사람도 아닌 동생을 의심했던 것을 후회하다가도 도진이 놈 지갑에 들어 있던 사진이 생각나면 다시 이놈이 지우를? 하며 의심하기 시작하고 지우가 제 것이라 우기던 책만 생각나면 푸들푸들 성이 치미는 것이다.

도현은 결국 일어나 앉고 말았다.

의심나는 부분을 캘 것 같았으면 진작에 캤어야 했다. 책이 의심스러웠으면 낮에 도배와 벽지를 발라놓은 집에서 따졌어야 했고, 사진에 대해 해명을 듣고자 했으면 피자고 뭐고 그 자리에서 이게 무슨 사진이며 이런 사진을 어디서 왜 찍었냐고 정확하게 따져야 했다. 도진이더러 지우가 어떠냐느니, 내가 아니라 네가 지우를 만났으면 어땠을까 하는 신소리 다 집어치우고 가슴과 머리 속을 찜찜하게 만드는 그것을 물어야 했다.

"정말 뭐가 있나?"

정말 뭔가 있는 것이 아니냐는 의심이 머리 속을 가득 채우자 불뚝 성질이 치밀었고 더는 못 참고 침대에서 내려서 도진의 방으로 갔다. 하지만 도진의 방문을 열어젖히려던 도현은 움켜잡았던 문고리를 조용히 놔버렸다. 이런 불순한 의심은 도진에게가 아니라 지우에게 참 많은 잘못을 하는 것이라 생각됐기 때문이다.

지우를 의심하다니, 오로지 태도현 하나만 남자인 줄 알고 사는 지우를 의심하는 짓이다. 그럴 수는 없었다. 그럼 안 되는 일이다.

도현은 도진의 방문 앞에 선 채 한동안 후욱 후욱 숨을 내리쉬다가 고개를 가로저으며 부엌으로 가 냉장고에서 물을 꺼내 마셨다.

"내가, 내가…… 왜 도진이를 데리고 다녔을까?"

갑자기 왜 그런 생각이 들었는지 모를 일이지만 도현은 지우를 만나는 자리에 너무 자주 도진이를 데리고 나갔던 것이 실수였다 싶었다.

"그럴 리가 없어. 아닐 거야."

도현은 생수통을 냉장고에 넣으려다 그냥 들고 방으로 들어갔다.

도현의 방문 닫히는 소리를 들으며 도진은 우두커니 침대에 걸터앉아 있었다.

형이 문 앞에까지 왔다가 돌아간 것을 알고 있었다. 형의 방문이 열리고 형의 발자국이 곧장 자신의 방으로 이어지고 문고리를 잡는 소리를 들으며 도진은 어떤 예감을 느꼈었다. 형이, 알아차렸을지도 모르겠다고. 아마도 책에서 눈치를 챈 것 같았다. 피자를 먹으면서 했던 뜬금없는 질문도 그렇고.

도현이 멱살을 틀어쥘지도 모를 일이었다. 어쩌면 한 대 갈겨놓고 시작할지도 모른다. 바른말만 대라고 윽박지를지도 모르고.

뭐라고 대답할까? 아니라고 딱 잡아뗄까? 무슨 소리 하는 건지 모르겠다고 할까? 그게 아니면 지우를 사랑한다고 말해 버릴까? 맞아죽더라도, 지우를 내가 아닌 형이 가진 게 미치도록 괴롭다고 말해 버릴까?

도현이 방문 앞에 서 있는 동안 도진의 머리 속에는 수십 가지의 생각들이 교차되고 있었다.

금방이라도 처들어올 것 같던 도현이 문고리를 놓고 돌아가는 소리가 들렸다. 도진은 도현이 주방으로 가서 물을 꺼내 마시는 소리까지 듣고 있었다. 알아들을 수는 없지만 중얼거린 소리도.

도현의 방문 닫히는 소리를 듣다가 자신도 모르게 깊은 한숨을 내쉰 도진은 머리 속이 지옥 속을 헤매는 것처럼 복잡했다. 지옥의 구덩이를 파들어간 사람이 자신이면서도 정작 나오는 길을 잃어버린 기분이었다. 캄캄하고 겁이 날 정도로 고요한, 그래서 더 두려운 기분.

야외촬영은 생략하자는 두 사람만의 합의는 지우의 어머니에게 통하지 않았다.

"무슨 소리니? 일생에 한 번뿐인데 다 하는 야외촬영을 안 하다니?"

"도현 씨나 나나 너무 바빠요. 야외촬영 할 시간이 없어요."

"시간이 없다니? 도현이 녀석이 하지 말자고 한 거니?"

"서로 합의 본 거예요."

"어림없어. 무조건 해."

어머니가 명령했고 그 즉시 야외촬영을 잘하기로 이름난 스튜디오에 예약했다. 안 한다고 우길 수도 없었다. 어머니가 기어이 도현에게 전화를 걸어 싫은 소리를 했고 도현은 군소리없이 어머니가 하라는 대로 하겠다고 했다.

야외촬영은 이번 주 토요일로 급하게 잡혔다. 정말로 없는 시간 쩜을 내 번개불에 콩 구워먹듯 야외촬영 때 입을 웨딩드레스 몇 벌과 턱시도를 고르고 신부화장을 맡아줄 미용실에 가서 마사지를 받았다. 어머니는 결혼식을 올릴 호텔 예장식장에 찾아가 다시 한 번 체크하고 결혼식 날 연주해 줄 연주팀들도 체크했다.

지우와 도현이 야외촬영을 하는 동안에 두 사람의 신혼집에 가구며 가전제품 일체가 꾸며질 것이다.

생각만 해도 혼잡스럽고 정신 사나워 결혼이라는 거 두 번은 못 할 짓이라 생각하며 지우는 점심 시간을 이용해 마사지샵에서 마사지를 받고 있었다. 마사지가 끝나면 바로 병원으로 들어가 환자를 봐야 했다. 신랑도 와서 마사지를 받아야 한다고 했지만 도현은 사건이 걸려 있어 마사지는 고사하고 잠잘 시간도 없었다.

이렇게 바쁜데 야외촬영이라니. 하지만 어머니 고집을 누가 꺾으랴. 도현과의 결혼을 결사반대 하던 어머니의 고집을 한 번 꺾었으니 야외촬영은 바쁘고 귀찮아도 해야 했다. 그것마저도 안 한다 하면 어머니의 상심이 너무 클 테니 말이다. 하긴 꼭 어머니 성화 때문이 아니라 지우도 웨딩촬영은 하는 것이 좋지 않을까 생각했었다. 여자니까, 단 한 번뿐인 결혼이니까.

마사지샵에서 나와 병원으로 가기 위해 차에 올라 시동을 거는데 지우의 휴대폰이 울렸다.

"여보세요?"

[어디야?]

"마사지 받고 병원으로 가려고요. 토요일에 무슨 일이 있어도 시간 비워요."

[반장님께 말해 뒀어. 걱정 마.]

"점심은요?"

[방금 먹었어.]

"난 못 먹었어요. 들어가다가 삼각김밥이나 사서 먹어야겠어요."

[저런, 그거 가지고 돼?]

"어쩌겠어요."

[지우야.]

"말해요."

[생각해 보니까 그동안 내가 너무 못해준 것 같아.]

"갑자기 왜 그런 생각을 하셨을까?"

지우가 픽 웃으며 농담조로 던지자 도현도 웃었다.

[날마다 약속 시간 어기고, 그래서 지우 많이 기다리게 하고, 맛있는 것도 못 사주고. 생각해 보니까 옷 한 벌도 안 사줬더라고. 만날 지우가 사주는 옷 얻어입기만 하고.]

"우린 애인 사이예요. 얻어입는 게 뭐야, 그런 표현 듣지 안 좋은데?"

[그래도, 난 아무것도 안 해줘서.]

"목걸이 사줬잖아요."

[비싼 것도 아닌데.]

"비싼 게 무슨 소용이야."

[그리고 지우한테 묻지도 않고 도진이 같이 데리고 나가고, 그런 것도 잘못한 것 같아.]

도현의 말에 지우는 가슴 한구석이 약간 찔려오는 것 같았다.

"그러게. 도현 씨하고 둘이만 있고 싶은데 도진 씨랑 승아 씨 끼어들어서 재미없긴 했어."

지우는 거짓말이 아닌데 왠지 거짓말하는 기분이 들었다.

"그런데 그 얘긴 지난번에도 했잖아요."

[했는데 자꾸 걸려서.]

"뭐가요?"

[우리 연애하는 동안 추억이 도진이랑 승아랑 어울린 것밖에 없는 것 같아서.]

"그건 그래요."

[미안해. 결혼하면 우리 둘이서 재밌게 살자.]

"응, 재밌을 것 같아."

[결혼하면 내가 하루에 한 번씩 꼭 업어줄게. 발도 닦아주고.]

"업어주고 발 닦아준다고요? 왜?"

[무지 못돼먹었던 사람을 좋은 남편으로 만들어주는 학교에서 졸업식 때 와이프 발 닦아주게 한대. 나도 좋은 남편 되려고.]

"도현 씨 무지 못돼먹은 사람 아니에요."

[못돼먹진 않았지만 무심했던 것 같아 미안해서. 그래서 업어주고 발 닦아주고 싶어.]

"그래요, 매일 한 번씩 업어주고 발 닦아줘요."

[약속할게.]

"약속했어요."

지우는 가슴에 몽글몽글 행복이 부풀어 오르는 것을 느꼈다.

[오늘 저녁에 일 끝내놓고 전화할게. 늦게 해도 돼?]

"그럼요."

[오늘 밤에 바쁠 거야.]

"그래요?"

[조폭 잡으러 가.]

"잡아와요."

[잡아다 놓고 전화할게.]

"조심하구요."

[응, 지우도 운전 조심해. 잠깐, 지우야?]

끊으려던 도현이 급하게 지우를 불렀다.

"네?"

[너 나 사랑하지?]

"내가 당신 사랑하는 거 몰라요?"

[아니, 그냥 물어보고 싶었어.]

"사랑해요."

[있잖아.]

"네."

[도진이 말이야.]

"네?"

도진 씨가 왜?

[도진이…… 내가 어제 도진이한테 물어봤거든, 내가 아니라 도진이 먼저 지우를 만났으면 어떻게 됐을 것 같냐고.]

도현은 도진에게 왜 그런 질문을 했을까? 지우는 갑자기 그가 뭔가를 알고 있는 것만 같아 가슴이 떨리기 시작했다.

"그런 걸 왜 물어봐요?"

[그냥, 그 녀석이 너 좋아하는 것 같아서.]

지우는 자신도 모르게 헉 하고 숨을 들이마셨다.

[그랬더니 자식이 그랬다면 승아 씨하고 헤어졌을 거라 하더라고.]

"……싱겁긴, 두 사람 다 싱거워요."

지우는 되도록 당황하지 않은 척하려고 애쓰며 말했다.

[그러게. 나도 괜히 물었다 싶었어.]

도현의 웃는 소리가 들렸다.

"난 도현 씨를 만났고 도현 씨를 사랑해요."

[그래, 알아.]

도현이 또 웃었다.

[지우야.]

"네?"

[갖고 싶지만 가질 수 없는…… 이제 무슨 뜻일까?]

"네?"

지우는 도현이 뜬금없이 무슨 말을 하는지 못 알아들었다.

"그게 무슨 말이에요?"

[아니다. 별것 아니야.]

"싱겁긴."

[그러게. 수고해.]

"도현 씨도요."

지우는 전화를 끊고 불안한 기분에 사로잡혀 가슴이 두근거려 바로 출발하지 못했다. 지금 출발해서 부지런히 달려야 제시간에 병원에 도착할 텐데 지우는 꼭꼭 숨겨두었던 죄를 들킨 것만 같아 냉정을 찾지 못하고 있었다.

도현은 도진에게 그런 걸 왜 물었을까. 지우는 가슴이 답답해져 오는 것을 느꼈다.

"아니야, 아무것도 아닐 거야."

지우는 애써 답답함을 지우려고 애쓰며 여전히 떨리는 손으로 핸들을 붙잡고 병원으로 향했다.

"이미라 환자가 소화가 안 된다며 소화제 좀 달라고 하시네요."

지우가 오길 기다렸던 간호사가 이미라 환자의 차트를 꺼내주며 말했다.

"움직이지 않고 잠만 자니까 소화가 안 되지. 운동 좀 하라고 하세요."

"운동하라고 해도 말을 안 들으시네요."

"내가 말할게요."

"마사지 받고 왔냐?"

태일이 슬그머니 옆에 오더니 지우의 윤기나는 얼굴을 들여다
보며 물었다.

"응."

"나도 마사지나 받을까?"

"요즘은 남자도 많이 받는대요."

간호사가 껴들었다.

"마사지 받으시니까 정말 윤기가 좌르르 흐르네요."

"그래요?"

"떨리지 않으세요? 난 막 떨릴 것 같은데."

간호사의 말에 지우가 웃었다.

"솔직히 떨려요. 너무 바빠서 떨 겨를도 없지만."

"선생님, 웨딩드레스 입으시면 정말 예쁠 거예요."

"그랬으면 좋겠어요."

지우의 호출기가 울렸다.

"과장님이네."

지우는 부리나케 지우를 호출한 과장님 방에서 뛰어갔다.

"부르셨어요, 과장님?"

지우를 가르쳤던 대학 교수님이자 같은 병원에서 지우가 모시
는 외과 과장님.

"개업할 거야?"

"아뇨."

지우가 고개를 저었다.

"결혼해도 계속 나오는 거지?"

"그럼요."

"자리 하나 만들어보자."

"고맙습니다, 과장님."

지우는 즐거워진 기분으로 과장님 방에서 나와 외과병동으로 올라왔다.

지우가 스테이션을 지나 의국으로 향하는데 연 간호사가 지우를 부르며 손님이 기다린다고 알려주었다. 연 간호사가 가리키는 쪽을 쳐다보자 엘리베이터 근처 간이의자에 도진이 앉아 있었다.

도진이 여길 왜 왔을까.

지우의 표정이 대번에 어두워졌다.

가운 주머니에 양손을 찔러 넣고 뚜벅뚜벅 내키지 않은 걸음으로 도진에게 다가온 지우는 고개를 들고 쳐다보는 그를 무뚝뚝한 얼굴로 대했다.

"웬일이에요?"

"할 얘기가 있어서요."

"무슨 얘기요?"

"십 분이면 돼요."

"차 할래요?"

"예."

오늘 도진은 무척 깍듯했다.

도진과 커피 자판기가 있는 휴게소로 온 지우는 도진에겐 밀크

커피를, 자신은 너무 달아서 평소엔 잘 마시지 않는 율무차를 뽑아 들었다.

"미안해요."

도진이 불쑥 말했고 지우가 도진을 올려다봤다.

갑자기 미안하다니, 뭐가? 라는 얼굴로.

"미안해요."

또다시 미안하단다.

"앞으론, 힘들게 하지 않을게요."

"……."

"내 마음을 보이지 말아야 했는데, 바보 같은 짓이었어요."

한 시간 전 도현과의 통화에서 도현은 마치 무엇인가를 눈치챈 듯한 말을 했었는데 지금 도진은 미안하다며 그동안의 일을 사과하고 있었다. 이들 형제에게 지난밤에 무슨 일이 있었던 것일까?

"지우 씨에 대한 내 감정이 장난이거나 객기는 아니에요. 지금도 여전히 난, 치열해요."

도진이 가라앉은 목소리로 신중하게, 약간은 고뇌에 찬 듯 그렇게 말했다.

"하지만 이제, 숨길 겁니다. 당신, 힘들게 하지 않을 거예요."

도진이 지우를 바라보며 말했고 지우는 도진의 눈에서 그의 슬픔과 아픔을 느낄 수가 있었다. 그의 아픔이나 슬픔이 느껴졌다고 해서 그를 안쓰러워해선 안 되겠지만 지우는 도진이 안됐다는 기분이 들었다.

"힘들게 하지 않을게요, 형수님……."

형수님······.

지우는 가슴이 콱 막혀오는 것을 느끼며 손에 맥없이 들고 있던 율무차로 향하던 고개를 들고 도진을 쳐다봤다. 어금니를 틀어문 듯 도진의 턱 근육이 실룩거렸다.

지우와 도진은 말없이 서로를 바라보고 있었다. 치열한 시선을 주고받으며.

이렇게 끝이구나. 이제 흐트러졌던 그림판이 제대로 짜맞춰졌구나. 그런데 이 헛헛함은 무엇일까.

"······결혼식 날, 봐요."

지우는 허우룩함을 들키지 않기 위해 아무런 감정이 담기지 않은 얼굴로 속삭였다.

지우는 한 모금도 마시지 않은 율무차 잔을 어떻게 할까 생각하다 쓰레기통으로 던져 버렸다. 그 안에 버려진 잔 속에 도진에게 향했던 발칙하고 몹쓸 셀렘까지 몽땅 처분되었길 바라면서.

홀가분해야 하는데 가슴이 텅 비어버리는 듯한 서운함을 느끼며 지우가 막 돌아서는데 도진이 지우를 뒤에서 와락 껴안았다. 움켜잡듯, 포박하듯 도진은 지우를 숨 막히게 끌어안았다.

도진의 뜨겁고도 애타는 숨결이 목덜미에 날아와 앉았다. 씨익, 씨익, 도진은 가슴이 후들거릴 정도로 숨결을 토해냈다. 굵은 정맥과 뼈마디가 드러날 정도로 도진은 지우의 가운 깃을 필사적으로 움켜잡고 있었다.

"사랑해······."

도진이 들릴 듯 말 듯 읊조렸다.

도진에게 붙들렸던 몸뚱어리가 가벼워진다 싶더니 도진은 그대로 휴게실을 나가 버렸다.

지우는 몸을 칭칭 감고 있던 철쇄가 풀리고 비로소 홀가분함과 자유로움을 느껴야 되는데 떼어낸다고 당장에 죽는 것은 아니지만 살아가는 데 몹시도 불편할 장기 하나를 강제로 적출당한 기분이었다.

그의 실루엣도, 그림자도 이제 휴게소 안에서는 찾아지지 않았다. 앞으로 어디에서도 찾아지지 않을 것이다.

도진은 떠났다.

✳

"몇 명이나 들어갔냐?"

"여덟 명째예요."

"다 들어왔나?"

"한 명 더 남았습니다."

도현이 소속된 관내에서 인신매매와 살인미수를 범하고 도주한 용의자들이 강남 어디쯤에 숨어 있다는 제보를 받고 일주일째 탐문과 잠복을 했었다. 용의자들의 은신처를 확인하고 다른 반에 지원요청을 해 오늘 한꺼번에 검거하기로 계획을 세웠다.

다른 반에 지원을 요청한 이유는 용의자들의 수가 많았기 때문이다. 용의자들 중에 조직폭력배 리스트에 올라 폭력 전과가 두세 개 있는 사람도 둘이나 끼어 있었다. 또 살인미수 혐의까지 있는 흉악범이었기 때문이다.

용의자들은 강남에서 조직적으로 인신매매를 일삼았는데 그들의 눈을 피해 도망친 몇몇 여성들에게 잔인한 폭행을 가하고 도망간 여자들이 찾아지지 않으면 부모나 동생을 납치해 오밤중에 인적이 드문 야산으로 포박해 끌고 가 구덩이를 파놓고 파묻어 죽인다는 협박도 서슴지 않았다. 그것도 모자라 뒤늦게 찾아낸 피해자들에게 찾느라 고생시켰다는 이유로 죽이려고까지 했으니 계속해서 거리를 활보하게 내버려 둘 수 없는 놈들이었다. 놈들은 내버려 두면 똑같은 피해자가 계속해서 생겨날 것이다.

사건이 접수되고 놈들을 찾기 시작하자 놈들은 이내 서울에서 몸을 감추었고 넉 달이 넘도록 놈들의 뒤를 쫓다 일주일 전 놈들이 다시 강남에 나타났다는 제보를 받았다. 제보를 받는 즉시 다른 반 형사들과 공조해 놈들의 뒤를 밟았고 은신처를 찾아냈다.

도현이 소속된 강력2반 형사들이 강남 어느 곳에 총출동했다. 넉 달이나 교묘하게 숨어다니던 쥐새끼 같은 놈들은 오늘에야 일망타진하게 된 것이다.

"몸조심들 하고. 섣불리 달려들지 말고. 흉악한 놈들이니 조심해."

반장이 다시 한 번 주의를 줬다.

상황을 파악하기 위해 은신처로 들어갔다 나온 형사 둘이 차로 돌아왔다.

"맨 끝 방에 다들 모여 있습니다. 손님은 두 팀인데 방이 서로 떨어져 있으니 별 무리는 없을 듯합니다."

"자, 가지."

강력2반 형사들과 지원 나온 1반, 3반 팀들이 놈들의 은신처로 확인된 룸싸롱 안으로 들어갔다. 한 놈이 더 남았지만 그놈을 기다리다 보면 나머지 놈들까지 놓칠 수 있으니 더는 기다릴 수가 없었다.

형사들이 안으로 밀려들어 가자 룸싸롱 안은 한순간에 아수라장이 되어버렸다. 얼굴이 확인된 용의자들은 맨 끝 방에 있었지만 형사들이 우르르 몰려들어 오자 마담과 종업원, 그리고 접대부들이 놀라 비명을 지르고 도망다니는 통에 아수라장이 안 될 수 없었다.

형사들은 맨 끝 방으로 몰려가 문을 열고 곧 검거 작전을 펼쳤다. 갑자기 밀고 들어온 형사들의 모습에 당황한 용의자들이 도망치거나 혹은 포기하고 바닥에 엎드리는 사이 용의자들 중 우두머리라고 할 수 있는 한 놈이 흉기를 꺼내 휘두르며 어느새 룸을 빠져나가 밖으로 도망쳤다.

도현과 두 형사가 놈이 뛰어들어 간 주방으로 쫓아갔다. 주방으로 뛰어든 형사 한 명이 놈이 휘두른 칼에 팔을 베이며 주춤거리는 사이 또 다른 형사가 곤봉을 휘두르며 놈을 위협했다. 놈은 형사의 곤봉 따위는 아랑곳하지 않고 핏발이 선 두 눈을 번득이며 맹렬하게 칼을 휘둘러 댔다.

도현은 놈의 칼에 팔을 베인 동료 형사를 주방 밖으로 밀어내 병원으로 옮기라고 소리친 후 자신도 곤봉을 휘두르며 놈에게 다가서기 시작했다.

"죽여 버릴 테니 가까이 오지 마!"

놈이 악을 썼다.

"이러면 너한테 이로울 것 없어. 죄만 더 가중될 뿐이야. 칼 버려! 살고 싶으면 칼 버려!"

"난 죽어버리면 그만이야! 같이 죽자. 같이 죽어, 씨발!"

놈이 미친 듯이 칼을 휘둘렀고 형사들은 놈의 칼을 피하며 놈을 쓰러뜨릴 기회를 엿보고 있었다.

도현이 옆에 있던 접시를 놈에게 던지기 시작하자 놈이 쌍욕을 해대며 더 날뛰었고 그 틈에 형사가 놈에게 달려들어 넘어뜨리고 팔목을 움켜잡았다. 놈의 칼만 빼앗아 던져 버리면 놈을 손에 넣는 것이다.

도현이 달려들어 놈의 칼을 빼앗으려는 찰나에 놈이 머리통으로 자신의 팔목을 잡고 있는 형사의 눈두덩이를 들이받았고 형사가 눈을 싸쥐며 놈에게서 떨어지자 자유로워진 놈이 형사의 등에 칼을 쑤셔넣었다.

"악!"

형사가 비명을 지르며 쓰러지고 도현이 쓰러진 형사를 부축하려는데 놈이 도현을 걷어차고 뒷문으로 나가 버렸다.

"119 불러! 119 불러! 최 형사가 다쳤어!"

도현이 악을 써대자 몇몇의 형사들이 주방으로 달려왔고 도현은 이를 갈며 놈을 따라 뒷문으로 나갔다.

"악!"

도현이 뒷문으로 나가는 찰나 옆구리에 날카롭고 예리한 무엇인가가 깊이 파고들었다.

여긴 지하 룸싸롱. 주방의 뒷문은 밖으로 통하는 문이 아니라 잡동사니를 처박아둔 창고였다. 놈은 도망칠 곳이 없이 고립되어버린 상황이었고 눈에 보이는 게 없었다. 칼에 찔려 쓰러진 동료를 보고 이성을 잃은 도현이 미처 계산하지 못하고 뛰어들자 도사리고 있던 놈이 도현의 옆구리에 칼을 찔러넣은 것이다.

놈이 찔러넣은 칼이 몸 밖으로 빠져나가는가 싶더니 다시 한 번 등에 꽂혔다. 도현은 비명도 지르지 못한 채 쓰러지고 말았다. 사지를 찢을 듯한 통증과 함께 극심한 현기증을 느끼며 가물가물 의식을 잃어가는 사이 도현의 눈에 놈을 때려잡는 형사들의 모습이 보였다. 그리고 자신을 일으켜 세우고 뭐라고 악을 써대는 동료 형사의 모습도 보였다. 그리고…… 지우가 보였다.

"눈 떠, 눈 뜨고 있어!"

반장이 도현의 얼굴을 때리며 소리쳤다.

도움을 요청한 지 이 분 만에 출동해 준 119 구급차에 축 늘어진 도현을 싣고 병원으로 달려가는 길이 마치 영원의 시간처럼 느껴졌다. 도현의 초점은 몹시나 불안정했고 호흡이 힘겨운지 헐떡거리고 있었다. 급한 대로 구급차 안에 있던 산소 호흡기로 공기를 불어넣어 주고 있긴 했지만 그것으론 부족한지 도현의 눈꺼풀이 자꾸 내려앉았다.

반장은 도현이 눈을 감아버리면 끝장일 것 같았다.

삼 주 후면 결혼할 거라고, 아니, 돌아오는 주말에 웨딩촬영을 하러 갈 거라며 무슨 일이 있어도 빼달라고 싱글거리던 게 바로 오늘 오전이었다. 그런 놈이, 웨딩촬영도 하고 결혼도 해야 할 놈이 다 죽어가고 있었다. 아니, 결혼이나 웨딩촬영이 문제가 아니라 아끼는 후배를, 아끼는 부하를 이렇게 잃을 수는 없었다.

"이 망할 자식아, 총은 폼으로 차고 있었어!"

반장이 두 주먹을 틀어쥐고 고함을 내질렀다.

"빨리 갑시다! 빨리 좀 갑시다!"

반장 곁에 있던 박 형사가 타 들어가는 목소리로 외쳤다. 빨리 가자 하지 않아도 119 구급차는 전속력으로 병원을 향해 달리고 있었다.

"도현아, 눈 떠! 눈 감으면 죽어, 새끼야!"

반장이 피가 솟구쳐 나오는 도현의 옆구리를 수건으로 틀어먹으며 소리쳤다.

"강남병원 응급실, 옆구리를 칼에 찔렸고 출혈이 심합니다. 호흡, 맥박 불안정합니다. 사 분 후 도착 예정."

119 구급대원 중 의료인이 무전기로 병원에 상황을 알렸다.

"지우한테……."

도현이 알아듣지 못할 소리를 중얼거리기 시작했다.

"뭐라고?"

"지우한테……."

"지우한테?"

"가지 마요……."

도현의 목구멍에서 그르륵 가래 끓는 소리가 들렸다.

"지우한테 가지 말라고?"

"놀라요, 우리…… 지우…… 놀라……."

다시 목구멍에서 그르륵 가래 끓는 소리가 들리더니 울컥 시뻘건 피 뭉치가 토해져 나왔다.

"어우, 씨발! 피 토하지 마. 피 토하지 말라고, 이 새끼야."

반장이 흐느끼며 도현의 입에서 토해져 나오는 피를 손으로 받아냈다.

"반장님…… 살려, 살려줘요……."

도현이 반장의 손을 움켜잡았다.

"살려줄게. 살려줄게, 도현아, 눈 뜨고 있어!"

"아악……."

도현이 비명을 내지르기 시작했다.

"살려, 살려줘……."

한마디 할 때마다 도현의 목구멍에서 피가 쏟아져 나왔다.

"말하지 마. 말하지 마, 도현아."

반장이 울부짖으며 도현의 입을 틀어막았다.

"결혼해야…… 우리 지우하고…… 결혼……."

피로 범벅이 된 도현의 얼굴로 붉은 피가 흘러내리기 시작했다.

"그래, 결혼해야지! 결혼해야지, 도현아!"

도현의 몸이 갑자기 잡고 흔드는 듯 떨리기 시작했다. 마치 감전된 듯 튕겨댔다.

"도현아, 도현아!"

반장과 박 형사가 달려들어 도현의 몸을 붙잡았다.

"왜 이래? 왜 이래, 이 새끼야!"

반장과 박 형사의 일그러진 얼굴에도 하염없이 눈물이 흘러내렸다.

"지우야, 지우야……."

도현이 이젠 거의 들리질 않을 목소리로 지우를 불렀다. 그리고 그대로 정지됐다.

의국에서 졸고 있던 지우와 태일의 호출기가 동시에 울렸다. 두 사람 모두 응급실에서 호출했다. 태일이 수화기를 들고 응급실로 연결했다.

"예, 박태일입니다."

[응급환자예요. 칼에 찔렸답니다. 호흡 정지. 이 분 후에 도착합니다.]

"알았어요."

태일이 수화기를 내려놓았다.

"내려가자. 칼에 찔린 환자란다."

"몇 시니?"

"12시 23분."

"조금만 더 잤으면."

"누가 아니래. 가자."

지우도 태일을 따라 일어나 엘리베이터 앞에 섰다.

"신혼여행 일주일 가냐?"

엘리베이터가 멈춰 서고 두 사람이 오르자 태일이 물었다.

"응, 일주일 휴가 받았어."

"하와이 간다고 했냐?"

"응."

"선물 사 와라."

"어떤 걸로?"

"좋은 걸로."

"찾아보고."

두 사람이 응급실에 도착했을 땐 이미 환자가 밀것에 들려 응급실로 들어오고 있었다.

"옆구리와 등에 칼을 찔렸구요, 출혈이 심합니다. 맥박은 약하고 호흡은 조금 전에 정지됐습니다."

119 요원이 빠르게 설명했다.

"살려주십시오! 살려주십시오!"

누군가 악을 써댔다.

"지우 씨! 지우 씨!"

누군가 지우의 이름을 불러댔다.

지우는 귀에 익은 목소리라고 생각하며 고개를 돌렸다. 고개를 돌려 악 써대는 사람을 확인하는 순간 지우는 온몸에 소름이 끼쳐오는 것을 느꼈다. 반장님. 도현이 소속된 강력2반의 반장님.

지우는 무의식 중에 고개를 돌려 형사들을 살피기 시작했다. 아는 얼굴이 많다. 도현과 함께 일하는 사람들이다. 이 사람들이 왜 여길 왔을까? 칼에 찔렸다는 환자와 함께 온 길 보니 잘 아는 사이인 모양이다. 얼마나 잘 알기에 형사들이 모조리 몰려왔을까. 그런데 이상했다. 다른 사람은 다 있는데 도현은 보이지 않았다. 이 사람은 어디 있는 걸까, 이 사람은.

두 명의 형사가 더 실려왔다. 한 사람은 피가 철철 흐르는 팔을 싸쥐고 있었고 한 사람은 의식이 없어 보였다. 지우가 재빨리 앞으로 지나치는 환자를 쳐다봤다. 도현이 아니었다. 팔을 싸쥐고 있는 형사도 도현이 아니었다. 다행이다. 다행인데, 그런데 도현은 어디 있단 말인가.

"살려주십시오, 지우 씨!"

반장이 또 소리쳤다.

지우는 갑자기 숨이 막힐 것 같은 공포를 느꼈다. 그때 태일이 미친 듯이 심장 마사지를 해대고 있는 환자를 쳐다봤다.

"선생님! 지우 씨!"

누군가 지우를 붙잡았다. 지우가 자신을 붙잡은 사람을 쳐다봤지만 이상하게 그 사람 얼굴이 보이지 않았다. 안 보인다, 아무것도.

지우가 후들후들 떨리는 다리로 가까스로 응급조치를 받고 있는 환자의 곁으로 다가가는데 낯익은 몇 가지가 눈에 들어왔다. 늘 보던 재킷, 늘 보던 신발, 자신이 사서 입혔던 티셔츠. 티셔츠가 피로 물들어 있다. 흰색이었는데, 흰색 티셔츠가 붉은색이 되어 있었다.

"아니야…… 아니야."

지우가 태일이 곁으로 다가갔다.

"혼자 있었어?"

두 사람이 자주 다니던 바에서 혼사 술을 마시고 있는 도진을 찾아낸 승아가 의외라는 얼굴로 도진 곁에 앉으며 물었다.

"무슨 일 있어?"

"아니."

"이 시간에 불러내서 깜짝 놀랐어."

"할 얘기가 있어서."

"무슨 얘긴데 이 시간에 나오래?"

"한 잔 마셔라."

"술 안 할래. 컨디션 별로야. 난 주스 주세요."

자주 들르는 곳이라 바텐더와도 잘 알고 지내는 사이였다. 단골은 이래서 좋다. 술집에 와서 술이 아닌 음료수를 시켜도 편하니까.

"정말 별일없어?"

"승아야."

"응."

"너 나 좋냐?"

"그걸 말이라고 해?"

승아가 눈을 흘겼다.

"나 왜 좋냐?"

"그냥."

"시시하네."

"왜? 그냥 좋다 해서?"

"응."

"무슨 이유가 있어서 좋은 것보다 그냥 이유없이 좋은 게 제일 의미로울 수도 있어."

"그런가?"

"왜? 오늘 왜 이렇게 센치한데?"

"승아야."

"기분 이상해지게 부른다. 뭔데?"

"……그만 만나자."

도진이 말했고 바텐더가 준 주스를 한 모금 마시려던 승아가 굳은 얼굴로 도진을 쳐다봤다. 지금껏 도진을 만나면서 그만 만나자는 말을 한 적이 있었나 생각했다. 없었다. 처음이었다. 크게 다툰 적도 없지만 자잘하게 말다툼할 때도 그만 만나자는 말은 하지 않았던 사람이다. 도진이 농담을 잘하는 사람인가? 이런 농담을 해서 골려먹길 좋아하는 사람이었나? 그것도 아니다. 도진은, 승아가 아는 도진은 꽤 진중한 편이라 농담으로 사람 골려먹는 것도 안 하는 사람이다. 그런데, 도진이 그만 만나잔다.

"왜?"

승아는 가슴이 떨리는 것을 느끼며 물었다.

다른 여자가 생긴 걸까?

갑자기 도진과 막 만나기 시작하면서 했던 약속이 왜 생각나는 걸까. 둘 다 자유연애주의자들이니 재밌게 만나고 깔끔하게 헤어지자 약속했었다. 처음부터 책임이나 약속이나 그런 담보물을 잡아놓은 적도 없었다. 조금 있음 로봇이 사람인 양 행세하고 다닐

21세기에 그 무슨 케케묵은 감상이냐며 서로 편하게 만나다 불편해지면 그만 만나자 약속했었다. 그래서 결혼 얘기도 하지 않았었다. 하지만 도진과 정말 오래 만났고 도진이라는 남자 연애하기에도 좋지만 결혼해서 함께 살아도 괜찮을 남자라 생각했었다. 아마도 나이가 들다 보니 해마다 생각이 조금씩 바뀐 탓도 있을 것이다. 또 그동안 도진은 한눈팔지 않고 승아 한 사람에게 충실했고 정다웠다. 그래서 이렇게라면 결혼하게 될지도 모르겠다 했었다. 도진은 한 번도 결혼에 대한 얘길 꺼내지 않았지만 승아는 결혼까지 가게 될 것이라 기대하고 있었다. 그런데 도진이 그만 만나잔다.

"다른 여자, 있어?"

승아는 제발 그것만 아니었으면 하는 바람으로 물었다.

"아니."

아니라는 대답이 곧장 나왔기 때문에 승아는 한가닥 희망을 걸었다. 얘기하다 보면 도진의 마음을 돌려세울 수도 있겠다 싶었다.

"그런데 왜?"

"너한테 이제 충실하지 못할 것 같아."

"왜?"

"이제가 아니라 실은 한참 됐어. 더 빨리 말했어야 했는데 생각을 좀 정리하느라고."

가만 보자, 승아는 도진이 조금 이상했었는지에 대해 생각했다. 예전보다 전화통화가 조금 뜸해지고 만나는 횟수도 줄어들었던 것은 사실이었다. 도진은 내년 하반기에 출시할 새로운 모델을 연구하느라 한창 바빴기 때문에 특별하게 이상하다고 생각하진 않았었다. 그만 만나자는 말이 나올 정도로 서로에게 소원했던 것은 아닌데 충실하지 못할 것 같아서 그만 만나자니. 승아로선 금방 이해할 수 없는 부분이었다.

"다른 여자가 있는 것도 아닌데 충실할 것 같지 않아서 그만 만나자고?"

승아의 목소리가 조금 날카로워지자 근처에 있던 바텐더가 슬그머니 자리를 피해주었다.

"솔직하게 말할게. 마음에 두고 있던 여자가 있어."

"사귄 거야?"

"아니, 사귀지 못했어. 그럴 수 있는 사람이 아니라서."

"차인 거야?"

"그런 것도 아니야."

"그런데?"

"아직 가슴에 있어."

"무슨 소리야?"

"만날 수도 없고 사귈 수도 없고 그렇다고 차인 것도 아닌데, 아무것도 못하는 사람이야. 그런데 가슴에 있어."

"그러니까 아무것도 못하는데 그 사람을 좋아한다는 말이야?"

"……사랑해."

사랑한다는 도진의 말에 승아가 두 눈을 부릅뜨고 그를 노려봤다.

사랑한다니, 삼 년이 넘도록, 아니, 사 년이 다 되어가도록 만나

는 동안에 한 번도 사랑한다는 말을 한 적이 없는 남자가 사귈 수
도 없고 만날 수도 없는 여자를 사랑한다고 말했다. 승아는 배신
감에 오들오들 몸이 떨리기 시작했다.

"사랑한다고?"

"사랑해."

"말이 돼?"

"말 안 돼. 알아, 말 안 되는 거. 그런데 사실이야."

"누군데?"

"건 알 필요 없어."

"알 필요 없다고?"

"미안하다. 미안한데 이게 최선일 것 같아. 너한테 충실하지 못
할 거면서 만나는 거 너한테 잘못하는 것 같아."

"나하고 헤어지면 그 사람이랑 사귈 수 있는 거야?"

"……아니."

"대체 뭐야? 무슨 소릴 하는 거야?"

"그만 만나자. 그러고 싶어."

"도진 씨가 그만 만나자면 그만 만나야 하는 거야?"

"그러기로 했잖아."

"난 아니야."

"승아야."

"난 아니라고. 그럴 수 없어. 아니, 나도 모르겠어. 그래, 처음
엔 나도 그랬어. 깔끔하게 헤어지자고. 하지만 지금은 아니야. 그
렇게 안 돼."

승아가 흥분해서 말했다.

"……미안하다. 그런데 안 되겠어, 더 이상은."

"도진 씨!"

승아가 벌떡 일어설 듯 소리쳐 부르는데 도진의 휴대폰이 울렸다.

"여보세요?"

[도진이?]

"누구십니까?"

어디서 들어본 목소리인데 금방 기억이 나지 않았다.

[어, 나 신 반장.]

"신 반장? 아, 반장님."

형의 상사가 왜 전화를 했을까?

[얘긴 여기 와서 하지. 자네가 급하게 와줘야겠어.]

"무슨 일입니까?"

도진이 자리에서 일어났다.

[여기 강남병원이야. 도현이 많이 다쳤어. 위험하네. 빨리 와주게.]

도진은 전화를 끊고 잠깐 멍한 얼굴로 승아를 쳐다봤다.

"왜 그래?"

승아가 물었지만 도진은 아무 대답도 할 수 없었다. 도진은 승아가 외쳐 부르는 소리도 듣지 못하고 강남병원으로 달려갔다.

누군가 환자의 재킷을 벗겨 쓰레기처럼 바닥에 집어 던지고 의료용 가위로 환자의 티셔츠를 찢어 가슴을 열었다. 간호사들이 재빨리 사방의 커튼을 쳐서 차단했다.

태일이 뭐라고 소리치자 간호사들이 삼장마사지기를 가져왔다.

"태일아, 태일아!"

지우가 태일의 팔을 붙잡으며 소리쳤다.

"살려, 살린다고!"

태일이도 소리쳤다.

"저리 가! 저리 가 있어!"

태일이 악을 썼다. 지우가 보면 이성을 잃을 테니까. 태일이도 지금 살리려고 애쓰는 사람이 누군지, 옆구리와 등에 칼을 찔린 사람이 누군지 알고 있었다.

제길! 빌어먹을!

토요일에 야외촬영 한다는 신랑이, 삼 주 후에 결혼할 신랑이 칼에 찔려 호흡이 정지된 채 이제 심장마저 정지된 채 눈앞에 누워 있었다. 이 남자가 태일과 가장 친한 친구 지우의 신랑이었다.

목걸이를 선물 받았다며 좋아하던 지우의 애인, 지우가 잠시도 머리 속에서 떼어놓지 못하고 애지중지하는 잘난 형사나리.

지우는 다가서지도, 떠나지도 못한 채 후들후들 떨며 서 있었다. 도현이 죽어간다는 것도 인지하지 못하고, 태일이 제발 살려주길 기도하는 마음조차도 먹지 못하고 공포에 휩싸여 떨고 있었다. 넋이 나가 버렸다. 완전히 나가 버려 제정신이 아니었다.

심장 마사지기를 손에 들고 신호가 오길 기다리던 태일이 남자의 가슴을 내리누르자 남자의 몸이 마사지기에 달라붙어 튀어올랐다 추락했다.

삐…….

"다시."

태일이 다시 마사지기를 댔고 남자의 맥없는 몸뚱어리는 두 번째로 튀어올랐다가 내팽개치듯 떨어졌다.

삐…….

섬뜩하다. 음침하다. 심장 정지를 알리는 저 신호음.

태일이 다 집어 던지고 심장이 멎은 자의 몸 위에 올라타더니 두 손을 모아 가슴에 대고 격하게 눌러대기 시작했다. 간호사가 재빨리 죽은 자의 입에 산소 호흡기를 걸고 산소를 넣어준다. 태일만큼이나 힘차게.

"뛰어, 뛰어야 해."

태일의 얼굴은 오래전에 땀으로 범벅이 된 상태였다.

"뛰어, 다시 뛰란 말이야. 살란 말이야. 당신 마누라가 보고 있잖아."

태일이 이를 갈며 중얼거렸다.

지우의 귀에도 태일의 이 가는 소리가 들리는데 아무것도 들을 수가 없었다. 아무것도 인식할 수 없는 멍청이가 돼버렸다.

"당신 마누라한테 살려낸다고 했다고. 씨발, 토요일에 야외촬영 한다면서, 이 양반아! 살라고, 살아보라고!"

삐…….

심장이 멎어서 소생시킬 수 없다는 신호음이 귀청이 찢어지도록 울려댔다.

태일이 삼십 분이 넘도록 애를 썼건만, 기계로도 안 돼 올라타서 두들겨 댔건만 정지된 심장은 다시 소생하지 못했다.

태일이 숨을 헐떡이며 줄줄 흘러내리는 땀을 닦아낼 생각도 못한 채 고개를 돌려 지우를 쳐다봤다. 지우는 멍한 얼굴로 죽은 사람의 얼굴인지 가슴인지 모를 곳을 쳐다보고 있었다.

태일이 지친 얼굴로 죽은 사람에게서 내려왔다. 그리고 아무 말도 못하고 다시 지우를 쳐다봤다. 지우도 여전히 멍한 얼굴로 태일을 쳐다봤다. 태일이 왜 저렇게 처참한 얼굴을 하고 있는지 전혀 모르겠다는 멍한 얼굴로.

"선생님! 선생님!"

누군가 태일을 붙잡았다. 태일을 붙잡고 뭐라고 소리치는데 태일이 잡은 사람의 손을 뿌리치고 지우에게 다가와 그녀의 어깨를 감싸 안았다.

"애, 뭐니? 누구니?"

지우가 불명확한 발음으로 물었다. 만취한 사람처럼 혀가 다 풀려 버렸다.

"이런 망할."

태일이 낮게 중얼거렸다.

커튼 뒤에서 대기 중이던 형사들이 몰려들어 와 침대에 눕혀진 사람을 쳐다봤다.

"죽은 거야?"

"아니야! 야! 야, 인마, 야, 인마!"

"이 새끼야, 눈 떠봐. 태 형사, 태도현!"

형사들이 죽은 사람을 붙잡아 흔들며 소리치고 고함치고 오열했다.

"선생님, 살려주십시오. 다시 해주십시오!"

"다시 한 번만 해주십시오, 선생님!"

형사들이 의사든 간호사든 가리지 않고 매달렸다.

사랑하던 부하의 주검을 바라보던 반장이 넋이 나간 채 태일에게 안겨 있는 지우를 쳐다봤다. 지우도 반장의 얼굴이 눈에 들어왔다.

"그이예요?"

지우가 떨리는 목소리로 물었다.

반장이 백지장처럼 창백해진 지우를 쳐다보다가 한숨을 내쉬었다.

"태일아, 그 사람이야? 아니지, 그 사람 아니지?"

지우가 태일의 가운을 부여잡으며 중얼거렸다.

"아휴, 내가 왜 이러지? 내가 무슨 생각 하는 거야?"

지우가 실성한 사람처럼 픽 웃었다.

"정신 차려."

"저 사람 누구니? 누군데 그래?"

저 사람 누구냐고 미소 지으며 묻던 지우의 얼굴이 일그러지기 시작했다.

"왜 그러는데? 저 사람들 왜 저레? 왜 저러는 거야?"

지우가 횡설수설 제정신이 아니다.

"정신 차려."

"아니잖아. 아니잖아, 이 자식아."

"나 봐, 나 좀 봐."

태일이 지우의 손을 잡고는 데리고 나가려는데 지우가 태일의 손을 뿌리쳤다.

"비켜."

지우가 태일을 밀어내고 침대로 가서 어느새 간호사가 막 씌운 시트를 걷어 젖혔다.

남자가 누워 있었다. 거짓말처럼 그이가 누워 있었다. 이게 무슨 끔찍한 연극이냐고 소리치고 싶은데, 할 짓이 없어 이런 망할 장난질을 치냐고 욕해주고 싶은데 장난이 아닌 모양이다. 연극이 아닌 모양이다. 그럼 안 되는데, 그럼 안 되는 건데.

도현이다. 그다, 도현이 눈을 감고 핏기 없는 얼굴로 누워 있었다.

"이 사람 왜 이래? 이 사람 왜 이러는 거니?"

"보지 마."

태일이 다시 시트를 씌우려는데 지우가 태일의 손을 쳐냈다.

"손대지 마. 손대지 마."

"지우야."

"미쳤어, 미쳤어. 이 사람 왜 이래? 미쳤나 봐. 왜 이러고 있어?"

지우가 도현의 가슴을 주먹으로 내려치기 시작했다.

"왜 이래? 일어나 봐, 일어나 보라고! 일어나! 눈 떠!"

지우가 대답없는 도현의 가슴팍을 무자비하게 두들겨 댔다.

"지우야, 정신 차려!"

태일이 지우의 어깨를 붙잡고 흔들었다.

지우가 헐떡헐떡 숨을 몰아쉬기 시작했다. 누가 달려들어 목을 조르는 것처럼 호흡 곤란이 느껴졌다. 가슴이 답답하고 눌리는 것 같았다. 입 안이 바짝 말랐다. 침도 삼켜지지 않는다.

"선생님."

간호사가 걱정스러운 얼굴로 지우를 붙잡는데 지우가 풀썩 주저앉았다. 태일이 간호사들에게 지우를 옮기고 진정제를 주사하라는 소리가 들렸다. 응급실 담당 의사들이 지우를 일으켜 세우려고 하는데 지우가 그들의 손을 세차게 쳐냈다.

"지우야, 일어나, 어서."

"손대지 마. 나한테도, 저 사람한테도."

지우가 덜덜 떨며 일어나 도현을 내려다봤다.

"이 사람한테 손대지 마, 아무도."

"지우야."

"이 사람 내 사람이야. 내 사람이라고."

"알아, 제발 정신 차려!"

태일이 화를 냈다.

"이러지 마. 일어나. 도현 씨, 일어나. 왜 이러고 있어?"

지우가 미친 듯이 도현의 얼굴을 쓰다듬으며 중얼거렸다.

"피 나잖니. 태일아, 이 사람 피 흘리잖아. 어떻게 좀 해봐, 어떻게 좀 해보라고!"

지우가 몸부림치기 시작했다.

응급실에서 죽어가는 사람을, 혹은 죽은 사람을 붙잡고 살려달라 몸부림치는 사람을 어디 한두 번 봤겠는가. 살려달라 한다고 다시 살려낼 수 없다는 것을 알면서도, 몸부림친다 해서 죽은 사람이 숨을 다시 쉬는 것도 아니지만 그들은 매달리고 몸부림쳤다. 죽음이 너무 갑작스러워서, 미처 준비를 못했기에 그렇게 몸부림치고 매달리는 것이다.

하지만 지우의 몸부림은 달랐다. 지우 역시 죽어버린 사람을 붙잡고 흔드는 사람들을 숱하게 봐왔지만, 그것과는 다르지 않지만 달랐다. 이건 자신의 일이니까, 도현이니까.

지우가 피가 흘러나오는 옆구리를 손으로 막아보며 피 묻은 손으로 도현의 얼굴을 쓰다듬고 꺼져 내린 눈꺼풀을 치켜올리며 몸부림쳤다.

"일어나, 일어나요. 왜 이래? 도현 씨, 왜 이래? 일어나, 일어나 봐!"

지우가 다시 도현의 가슴을 두들겨 대며 소리쳤다.

"지우야."

태일이 지우를 껴안았다.

"이거 놔! 이거 놔!"

지우가 몸부림쳤지만 태일은 지우를 껴안은 채 놓아주지 않았다.

"도현 씨 살려줘, 살려줘. 제발 살려줘. 태일아, 우리 도현 씨 살려줘, 제발!"

지우가 태일을 잡아뜯으며 소리쳤다.

"너 해봐. 너 해봐, 이 자식아. 너 할 수 있잖아. 과장님, 과장님 어딨니? 과장님 좀 불러줘. 우리 도현 씨 좀 살려달라고 해줘. 도현 씨, 도현 씨!"

태일은 지우를 껴안은 채, 지우가 자신의 옷을 잡아뜯어도 지우를 껴안은 채 몸부림치는 지우를 놓아주지 않았다.

"형!"

누군가 도현의 몸 위로 엎어졌다. 지우가 헐떡거리며 고개를 들어 도현 가슴에 엎어진 사람을 쳐다봤다. 도진이었다.

"형! 형!"

도진이 도현의 가슴팍을 붙잡고 흔들어댔다. 도진이 어지럽게 사방을 둘러보다가 반장을 쳐다보고 태일을 쳐다보고 지우를 쳐다봤다. 도진의 얼굴이 무섭게 일그러져 있었다.

지우가 태일을 뿌리치고 도진에게 덤벼들어 멱살을 움켜잡았다.

"도현 씨 살려내. 살려줘, 살려줘."

도진이 지우를 껴안았다.

"도현 씨 죽었대. 죽었대, 도진 씨. 살려줘, 제발. 어떡해. 어떡해."

지우가 도진의 멱살의 쥐어뜯으며 횡설수설거렸다.

"지우야."

지우를 끌어안은 도진이 지우의 이름을 속삭여 부르는데 지우는 실신했다.

심연
—섭씨 34.7℃

지우는 장례식장에 나타나지 않았다.

지우는 실신을 반복해 입원 중이었고 지우를 깨워 장례식장에 가보라고 하는 사람도 없었다.

지우가 눈을 떴을 때 굳은 얼굴의 아버지와 어머니가 보였다. 두 사람은 지우에게 아무 말도 못했다. 도현이 변을 당했다는 소식을 듣고 시골에서 한걸음에 쫓아온 도현의 어머니가 두 번이나 실신했다는 말도 못했다. 두 번이나 실신해서도 기어이 장례식장을 지키고 있다는 말도 못했다. 지우를 찾는다는 말도, 내일 아침에 염을 한다는 말도, 다음날이 발인이라는 말도 못했다. 화장을 해서 납골당에 데려간다는 말도 못했다. 아무 말도 할 수기 없었다.

세상에 날벼락도 이런 날벼락이 있을 수 있을까.

지우의 어머니는 태일의 전화를 받고 병원으로 달려왔다.

도현이 사고를 당했다고, 그래서 지우가 충격으로 실신했다는 연락을 받고 달려왔을 때 상황은 사고 이상이었다. 지우의 어머니 역시 할 말을 잃고 말았다. 지우는 죽은 시체처럼 누워 있었고 도현은 죽었다는 얘길 들었다.

지우의 아버지는 회식 자리에 있다가 병원으로 달려와 도현의 주검을 확인했다. 아버지 역시 할 말이 없었다. 죽은 사람도 불쌍하지만, 충격으로 쓰러진 딸도 안타깝지만 지우의 부모님에겐 또 다른 걱정거리가 생긴 것이다. 다른 사람이 들으면 사람이 죽어나간 판에 무슨 그런 것 따위를 걱정하냐 하겠지만 절대 그런 것 따위가 아니었다.

주말엔 야외촬영을 하고 예비신랑신부가 웨딩촬영을 하는 동안에 신혼집에 살림을 들이기로 되어 있었다. 삼 주 후로 예정된 예식에 초대하기 위해 청첩장을 찍어두었고 다음 주 월요일 일괄적으로 우편발송 하기로 되어 있었다. 이미 친지들과 가까운 사람들에겐 청첩장을 건네준 상황이었다. 지우가 결혼한다는 것을 알 만한 사람은 다 알고 있는데 결혼식을 코앞에 두고 신랑이 죽어버리다니. 이런 날벼락이 있을 수 있냔 말이다.

남의 말 하기 좋아하는 사람들은 이제 씹기 좋은 안주거리가 하나 생긴 것이다. 결혼을 앞두고 신랑이 죽었으니 그 신부 참 재수도 없다 할 것이다. 재수없다는 말이 곧 팔자 세다는 말로 틀어질 것이고 지우는 졸지에 팔자가 세서 신랑 잡아먹은 여자가 될 것이다. 또 팔자 센 여자를 며느리로 들이고 싶은 집안은 없을 것이다. 이럴 줄 알았으면 악착같이 뜯어말리는 건데, 이렇게 명이 짧을 줄 알았으면 지우가 열 번을 굶으며 시위하더라도 허락하지 않는 건데.

지우의 어머니는 머리가 터져 버릴 것 같았다. 이제 이 노릇을 어떻게 한단 말인가. 젊고 싱싱한 딸 결혼하기로 한 남자 죽었다고 그래서 팔자 센 여자 소리 듣게 됐다 해서 평생 홀로 늙혀 죽일 수는 없고, 그렇다고 먼지만한 일까지도 따지기 좋아하는 집안에서 지우를 받아들일 리도 없고. 이 노릇을 어떻게 하면 좋을까.

"망할 자식, 빌어먹을 자식."

지우의 어머니가 실신해 누워 있는 지우를 바라보다 가슴을 치며 되씹었다.

내 딸을, 애지중지 길러 의사까지 만들어놓은 내 딸을 이 모양으로 만들어놓다니. 책임도 못 지고 죽어버릴 놈이 기어이 안 떨어지고 늘어지더니 결국엔 사단이 난 것이다. 지우의 어머니는 그렇게밖에 이해할 수 없었다, 도현 그 자식 때문에 아까운 딸 앞날에 망조 들었다고.

"장례식장에 내려가 봐야지."

"난 안 내려가요. 가고 싶음 당신이나 가요."

남편의 말에 어머니가 차갑게 대꾸했다.

"이걸 어떻게 하면 좋아요? 우리 지우 이제 어떻게 하냐구요. 누가 지울 며느리로 받으려 하겠어요."

어머니는 죽어버린 도현은 뒷전이고 당장에 지우 앞에 닥친 암

울한 기운만 걱정하고 있었다.

"이 사람, 지금 걱정할 게 따로 있지."

"내가 틀린 말 해요? 말하기 좋아하는 여자들이 우리 지우를 얼마나 찢고 발기겠냐구요."

"사람이 죽었어. 그 걱정은 지금 안 해도 돼."

"듣기 싫어요. 난 내 눈앞이 캄캄해서 다른 건 안 보여요."

어머니가 싸늘하게 잘라 말했고 아버지는 수심이 가득한 얼굴로 지우를 쳐다보다가 병실을 나갔다.

지우가 다시 눈을 떴을 때 곁에서 커피를 마시고 있는 태일이 보였다.

"태일아."

지우가 부르자 태일이 불에 덴 듯이 놀라며 지우를 쳐다봤다.

"일어났어?"

일어났냐고 묻는데 지우는 갑자기 모든 게 생각났다. 응급실로 실려 들어오던 환자 살려달라고 매달리던 반장님 얼굴, 살려보려고 필사적이던 태일이. 그리고 붉게 물들었던 도현의 티셔츠. 도현, 도현이 죽었다.

"그 사람은?"

지우가 목구멍이 메말라 목젖이 들러붙는 것을 느끼며 물었다.

"……."

태일이 아무 말 없이 물을 가져다 주었고 지우는 단 한 모금의 물도 쓰디써 마시다 말았다.

"그 사람, 그 사람 어딨니?"

사람이 죽으면 어디로 가고 어떻게 되는지 지우는 그것도 생각나지 않았다.

"……내일 아침에 염한대."

"염?"

염이 뭐지? 염이 뭔지도 모를 지경이었다.

"너 그 사람 봤니?"

"……음."

"그 사람 맞니?"

"……."

"맞아?"

"……맞아."

태일이 지우의 손을 잡았다.

"정말 그 사람이야?"

"……방법이 없었어, 들어올 때부터. 미안하다."

태일이 잠긴 목소리로 중얼거렸다.

"어딨니, 지금?"

"영안실."

"영안실에 있는 거 봤어?"

"음."

"어머니는 안 오셨니?"

지우가 갑자기 짜증난 목소리로 물었다.

"어머니 안 왔어? 어떻게 안 와? 아버진? 아버지도 안 왔니?"

지우가 소리치듯 물었다.

"오셨다가 혈압 오르셔서 집에 가셨어. 네 아버지는 장례식장에 계셔."

"정말 장례식장에 계셔?"

"그래, 연락받고 오셔서 줄곧 거기 계셔."

"어머니한테 전화 좀 해. 옷 좀 가져오라고."

"옷?"

"옷. 갈아입게."

"장례식장에 가려고?"

"몰라. 옷 가져오라고 해줘."

지우가 말했고 태일이 고개를 끄덕였다.

태일이 지우의 어머니에게 전화를 걸고 세 시간쯤 후에 어머니가 옷을 챙겨 들고 병실로 왔다. 지우는 멍한 얼굴로 앉아 있었다.

"옷은 왜?"

"……"

"괜찮니?"

"……"

"태일아, 애 괜찮니?"

"정신만 돌아왔어요."

"그럼 집에 가자. 집에 가서 쉬자."

"……내일 염한대."

"그런데?"

"가봐야지."

"뭐 하러 가!"

어머니가 버럭 소리를 질렀다.

"망할 자식, 이렇게 가버리면 어쩌자는 거야? 네 인생 망쳐 놓은 자식 뭐 하러 보러 가냐고!"

어머니의 고함에 지우는 말없이 앉아 있었고 태일은 그냥 나가는 것이 좋지 않을까 하는 얼굴로 서 있었다.

"망할 자식, 이렇게 해놓고 가면 어떻게 해. 네 인생을 이렇게 망쳐 놓으면 어떻게 하냐고."

어머니의 분노는 끝이 없었다.

"그러지 말아요."

"너하고 안 맞다고 했잖아. 네 짝이 아니라고 했잖아. 말을 들었으면 이런 험한 꼴도 안 보는 거잖아. 망할 자식, 형사라는 놈이 되레 범인한테 칼에 찔려서 오는 게 말이 되니?"

"하지 말아요."

"이게 무슨 날벼락이냐고. 너 결혼하는 거 뻔히 아는데 이제 어떡하니? 내가 처음부터 마음에 안 들어했잖아. 진작에 시키는 대로 할 것이지 뭐 좋은 꼴 볼 거라고 굶어가며 사생결단 그 난리를 치더니 이게 무슨 우스운 꼴이냐고, 이 한심한 계집애야."

"그만 해요."

"그 망할 자식 때문에 재수가 옴이 붙어……."

"엄마! 엄마! 엄마!"

지우가 갑자기 악을 써댔다. 어머니가 소스라치게 놀라며 지우를 쳐다봤다.

"엄마 하지 마, 엄마 하지 마, 엄마 하지 말라고! 하지 말라고!"

지우가 가슴과 머리를 쥐어뜯으며 악을 써대자 태일이 달려들어 지우를 껴안았다.

지우가 거칠게 태일을 밀쳐 내더니 두 눈을 부릅뜨고 어머니를 노려봤다. 숨을 몰아쉬며 두 손을 움켜잡고.

"그 사람 욕하지 말아요. 욕하지 말아요. 아무 말도, 아무 말도, 한마디도 하지 말아요!"

지우가 악을 쓰더니 팔에 꽂혀 있던 수액주사를 잡아 뽑고 바닥에 내동댕이쳤다.

"지우야."

"내버려 둬!"

태일이 다가서려고 하자 다시 소리쳤다.

"내 사람이야, 그 사람 내 사람이라고. 내가 사랑하는 사람이야, 내가 사랑하는 사람! 욕하지 말라고, 욕하지 마, 욕하지 마."

지우가 가슴을 쥐어뜯으며 울부짖기 시작했다.

"처음부터 욕만 하더니 그 사람 죽었대, 죽었다잖아. 죽었는데, 죽은 사람인데도 그래도 욕해야겠어? 그 사람 때문에 아파죽겠는데, 죽을 것 같은데 욕해야겠어?"

지우가 몸부림치기 시작했다.

"살았을 때도 내내 미워만 하더니 죽었잖아, 죽어버렸잖아. 다신 못 본다잖아. 그런데도 미워? 그런데도 욕이 나와? 나빠, 정말 나빠. 사람도 아니야!"

처절하게 울부짖는 지우를 어머니는 충격에 빠진 얼굴로 바라보고 있었다.

엄숙한 분위기에서 염이 진행되고 있었다. 도현의 가족들이 모여 있었고 강력2반 반장님과 동료 몇몇도 염에 참석했다.

지우가 들어갔을 땐 도현에게 수의를 입히고 있었다. 소리없이 안으로 들어갔고 갑자기 나타난 지우를 도현의 가족들과 동료들이 쳐다봤다.

한쪽에 조용히 서 계신 아버지도 보였다. 어머니만큼이나 도현을 못마땅해하셨는데, 그래도 사위 될 녀석이었다고 가는 길은 살펴봐 주러 오셨나 싶었다. 울컥 고마우면서도 울컥 서러웠다.

지우가 가까이 다가서지도 못한 채 서 있자 도현의 어머니가 지우에게 다가와 그녀를 껴안았다.

"지우야."

"……."

"지우야."

"……."

"아이고, 도현아. 아이고, 도현아, 내 아들아, 지우 왔다. 네가 그렇게 귀하게 삼던 지우 왔다."

지우를 안고 통곡하자 다른 가족들도 서럽게 울기 시작했다. 지우는 무감각한 얼굴로 도현의 어머니 품에 안겨 있었다.

도현에게 수의를 다 입히고 얼굴에 두건을 씌우기 직전 지우가 어머니에게서 빗어니 도현의 곁으로 다가갔다. 지우가 사랑하는 사람이, 평생 함께 살고 아기를 낳고 아기가 커가는 모습을 함께 지켜보길 원했던 남자의 얼굴이 보였다.

나쁜 사람, 정말 나쁜 사람.

지우의 눈에서 눈물이 굴러 떨어지기 시작했다. 소리없이 아프고 고통스러운 눈물이 지우의 볼을 타고 흘러내렸다. 지우가 떨리는 손을 들어 도현의 얼굴을 쓰다듬었다. 그의 얼굴에 지우의 눈물이 떨어져 스며들었다. 누군가가 지우를 망자의 곁에서 그만 떼어놓으려는데 지우의 어머니가 말렸다. 얼마나 기막힐지, 얼마나 황망할지 누구보다 잘 알고 있기 때문이었다.

지우가 무릎을 꿇고 앉아 냉동실에서 자느라 꽁꽁 얼어붙은 그의 손을 얼굴에 가져다 댔다. 차갑고 딱딱했다. 죽은 사람의 손은 이렇게 차고 딱딱했다. 지우는 그의 차갑고 딱딱한 손을 얼굴에 부비며 어깨를 들썩거리고 흐느꼈다.

나쁜 사람, 어쩌다, 어쩌다 이렇게 가버렸을까. 난 어떻게 하라고, 난 이제 어떻게 하라고.

지우는 무릎을 꿇은 채 한참이나 서럽게 흐느꼈다.

넋이 나간 채로 울지도 않고 안겨만 있던 지우가 오장이 타 들어가게 흐느끼자 다시 가족들의 울음소리도 무겁게 방을 채웠다.

누군가 지우의 흔들리는 어깨를 쓸어안았다. 등을 쓰다듬고 팔을 쓰다듬어 주었다.

"아버지……."

지우가 목이 졸리는 듯한 고통을 느끼며 아버지를 부르자 아버지가 지우를 꼭 껴안아주었다.

"이 사람 손 좀 잡아주세요. 이 사람 좀 사랑해 주세요, 아버지."

지우가 아버지의 양복 깃을 부여잡으며 부탁하자 지우가 절대로 놓아주고 싶지 않은 심정으로 꼭 틀어잡은 그의 손을 아버지가 붙잡아주었다. 지우는 아버지가 붙잡아준 도현의 손에 얼굴을 묻은 채 고통스럽게 흐느꼈다.

"지우야, 도현이 보내주자."

아버지가 속삭였고 지우는 도현의 차디찬 손에 입을 맞춘 후 손에 꼭 쥐고 있던 반지를 그의 손에 끼워주었다. 반지, 결혼반지. 껴보지도 못한 채 버려질 결혼반지.

"당신이 갖고 가요."

지우가 속삭였다.

"잘 가요."

지우는 도현을 놓아주고 아버지의 부축을 받으며 일어나 어머니를 바라봤다. 고개를 숙여 인사한 후 밖으로 나오려다 도현의 어머니 뒤에 서 있는 도진과 눈이 마주쳤다. 지우는 흐린 시선으로 도진을 쳐다보다 그대로 밖으로 나와 버렸다.

"지우 씨."

뒤따라 나온 사람이 지우를 불렀고 지우가 뒤돌아보자 반장이 손에 뭔가를 들고 서 있었다.

"도현이 유품이에요. 지우 씨가 갖고 있어야 할 것 같아서요."

반장이 들고 있던 상자를 건넸고 지우는 멍하게 쳐다보다가 받아 들었다.

반장도, 지우도 디는 할 말이 없었다. 지우가 돌아서자 반장도 돌아섰다. 지우는 아버지와 함께 집으로, 반장은 다시 도현이 있는 곳으로 돌아갔다.

상자에는 그가 쓰던 지갑과 함께 찍은 사진, 그의 생일날 선물했던 커플링이 들어 있었다. 지갑은 그의 가족에게로 가야 할 유품이지만 반장님은 일부러 지우에게 챙겨준 것 같았다.

지우는 상자를 몇 시간째 쳐다보지도 않고 방치해 두었다. 저 상자의 주인은 이미 죽은 사람인데, 영영 돌아오지 못할 레테의 강을 건너 버린 사람인데 주인없는 상자를 열어서 무엇 할까 싶어서였다.

지우는 침대에 죽은 듯 누워 숨을 쉬는 일이 오늘따라 몹시 버겁다 생각하며 눈을 감고 있었다. 차라리 잠이 들어버렸으면 좋겠는데 잠도 오지 않았다. 독한 꼬냑이라도 몇 잔 삼킬까? 수면제라도? 소용없을 것 같았다. 찰나의 고통은 잡을 수 있겠지만 또다시 대가리를 쳐들 다음 고통은 어떻게 하라고.

몇 시간째 등이 베기고 허리가 아프도록 누워 있던 지우는 조용히 일어나 아래층으로 내려가 정수기에서 차가운 물 한 잔을 따라 마시다가 구역질이 치미는 것을 느끼고는 입에 물고 있던 물을 뱉어내고 다시 방으로 올라왔다.

그의 죽음을 확인한 순간부터 지금까지 씹어서 삼키는 음식은 한 줌도 입 안에 넣지 않았다. 배가 고프다 못해 쓰릴 만도 한데 강력한 충격에 사로잡힌 정신은 배고픈 것도 잊게 하고 물맛마저도 변질시켜 놓았다.

아무것도 할 게 없는 건 공포와도 같은 기분이 들게 했다. 아무

것도 할 게 없고, 아무것도 하고 싶은 게 없는 기분. 침대에 누워 있는 것 외에는 아무것도 할 것이 없었다.

어머니와 아버지가 번갈아 들어와 죽이라도 몇 술 삼켜보라고 했지만 지우는 '먹는 것'이 죄악 같았다.

멍한 얼굴로 뒤척거림을 반복하던 지우는 스탠드 옆에 놓여 있던 책에 무심한 시선을 보냈다.

무엇의 속삭임.

딱히 다른 곳을 바라볼 생각이 없어 그저 무심히 무엇의 속삭임이라는 제목만 쳐다보던 지우는 팔을 뻗어 책을 집어 들었다. 읽을 생각도 없고, 궁금하지도 않고, 그냥 자신이 뭘 하는지도 모른 채로 무성의하게 책장을 넘기다 도로 내려놓았다.

정말 위스키라도 몇 잔 마시고 잠을 잘까?

지우는 맨정신으로는 가만히 있지 못할 것 같아 몸을 일으키다 내려놓았던 책을 다시 쳐다봤다. 휘리릭 넘겨 버리던 책에서 메모를 본 것 같았다.

뭘 봤지?

지우는 책을 집어 들고 다시 책장을 넘겼다. 메모를 본 것 같았는데 아무것도 없었다. 착각했나 보다. 머리가 복잡해 헛것을 본 모양이라 생각했다. 다시 휘리릭 무성의하게 넘기다 내려놓으려던 지우는 잘못 봤다고 착각했던 메모가 다시 짚어졌고 책표지를 펼쳤다.

『갖고 싶지만 가질 수 없는…… 내가 당신을 어떻게 견뎌낼까.』

이게 뭐지?

"갖고 싶지만 가질 수 없는…… 이게 무슨 뜻일까?"

도현이 그렇게 물었었다.

이게 뭐지?

지우는 온몸에 소름이 돋는 것을 느꼈다.

지우는 팽팽하게 소름이 돋은 팔을 감싸 안듯 껴안았다. 몸이 떨리기 시작했다. 손끝이 바들바들 떨렸다. 지우는 두리번거리며 무엇인가를 찾았고 한쪽 구석에 방치되어 있던 도현의 유품 상자가 눈에 들어오자 발작적으로 집어 들고 뚜껑을 열어 안에 든 물건을 침대 위에 쏟았다.

그의 손때가 가득 묻은 지갑. 지갑 속엔 28,000원이 들어 있었다. 남자 지갑에 28,000원밖에 없다니. 그는 돈이 없는 남자다. 알고 있었다. 월급의 반을 시골에 계신 부모님께 보내 드리고 나머지 반으로 기름 넣고 밥 사먹고 생활비로 쓰는 돈이 궁한 남자였다. 하지만 고작 28,000원이라니. 안쓰러운 사람, 불쌍한 사람.

그의 생일날 사준 커플링도 있었다. 몇 달 후엔 결혼반지를 끼게 될 텐데 그럼 이 반지는 어떻게 하지 하며 걱정하던 반지. 이 반지는 왼손에 끼고 다닐까 하고 말해서 지우를 웃게 만들었던 남자. 반지는 주인을 잃어버렸다.

지우는 그와 함께 찍은 사진을 한 장씩 넘겨보다가 자신도 모르게 미소 지었다. 그와 함께 갔던 공원도 기억나고, 차 안에서 급하게 찍어대는 통에 흔들려 괴상하게 나온 사진도 있었다. 뭐 그리 대단한 배경이라고 극장 안에서 찍은 사진도 있었다. 그러다 그만 숨이 멎을 듯한 충격을 받고 말았다. 그와 함께 찍은 사진 속에 자신의 생일날 도진과 함께 찍은 사진이 끼어 있었던 것이다. 도진이 자신의 볼에 입맞추는 사진.

어떻게 이 사진을 도현이 갖고 있는 걸까? 어떻게? 도진이 준 걸까? 그럴 리가 없는데, 도현 씨가 보면 안 좋아할 거라면서 버린다고 했었는데 어떻게 이 사진을 도현이 갖고 있었던 걸까. 도진이 도현에게 이 사진을 줬을 리가 없다. 아니, 줬을지도 모른다. 둘은 너무나 가까운 형제고, 그래서 형 기다리다 지루해서 장난치느라 한번 찍어봤다며 줬을지도 모른다. 아니, 그게 아니라 어쩜 도진이 서지우라는 여자를 형수가 아니라 여자로 좋아한다고 말하며 보여줬을지도 모른다. 아니다, 그럴 리가 없다. 도진이 그럴 리가 없다. 그런데 이 사진이 왜, 어째서 도현의 유품 상자 안에 들어 있단 말인가.

지우는 가슴에 염산을 들이부은 듯이 타 들어가는 듯한 통증을 느끼며 가슴을 쥐어뜯었다.

그가 알았던 걸까? 도진이 그동안에 도현 모르게 어떤 은밀한 유혹을 보냈는지 그가 알았던 걸까? 도진의 유혹을 뿌리치면서도 그의 유혹에 설레었던 추한 자신을 그가 눈치챘던 걸까?

사진을 들고 있는 지우의 손이 심하게 떨렸다.

도현은 이 사진을 보면서 무슨 생각을 했을까?

[도진이 말이야.]

"네?"

[도진이…… 내가 어제 도진이한테 물어봤거든, 내가 아니라 도진이 먼저 지우를 만났으면 어떻게 됐을 것 같냐고.]

도현은 무슨 뜻으로 이런 말을 했을까.

[그 자식이 그랬다면 승아 씨하고 헤어졌을 거라고 하더라고.]

아니야, 그럴 리가 없어.

[갖고 싶지만 가질 수 없는…… 이제 무슨 뜻일까?]

도현은 그렇게도 물었었다.

지우는 가슴을 쥐어뜯다 떨리는 손으로 휴대폰을 찾아 전화를 걸었다.

[여보세요?]

"말해요. 그 사람한테 사진 줬어요?"

지우가 불안한 어조로 따지듯 물었다.

[지우 씨?]

전화를 받자마자 누구라고 밝히지도 않고 따지기부터 하자 도진이 지우인 것을 확인하기 위해 되물었다.

"말하라구요. 그 사람한테 사진 줬냐구요."

[무슨 사진…….]

"내 생일날, 그 카페에서 우리가 찍었던 그 사진 말이에요. 그 사진 도현 씨한테 줬어요?"

[……아니.]

"어째서 반장님이 준 그 사람 유품 상자에 이 사진이 들어 있는 거예요? 어째서!"

지우가 소리쳤고 도진은 아무 말도 하지 못했다.

[지갑에 넣어둔 사진이 없어진 걸 어제 알았어.]

도진이 한참 만에 말했다.

"그 사람이…… 그 사람이 알았나 봐요."

[지우 씨.]

"도진 씨와 내가 무슨 짓을 저질렀는지 그 사람이 알았다구요!"

[지우야, 진정해.]

"그 사람 죽던 날 나하고 통화하면서 이런 말도 했었어요. 갖고 싶지만 가질 수 없는, 이 무슨 뜻일 거 같냐고. 당신이 나한테 준 책에 적혀 있던 메모예요. 그가 봤어요? 그 메모를 그가 봤냐구요!"

지우가 소리쳤다.

[진정해. 진정해, 지우야.]

"진정하라구요?"

[넌 아무 짓도 저지르지 않았어, 아무 짓도.]

"그 사람은 나밖에 모르는데…… 나밖에 모르는데!"

[지우야!]

지우는 휴대폰을 던져 버렸다.

도현이 알고 떠난 것이 분명했다. 도진과 어떤 일이 있었는지 도현이 알고 떠난 것이 분명했다.

"아니야, 난 아무 짓도 안 했어. 난 그 사람을 거부했어, 거부했다고. 아무 짓도 안 했어. 난 그 사람과 키스도 하지 않았어. 아무 짓도 안 했다고."

지우가 고개를 저으며 중얼거렸다.

"도진 씨 혼자 날 괴롭힌 거야. 난 도현 씨한테 아무런 잘못도 저지르지 않았어. 난 그 사람만 사랑했다고. 난 결백해."

지우는 마치 자기 자신에게 최면을 걸듯 끝없이 주절거렸다.

자신은 잘못이 없다고, 도현에게 한 점 부끄러움이 없다고.

하지만 지우는 죄책감에서 벗어나지 못했다. 도진의 유혹에 흔들렸던 자신을, 그의 다가섬에 설레했던 가슴을 거짓말이라 할 수는 없었다. 도현을 사랑하면서도, 그와 결혼할 거면서도 도진의 말과 행동에 떨려 했었다.

"아니야, 아니야……."

지우가 주저앉은 채 흐느끼기 시작했다.

다친 것도 아니고, 며칠 출장을 떠났다가 되돌아오는 것도 아니고 죽어버렸다. 목소리도 들을 수도, 볼 수도, 만질 수도 없는 사람이 돼버렸다. 이 기막힌, 도저히 현실처럼 느껴지지 않는 황망한 일이 닥치고 보니 그가 죽었다는 것을, 다신 못 본다는 것을 실감할 수도 없는데 그가 알고 떠났다니. 도현은 알았으면서 왜 아무 말도 하지 않았던 것일까? 자신의 여자 친구를 믿었기 때문일까? 도진이 아니라 다른 누구든 유혹을 한다 하더라도 흔들리지 않을 거라고 믿은 걸까?

"어떡해……."

도현은 믿었는데, 지우는 그의 믿음을 지키지 못했다.

육체만이 아니라 정신까지도 온전하게 한 사람을 향하는 것이 정조라는 것을 지우가 언제부터 맹신하게 됐는지는 모르겠다.

언젠가 몸은 나와 있어도 정신은 다른 사람을 향하고 있다면 그건 껍데기만 움켜잡고 있는 것에 불과하다는 얘길 들은 것 같다. 그렇다면 몸은 다른 사람과 아무리 섞어대도 정신적으로 나만 사랑해 준다면 그의 알맹이를 움켜쥐고 있다는 말일까? 그렇다 하더라도 그 알맹이라는 것을 쥐고 있다 한들, 몸을 다른 사람에게 줘버린 사람을 갖는다 한들 그게 또 무슨 소용일까 하는 생각도 했었다. 아무리 몸은 껍데기에 불과하다 하더라도 말이다. 결국 육체와 정신이 따로 놀 수는 없다는 말인데 지우는 육체로는 도현에게 정조를 지켰을지 몰라도 정신은 지키지 못했다. 아무에게도 말하지 않으면 정말 아무도 모를 일이다. 아무도 모르고 혼자만 알고 있으면 된다. 하지만 이 문제는 고백하고 안 하고의 문제가 아니라 지우 자신의 양심에 달린 문제였다. 고백하면 손가락질당하고 고백하지 않으면 덮어질 그런 따위의 일이 아니라 순전히 지우 혼자 감당해 내야 하는 죄책감.

변명이라도 해야겠는데, 그거 별것 아니니 전혀 신경 쓸 것 없다며 장난치느라 찍은 사진에 불과하다고 말해 줘야 할 것 같은데 이제 변명 따위가 무슨 소용이겠는가. 들어줄 사람이 사라졌는데.

"난 너무 나쁜 년이야."

지우가 오열을 터뜨리며 중얼거렸다.

나쁜 년……. 몹쓸 년…….

도현이 화장터로 떠나는 날 지우는 함께하지 못했다. 그가 서운해해도 어쩔 수 없었다. 그의 가족이 섭섭해해도 어쩔 수 없었다. 도저히 갈 수가 없었다. 용기가 생기지 않았다. 그에게 너무 큰 죄를 지어서, 그에게 너무 큰 죄인이라 그의 마지막 가는 길조차도 바라보고 있을 수가 없었다.

지우는 자신을 대신 해 화장터에 가신 아버지에게 전화를 걸어 언제쯤 납골당으로 옮겨가는지 물은 다음 천근만근 무거운 몸을 이끌고 방을 나섰다.

"어디 가려고?"

"납골당에요."

"아버지 가셨는데 넌 뭐 하러?"

어머니가 지우 앞을 가로막았다.

"어머닌 왜 안 가셨어요?"

"바라지 마. 난 갈 생각 없었어, 앞으로도."

"내가 납골당에 안 가길 바라지 마세요. 난 가야 해요."

지우가 어머닐 지나쳐 오자 어머니가 지우를 팔을 붙잡았다.

"속만 무너져 돌아올 걸 뭐 하러 가니?"

지우는 어머니의 손을 털어내고 집을 나와 납골당으로 향했다.

지우가 납골당에 도착했을 때는 저만치 도현의 가족들이 그들을 태우고 온 장례버스에 오르고 있었다. 도현의 뼛가루는 이미 그에게 배당된 한 뼘의 납골당 안에 안치된 모양이었다. 가족들의 부축을 받으며 아직도 흐느끼는 어머니가 떨어지지 않는 발걸음을 옮겨놓으며 버스에 오르는 것이 보였다. 납골당 입구에서 어두운 얼굴로 아버지와 인사를 나누는 도진의 모습도 보였다.

지우는 그 모든 모습을 바라볼 뿐 차에서 내리진 않았다. 뒤늦게 나타나 도현의 가족들과 측은하고 서러운 통곡을 주고받으며 아픔을 함께할 생각이 없었기 때문이다. 다분히 폐쇄적이고 이기적이고 소심하던 지우는 도현을 만나 가슴을 열었다가 그가 떠나면서 예전보다 더 심해져 버린 것 같았다. 위로받는 것도 싫고 위로하기도 싫었다. 더구나 지우는 도현에게 죄인임으로 도현의 가족들조차도 볼 면목이 없었다.

도현의 가족들을 태운 버스가 출발했다. 아버지가 저쪽에 세워둔 차에 오르는 것도 보였다. 버스도 떠나고 아버지도 떠났지만 지우는 차에서 내리지 않았다.

"도현 씨⋯⋯."

어떤 얼굴로 그를 배웅해야 한단 말인가. 결혼할 남자의 동생을 잠시나마 가슴에 품었던 부정한 여자다. 끝까지 거부했으니 잘못 없다 할 테지만 지우 마음속 깊은 곳의 진실을 지우만은 알고 있었다. 음흉하고 불결한 진실. 도진이 아니라 도현을 사랑한다 악쓰면서도 마음 한켠 그의 자리를 만들어놓고 있었던 응큼한 진실. 도진의 유혹에 끌리고 그를 만나면 가슴이 설레던 진실. 그걸 지우는 알고 있었다. 그 진실을 알기에, 자신의 발칙하고 음탕함을 알기에 지우는 고개 꼿꼿하게 쳐들고 그를 배웅할 수가 없었다. 눈물로도 그를 배웅할 수 없었다. 그 눈물조차도 도현이 거짓으로 받아들일까 봐.

지우는 끔찍한 고통의 시간을 곱씹으며 화장터에서 그 아름답던 몸을 태우고 한 줌의 재로 변해 납골당에 안식되었을 그를 생각했다.

저 안에 그가 있을 텐데, 저 안에서 어쩜 나를 기다리고 있을 텐데. 하지만 지우는 미안하다고 말하면 진실을 인정하는 것만 같아 겁이 나 아무 말도 못한 채 어금니를 틀어 물고 타 들어가는 가슴만 움켜잡고 있었다.

납골당 앞 주차장에서 세 시간이나 멍한 얼굴로 차 안에 앉아 있던 지우는 날이 어슬어슬 어두워지기 시작하자 갑자기 움찔 무서움증이 느껴서 서둘러 납골당을 빠져나왔다. 도현이 무서운 얼굴로 자신을 노려보며 꾸짖고 있는 듯했다. 괘씸하게 네가 내 동생과? 라며 호통치며 쫓아와 따귀를 올려붙일 것만 같았다.

"도현 씨…… 미안해."

납골당을 빠져나오며 중얼거렸다. 지우의 두 눈에서 눈물이 흘러내렸다.

지우가 집에 도착하자 두어 시간 전쯤에 도현의 남동생에게서 연락이 왔다며 어머니가 지우의 방으로 따라 올라왔다.

"남동생이요?"

도진이 한 모양이다. 도현에게 남동생은 도진 하나니까.

납골당에 그의 집을 마련해 쉬게 해주었다며 연락이 왔더란다. 지우가 오지 않아 어머니가 많이 서운해서 정신을 놓고 있다고 대답해 줬다는 말도 했다.

정신을 놓고 있다는 말, 우습다. 정신이 너무 또렷해서 미칠 지경인데, 차라리 정말로 정신을 놔버려서 죄책감에서조차 해방돼버렸으면 좋으련만 너무 또렷하니 온몸이, 온 정신이 죄책감으로 쑤시고 난도질당해 죽을 것 같은데 정신을 놓고 있다고 하다니.

"가지 않았니? 아까 간다고 나갔잖니."

"……."

"안 가길 잘했어. 잘한 거야."

"……."

"잊어버려. 그 수밖에 없어."

어머니가 말했고 지우가 어머니를 쳐다봤다.

어쩜 저렇게 냉정할 수가 있을까. 어머니는 어쩌다 저렇게 찔러도 피 한 방울 안 나올 사람으로 자라서 늙게 됐을까.

"널 위해 하는 말이야."

"……."

어머니가 방으로 나갔고 지우는 다시 고통 속으로 빠져들었다.

✱

도진은 도현이 죽고 보름이 지나도록 도현의 죽음을 실감하지 못하고 있었다. 도현의 방은 그가 죽기 전날까지 썼던 그 모습 그대로였다. 장례식을 치르고 삼우제 때 태우기 위해 어머니가 도현이 즐겨 입던 옷 몇 벌과 소지품 몇 가지를 챙겼을 뿐 나머지는 그대로였다.

도현을 납골당에 안치하고 집으로 왔을 때 어머니는 기가 막혀 더 이상 말도 잇지 못한 채 도현이 쓰던 침대에 누워 계셨다. 아버지는 그 곁에서 연신 담배만 태우셨고.

집안의 장자가 죽은 판국에 음식이 입에 들어갈까, 누구도 배가 고프다거나 요기거리를 찾는 사람이 없었다. 입맛이 달아난 것은 가족 모두가 똑같았기에 삼우제를 치르고 돌아오는 길에 설렁탕 집에서 단체로 주문한 음식이 며칠 만에 먹은 제대로 된 음식이었다.

삼우제 전날까지도 물 한 모금 들이키고 싶어하지 않던 가족들은 설렁탕 집에서 뚝배기에 담겨 나오는 뽀얗고 구수하고 뜨끈뜨끈 국물을 허겁지겁 들이켰다.

"산 사람 입에 풀칠은 못한다고 먹을 게 또 넘어가는구나."

한 뚝배기 뚝딱 해치우신 어머니가 자조 섞인 목소리로 중얼거렸다.

가족들은 도현의 집에서 하루 더 머물렀고 다음날 새벽녘부터 한바탕 눈물바람을 일으킨 후 모두 시골로 내려갔다. 그리고 그때부터 도진은 술을 마시기 시작했다.

집안의 장자였던 형이 죽어버려서 이제 장자 노릇을 해야 한다는 부담감 때문이 아니었다. 단지 사랑하던 형이, 피를 나눈 형제가 죽었기 때문도 아니었다. 누구에게도 말 못할, 아무에게도 말 못할 대역죄를 짓고 보니 도저히 맨정신으로는 버틸 수가 없었기 때문이다.

형이 알고 떠났을 것이라곤 상상도 못했다. 지갑에 있던 지우의 사진이 사라졌다는 것을 알고 대체 어디다 흘렸는지, 자신을 지탱해 주는 우상적 존재인 양 부적처럼 품었던 사진을 찾아내기 위해 바둥거리면서도 설마 도현이 가져갔을 것이라곤 꿈에도 상상 못했다.

지우의 전화를 받고 사진이 형의 유품 상자에서 나왔다는 것을 들었을 때 두 다리로 지탱하고 있는 땅이 지진을 만난 듯 푹 꺼져 버리는 듯한 아찔함을 느꼈다.

죄책감에, 두려움에, 공포에 질려 바들거리는 지우의 목소리를 들으며 도진은 그 모든 것들이 자신에게 전이되는 것을 똑똑하게 깨달았고 그 즉시 형에게 무시무시한 잘못을 저질렀다는 것을, 형이 자신에게 어떤 형벌을 뒤집어씌우고 떠났는지 알게 됐다.

가족들 모르게, 눈치채지 못하게, 바른 정신을 갖고 있는 척 위장하면서 도진은 끝내 중심을 잡지 못했던 자신의 가슴에 돌을 던지고, 지우에게 고백하고 말았던 자신의 혀를 저주했다. 하지만 이미 되돌릴 수 없는 일이었다. 설사 형이 죽지 않았다 하더라도 자신이 취할 수 없는 여자였지만, 설사 형이 아무것도 모른 채 떠났다 하더라도 자신이 맘 놓고 사랑할 수 있는 여자가 아니었지만 형이 알고 떠난 것과 모르고 떠난 것의 차이는 상상할 수 없을 정도로 고통스럽게 도진을 괴롭혔다.

도진은 술을 찾았고, 감히 미안하다는 사과도 못한 채 하루하루

숨 쉬는 것조차도 버거워하며 보내야 했다.

지금 와서 후회하는 것은 참으로 바보 같은 짓이었다. 몇 번이나, 아니, 늘 지우를 포기할 수 있었는데도 끝내 그녀를 향한 사랑을 버리지 못했으니까. 어쩔 수 없었다. 피할 수 없었다. 고스란히 받아들이는 수밖에. 형의 여자를 사랑했던 죗값을 말이다.

✳

그를 만나겠다고 결심한 것이 용기가 생겨서는 아니었다. 그렇다고 한 달 새 죄책감을 모두 씻어내서도 아니었다.

지우는 도현이 죽고 일주일 동안 방 안에 틀어박혀 죽은 사람처럼 지내다 불쑥 병원으로 가서 휴직계를 제출했다. 지우가 결혼하는 것을 알 만한 사람은 다 알고 있었는데 지우와 결혼해야 될 신랑이 죽어버려 사람들 보기 창피하고 또 자신을 측은하게 바라볼까 겁나서가 아니었다. 창피할 것도 없고 측은하게 바라보는 시선을 겁낼 것도 없다. 사람이 죽어버렸는데 그런 시선들 따위가 무슨 대수겠는가. 단지 이대로는 도저히 누군가를 고쳐 주고 어디가 아프냐고 물어볼 기운도, 의욕도 생기지 않았기 때문이다. 머리 속이 텅 비어버렸는데 가슴이 타 들어가 하루에도 수십 번씩 가슴을 싸쥐며 호흡 곤란에 시달리고 현기증에 비틀거리는데 무슨 수로 진료를 하고 무슨 기운으로 수술을 하겠는가.

먹지 못하고 자지 못하는 것이야 말할 필요도 없었다. 위장이 꼬집히는 듯한 시장기에 식탁에 앉아도 서너 수저 뜨고 나면 언제 그랬냐는 듯 입맛이 달아나 버렸다. 식욕이 당겨서 먹어도 삼십 분을 못 넘기고 다 토해 버렸다. 깜빡 잠들었다가도 불에 덴 듯이 깨어나고 불면의 밤은 한 달이 넘도록 이어지고 있었다.

"죽은 사람은 죽은 사람이고 산 사람은 살아야지. 너 어쩌려고 이러니?"

어머니가 안쓰러워하다 못해 짜증을 냈다.

"차라리 울기라도 해, 펑펑 울기라도 하라고. 엄마가 미칠 것 같아, 너 이러고 있으니까!"

지우는 울지 않았다. 그의 유품 상자에서 도진과 함께 찍었던 사진을 발견한 후로, 갖고 싶지만 가질 수 없는…… 이라는 메모의 의미를 알게 된 후로 지우는 눈물조차 흘리지 못하고 있었다. 우는 것도 죄스러워서, 울면 자신의 잘못을 자신의 정신적 외도는 들킬 것만 같아서.

어머니가 한마디라도 걸치면 지우는 즉시 그 자리를 벗어나 방문을 걸어잠그고 숨어버리는 것으로 대화를 거부했다. 아무 소리도 듣고 싶지 않았다.

얼마나 속상하니, 얼마나 기막히니 따위의 위로도 듣고 싶지 않았다. 죽으려고 작정했냐는 말도 듣고 싶지 않았다. 죽고 싶지만 죽겠다 작정한 것도 아니고, 살고 싶지 않지만 그만 살고 싶지만도 않았다. 그냥 이대로 혼자 앓게 내버려 두길 원했고 실컷 징그럽게 혼자 앓고 싶었다.

"이제 그만 잊어버려. 이런다고 죽은 사람이 살아 돌아오는 거 아니야."

창가에 서서 넋이 나간 얼굴로 밖을 내려다보고 있는 지우에게 언제 들어왔는지 엄마가 짜증 돋친 목소리로 말했다.

"그만 병원으로 돌아가. 언제까지 쉴 거야?"

"......"

"일을 하면 더 빨리 잊혀질 거야. 그만 털어버려."

"......"

"니들 살기로 했던 집은 팔기로 했어. 안에 있던 가구들도 모두 처분하고."

"......"

"너만 정리하면 돼."

"나가세요."

"지우야."

"나가세요!"

지우가 소리를 지르자 어머니가 놀란 얼굴로 지우를 쳐다봤다.

"너 왜 그러니?"

"나가라구요!"

지우가 다시 한 번 소리를 내질렀고 어머니는 너무나 당황한 얼굴로 지우를 노려보다가 나갔다.

어머니가 방을 나가고 난 후 지우는 곧 문을 걸어잠그고 장롱에서 여행 가방을 꺼내 짐을 싸기 시작했다. 이놈의 집, 아픈 것도 맘대로 못 아프고 아파하는 것조차 눈치를 봐야 하는 집, 지긋지긋했다.

지우는 가방이 터지도록 짐을 싸곤 나간다는 말도 없이 집에서 곧장 나와 버렸다. 어디로 가겠다는 계획도 없이 무작정 차에 오른 지우는 자신도 모르게 도현이 있는 납골당으로 향하고 있었다. 그를 만날 용기도 없는데, 변명할 거리도 제대로 만들어놓지 못했는데 지우는 그를 만나러 가고 있었다.

지우는 넓고 넓은 납골당을 뒤지고 뒤져 도현을 찾아냈다. 밝게 웃고 있는 도현의 사진이 붙어 있었다. 언제 누가 놓고 갔는지 모를 시든 꽃도 놓여 있었다.

지우는 그제야 꽃을 사 오지 않은 것을 알았다.

그가 꽃을 좋아했던가? 모르겠다, 그가 꽃을 좋아했는지. 하지만 그를 만나러 왔는데 빈손으로 왔다니. 정말 형편없는 여자 친구가 아닌가. 결혼까지 하려던 여자 친구인데 말이다.

지우는 한참이나 아무 말도 하지 못하고 사진 속에서 웃고 있는 도현을 바라보고 있었다. 무슨 말을 해야 할지 몰랐다. 꽃을 사 오지 못해 미안하다고 할까? 늦게 와서 미안하다고 할까? 거긴 살 만한 곳이냐고 물어볼까?

"우리 집 어떻게 할까요?"

지우가 시무룩한 얼굴로 입을 열었다.

우리 집 어떻게 할까요라니, 참 재미없고 허무한 질문이다.

"나 지금 무슨 말을 해야 할지 모르겠어요. 너무 기가 막히면 할 말을 잃는다는데 지금 내가 그래."

지우가 한숨을 내쉬었다.

"우리 집…… 팔아치워야겠지? 하루도 못살아봤네, 하루도."

지우가 사진 속의 도현을 쓰다듬었다.

"왜 나하고 자지 않았어요? 그렇게 떠나려고? 우리 엄마 그렇게 무서웠어요? 첫날밤까지 지켜주려고 했다는 말은 하지 마. 당신 바보야. 나 있죠, 정말 맹한 여자였어. 의사라서 똑똑해 보이지? 아니야. 엄마 아버지가 시키는 대로 하고 시키는 대로 하면서 사는 게 제일 좋은 건 줄 알았어요. 편하니까, 힘든 게 뭔지 몰랐으니까. 그냥 그렇게 살면 되는 줄 알았어. 별 볼일 없는 사람, 우리 엄마 아버지처럼 적당히 깔보면서. 나 못됐죠? 당신 만나기 전까지 나 그런 여자였어요. 도현 씨 만나 사랑하면서 나 이상해졌어요. 갑자기 탈출하고 싶고 구속에서 벗어나고 싶었어. 당신을 만나기 전에도 탈출하고 싶어했지만, 너무 답답해서 너무 완벽한 우리 엄마 아버지 숨 막혀서. 근데 그땐 탈출해 봤자 불편하고 힘들 텐데 뭐 하러, 그냥 적당히 이렇게 살지 했었거든요. 남들 다 부러워할 만큼 큰 집에서 살고 사고 싶은 거 맘대로 사고 돈 무서운 줄 모르고 막 쓰면서 살았으니까. 그렇게 살면 되는 줄 알았거든. 그게 제일 편한 건 줄 알았거든. 그런데 당신 만나고 달라졌어. 당신한테로 탈출하고 싶었어. 당신이 나 지켜줄 것 같았거든. 당신 웃는 모습이 너무 편해 보였거든. 나도 그렇게 편하게 웃고 싶었어. 우리 부모님은 한 번도 그렇게 천진하게 웃은 적이 없거든. 나도 그랬고. 그런데 당신은 너무 편하게, 너무 천진하게 웃어서 그게 너무 좋았어. 당신하고 살면…… 내가 머리를 안 빗어도 우리 엄마처럼 잔소리도 안 할 것 같고, 소파에서 과자 먹다 부스러기 흘려도 싫은 소리 안 들을 것 같고. 우리 엄마 날마다 샤워 안 하고 머리 안 빗고 하면 당장에 무슨 병에 걸리는 듯하시거든.

어릴 적부터 소파에서 과자 먹다 부스러기 흘리면 잔소리 들었거든. 침대 시트도 늘 반듯해야 했고…… 그게 너무 숨 막혔어. 나, 부모님이 당신 미워하는 게 너무 싫었어. 당신 감쌌어. 당신을 미워하는 건 내 자존심을 짓밟히는 거나 다름없으니까. 하라는 대로 하던 말 잘 듣던 멍청이 인형이 정신을 차린 거야. 처음으로, 내 생애 처음으로 갖고 싶어 미치겠는 사람을 만났는데 그 사람을 빼앗으려니까 나도 모르게 용기가 생기더라고……."

지우가 깊고 싶은 한숨을 내쉬었다.

"내가 지금 무슨 소리 하는지 모르겠어. 도현 씬 알겠어? 난 모르겠어. 말 안 되는 소리 그냥 지껄이는 것 같아."

지우가 다시 한숨을 내쉬었다.

"도현 씨……."

지우가 입술을 깨물었다.

"도현 씨, 알고 있었어?"

지우의 목소리가 떨리기 시작했다.

"알고 있었어? 왜…… 말 안 했어요?"

지우의 목구멍에서 흐느낌이 새어나오기 시작했다.

"잘못했어. 용서해 줘요. 내가 잘못했어요."

지우가 무릎을 꿇고 쓰러지듯 주저앉았다.

"나 나쁜 여자야. 내가 너무 큰 죄를 지었어. 당신 사랑하는데, 당신 너무 사랑하는데…… 도진 씨한테 흔들렸어. 나도 모르게 흔들렸어. 용서해 줘요. 잘못했어요."

지우의 눈에서 눈물이 새어나오기 시작했다.

"어떻게 하지? 내가 죄를 졌는데, 당신한테 너무 큰 잘못을 했는데 어떻게 하지? 당신 떠나 버려서."

지우는 얼굴을 싸쥐고 고통스럽게 흐느끼기 시작했다.

"왜 그렇게 가버렸어? 작별인사도 못했잖아. 난 어떻게 하라고, 난 어떻게 하라고……."

지우의 처절한 흐느낌이 납골당을 가득 채웠다.

납골당 안으로 들어와 도현을 찾아가던 도진이 도현의 사진 앞에서 흐느끼고 있는 지우를 발견했다. 지우는 무릎을 꿇은 채 얼굴을 싸쥐고 너무나 처절하게 울고 있었다. 도진은 지우에게 다가가지도 못한 채 괴로운 얼굴로 바라보고 있었다.

지우는 한참 만에 눈물을 닦아내고 일어나 사진 속에서 웃고 있는 도현을 바라봤다.

"나 같은 몹쓸 여자 생각하지 말아요."

지우가 괴로운 얼굴로 속삭였다.

"나 여행 가요."

지우가 도현의 얼굴을 쓰다듬으며 속삭였다.

"또 언제 온다고 약속 못해요. 언제 오게 될지 나도 모르겠어요. 그러니까 기다리지 말아요."

지우는 도현이 서운해할 거라고 생각하자 또 눈물이 흐를 것 같아 이를 악물었다.

"잘 지내요. 늦게 와서…… 미안해요."

지우가 조심스럽게 도현의 얼굴에 입을 맞추고 돌아섰다.

또 언제 올지 몰랐다. 아니, 오고 싶지 않았다. 모든 것이 고통이고 모든 것이 아픔이니까.

지우는 뒤돌아보지 않으려고 노력하며 걸었다. 도현이 뒤에 서서 보고 있을 상상을 했지만 그것은 상상일 뿐 뒤돌아보면 아무도 없는 텅 빈 공간에 낙담하고 서글플 것 같아 앞만 보고 걸어나왔다.

"잘 지내요. 당신…… 보고 싶어요."

지우는 자꾸만 그가 뒤에 서서 바라보고 있는 듯한 느낌에 울컥 눈물이 쏟아질 것 같았지만 끝내 뒤돌아보지 않았다.

"지우야."

납골당을 막 나왔을 때였다. 분명히 부르는 소리가 들렸다, 지우야라고.

지우는 감전된 듯한 아찔함을 느끼며 고개를 획 돌렸다. 도현이 살아나서 부르는 것이라 생각한 것은 아니지만 지우는 자신을 부를 사람은 도현밖에 없다고 생각했다. 하지만 그가 아니었다. 지우를 부른 사람은 도진이었다.

지우는 도진의 뻔뻔함에 거부감을 느꼈다. 어디서 감히, 라는 발끈함에 뺨을 후려치고 싶었다. 지우야, 라니…….

지우는 가시 돋친 시선으로 도진을 바라봤다. 도진 역시 몹시 어두운 시선으로 지우를 바라보다가 천천히 지우에게 다가왔다.

"왔네."

"……."

"안 올 줄 알았는데."

"불쾌하네요, 나한테 반말하는 거."

지우가 냉랭한 음성으로 말하자 도진이 아주 잠깐 당혹한 표정으로 지우를 쳐다보다가 한숨을 내쉬었다.

"미안해요."

"뭐가요?"

"반말해서."

"……."

"죄책감 느끼지 말아요. 지우 씨한테는 잘못없어요."

"나한테 잘못없다고 누가 그래요?"

지우가 반발하듯 되묻자 도진이 어떻게 말해야 할지 모르겠다는 표정으로 지우를 쳐다봤다.

지우는 마치 한마디만 실수하면 꼬투리를 잡아 질리도록 싸움을 걸어보겠다는 태세였다.

도진은 지우에게 말을 걸기가 두렵다기보다는 난감했다. 지우는 지금 고통과 혼란의 중심에 서 있을 테니까.

"모든 게 내 잘못이에요."

"그럴까요? 그렇게 할까요? 도진 씨가 만든 일이라고 도진 씨한테 다 미루고 난 도망갈까요?"

"그렇게 해요."

"그런데 어쩌죠? 그게 아닌데. 도현 씨가 다 알고 갔는데."

"형이 알았더라도 지우 씬 잘못없어요. 내 감정이었으니까. 지우 씬 끝까지 형한테 충실했으니까."

도진의 말에 지우가 실소를 터뜨렸다. 도현에게 끝까지 충실했다…… 그랬을까?

"괴로워하지 말아요. 형을 잃은 건 괴로워하지 않을 수 없겠지만 나머진 지우 씨 짐이 아니에요."

"그게 아닌데 어쩌죠?"

지우의 말에 도진이 지우를 쳐다봤다.

"그렇지가 않은데."

"지우 씨."

"난 도현 씨에게 많이 잘못했어요. 아주 많이."

지우가 독백처럼 뇌까린 후 돌아서서 차가 있는 곳으로 걸어가기 시작했다.

"괴로워하지 말아요. 그 책임은 나한테 있어요."

도진이 말했다. 지우는 못 들은 척 차로 가서 차 문을 열었다. 지우가 막 차에 오르려고 하는데 언제 쫓아왔는지 도진이 지우의 어깨를 붙잡고 돌려 세웠다.

"내가 당신을 사랑하지 않았다면 이런 고통은 없었을 거야. 나 역시 너무 괴로워. 내 형의 여자를 탐했던 대가가 이렇게 엄청날 줄은 몰랐어. 하지만 당신을 사랑하지 않을 수가 없었어."

도진이 절망적인 얼굴로 말했다.

"아무리 당신을 털어내려 해도 내 의지로는 도저히 할 수가 없었어. 당신은 날 원하지 않았으니까 제발 당신은 괴로워하지 마."

"그럴 수 없어요. 그럴 수가 없어요."

지우가 틀어 문 잇새로 낮게 중얼거렸다.

"당신의 유혹에…… 흔들렸어요."

지우가 고백했고 도진의 눈동자가 어두워졌다.

"당신이 키스하려고 했을 때, 도현 씨와는 다른 감정을 느꼈어요. 그 어느 때보다 떨리고 설레었어요. 당신을 거부하기 싫어하는 마음을, 당신을 끌어당기려는 마음을 억누르기가 너무 힘들었어요. 다른 사람은 속일 수 있을지 몰라도, 도현 씬 속일 수 있을지 몰라도 나를 속일 순 없어요. 도현 씨한테 난…… 몹쓸 여자예요. 그게 나예요."

지우가 흔들리는 음성으로 고백했다.

도진이 지우의 얼굴을 감싸 쥐었다. 지우는 그의 손길이 닿자 또다시 가슴이 울렁거리는 것을 느꼈다. 울렁거리는 가슴 옆에서 고개를 쳐드는 그를 향한 적대감도 느꼈다. 지우는 그의 손을 치워냈다.

"다시는 당신을 보고 싶지 않아요."

지우가 돌아서서 차에 올라 문을 닫으려는데 도진이 문을 붙잡았다.

"왜? 형 때문에? 내가 형 동생이라서? 형이 알고 떠나서?"

도진이 강한 어조로 물었다.

지우가 도현이 잠든 곳에서 동생이라는 자식이 어떻게 그렇게 말할 수 있냐는 듯이 노려보다가 허무한 듯 웃었다.

"내가 당신한테 갈 수 있을 거라고 생각해요?"

"나 역시 형에겐 죽일 놈이야. 나 역시 형 때문에 너무 괴로워! 동생 놈이라는 게 형이 사랑한 여자를 탐했다는 걸 알고 떠났는데 난 멀쩡할 것 같아? 나도 미치겠어. 이런 상황에도 널 보면 가지고 싶어 미치겠는 내 자신이 너무 추해!"

도진이 절규하듯 소리쳤다.

"……당신을 보면 내가 흔들릴 거라는 걸 내가 알기 때문이에
요."

지우가 낮게 속삭였고 문을 잡고 있는 도진의 손을 치워낸 후
문을 닫고 시동을 걸었다.

"지우야."

"당신을 보고 싶지 않아요. 구질거리는 내 자신이 더 들춰지는
걸 견딜 수가 없어요."

지우는 차를 출발했다.

도진은 붙잡지도 못한 채 떠나는 지우를 바라보고만 있었다.

그녀와의 인연은 여기까지인 모양이다.

목각인형
―섭씨 35.1℃

도현이 떠나고 팔 개월 후 지우.

지우가 병원으로 돌아왔다고 해서 대대적인 환영 행사를 준비한 사람은 없었다. 호들갑스럽게 구는 사람도 없었고 퍽 안쓰럽게 바라보는 사람도 없었다. 물론 약간은 의식적인 시선을 던지긴 했지만 대체로 따뜻하면서도 늘 함께 지내다 아주 잠깐 휴가를 다녀온 동료 대하듯 해주었다. 돌아와서 기쁘다 정도로 장기간의 외도를 용서하는 동시에 보듬어주었다.

지우는 오랜만에 다시 시작하는 일이니 더 잘하자 싶어 극성을 떨지도 않았다. 아직 해결 보지 못한 그를 잊기 위해서라도 일에 더 매달리자 싶어 혹사하지도 않았다. 맡겨진 일을 깔끔하게 처리하는 선에서만 일했다. 그렇지 않았는데 큰일 겪고 나더니 변했다느니 저렇게 미친 듯이 일에 매달리는 걸 보니 아직 힘든가 보다 하는 따위의 말을 듣고 싶지 않았기 때문이다. 그렇다고 이젠 다 털어버리고 살 만하다는 듯 수다를 떨거나 괜히 유쾌한 척하지도 않았다. 예전처럼 꼭 필요한 말만 하고 누군가 말을 걸면 다정하게 받아주고 말도 안 되는 시비를 붙이면 저 여자 성질 장난 아니네 하는 소릴 듣게끔 따끔하게 쏴붙여주고, 예전 그대로의 모습이었다. 물론 전보다 덜 웃는 건 사실이었다. 하지만 그건 그다지 웃을 만한 일이 없기 때문이기도 했다.

환자가 오면 성의를 다해 진료를 하고 처방을 내려주고 수술실에서 호출하면 냉큼 들어가 수술에 임했다. 점심 시간에 식당이나 병원 식당 음식이 질리면 태일과 밖으로 나가 한 그릇 해치우거나 배달해 먹거나 했고 회식 땐 술 한잔 걸치며 갈비를 뜯고 2차로 노래방에도 따라붙곤 했다. 너무나 똑같은 모습이라 오히려 옆에서 보는 사람들이 뜨악할 정도였다. 원래 냉정하고 똑똑 부러지는 성격인 줄은 알고 있었지만 암만 봐도 상처받은 사람의 모습이 아니라 벌써 저렇게까지 태평해도 되나 하는 시각으로 바라보는 사람도 있었다. 그렇지만 지우의 속을 제대로 알고 있는 사람이 누가 있을까. 겉은 멀쩡히 별일없이 잘 지내는 사람처럼 보여도 그 무너진 속을 알 사람이 누가 있겠는가.

태일이 조금은 눈치를 챈 것 같았다.

"몇 도냐?"

"뭐가?"

"체온 말이야."

태일이 뜬금없이 물었다.

"체온이라니?"

"감정이 있는 사람이 아니라 송곳으로 찔러도 멍청하게 웃고만 있는 인형 같아서 말이야."

"내가 멍청하게 웃고 있었니?"

"밥 안 먹어도 괜찮고 물 안 먹어도 괜찮고 태엽만 감아주면 맹한 낯으로 돌아가는 인형 같다는 말이야, 지금 네가."

"내가 어떤데?"

"인형 같다고."

"무슨 말인지 못 알아듣겠다."

"네 의지가 아니라 남의 의지대로, 살아지는 대로 사는 사람 같다고."

"난 아무렇지도 않아. 남의 의지가 아니라 내 의지대로 살고 있어. 꽤 괜찮은 기분으로."

"꽤 괜찮은 기분으로 사는 거라 정형도가 그러고 보면 여잔 참 잔인하단 말이야. 금세 털고 일어나는 걸 보면, 할 때 네 하고 웃고 있었냐?"

"그거 나 씹는 소리였니?"

"이제 괜찮냐고 묻는데도 네, 기운 차려서 다행이네요 하는데도 네, 정형도가 여잔 참 잔인하단 말이야, 금세 털고 일어나는 걸 보면, 서 선생 살 만해? 하는데도 네, 하냐?"

태일의 말에 지우가 고개를 들고 그를 쳐다봤다.

이제 괜찮냐고 물었던 것과 기운 차려서 다행이라고 했던 건 기억이 나는 듯한데 정형도가 뭐라고 말했는지는 몰라 그냥 네 하면 넘어갈 줄 알고 그렇게 대꾸했는데 태일한테 듣고 보니 자신을 씹는 말이었다.

"뭐, 틀린 말도 아니네."

씹었다고 해서 정형도한테 달려가 너 왜 그따위로 사람 씹냐고 싸우고 싶지도 않았다.

"꽤 괜찮은 기분으로 살 만한 거야?"

"꼬니?"

"꼬는 거 아니야. 정말 살 만하냐고 묻는 거야."

"그래, 살 만해. 난 살 만하면 안 돼?"

지우는 태일과 대화하는 게 짜증스러워져서 자리에서 일어났다.

"술 한잔할래?"

"안 마셔."

"왜?"

"꼬장 피울까 봐."

지우가 화난 사람처럼 대꾸했다.

"꼬장 좀 피우면 어때?"

"차 고치러 가야 해."

"어디가 문젠데?"

"나도 몰라."

"내가 봐줄까?"

"태일아."

"왜?"

"넌…… 팔 개월이면 사람을 잊는 데 충분한 시간이라고 생각하니?"

의국에서 나가려고 문고리를 막 잡던 지우가 뜬금없이 물었다.

"……아니."

"얼마나 걸릴까?"

"……아직 많이."

"그럼 그때까지 그냥 인형으로 살래."

"……."

지우가 쓸쓸하게 미소 짓고는 의국을 나갔다.

✻

도현이 떠나고 십이 개월 후 도진.

도진은 월차까지 합쳐 닷새간의 휴가를 얻는 즉시 이삿짐을 꾸렸다.

형이 잡으러 갔던 흉악범에게 오히려 죽임을 당하고 싸늘한 시신이 되어 돌아왔을 때 도진은 달려오는 차에 뛰어들고 죽고만 싶었었다.

형과 지우, 그리고 형의 여자를 사랑한 자신. 이런 공식없이 형이 사고를 당했다 하더라도 조금 너 잘해주지 못하고 조금 더 챙겨주지 못한 것 때문에 슬픔의 무게만큼이나 후회하고 안타까워했을 것이다. 케케묵은 옛날 옛적의 일까지 기억을 떠올리며 내가 형한테 왜 그랬을까 되새김질했을 것이다. 그런데 형은, 케케묵은 옛적의 기억을 떠올리며 후회하는 정도가 아니라 도진에게 씻지 못할, 죽을 때까지 내려놓지 못할 천형으로 포박하고 떠나 버렸다.

형에게 가혹하다 할 수 없었다. 모든 것이 도진 자신이 자초한 일이니까.

시간을 바꿀 수만 있다면 모든 것을 제자리에 놓아두고 싶었다. 형의 여자를 가슴에 품지도, 설령 가슴에 품었다 하더라도 결코 열어보이지 않을 것이다. 시간을 돌릴 수만 있다면, 제발 그렇게만 된다면.

어쩌면, 지우가 형의 유품 상자에서 지우의 생일날 찍었던 사진에 대해 말하며 퍼붓지 않았더라면 이렇게까지 무거운 죄책감에 시달리지 않았을지도 모른다. 하지만 그렇다고 해서 도진의 죄가 가벼워지는 것은 아니었다. 지우와 함께 살 집을 보러 갔던 그날 밤 형이 방문 앞에까지 왔다가 되돌아갔던 걸 도진은 생생하게 기억하고 있었다. 형이 알아차린 것이라 짐작했고 격앙된 모습으로 벌컥 열고 들어올 형을 두려운 마음으로 기다리고 있었다. 그러나 형은 그냥 돌아섰고, 그리고 죽어버렸다.

형의 유품 상자에서 나온 사진. 형이 죽던 날, 병원으로 지우를 찾아가 너무나 힘들게 지우를 포기하고 돌아서 회사로 왔을 때야 지갑 안에 있던 사진이 없어진 것을 알았다. 아무리 생각해도 빼놓은 기억이 없어 어디다 흘린 걸까 답답해했지만 설마 그 사진이 형의 유품 상자에 들어가 있을 줄은 상상조차 하지 못했었다.

형이 알면서도 모른 척해주었다는 것에서, 끝내 용서하고 떠났다는 것에서 도진은 극심한 고통을 느꼈다. 끔찍하게 사랑해 주고 동생이 신차를 개발하는 연구원이라는 걸 너무나 자랑스럽게 생각하던 형.

이 비정한 놈은 그런 형의 여자를 탐했던 것이다. 지우를 자신이 아닌 형이 만났다는 것을 미치도록 질투했던 것이다. 뺏고 싶어 몸부림치고, 갖고 싶어 환장했던 것이다.

형이 죽어버렸는데, 형이 사랑한 여자를 탐한 죄로 이토록 극한 고통에 시달리면서도 지우를 그리워하는 정신병자. 누구에게 털어놓지도, 용서받지도 못할 천벌받을 놈. 그게 도현 바로 자신이었다.

도진은 형이 죽고 꼭 일 년이 지나는 동안 지옥의 사자에게 생살을 물어뜯기는 듯한 혼란과 고통 속에서 보냈다. 형에 대한 죄스러움과 그럼에도 놓지 못하는 지우를 향한 극심한 그리움. 극도의 혼돈 속에서 차라리 미쳐 버렸으면, 미친놈이라고 정신병원에 유폐시켜 주길 기도하며 보냈다.

일 년이 지난 날, 형이 잠든 납골당을 찾은 도진은 그때서야 비로소 용서를 빌었다.

"미안해, 형. 잘못했어."

도진은 무릎을 꿇은 채 울부짖으며 용서를 빌었다.

"형의 여자라 뺏고 싶었던 게 아니야. 그냥 사랑하게 됐어. 그냥 너무 좋았어. 너무 좋아서, 사랑해서 갖고 싶었어."

도진이 처절한 울음을 토해내며 고백했다.

"잘못했어. 형, 잘못했어."

도진은 사진 속에서 웃고 있는 형이 바로 앞에 있는 것처럼 사진을 부여잡고 울부짖었다.

"형, 형, 나 좀 어떻게 해줘. 형이 죽었는데, 형이 그렇게 갔는데도 지우가 너무 보고 싶어. 지우가, 지우가 너무 그리워."

도진은 모든 것을 고백했다.

형은, 내 심정을 이해해 줄 것이라는 알량한 심보의 고백이 아니었다. 형은 뭐든 양보하고 뭐든 용서해 준 사람이니까, 이번에도 양보하고 용서해 줄 것이라는 얄은 속임수성 고백도 아니었다.

오로지 형에게만 털어놓을 수 있는 고백이기 때문이었다. 오로지 형, 도현에게만 털어놓을 수 있는 고해성사기 때문이었다.

납골당에 다녀온 후 도진은 부동산에 집을 내놓았다. 사겠다는 사람이 나서자 곧바로 옮겨갈 집을 구했다. 오늘이 집을 내주고 옮겨가는 날이었다.

도진은 이삿짐을 꾸리다 모두 다 정리했다고 생각했던 형의 유품이 나오자 잠깐 상념에 젖어들었다.

지우 생일날 주려고 샀다며 지우가 좋아하겠냐고 물어서 그거 받고 좋아할 여자는 아마 한 명도 없을 거라고 말해 줬던 촌스런 목도리였다.

"예쁘지 않냐?"

"이렇게 촌스런 거 고르기도 힘들겠다. 스카프면 모를까 목도리라니. 요즘 예쁜 목도리가 얼마나 많이 나오는데 이런 걸 골랐어?"

"내 눈엔 예뻐 보이는데. 지우가 싫어하겠냐? 그럼 안 되는데. 진짜 제대로 된 선물 하나 해주고 싶어서 백화점까지 가서 산 건데 촌스럽냐? 백화점에서 파는 건 다 세련된 건 줄 알았지. 제일 잘 나가는 상품이라고 했거든."

사실 도현에겐 예쁘고 안 예쁘고, 세련되고 촌스럽고의 안목이 없었다. 집에 들어오는 날도 며칠 없고 휴일도 거의 없어 같이 옷을 사러 나가거나 할 일이 없었는데 그래서 도현은 가끔씩 짬을 내 급한 대로 하나 사 입었다며 걸치고 들어오는 옷들이 하나같이 마흔 혹은 그 이상의 아저씨들이나 입을 정도의 수준이었다. 색상이나 디자인은 전혀 고려하지 않고 옷은 입어서 편하면 그만이라는 나름대로의 철학 때문이었다. 어쩌다 형한테 어울릴 것 같아 사 왔다며 멋스런 티셔츠라도 하나 안길라치면 세상에서 제일 멋진 옷인 줄 알고 일주일 꼬박 입어제끼던 형.

"목에 두를 걸 사주려면…… 차라리 목걸이 같은 걸 해주지."

"목걸이?"

"목걸이를 선물하는 건 당신은 내 사람입니다, 라는 뜻이래."

"당신은 내 사람입니다? 그런 의미가 있어?"

"그렇다더라고."

"괜찮은 거 얼마나 하냐?"

"괜찮은 거면 한 칠팔십?"

"칠팔십만 원? 칠팔만 원이 아니라 칠팔십만 원?"

도현이 엄청 놀란 얼굴로 도진을 쳐다봤다.

"형, 지우 씨 걸치고 다니는 옷하고 가방 같은 거 봐. 칠팔만 원짜리로 되겠나."

"우리 지우는 비싼 거 바라지 않을 거야."

"줄이야 요즘은 14k로 많이 하니까 그건 별로 안 비싼데 펜던트가 문제지. 펜던트를 어떤 종류로 하느냐."

"종류마다 다르냐?"

"다이아 박으면 백만 원도 부족하고, 루비나 사파이어로 하면 한 오십에서도 맞출 수 있고."

"오십도 너무 과하다. 결혼할 때 예물 다 해주기로 했는데."

"그 소리 들으면 지우 씨 안 좋아할걸? 예물은 예물이고, 생일 선물이라며."

"와, 그래도 너무 과하다. 오십짜리 목걸이 하나 사주고 나면 난 기름값도 없잖아. 그렇다고 카드를 긁어? 난 간이 작아서 그 짓은 못하겠다."

도현이 고개를 절레절레 저었다.

"빌려줘?"

"됐어. 안 갚고 싶어질 것 같아."

"갚기 싫음 갚지 말고."

"아니야. 분수에 맞게 해야지. 가랑이 찢어진다."

도현이 목걸이는 안 되겠다 했었다. 지우의 생일 전날까지도 선물을 준비 못했다고 고민했었다. 백화점에서 제법 많이 주고 산 목도리는 도진이 촌스러 못 봐주겠다 했지, 도진이 촌스럽다니 지우도 안 좋아라 할 게 분명해 다른 걸 준비하긴 해야 하는데 아무리 고민해도 그럴듯한 선물이 안 떠오르는 눈치였다.

솔직히, 지우 생일이라고 이번엔 제대로 축하해 주고 싶다는 얘기 형이 했을 때 지우에게 목걸이를 사주고 싶었던 사람은 도진이었다. 목걸이가 가진 의미를 알고 있던 도진은 그게 얼마나 속 보이는 짓인 줄 알면서도 제법 괜찮은 목걸이를 사주고 싶었다.

"열어봐."

승아와 만나고 꼭 365일이 되던 날이었다. 도진은 100일이 되고 200일이 되고 따위의 날짜를 꼽아본 적이 없었기에 365일 기념 선물이라고 승아가 내미는 선물을 조금 민망한 듯 쳐다봤었다. 민망하다기보다는 미처 생각하지 못하고 준비하지 못한 것에 대한 미안함이었다.

승아는 상당히 값비싼 선물을 도진에게 주었다. 꽤 큼지막한 멋스런 펜던트가 달린 목걸이였다.

"당신은 내 사람입니다, 라는 뜻이래."

승아가 말했다.

"뭐가?"

"목걸이 말이야."

승아가 의미있는 표정으로 말했고 도진은 씩 웃으며 아무것도 준비하지 못해 미안하다는 말을 했다.

"괜찮아, 도진 씨가 내 사람인 것만 인정해 주면 되니까."

목걸이에 그런 의미가 있다는 것을 승아 때문에 알게 됐다. 승아가 365일 기념 선물로 준 목걸이는 아직도 도진의 목에 걸려 있었다. 당신이 내 사람이라는 것을 인정해 달라는 의미로 승아가 준 목걸이, 도진은 인정한다는 뜻으로 여태 목에 걸고 있었다. 그리고 도진은 그런 의미가 담긴 목걸이를 지우에게 선물하고 싶었다. 하지만 형이 백화점에서 도저히 믿어지지 않을 만큼 촌스런 목도리 하나를 사들고 들어왔을 때 도진은 망설임 끝에 목걸이 얘기 했었다. 자신이 사주고 싶었지만 그래도 지우는 형이 사주는 걸 더 좋아할 것 같았기 때문이다. 그리고 그렇게 해야 했고. 그런데 형은 목걸이를 못하겠다 했고 전날까지도 목걸이는 아예 제외시켜 놓은 듯해서 도진은 목걸이 선물할 기회가 자신에게 왔다고 생각했다.

지우의 목에 걸어주었던 목걸이를 사기 위해 서울 시내에 있는 괜찮은 백화점 쥬얼리샵을 샅샅이 뒤졌었다. 형은 손이 떨려 생각도 못하던 다이아몬드가 박힌 펜던트를 고르고, 백금 줄을 고르고. 통장에서 뭉텅이 돈이 빠져나가는 것을 아까운 줄도 모르고 준비했었다.

그렇게 정성 들여 준비한 목걸이를 지우가 도현이 준비한 것으로 알았을 때의 씁쓸했던 기분, 그래서 직접 지우의 목에 걸어줄 수 있었다는 것에 위안을 삼았었다. 형이 기어이 오지 못한다는 연락을 해왔을 땐 서운함에 울음을 터뜨릴 것 같은 지우를 보면서도 가슴이 얼마나 벅차올랐나 모른다. 지우의 생일날, 지우를 독차지할 수 있다는 기대감에.

무슨 영화인지도 모른 채 재밌다고 너스레를 떨며 카페를 나섰을 때 지우를 끌어안던 형, 지우의 입술에 입을 맞추던 형. 미칠 것만 같았다. 가슴이 갈기갈기 찢기는 것 같았다. 그리고 이도저도 아니면 촌스런 목도리를 그냥 가져나올 줄 알았던 형이 꺼내놓은 목걸이.

"도진이 그러는데 목걸이는 당신은 내 사람입니다, 라는 뜻이래."

라고 말하던 형. 몹시도 난처한 표정으로 눈치를 보던 지우.

도진은 그때의 기억을 더듬으며 후욱 한숨을 내쉬었다.

도진은 지우를 주려고 형이 샀던 목도리를 매만지다가 조심스럽게 상자 안에 집어넣었다.

가슴에서 무엇인가가 치밀어 올랐다. 울분인지 슬픔인지 위액이 역류해 식도를 긁듯 치밀어댔다.

"미안해, 형……."

박스를 닫으며 도진이 중얼거리는데 초인종이 울렸다.

도진이 문을 열자 승아가 서 있었다.

"짐 싸는 거 도와주러 왔어."

"들어와."

이미 여러 개의 이삿짐 상자가 꾸려진 것을 보며 승아가 내가 늦었네 하고 혼잣말을 했다.

"뭐 할까?"

"옷 싸야 해."

"요즘 포장이사 부르면 금방이라니까."

"형 물건 남이 손대는 거 싫어서."

박스를 들고 도진의 방으로 들어가려던 승아가 걸음을 멈추며 뒤돌아봤다. 도진이 우울해한다는 것을 알아차렸는지 승아가 박스를 내려놓고 도진에게 다가와 어깨를 감싸 안았다.

"아직도 많이 슬픈 거야?"

"……."

"이제 조금은 덜 아플 때도 된 거 아니야?"

"……그래."

"도진 씨 계속 아파하니까 나도 괴로워."

"……."

도진이 한숨을 내쉬자 승아가 두 손으로 도진의 얼굴을 감쌌다.

"아버님 어머님 뵈러 같이 갔다 올까? 형 납골당에도 가고. 어 때?"

승아가 아직도 도현의 죽음에서 벗어나지 못하는 도진이 안쓰러운 듯 물었다.

"그래, 나중에……."

도진의 대답에 승아가 부드럽게 도진을 안아주었고 도진은 무감각하게 승아의 품에 안겨 있었다.

✳

도현이 떠나고 십오 개월 후 지우와 도진.

"저녁 나가서 먹을까?"

지우가 아래층으로 내려오는데 계단 밑에서 기다리던 아버지가 물었다.

"그러고 싶으시내요?"

"음."

"네."

오늘은 어머니 생신이었고 그래서 뭐든 하자고 하던 참이었는데 어머니가 외식하고 싶다 하신 모양이다.

지우가 다시 방으로 올라와 외출복으로 갈아입고 내려갔을 때 어머니는 아버지와 함께 거실에서 기다리고 계셨다.

"옷 좀 사야 하지 않니?"

어머니가 지우의 외출복이 썩 마음에 들지 않는다는 투로 말했다.

"괜찮아요."

"너 쇼핑 안 한 지 한참 됐어."

"병원 말고는 다니지도 않는데요 뭐."

"이제 좀 다녀."

"알았어요. 가요."

부모님이 예전에 자주 다니셨던 레스토랑으로 가서 스페셜 요리를 주문했다. 이 레스토랑에 자주 다니는 이유는 어머니가 이 집 음식을 아주 좋아했기 때문이다. 어머니 표현대로라면 요리들이 대체로 아주 담백하고 육질이 특별히 연하다는데 인정은 하지만 솔직히 지우의 입맛엔 너무 밍밍해서 별로였다. 그렇지만 언제부터인가 외식은 어머니 입맛에 맞는 요리를 먹었기 때문에 지우도, 아버지도 불만을 제기하지 않았다. 더구나 오늘은 어머니 생신이니 어머니가 원하는 대로 해드리는 게 좋았다.

"개업할 생각은 없니?"

어머니가 물었다.

"없어요."

"크진 않더라도 의사 두세 명 두고 일할 만한 병원은 만들어줄 수 있는데."

아버지도 거들었다.

"아뇨, 그냥 있을게요."

"혹시, 만나자는 사람 없니?"

어머니가 물었고 아버지가 조금 조심스럽게 지우를 쳐다봤다.

"없어요."

"혼자 지낼 거니?"

"아직은 편해요, 그게."

"넌 편할지 몰라도 난 아니야, 얘."

"……."

시큰둥한 지우의 대답에 재미가 없는지 어머니가 아버지에게 말을 걸었고 아버지는 어머니의 질문에 자분자분 대답을 해주셨다.

아버지 아시는 분의 모친이 위중하셔서 오늘내일하신다는 얘기에 돌아가시면 어디로 모신다더냐 뭐 이런 얘기를 부모님이 주고받는 동안에 지우는 너무 담백해 밍밍한 스테이크를 잠자코 먹고 있었다. 돌아가시면 어디로 모신다더냐 하는 얘기에서 누구네 사모님이 모임에서 말실수를 하는 바람에 망신을 당했는데 그 모임에서 진작에 빠지길 잘했다는 얘기로 옮겨가는데 문득 어떤 시선을 느낀 지우가 고개를 돌리자 눈에 익은 두 사람의 모습이 보였다.

도진과 승아. 두 사람 곁에는 낯모를 남자가 한 사람 더 있었다. 하지만 지우의 눈에 들어오는 사람은 오로지 도진밖에 없었다. 승아는 너무 오랜만이고 또 너무 오랜만이다 보니 서먹해진 표정으로 어정쩡하게 미소 진 얼굴을 하고 있었고, 도진은 지우에게 시선을 고정시킨 채 바라보고 있었다. 지우는 그냥 외면해 버릴까 하다가 너무 옹졸한 태도인 것 같아 가볍게 목례를 하자 승아도 아까보다는 덜 어정쩡한 표정으로 목례를 했다. 도진은 지우의 목례에 어떤 화답도 없이 집요한 시선으로 바라보고 있었다.

　"누구니?"

　어머니가 본 모양이다.

　"아는 사람이니?"

　"네."

　"어떻게?"

　"그냥 알아요."

　지우는 되도록 도진과 승아 쪽을 쳐다보지 않으려고 노력하며 대답했다.

　도현이 죽고 일 년 반 만인가 보다, 도진과 승아를 다시 만난 것이. 그동안에 두 사람은 여전히 좋게 지낸 모양이다. 어쩌면 결혼을 했을지도 모른다. 저 두 사람과 도현과 그렇게 넷이서 곧잘 어울렸는데, 저 두 사람은 여전히 좋게 지내고 지우는 혼자였다. 도진이나 승아에게선 어떤 변화도 느껴지지 않았다. 일 년 반 전 그대로였다.

　지우는 울컥 서러움이 느껴졌다. 저 두 사람은 그때도 좋았으니 지금껏 좋게 지내는 것이 퍽 특별한 일도 아닌데 왠지 서러웠다. 도현이 살아 자신과 결혼했다면 저 두 사람과 지금껏 어울렸을 텐데. 그들의 결혼식에 도현과 함께 참석했을 텐데.

"잠깐 화장실 다녀올게요."

지우는 목구멍이 따끔거리고 콧잔등이 매워 서둘러 자리에서 일어났다. 그냥 있다간 난데없이 식사 잘하고 있는 부모님 앞에서 눈물을 보일 것 같았기 때문이다.

"그래."

지우는 도진과 승아를 보지 않으려고 애쓰며 재빨리 화장실로 달려와 칸막이 안으로 들어갔다.

난 혼자고, 저 두 사람은 여전히 좋아 보인다. 그래서 서럽다. 외롭다. 서글프다.

지우는 울컥 눈물이 치솟으려는 것을 어금니를 틀어 물며 참았다. 이런 데서 이런 식으로 울고 싶지 않았다. 멍청하게 바보처럼 굴고 싶지 않았다. 뭐가 서럽고 뭐가 외롭다고. 하지만 서럽고 외롭다. 그가 살아 있다면, 도현만 그렇게 떠나지 않았다면 즐겁게 재잘거리며 그의 곁에서 저 두 사람과 함께 어울렸을 텐데. 왜 가 버려서 아픈 추억을 되살리는가.

순 거짓말이다. 저 두 사람은 좋아 보이고 자신은 혼자라 서러운 것이 아니다. 저 두 사람은 아직도 저렇게 좋은데 그가 떠나 버리는 바람에 외톨이가 되어서 외로운 것이 아니다. 지우가 외롭고 서러운 건, 서글픈 건 도진의 곁에 승아가 있기 때문이다. 이게 무슨 괴변인가 하겠지만, 어떻게 설명해야 할지 모르겠다. 이율배반

적 감정이 뭔지 모르겠다.

도진을 보는 순간, 지우는 심장을 관통하는 듯한 통증을 느꼈었다. 일 년 반 만에 우연히 다시 만난 도진의 모습. 도진을 보자 예전 그의 위험했던 속삭임에 울렁거리고 설레었던 그것이 되살아났다. 그리고 그의 곁에 있는 승아를 보자 쑤시기 시작했다. 곱지 않은 심보가 가슴속 저 밑에 있었던 모양이다. 내가 그를 잃었으니 그도 승아를 잃어야 한다는 똥 같은 생각. 똥 같은 생각인 줄 알면서도 그의 곁에 여태 승아가 있었다는 것이 속상하고 화가 났다. 지우는 도진에게 그 누구보다 강렬한 느낌을 주었지만 결코 가질 수 없는 남자였는데 그런 남자를 승아는 지금까지 갖고 있었다는 것, 자신에게 그토록 아찔하고 은밀한 속삭임을 속삭거렸던 그가 승아를 여태 곁에 두었다는 것, 그것이 지우를 격분하게 만들었다.

그의 속삭임에 떨려하고 그의 은밀한 접근에 흔들리는 지우. 그리고 도현이 떠났다. 떠나면서 도진과의 숨겨진 무엇인가를 눈치챘다. 지우는 그것으로 끔찍한 속죄의 시간을 보내야 했다. 그런데 그는 행복했던 모양이다. 승아와 즐거웠던 모양이다. 도진이 던진 미끼를 물어버리는 바람에 갈기갈기 찢겨진 가슴으로 하루하루를 지탱하던 지우와는 반대로 미끼를 던졌던 그는 여전했던 모양이다. 그래서 화가 났다. 그래서 속상하다. 아, 모르겠다. 대체 이런 맘이 뭔지 모르겠다. 어떻게 생겨먹은 마음이기에 이렇게 곱지 못하고 천할까 싶었다. 화가 나고 속상하지만 부끄럽고 민망했다. 부끄럽고 민망하면서도 끝없이 서운하고 화가 났다.

지우는 심호흡을 몇 번이나 거듭하며 들쑤셔대는 가슴을 진정시켰다. 울면 멍청이고 이럴 땐 아무렇지도 않은 듯 조금 미워 보일 정도로 평상심을 유지해 줘야 추하지 않을 것 같았다.

지우는 펄럭거리는 가슴이 어느 정도 가라앉았다고 생각하며 칸막이에서 나와 손을 씻었다. 고개를 들자 거울 속에 한 여자가 서 있다. 우울해 보이는 얼굴. 외로움과 서러움이 켜켜이 쌓여 희망도 기쁨도 뭔지 모르는 낯설고 칙칙한 모습. 정말 보기 싫다.

지우는 손을 닦고 물기를 말린 후 다시 한 번 심호흡을 하고 화장실을 나왔다.

"지우 씨."

화장실을 나와 두어 걸음 옮겨놓는데 부르는 소리가 들렸다.

지우 씨, 도진의 목소리였다.

지우는 또다시 심장을 관통하는 예리한 통증을 느끼며 고개를 돌렸다.

도진이 서 있었다. 일 년 반 전 자신에게 미끼를 던질 때의 그 모습 그대로였다.

지우가 선 채로 쳐다보고만 있자 도진이 지우에게 천천히 다가왔다.

"잘 지냈어요?"

도진의 표정은 뭐랄까, 무척 조심스러워 보였다.

"네."

지우는 무표정한 얼굴만큼이나 건조한 목소리로 대꾸했다.

잘 지냈냐고, 그렇다고 하는 단순한 인사가 오가고 두 사람은 할 말이 없어져서 멍하게 서로를 쳐다봤다.

지우는 도진의 시선을 똑바로 바라보는 것이 몹시 어색해서 슬쩍 다른 곳으로 초점을 피하고 싶었지만 아직도 아픔을 간직하고 있는 사람으로 비춰질까 고집스럽게 그의 눈을 쳐다보고 있었다.

"좋아 보이네요."

용기 내서 침묵을 깨고 지우가 먼저 말했다.

"어떻게 지내요?"

좋아 보인다는데 어떻게 지내냐는 물음은 뭘까.

"그냥 의사노릇하며 살아요."

지우가 다소 거친 어조로 대답했다. 질문이 우스웠다는 듯.

"두 사람 좋아 보이네요."

그 말은 하지 말았어야 했는데 지우는 내뱉고 말았다.

"이제 괜찮아요?"

두 사람 좋아 보인다는데 도진이 또 엉뚱한 질문을 한다.

"⋯⋯모르겠어요."

지우의 솔직한 대답이었다.

"그만 가볼게요."

지우가 돌아섰다. 이젠 괜찮냐고 묻는 도진의 질문에 비위가 상한 것이 분명하다. 그래서 돌아섰다. 언제부터 속이 이렇게 꼬여버렸는지 모르겠지만 하여튼 이젠 괜찮냐는 물음이 듣기 싫었다.

"가슴이⋯⋯."

도진이 급하게 지우의 손을 잡으며 입을 열었다.

지우가 자신의 손을 움켜쥔 도진의 손을 쳐다보다가 고개를 들고 도진을 쳐다봤다.

"지우 봤을 때 가슴이 터질 것 같았어."

도진이 낮은 목소리로 중얼거렸다.

가슴이 터질 것 같은 것······ 지우는 그게 뭔지 알고 있었다. 지금 자신의 가슴이 그랬으니까. 저리고 아려서 쥐어뜯고 싶어질 정도니까. 가슴이 터질 것 같은 게 뭔지 알겠다. 휘몰아친다. 가슴에서 뭔가가 휘몰아치며 뒤흔들고 후벼 파고 있다.

지우가 도진의 손을 털어냈다. 그리곤 돌아서는데 도진이 다시 지우를 붙잡았다.

"지우야."

지우는 거칠게 도진의 손을 털어냈다. 그리고 뒤돌아보지 않고 부모님이 기다리는 테이블로 돌아왔다.

웃긴다, 화난다. 가슴이 터질 것 같다고? 일 년 반 만에 만났는데 그 세월을 우습게 뛰어넘으며 가슴이 터질 것 같다고? 그런 자식이 여태 승아와 좋게 지내? 난 남편 될 사람의 동생을 가슴에 품었던 죄로, 그걸 그가 알고 떠났다는 것 때문에 누구에게도 말 못하고 끔찍한 속앓이를 하며 몸부림쳤는데 정작 원죄의 중심이 서 있는 자식은 나 몰라라 애인과 즐겁게 보냈다. 그래 놓고 이제 와서 가슴이 터질 것 같다는 헛소리를 지껄이다니. 어쩌라고, 그래서 어쩌라고!

네놈이 희롱만 하지 않았더라면, 남의 가슴에 몹쓸 불꽃만 피우지 않았더라면 그가 떠났을 때 그렇게 무서운 죄책감엔 시달리지 않았을 텐데. 그 세월 그 시간 몸서리치게 만들어놓고 네놈은 태평하고 즐거웠구나.

화가 난다. 화가 나서 달려가 따귀라도 올려붙이고 싶었다.

"기분 안 좋니?"

체한 사람처럼 어금니를 앙다물고 있는 지우에게 어머니가 조심스레 물었다.

"그만 갔으면 좋겠어요."

지우의 날카로운 억양에 어머니가 도진과 승아가 있는 테이블을 잠깐 흘끗거렸다.

"불편하니?"

"그러네요."

"그래, 그럼 그만 가자. 여보, 가요."

"그래, 가지."

세 사람은 일어났다.

지우와 어머니는 곧장 레스토랑 밖으로 나왔고 아버지는 계산을 하느라 늦게 나오셨다.

"비가 올 것 같지 않아요?"

"예보에 내일 비 온다고 했어."

"내일이 아니라 곧 쏟아질 것 같아요. 저녁인데도 하늘이 우중충하게 보여요."

어머니와 아버지가 날씨 얘기를 하는 동안에 지우는 한마디로 거들지 않고 차에 올랐다. 그날이 떠올랐다.

카페로 막 들어오는 도진이 보였다. 도진은 카페 안을 쓰윽 훑어보다가 곧 지우를 발견하고 다가왔다. 오늘 도진은 참 예쁘게 입고 있었다. 꽤 고급스러워 보이는 니트 티셔츠에 몸에 조금 달라붙는 짙은 색 청바지. 가슴을 가로지르며 둘러멘 가죽 재질의 가방. 키가 크고 훤칠한 도진을 더욱 돋보이게 해주었다.

도진은 지우에게 미소 지어 보이고 맞은편 자리에 앉았다.

"일찍 왔네요?"

"십오 분쯤 됐어요."

"차가 막히네요, 오늘은."

"그래요?"

도진이 가방을 열더니 뭔가를 꺼냈다. 우산이었다.

"웬 우산이에요?"

도진이 내미는 작고 노란 삼단 우산을 쳐다보며 지우가 물었다.

"비 올 것 같아요. 하늘이 우중충해요. 혹시나 해서 챙겨 왔어요. 형은 아직 안 왔어요?"

"곧 도착한대요. 그런데 만약에 비 오면 도진 씬 어쩌려구요?"

"남자는 좀 맞아도 괜찮아요."

"요즘은 산성비라 맞으면 대머리 된다던대."

"남자 대머리는 봐줄 만하지만 여자 대머리는 곤란하잖아요."

도진의 말에 지우가 꽤 괜찮은 유머였다는 듯 웃었다.

"승아 씨 못 와서 아쉬워요."

"안 갈 수 없는 출장이래요."

"그러게 말이에요. 그런데 어디로 갔어요?"

"부산으로요."

"보고 싶겠네요."

보고 싶겠다는 지우의 말에 도진은 아무 대답도 하지 않았다.

도현은 참아줄 수 있을 만큼 늦게 도착했고 세 사람은 도현이 원하는 대로 순대곱창 볶음집으로 가서 술을 한잔 걸치며 저녁을 먹었다.

그날은 열흘 전에 1계급 승진한 도현을 뒤늦게 축하해 주는 날이었는데 원래 계획은 도현의 직장동료들과 다 함께 어울려 한턱내는 것이었다. 경찰서에 일이 생기고 또 어떤 사람은 사정이 있고 해서 결국 만나기 전날 단출하게 도진의 커플과 도현 커플만 만나기로 했는데 승아가 부산에 출장을 가는 바람에 세 사람만 모인 것이다. 그래도 재미있었다. 자주 보던 사람들끼리 모여 저녁 먹고 형제끼리 축하 말을 주고받으며 술 한 잔씩 걸치는 모습도 퍽 보기 좋았다.

느즈막하게 식당을 나오는데 비가 내리고 있었다. 쏟아지는 비가 아니라 부슬부슬 막 시작된 비였다.

"어머, 정말 비 오네."

지우는 도진이 챙겨준 우산을 냉큼 펼쳤다.

"도현 씨, 도진 씨, 이리 붙어요."

지우의 말에 두 남자가 지우의 양쪽에 꼭 붙어 섰다.

"우산 챙겨 왔네?"

도현이 기특하다는 듯이 말했다.

"애인이 나 산성비 맞고 대머리 되지 말라고 챙겨줬어요."

지우가 도진에게 눈을 찡긋거리며 농담을 던졌다.

"이런, 나 말고 애인이 또 있었단 말이야?"

도현이 과장되게 놀라는 척하는 모습을 보이자 지우가 깔깔거리고 웃는데 도진이 우산 밖으로 나갔다.

"두 사람 써."

"너도 들어와."

"일 인용 우산을 셋이 어떻게 써."

"그럼 나도 쓰지 말까?"

도현도 우산 밖으로 나갔다.

"그럼 나만 써요?"

"그래, 지우만 써."

"지우 씨만 써요."

도현과 도진이 앞서 걷기 시작했고 지우가 두 사람의 뒤를 따라가는데 도진이 잠깐 뒤돌아보며 노란 우산을 쓰고 따라오는 지우에게 미소 지었다. 지우도 도진에게 같은 미소로 화답했다.

그땐 그저 아무런 의미가 없는 미소인 줄 알았는데 도진은, 자신이 준비한 우산이 지우에게 필요한 물건이었다는 것에 기뻤던 것이다. 자신이 준비한 우산을 지우가 쓰고 있는 것이 좋았던 것이다.

비가 올 것처럼 우중충하다는 어머니의 말에 예전에 비가 올 것 같아 챙겨 왔다는 도진의 우산이 생각났다. 그 우산이 집에 아직 있을까 찾아봐야겠다는 생각도 했다.

도진…… 다신 만나지 않을 사람. 하지만 여전히 가슴에 남아 있는 사람.

*

도현이 떠나고 이십이 개월 후 도진.

"진짜 괜찮아. 우리 처제라서 하는 말이 아니라 정말 예쁘고 능력도 있고 갖출 거 다 갖췄다니까. 나중에 후회하지 말고 한번 만나보기라도 해."

"싫어요."

두 달 전에 45평으로 이사했다는 팀장님 집에 집들이 갔었는데 그날 전혀 눈여겨보지 않았던 팀장 사모님 막내 여동생이 도진을 소개시켜 달라고 팀장님을 졸랐던 모양이다. 막내 여동생뿐이 아니라 팀장 사모님까지 합세해 다리를 놔보라며 압력을 넣었고 팀장님은 벌써 일주일째 도진을 볶아대고 있었다. 일주일째 도진은 거절하고 있었고.

"태도진, 네 나이가 몇인 줄 아냐? 튕길 나이가 아니야, 인마. 지금 결혼해서 바로 임신해 자식 낳아도 애 초등학교 들어갈 때 네 나이 벌써 사십이 넘는다."

"알아요, 그래도 싫어요."

"그 소문 진짜냐?"

팀장이 짐짓 목소리를 낮춰 진지하게 물었다.

"무슨 소문요?"

"게이냐?"

"예?"

도진이 기막힌 듯 쳐다봤다.

"너 인마, 여자는 쳐다보지도 않는다며."

"이 년 전까지 적어도 한 달에 두 번은 잠자리를 갖던 여자 친구 있었거든요? 이 년 사이에 어떻게 게이가 돼요?"

"그럼 인마, 왜 멀쩡한 놈이 여자를 싫다 하냐고. 이 년 전까지 한 달에 두 번씩 잠자리 갖던 여자 친구 있었다는 거 처제랑 와이프한테 절대 비밀로 해줄게, 만나봐."

"좋아하는 사람 있어요."

"있어?"

팀장이 몹시 실망한 얼굴로 도진을 쳐다봤다.

"있어, 정말?"

"있어요."

"괜히 헛다리만 짚었네. 있음 진작에 있다 할 것이지."

팀장이 김이 팍 새버린 얼굴로 도진에게 눈을 부라리고 가버렸다.

여자…… 결혼…… 지우가 아닌 다른 여자…….

＊

도현이 떠나고 이십팔 개월 후 지우.

"여자로 태어나서 가슴이 봉긋할 정도로는 나와줘야 하는 것도 여자의 의무라고 생각하지 않냐?"

태일이 말했고 지우가 자신의 빈약한 가슴을 한번 내려다본 후 태일을 노려봤다. 지우는 오늘 검은색 케시미어 터들넥을 입고 있었고 그래서 몸매가 빤하게 드러났다. 빤하게 드러나다 보니 빈약한 가슴도 빤했다.

"요즘은 뽕 브라인가 뭔가 해서 속은 비었지만 꽤 있는 척할 수도 있다는데. 좀 있는 척하지 그러냐?"

태일이 놀렸고 지우는 기막힌 듯 웃었다.

"고깝게 듣지 마. 여자로서 의무를 다하라는 말이니까."

지우는 상대를 하지 않는 게 신간 편하겠다 생각했다.

"결혼할래?"

태일의 뜬금없는 말에 지우가 종이컵을 입에 물고 논문 뭉치를 집어 들다가 태일을 쳐다봤다.

"괜찮을 것 같지 않냐?"

지우는 아무런 대꾸 없이 멍한 얼굴로 그의 얼굴만 쳐다보고 있었다.

"왜 쳐다보기만 하냐?"

"열있니?"

"나쁠 것 없잖아."

"무슨 똥 같은 소리니?"

"결혼하자는 말이 왜 똥 같은 소리야."

지우가 태일을 노려보았으나 그는 예전처럼 두 손 들며 알았어, 농담이야라고 말하지 않았다. 그는 정말로 진지한 얼굴이었다.

"나 꽤 진지해."

"나참."

지우가 픽 웃자 그제야 태일도 웃기 시작했다.

지우는 종이컵에 든 커피를 마저 마신 후 쓰레기통에 버리고 논문 뭉치를 순서대로 정리하기 시작했다.

"아버지한테 말씀드렸더니 한번 데려오라셔."

"……."

"같은 의사라고 하니까 좋아하시더니 동갑이라 하니까 늙었다고 싫어하시더라. 어쨌거나 한번 보고 싶으시대."

"……."

지우는 태일의 말을 못 들은 척 논문만 정리하고 있었다.

"네 얘기야."

지우가 그제야 태일을 쳐다봤다.

"너 웃었잖아."

"뭐?"

"내가 웃으니까 너도 웃었잖아."

"그런데?"

"농담 아니었어?"

"이번엔 농담 아니야."

태일이 농담이 아니라고 했고 지우는 짐짓 신중한 표정을 지어 보였다.

"너 나 사랑하니?"

"사랑까지는 아닌데 너하고 결혼하면 좋을 것 같아."

"어째서?"

"서로 잘 알고 덜 싸울 것 같고 둘이 같이 벌면 재산도 빨리 늘릴 것 같고."

"사랑하지도 않은데 결혼을 하니?"

"좋아하잖아."

"너 나 좋아하니?"

"너도 나 좋아하잖아."

"이성으로는 아니잖아."

"이성적으로도 꽤 관심있어."

"나 한번 실패하는 거 옆에서 지켜보면서 많이 위로해 주고 보듬어준 건 아는데 그렇다고 결혼까지 해줄 필요는 없어. 네 인생까지 불후이웃 돕기 할 것까진 없어."

"네가 불우이웃이냐?"

"정신적 불우이웃."

"불우이웃 돕기 아니야. 결혼을 누가 불우이웃 돕기로 하냐. 나 진지해."

태일의 말에 지우가 태일을 똑바로 쳐다봤다.

"네가 지금까지 한 얘기 우리 부모님이 들으시면 맨발 벗고 뛰어나와 좋아하실 얘기지만 나 동정받는 것 같아 기분 나쁘다."

"솔직히 말할게. 나 너 그 사람 만나기 전부터 너한테 관심 많았지만 너한테 관심있다 말하기 전에 너한테 그 사람이 생겨 버렸어. 너 그 사람한테 완전히 빠진 것 보고 마음 접었었고. 그런데 그 사람 그렇게 됐고 넌 혼자야. 많이 안쓰럽고 위로해 주고 싶었어. 그런데 그런 마음만이 아니라 여전히 널 아주 괜찮은 여자로 보고 있다는 거야."

"결혼하려고 날까지 잡았었어. 나 그거 콤플렉스야. 그래서 괜찮은 집안엔 명함도 못 내밀어."

"우리 집은 그렇게 괜찮은 집안 아니야. 그리고 내가 다 알고 있잖아. 나한텐 숨기고 자시고 할 것도 없고. 또 내 연애 행각 네가 다 알고 있잖아."

"연애 행각?"

"몇 명의 여자를 만나고 헤어졌는지 너도 알잖아."

"그건 달라. 난 정말로 결혼하려고 했다고."

"상관없다면?"

태일이 그 어느 때보다도 진지하게 말했기 때문에 지우는 당황스러웠다.

결혼이라…… 그가 죽고 이 년 이 개월 만에 결혼이라는 것을 해볼 기회가 지우에게 왔다. 그가 죽고 지금까지 결혼이라는 것을 다시 시도해 볼 생각도, 결혼은 하지 않더라도 남자를 만날 생각도 하지 않았다. 집안에서도 마찬가지였다. 신랑이 죽는 바람에 물거품이 된 결혼식은 지우에게 아주 큰 콤플렉스가 되어서 어머니나 아버지가 희망하는 집안엔 들이밀지도 못하는 상황이었다. 어머니나 아버지가 희망하는 집안이 아니라 하더라도 지우는 결혼이라는 것을 다시 해볼 생각을 하지 않았었다.

그가 죽고 병원에 휴직계를 냈던 지우는 팔 개월 만에 병원으로 돌아왔다. 병원으로 돌아왔다고 해서 팔 개월 만에 그의 죽음을 깨끗하게 정리해서는 아니었다. 그의 죽음으로 받았던 충격과 고통을 일과 병행할 용기가 생겼기 때문이다. 환자가 오면 기계적으로 처치를 하고 병원 사람들과 얘기를 하고 어울려 밥을 먹으면서도 속으론 끝없이 그를 앓고 있었다.

그가 죽고 이 년 이 개월이 흐른 지금 지우는 상당히 안정을 되찾았다. 예전보다 많이 웃었고 누군가 자신을 동정하는 눈으로 보면 어쩌나 하는 생각에 피하던 회식 자리에도 참석하게 됐다. 이정도로 안정을 되찾게 된 것은 태일의 도움이 가장 컸다. 태일은 늘 지우를 염려했고 울적해하면 함께 술을 마셔주거나 주말엔 함께 영화를 보러 가주기도 했다. 많이 고마웠고 많이 의지했다. 그렇다고 태일을 남자로 생각하거나 결혼을 생각한 적은 없었다. 또 친구니 나 아픈 거 너도 분담하라며 일부러 이용해 먹지도 않았다. 친구니까, 것도 매우 가까운 친구니까 아픈 거 털어놓으며 아프다 하고 너 아프구나 위로받고 그렇게 지냈다. 친구처럼, 정말 친구처럼. 그런데 태일이 결혼을 하자고 했다. 그것도 진심으로.

"결혼하는 거야, 알았지?"

지우는 생각해 보겠다, 아니, 그건 절대 있을 수 없는 일이다 식의 어떤 대꾸도 없이 대화를 끝냈다. 하지만 태일은 정말로 농담이 아니었던 모양이다.

"토요일에 약속 잡았다. 아버지가 너 꼭 보셔야겠대."

처음 결혼 얘기를 꺼내고 일주일이 지났을 때 태일이 불쑥 말했다.

"누구 맘대로?"

"내 맘대로."

"왜 그러니?"

"결혼하고 싶어서."

"너 개업하고 싶다 했지."

"응."

"기분 나쁠지 모르겠는데 너 개업할 때 비용 모자라서 그러니?"

"기분 나쁘지 않아. 사실이니까."

"그냥 빌려달라고 해."

"빌려달라는 말 하기 쪽팔려 결혼하자는 멍청이가 어딨어?"

"너 내가……."

"네가 어떤지 알아. 내가 상관없다고 하잖아."

"태일아."

"정말로 결혼하고 싶어서 그래."

"난 아니야."

"생각해 봤는데 널 그냥 내버려 두고 마음 돌아설 때까지 기다리면 쭈글쭈글 할머니가 되어서도 결론이 안 날 것 같더라."

"결론 내렸잖아, 난 아니라고."

"혼자 살래?"

"모르겠어."

"그 사람은 잊어버려."

"그 얘기 하고 싶지 않아."

지우가 낯을 찡그렸다.

"지우야."

"나 화나려고 해. 그만 해."

지우가 태일을 외면했다.

사나워진 기분으로 퇴근해 집으로 돌아갔을 때 어머니가 상기

된 얼굴로 지우를 맞았다.

"낮에 아버지, 태일이 만났다신다."

어머니의 말에 지우가 찡그린 얼굴로 어머니를 쳐다봤다.

"태일일 왜요?"

"이리 와서 앉아."

거실에 있던 아버지가 지우를 불렀다.

"태일이 만났다. 너하고 결혼하고 싶다 하더구나."

참 황당한 자식이다 싶었다.

"전 아니라고 했어요."

"그럴 것 없어."

"그 자식 개업하고 싶은데 개업 비용 부족해서 그래요."

"그 얘기도 했어. 솔직해서 오히려 좋더구나. 그런데 그것 때문이 아니야. 정말로 널 좋아한대. 너한테 말했다면서, 결혼하자고."

"싫다고 했어요. 이상한 놈이네. 아버질 왜 만나요? 건방지게."

"밀어붙이지 않으면 해결 안 될 것 같아 밀어붙인다고 도와달라더구나. 태일이 마음에 들었어. 남자가 밀어붙이는 맛도 있어야지."

"시집 못 갈까 걱정하던 차에 결혼하겠다 도와달라며 밀어붙이는 녀석 나타나니까 그냥 막 보내 버리고 싶으세요?"

"그런 게 아니라는 거 알잖아. 얘가 왜 이렇게 꼬였어?"

어머니가 발끈했다.

"너 좋대. 좋아한대. 진심이래."

아버지가 달래듯 말했다.

"좋아할 수 있어요, 그런데 중요한 건 제 감정이잖아요. 전 태일이한테 이성의 감정이 없어요."

"힘든 일 겪어서 마음을 닫아버린 건 아닌가 생각해 봐."

"그런 거 아니에요. 태일이 대학 때부터 지금까지 몇 년인데요. 줄곧 친구로 지냈어요. 너무 많이 알아서 싱거울 만큼 붙어지냈다구요."

"그래서 더 네 감정이 어떤지 모를 수도 있어."

"제 감정 알아요. 감정없어요."

"태일이 좋은 사람이라는 건?"

어머니가 재빨리 끼어들었다.

"태일이 좋은 사람이라는 건 알아요. 하지만 좋은 사람이라고 해서 결혼할 수 있는 건 아니잖아요."

"언제까지 혼자 지낼 거니? 도현은 그만 잊을 때도 되지 않았니?"

어머닌 지우가 도현을 못 잊어 결혼하지 못하는 것이라 생각하는 듯했다. 그건 아니다. 도현을 못 잊어서가 아니다. 아직 결혼이라는 것을 다시 생각하고 싶지 않기 때문이다.

"그 사람 때문이 아니에요."

"도현 때문이 아닌데 어째서 싫다는 거야?"

"적어도 결혼이라는 건…… 하고 싶어야 하는 거잖아요. 그래야 살 것 아니에요. 그런 마음 없이 어떻게 같이 살아요."

"살면서 정이 들어. 그게 사람이야. 그래서 선을 보고 결혼해서 자식 낳고 사는 거야. 처음부터 꼭 정이 필요하지는 않아. 정이라는 건 천천히 물 먹듯 먹는 게 더 진국일 수 있어."

그래, 어머니나 아버지한테는 그게 가능할 것이다.

지우가 알기로 두 분은 사랑해서 한 결혼이 아니다. 집안끼리 엮여진 케이스다. 어머닌 아버질 다섯 번 만나고 곧바로 결혼식을 올렸다고 했다. 별다른 거부감 없이 혼인했고 지우를 낳고 지금껏 부부로 살고 있다. 어머니 말처럼 천천히 물 먹듯 정이 든 것이다. 그런데 지우는 부모님처럼 되지 않았다. 지금도 선을 보고 날을 잡고 사랑하는 마음이 생기기 전에 결혼해서 사는 사람이 있지만 지우는 그런 결혼을 원치 않았다. 로맨틱한 인연을 기대하기엔 싱그러운 나날을 다 날려 버리고 말았지만, 로맨틱한 인연을 만나 사랑하다 그만 그를 잃고 말았지만 그것에 데어서 이렇게 떠밀리듯 해치우고 싶진 않았다.

"난 네가 도현에게서 벗어났다는 것을 보여주기 위해서라도 결혼해야 한다고 생각해. 마침 널 좋아하는 사람도 있고."

"그 사람한테서 벗어났다는 것을 꼭 보여줘야 할 이유가 뭐예요?"

지우가 어머니에게 도전적으로 물었다.

"얘가 무슨 소릴 하는 거야?"

어머니가 화들짝 놀라며 지우를 쳐다봤다.

"너 여태 도현한테 매달려 있는 거니?"

"그 사람한테서 벗어났어요. 하지만 벗어났다는 걸 보여주려 애를 쓸 필요는 없을 것 같아요."

"그게 무슨 소리니?"

"그 사람은 그 사람이에요. 죽은 사람이에요. 그리고 난 아직 죽은 사람을 사랑해요. 그렇다 하더라도 꼭 그 사람 때문에 결혼하지 않겠다는 건 아니에요. 단지 태일이한테서 별다른 감정을 느끼지 못하기 때문이에요. 그러니까 괜한 기대 마세요."

"우리 좋자고 하는 말이니? 너 까칠한 얼굴로 새벽같이 출근했다가 생기없는 얼굴로 들어오는 것 볼 때마다 여기서 아픈 게 치밀어서 그래."

어머니가 손으로 가슴을 토닥이며 하소연했다.

"알아요, 안다구요."

"알면서 왜 그래?"

"저도…… 여기서 아픈 게 치밀어요. 하루에도 수십 번씩. 이런 상태로 결혼할 순 없잖아요."

지우가 고독해진 얼굴로 중얼거렸다.

"지우야, 곁에 누군가 있으면……."

"안 할래요. 기대하지 마세요."

지우가 딱 잘라 말하고 자리에서 일어나 방으로 올라와 버렸다. 그리고 곧장 태일에게 전화를 걸었다.

"너 이거 반칙이야."

[뭐가 반칙이야?]

"나 우리 부모님, 도현 씨 죽어도 안 된다 반대하실 때 단식투쟁하면서 이겼어. 이번 역시 네가 아무리 반칙해도 내가 아니면 난 안 해."

[지우야.]

"너 좋아해. 너 아주 괜찮은 사람이라는 것도 누구보다 잘 알아. 하지만 적어도 난, 내가 결혼을 한다면…… 이렇게 얼렁뚱땅은 아니야. 떠밀리듯 그렇겐 싫어."

[떠밀리라는 거 아니야. 네가 민다고 밀릴 사람도 아니고.]

"아니, 더 솔직하게 말할게. 넌 나에 대해 너무 많이 알아. 그래서 싫어."

[너에 대해 다 알고 있는 사람이 더 편할 수 있어.]

"아니, 내가 결혼을 한다면 두고두고 발칙한 년이 되는 한이 있더라도 내 과거에 대해 까맣게 모르는 사람하고 할 거야. 넌 아니야."

[살다 들켜 발칙한 년 소리 듣느니 처음부터 아는 사람하고 터놓고 사는 게 나아.]

"난…… 나를 너무 잘 아는 사람은 싫어. 그러니까 그만둬."

[만날래?]

"아니."

[그럼 내일 한잔하자.]

"것도 싫어."

[해, 자식아.]

"너 결혼 때문에 혹시 날 설득하려고 하는 거라면……."

[내일 만나서 해. 얼굴 보면서 하자고.]

태일이 전화를 끊어버렸다. 열이 뻗쳐 있는 김에 다시 전화해 왜 일방적으로 전화를 끊고 지랄이냐고 퍼부으려다 참았다.

고약하고 괘씸한 자식. 아무리 친하다고, 아니, 아무리 한번 실패 봤다고 얼렁뚱땅 결혼하자 바람 넣어주면 흠있는 나를 선택해 주어 황공하다 냉큼 싸잡을 줄 알다니. 괘씸하고 고약한 자식.

지우는 분하기까지 했다. 태일이 아니었다면 이렇게 분하진 않을 것이다. 태일이기 때문에 자존심을 다친 것처럼 분했다.

다음날 병원에서 태일과 마주쳤을 때 지우는 의도적으로 쌀쌀맞게 굴었다. 히죽거리며 웃을 일도 없었지만 늘 하던 대로 친근하게 굴면 하룻밤 사이에 결혼에 대해 긍정적으로 생각을 바꿨나 보다 하고 착각할 것 같았기 때문이다.

인사도 제대로 안 받아주고 되도록 눈도 맞추지 않으려고 했지만 태일은 눈 하나 깜짝하지 않았다. 어제보다 오히려 더 적극적이다.

"꽃 사 오려다 말았지."

"꽃이라니?"

"프러포즈하려고."

"병실 많이 비었더라. 가서 누워라."

"진심으로 하는 말인데 씹기는."

"씹히기 싫음 헛소리 그만 해."

지우가 쌩하니 외면해 버렸지만 태일은 아랑곳하지 않았다.

"너 일부러 그러는 거 표나니까 애쓰지 마."

일부러 잘 안 보이는 자리에 앉았건만 태일은 참 잘도 찾아냈다. 구석까지 찾아와 식판을 내려놓으며 말을 걸었다. 지우가 쳐다보는데 태일이 지우의 곁에 앉으며 능글맞게 눈을 찡긋거렸다.

"내가 옆에 앉으니까 좋지?"

"무슨 수작이니?"

"일부러 나한테 뚱하게 구는 거 표나니까 애쓰지 말라고."

"일부러 그러는 거 아니야."

"심통 부리니까 귀여운 맛도 있다, 너."

"너 나 약 올리려고 작정한 것 같다."

"맹세코 약 올리는 거 아니야."

"그만 입 다물어 줘. 밥 안 넘어가려고 해."

"대놓고 면박 좀 주지 마라."

태일이 투덜거렸다.

"방에서 기다려. 끝나고 한잔하게."

"술 먹기 싫어."

"왜?"

"생리 중이라 곤두섰어."

"생리 중에 예민해지는 거 결혼하면 좀 나아진다던대. 빨리 해야겠다."

"태일아."

"짜증 내지 마. 이제 나이 든 티나서 짜증 내면 잔주름 더 나와."

"정말 짜증난다."

"옛날엔 젊고 싱싱한 아가씨들만 눈에 들어왔는데 난 뭐가 잘못된 모양이다, 늙어가는 네가 예뻐 보이는 걸 보면."

"전혀 듣기 좋지 않다. 씹는 것 같다, 나 늙었다고."

"씹힐 나이긴 해."

"약 올리지 마."

"약도 오르냐?"

지우는 그쯤에서 무시하고 먹던 밥을 계속 먹었다.

"저녁에 좀 보자."

"그래, 봐야 할 것 같다."

조금 전까지 부숴놓은 얼음가루처럼 굴던 지우가 거절하지 않고 냉큼 받아들이자 태일이 좀 수상하다는 얼굴로 지우를 쳐다봤다.

"내치지 않으니 더 겁난다."

"술 말고 차 마시면서 하자."

"왜? 술 마시면 술기운에 그래 좋다 결혼하자, 실수할까 봐?"

"술기운에 결혼 동의하면 실수라는 건 아는구나?"

지우가 따지듯 말하자 태일이 픽 웃었다.

"술 마시면 거칠게 말이 나갈 것 같아. 깔끔하게 하고 싶어."

"초반부터 겁 되게 준다, 정말. 그만 하자. 나중에 차 마시면서 하자고."

태일이 휴전을 신청했고 지우는 받아들였다.

점심을 먹고 의국으로 올라오는 길에 과장님의 호출을 받은 지우는 과장님 방으로 들어가며 꾸벅 인사를 했다.

"점심은?"

"먹었습니다."

"앉아."

지우가 소파에 앉자 과장님이 손수 녹차 두 잔을 만들어 가져왔다.

"절 시키시죠."

"놔둬. 녹차 타는 거 내 취미야. 마셔."

"고맙습니다."

"사랑의 의사회 있지?"

"저도 회원이에요."

사랑의 의사회는 세계 이십삼 개국에서 활동하는 의사 간호사 오백오십여 명이 가입한 순수의료 봉사단체였다. 지우는 전문의 자격증을 따는 즉시 가입했었는데 과장님의 권유도 있긴 했지만 진정 의사로서의 보람을 느끼게 해주는 단체라 전문의만 따면 꼭 가입해야지 벼렸던 단체였다.

사랑의 의사회는 삼백오십 명의 가입 의료인이 일 년에 두 번씩 내놓는 회비와 사랑의 의사회를 후원해 주는 개인이나 몇몇의 단체들의 후원금으로 운영이 되고 있었는데 짧게는 두 달, 길게는 일 년씩 아프리카나 혹은 오지라고 불리는 곳을 찾아다니며 의료봉사를 했다.

과장님은 사 년 전에 삼 개월간 아프리카 무료봉사에 다녀오셨고 지우도 알고 있는 간호사 몇 분도 다녀온 경험이 있었다.

"이번에 한국에서도 두 명 정도 파견을 해야 할 것 같은데."

"그래요?"

"누굴 추천할까 고민하고 있어. 한두 달 정도는 병원에 양해를 구할 수 있는데 이번엔 좀 길더라고. 최소 육 개월 이상 머물 수 있는 의사를 보내달라고 하네. 한국에서 가입한 의사 간호사가 모두 열한 명인데 두 명은 작년에 돌아와서 또 보낼 수가 없고 간호사들 중에 셋은 출산이나 뭐 집안 문제로 나갈 수가 없고 내가 갔으면 좋겠는데 올 연말까지 수술이 꽉 잡혀 있으니 말이야. 서너 달 내로 출발해야 하는 모양인데 말이지."

"제가 갈까요?"

"너 가라는 소리 아니야. 지금 가면 안 돼."

지금 가면 안 된다는 과장님의 말은 다른 게 아니었다.

현재 지우를 비롯해 몇몇의 의사들과 함께 간 이식의 새로운 수술법을 개발하고 익히고 실용화시키는 과장님의 연구에 참여하고 있었다. 실용화까지는 몇 년이 더 걸리겠지만 지금 아주 중요한 단계를 밟고 있었고 지금 여기서 빠지면 지우는 의사 인생에서 한 번 올까 말까 한 기회를 놓칠 수도 있었다. 과장님의 연구팀에 끼어 있는 것만으로도 지우에겐 큰 영광이었고 기회였다.

의료 혜택을 전혀 받지 못해 항생제 주사 몇 방이면 고쳐질 병으로 죽기까지 하는 오지에 나가 히포크라테스의 정신을 살려 봉사하는 것도 뜻깊은 일이었지만 사실 이번 연구는 포기하기 힘든 달콤한 선물이었다.

"누가 좋겠는지 추천 좀 해봐."

"회원이 누군지도 잘 모르는걸요."

"우리 말고 다른 봉사단체에 도와달라고 해볼까?"

"몇 달씩 나가 있어야 하는데 쉽겠어요?"

"그러니까 하는 말이야."

"이번에 한국에서 파견을 안 하면 어떻게 되는 거예요?"

"한국 의사들 무지하게 뺀질거린다 하겠지."

과장님의 말에 지우가 픽 웃었다.

"한국 의사들 뺀질이고 낙인찍힐 것 같음 저 보내주세요."

"넌 안 되는 거 알잖아."

"나중에 돌아와서 과장님 연구논문 후딱딱 외워서 아는 척하면 안 될까요?"

"안 돼. 수술이 책만 본다고 돼?"

"육 개월이라면서요."

"그 이상일 수도 있어. 하여튼 넌 안 돼."

"알았어요, 과장님."

지우가 씩 웃으며 녹차 한 모금을 마셨다.

"정리는 됐고?"

지우가 녹차를 한 모금 입에 무는데 과장이 불쑥 물었다.

"아직 케케묵은 옛날 옛적 일 같진 않아요."

지우는 굳어지려는 표정을 펴려고 애쓰며 말했다.

"태일이 너 좋단다."

"과장님한테도 그래요?"

"나더러 도와달래."

"뭐라셨어요?"

"결혼이 블럭처럼 만드는 사람 맘대로 끼워 맞춰지는 게 아닌데 무슨 수로 도와주겠냐 했지."

"걔 성가셔요."

"태일이 영 아니야?"

"감정없어요."

"살면서 생길 수도 있어."

"생긴 상태에서 살고 싶어요. 모험하기 싫어요."

"알았어."

과장이 고개를 끄덕였다.

과장님은 아니라는 사람 붙들고 기라고 할 사람 아니다. 그러고 보니 태일이란 녀석 참 여러 사람 찌르고 다녔다. 딱 부러지게 말하지 않음 길게 성가실 것 같았다.

퇴근 후 각자 차를 몰고 카페로 간 지우와 태일은 입구에서 먼 쪽에 자리를 잡으며 태일은 커피를, 지우는 따뜻한 레몬차를 주문했다.

"과장님한텐 왜 말했니, 푼수처럼."

"과장님 파워도 빌려볼까 해서."

"또 누구한테 했니?"

"없어."

지우가 태일에게 눈을 흘기는데 종업원이 커피와 레몬차를 가져와 내려놓고 갔다.

"레몬차 향 좋다."

"나도 향이 좋아 마셔."

지우가 레몬차를 한 모금 삼켰다.

"하여든 아버진 한번 만나줘. 아버지 만나달라는 것도 사정해야 하니?"

"태일아."

"아버지 만나서 얘기하고 식사하고……."

"사랑의 애틋함이 없어, 너한텐."

지우가 태일의 말을 자르며 내뱉었다. 태일이 약간 당황한 얼굴로 지우를 쳐다봤다.

"난 그런 게 있어야 한다고 생각해. 그런 게 있었으면 좋겠어. 날마다 얼굴 보고 같이 밥 먹고 한이불 덮고 잘 텐데 애틋함 셀렘 그런 거 없이 어떻게 살 섞고 사니?"

"중매해서 결혼하는 사람들 만나자마자 그런 거 막 생겨 결혼하고 잘사는 거 아니잖아."

"그게 중매의 매력일지도 몰라. 그렇게 결혼하는 사람들 그럴 거라는 거 각오하고 하는 걸 거구. 근데 우린 아니잖아."

"우리도 각오해 보자."

"나 아직 그 사람 생각해. 이미 죽고 없다지만 넌 네 와이프가 예전에 결혼할 뻔하다가 죽어버리는 바람에 못한 사람 가슴에 담고 있는 걸 알면서 모른 척하거나 태연할 수 있어? 그럴 수 있다면 넌 정상 아니야."

"털어낼 때 됐지 않았니?"

"털고 싶지 않아."

"지우야."

"살다 보면 어떻게 되겠지 하는 거 너무 위험해. 원하고 바라는 대로 안 될 확률이 더 커. 너하고 결혼해 다 잊은 척, 너무 재밌는 척 그렇게 살 자신도 없어. 결혼하면 너무 재밌고 과거는 다 잊고 해야잖아. 그런데 그럴 자신이 없어."

"……."

태일이 난감한 얼굴로 커피를 마셨다.

"내가 너무 서둘렀니?"

"지금이 아니라 오 년 후에 말했어도 서두르는 거야."

"결국 난 결혼할 상대는 아니라는 말이구나."

"그래."

"난 너 굉장히 냉정하고 현실적인 사람인 줄 알았는데 아직도 그 사람 못 잊는 거 보니까 잘못 생각한 것 같다."

"냉정하고 현실적인 거야. 너하고 결혼해 다 잊은 척 연기 못하겠다 했잖아."

"정말 아니야?"

"아니야."

지우가 확고한 어조로 대답하자 태일이 씁쓸한 미소를 지었다.

지우는 너 까불지 마, 우리가 아무리 친한 친구라 해도 이건 실수한 거야. 너 나 얕봤어, 하고 시작할 생각이었다. 얼마나 불쾌한 줄 아니? 나 아프다 할 때 옆에서 지켜봐 주고 보듬어줬다고 해서 결혼하잖고 냉큼 받아들일 줄 알았나 본데 정말 불쾌해. 결혼하려다 만 경력 가진 여자라고 결혼하자는 말만 나와주면 넙죽 절하며 감사하다 할 줄 알았니? 너 까불지 마, 그렇게 쏴붙일 작정으로 왔었다.

그런데 그렇게 하지 않았다. 태일이 어쩜 진심으로 결혼하자는 건지도 모르니까. 또 꼭 그렇게 실패한 과거를 들춰가며 자존심

다쳤다고 바리바리 뺏긴 거 챙겨받으려 하는 게 더 우스울지도 모르니까.

"조금 쪽팔리고 조금 화난다."

태일이 뚱한 얼굴로 말했다.

"그럴 거야."

"짜증도 나려고 한다."

"짜증은 나도 났어. 나도 치민다고."

"기집애, 속에 고슴도치 안고 사냐? 따갑게 굴긴."

"정 간호사는 왜 놓쳤니?"

"정 간호사 얘긴 왜 해? 잘 나가는 의사보다 사 년 사귄 자동차 정비공이 더 좋다는데 뭐."

"난 정 간호사 존경해. 사랑을 지켰으니까."

"사 년 사귄 남자 걷어차면 존경 못 받는 거냐?"

"속 보이니까."

"정 간호사한테 차였다고 너더러 결혼하자는 거 아니야."

"너 그렇게 나쁜 놈 아니라는 건 나도 알아."

"나 정도면 니한테 통할 줄 알았는데. 너 나 편해했잖아."

"편한 거 하고 애틋한 거 하곤 달라. 괜히 우리 부모님한테 말하는 바람에 부모님 속에 바람 들어갔어. 너하고 잘되길 고대하시게 됐다고. 나 한동안 우리 엄마한테 시달릴 거야."

"왜 그렇잖아. 사방에서 눌러대면 못 이겨서라도 하게 되는 거. 그렇게 될 줄 알았지."

"그런 식으로 해치우는 거 싫어. 더구나 결혼을."

태일이 뚱한 얼굴로 남아 있던 커피를 마저 마셨다.

"그만 일어나자. 차 마시며 멀쩡한 척 얘기하는 거 싫다."

태일이 일어났고 지우는 말없이 태일을 따라 일어나 카페에 들어간 지 이십일 분 만에 카페를 나와 각자의 차에 올랐다.

"너 그러다 영영 혼자 늙어 죽는다."

태일이 그냥은 못 가겠는지 한마디 했다.

"혼자 늙어 죽으면서 너 결혼해 잘사는 거 보면서 배 아파할게."

"꼭 그렇게 해라."

태일이 입술을 실룩거리며 말했다.

"들어가라."

"응."

태일이 미소 진 얼굴로 손을 들어 보이고 먼저 떠났다. 태일의 미소는 끝내 씁쓸했다.

하루 사이에 뭐가 바뀌었을 거라고 집에 들어가자 지우의 부모님이 지우의 표정을 살폈다.

"저녁 안 먹었어요."

"태일이 만나지 않았니?"

"만났어요."

"저녁 안 먹고?"

"태일이 만난 거 어떻게 아세요?"

"태일이한테 내가 전화했었이. 니들 오늘 병원에서 만났을 거 아니야. 너 잘 타일러 보라고 내가 말했어."

"저녁 없어요?"

"왜 없어? 아줌마, 지우 밥 안 먹었다네요."

"옷 갈아입고 올게요."

지우가 편한 옷으로 갈아입고 아래층으로 내려왔을 때 아버지까지 식탁에서 지우를 기다리고 있었다.

"듣고 기뻐하실 내용 없어요. 태일이 만나 결혼은 생각하지 말라고 했어요."

"왜?"

어머니와 아버지가 못내 아쉽고 불만스럽다는 얼굴로 지우를 쳐다봤다.

"타이른다고 될 일이 아니잖아요. 태일이한테 그런 전화는 뭐하러 하세요?"

"그러니까 왜 싫으냐고."

"태일이한테 못할 짓이잖아요."

"뭐가? 너 결혼할 사람 있었던 것 때문에 그래? 네가 결혼했던 것도 아니고 하려다 만 거야. 태일을 속이는 것도 아니고 괜찮다고 하잖니. 그런데 뭐가 못할 짓이라는 거야?"

"결혼할 사람이 있었던 것이 아니라 하려다 만 것도 아니고 우린 결혼하려고 했는데 못한 거예요. 태일이 속이는 게 아닌 전부다 안다고 해도 내가 다른 남자를 가슴에 품고 있는데 어떻게 태일이 아내노릇을 하며 살아요?"

"너 왜 이렇게 후지게 구니? 똑똑하고 사리판단 맑은 척하면서 왜 이렇게 바보처럼 구는 거야?"

"후져도 좋아요, 바보처럼 보여도 좋아요. 저 태일이한테 감정 없어요."

아버지가 더는 듣고 싶지 않은지 자리에서 일어나 거실로 나가 버리셨다.

"아버지 은근히 기대하셨어."

"죄송해요."

"가르칠 만큼 가르쳐 의사 만들어놨어. 인물이 **빠져**, 머리가 **빠져**? 갖출 거 다 갖춘 게 어디서 가난뱅이 형사를 데려오지 않나 그놈 아니면 안 된다 해서 결국 허락했더니 그 망할 놈 갑자기 그렇게 돼 아까운 내 딸 명함도 못 내밀게 흠집만 내놓아서, 저거 혼자 저렇게 늙혀 죽이나 속 타던 중에 결혼하고 싶다며 멀쩡한 녀석 하나 나섰는데 왜 걷어차니? 왜 네 복을 네 발로 걷어차?"

어머니가 속이 상해 견딜 수 없다는 얼굴로 말했다.

"태일이 멀쩡한 녀석인 거 알아요. 하지만 이런 식은 싫어요, 엄마."

"어떤 식? 이런 식이 뭔데?"

지우는 차려놓은 저녁을 반도 채 먹지 못하고 수저를 내려놓고 말았다.

"이 일로 시달리고 싶지 않아요."

지우가 자리에서 일어나자 어머니도 따라 일어나 지우를 막아섰다.

"혼자 늙어 죽을 거야? 처량맞게 혼자 늙을 거냐고."

"그게 내 인생이면 할 수 없죠."

"못난 기집애."

"그만 하세요."

지우가 차갑게 잘라 말했다.

"정말 더 이상은 시달리고 싶지 않아요."

지우가 쐐기를 박듯 말하고는 어머니를 지나쳐 이층 방으로 올라와 버렸다.

태일과의 결혼은 기대하지 말라고 잘라 말하긴 했지만 지우는 어머니가 그냥 물러설 양반이 아니라는 것을 알고 있었다. 도현 씨 땐 딸 죽일까 봐 고집 한 번 꺾어주었지만 이번은 절대 꺾지 않으실 것이다.

도현이 죽고 벌써 이 년 하고도 사 개월.

어머닌 꼭 나가야 하는 한두 개의 모임 외에는 그토록 자주 갖던 모임도 다 정리하셨다. 갑작스레 취소가 돼버린 결혼식. 결혼식이 취소된 이유가 신랑 자리가 잡으러 갔던 범인에게 칼에 찔려 죽어버렸기 때문이라는 소문은 순식간에 퍼져 나갔고 어머닌 이게 웬 날벼락이야? 그래서 지우는 좀 어때? 여태 상심해 있는 거야? 따위의 소리를 듣고 싶지 않아 모임을 정리해 버린 것이다. 무척 안 된 척 위로해 주는 소리도 아니꼽고 지우의 안부를 물어대는 여편네들 얼굴도 뵈기 싫고.

대놓고 안 할 뿐이지 저렇게 돼버린 딸년 누가 좋아라 하겠냐고, 결혼할 남자가 결혼식 코앞에 죽어버린 걸 알면 팔자 센 여자라고 내 아들 잡을까 근처에도 못 오게 할 거라며 씹어댈 걸 어머니는 잘 알고 있었다. 괜찮은 집안에 명함도 못 내밀 규수라고 못이 박혔으니 그동안에 지우를 바라보는 부모님의 심정 지우가 모르는 바가 아니었다. 아까운 딸 저렇게 혼자 늙어가는 꼴을 봐야 하나 날마다 한숨만 내쉬다 결혼하고 싶다는 사람이 나섰는데 같은 의사니 조건도 좋고 딸년 흉이라면 흉일 수 있는 과거 다 알고 다 덮겠다 하니 더할 나위 없이 좋았을 것이다. 부모님 입장에선 정말 복이다. 그런데 그 복을 애간장 타게 만드는 딸년이 걷어찼으니 얼마나 속이 무너질까. 그래도 지우는 싫었다. 도현을 가슴에 품고 있는 것 때문이기도 했고 태일이 과거를 낱낱이 알고 있는 것도 싫었다. 그리고 애틋함이 없어서이기도 했다.

그리고 또 한 가지라면……

천벌받아 죽을 소릴지 몰라도 만약에, 결혼을 한다면, 지우에게 선택권이 있어 누구든 결혼하고 싶은 사람을 골라보라 한다면…… 네가 고르는 대로 누구든 같이 살게 해주겠다 한다면…… 도진이었으면 했기 때문이다.

미친년이다 할 것이다. 도현이 모든 것을 알고 떠났다는 것을 알게 된 후의 그 충격과 죄책감에 그토록 고통받았으면서도 지우는 문득문득, 아니, 꽤 자주 도진을 떠올렸다.

도현이 막 떠났을 땐 도현이 알고 있었다는 것에 자기 자신과 도진을 향해 무수한 저주를 퍼부었었다. 왜 나를 유혹했냐고, 네가 유혹하지만 않았다면 이런 죄책감엔 시달리지 않았을 것 아니냐고. 그가 죽어버린 것만으로도 너무나 감당하기 힘든데 그가 살아 있을 때 그의 눈을 피해 도진의 유혹에 흔들리고 설레했었다는 것 때문에 지우는 정말 극심한 자살 충동을 느꼈었다. 그의 죽음을 맘 편하게 아파하지도 못했던 것이다. 그런 시간을 지나왔으면서도 지우는 도진을 떠올렸다. 미친 짓이지만 미친 짓인 줄 알지만 생각이라는 것이 내가 생각하고 싶은 것만 생각나는 것도 아니고 불쑥 튀어나오는 생각이 바로 도진에 대한 것들이었다.

도진의 은밀한 유혹, 은밀한 말들, 그의 손길.

기억을 더듬는 병에 걸린 것인지도 모른다. 요즘 들어 부쩍 도진과 함께했던 일들이 떠올랐다. 태일이 갑작스럽게 결혼하자고 보채서 그런 걸까? 결혼하자는 말에 놀라 도망칠 구멍을 찾다 보니 도진까지 생각이 난 걸까? 모르겠다, 그냥 요즘 도진이 많이 생각났다.

그런 생각도 했었다. 돌팔매당할 것 모두 감수하고서라도 도진과 결혼을 한다면 어떻게 될까, 그의 유혹을 받아들였더라면 어땠을까. 그때 서점에서 그의 키스를 받아들였더라면 그 느낌은 어땠을까. 그 집에서 도진과 키스했더라면, 그걸 도현이 보게 됐다면 지금 어떻게 되어 있을까.

지우는 세차게 머리를 가로저었다. 도진만 생각하면 얼굴이 화끈거리고 가슴이 뛰었다.

"면허증 꼭 따야겠어요?"

주행시험 보러 가는 날 떨려서 혼자 못 갈 것 같으니 같이 가달라는 지우의 부탁에 경찰서에서 몸을 뺄 수 없었던 도현이 도진을 대신 보내줬었다. 혼자보다는 도진이라도 옆에 있으면 덜 떨리겠다 싶어 함께 가서 순서를 기다리던 중에 너무 떨려 세 잔째 커피를 들이키는 지우에게 도진이 약간 걱정스러운 목소리로 말했었다.

"요즘 면허증 없는 사람이 어딨어요?"

"부잣집 아가씨니까 집에다 운전기사 붙여달라면 될 것 아니에요."

"기사 쓸 만큼 부자는 아니에요."

기사를 쓰려고 들면 얼마든지 쓸 수는 있었지만 지우는 면허증을 따서 폼나게 운전하고 다니는 것을 희망하고 있었기 때문에 면허증이 꼭 필요했다.

"서울 시내에서 운전하는 거 얼마나 위험한지 알아요?"

"알아요. 서울에서 운전하면 세계 어느 나라를 가도 겁날 것 없다면서요."

지우가 웃으라고 한 소린데 도진은 웃지 않았다.

"그러니까 운전하지 말아요."

"주행시험 보러 온 사람한테 운전하지 말라고 하면 어떻게 해요?"

"위험해서 하는 말이에요. 아무리 운전 잘해도 한두 번은 사고가 난다는데 다칠까 봐 그래요."

"안 다치고 운전할 자신 있어요. 그런 거 걱정할 것 같으면 아무도 면허증 따는 사람 없을 거예요."

"따면 곧바로 운전할 거예요?"

"도로연수도 받아야죠. 도현 씨가 해준다고 했어요."

"정말 운전해야겠어요?"

"운전하려고 면허증 따러 왔잖아요."

지우가 무슨 말도 안 되는 소리냐는 듯이 도진을 쳐다봤다.

"다치면 못 견딜 것 같아 그래요."

도진이 중얼거렸다.

"어머, 나야!"

지우가 자리에서 벌떡 일어났다. 방송으로 지우의 번호를 부르고 있었다.

"도진 씨, 나 응원해 줘요. 아, 떨려."

지우가 도진의 손을 움켜잡으며 말했다.

"조심해요."

도진이 지우의 손을 꽉 틀어잡고 말했다.

다치면 못 견딜 것 같아 그래요, 라고 중얼거리던 도진.

까맣게 잊고 있던 일인데 마치 어제 있었던 일처럼 생생하게 되살아났다.

그렇게 걱정해 주던 사람이다. 다치면 못 견딜 것 같다고 하던 사람.

도현이 죽고 납골당에서 마주친 후 도진과는 더 이상 만난 적이 없었다. 아니, 만났구나. 그 레스토랑에서. 언제지? 작년이었나? 제작년이었나? 어머니 생신 때 외식하러 나갔던 레스토랑에서 만났었다.

그때의 도진…… 지우와 눈이 마주친 후 잠시도 눈을 떼지 않고 바라보던 남자. 화장실 앞에서 일부러 기다리고 있던 도진. 여전히 가슴 설레게 하던 그 사람.

"지우 봤을 때 가슴이 터질 것 같았어."

도진이 정말 터질 것 같은 목소리로 중얼거렸었다.

하지만 그의 곁엔 승아가 있었다. 그의 연인, 그의 여자.

그의 곁엔 여전히 그의 연인이 있었고 지우는 돌아서야 했다.
그것으로 끝이었다.

남의 남자가 되었을지도 모를 그런 남자를 떠올리고 그런 남자
와 결혼을 한다면 어떨까 하는 생각을 하다니 참 한심했다.

그도 아직 날 생각할까?

지우는 부질없는 생각이라며 고개를 가로저었다.

정말 미쳤나 보다.

감기
—섭씨 37.9℃

지우로선 비장한 결심이었다. 더는 견딜 수 없을 것 같았다.

아침저녁으로 상심에 가득 찬 두 분의 얼굴을 마주할 때마다 입 안이 깔끄러웠다. 여태도 뒤꽁무니에 대고 생각을 바꾸라 성화인 어머니와 마주하는 것도 괴로웠다.

태일과의 결혼 얘기가 두 달 전에 마무리되었는데 지금까지 두 분은 포기하지 못하고 있었다. 포기 못하는 심정, 지우가 모르는 바 아니었다. 하지만 부모님 기쁘게 해드리자고 도저히 안 되겠는 결혼을 할 수는 없었다. 부모님을 위해서라면 못할 짓이 없는 효녀도 아니고 효녀 아니라고 욕을 들어도 할 수 없었다. 못하겠는데, 태일은 도저히 아닌데 어떻게.

볶이다 못한 지우는 비장한 결심을 했고 과장님께 아직도 오지에 보낼 의사를 구하지 못했다면 내가 가겠노라 자청했다.

"왜?"

"도망가는 거예요."

"죄졌니?"

"네."

"무슨 죈데?"

"결혼하라시는데 못하겠어서요. 도망이라도 가야겠어요."

"왜 못하겠는데?"

"태일이 얘기예요."

지우의 말에 과장님이 픽 웃었다.

"그 얘기 한참 되지 않았나?"

"부모님은 아직 포기 못하셨어요."

"그래서 부모님 포기하시라고 아프리카로 도망가?"

"몇 달이라도 숨 좀 쉬려구요. 아침저녁으로 도저히 견뎌낼 수가 없어요. 태일이 자식 할퀴고 싶을 정도예요."

"그 정도야?"

"괴로워요, 과장님."

지우의 말에 과장님이 고민하는 얼굴이 됐다.

도망이라도 가게 아프리카로 보내달라는데 지우를 보내 버리면 연구팀에서 제외시켜야 했다. 어서 아프리카로 갈 의사를 결정해 알려달라는 협회의 연락을 받은 지 달포가 지난 상태라 참여할 수 있는 의사가 없든 있든 현재 한국 의사들 여선에 대해 알리긴 알려야 했다. 하지만 가겠다고 나서는 의사도 없고 가고 싶어도 몸을 뺄 수 없는 의사들뿐이라 은근히 걱정하던 참이다. 한국협회장을 맡고 있는 입장이니 한 명이라도 보내긴 보내야 낯이 설 텐데 가겠다는 사람은 없고, 이번엔 참여시킬 의사가 없다 미안하게 됐다고 아쉬운 소리 한번 하고 말아야 하나 보다 하던 참인데 지우가 나선 것이다. 그렇지만 지우가 연구팀에 있어도 그만 없어도 그만일 정도로 가벼운 존재가 아니라서 신중하게 결정을 내려야 할 상황이었다.

"가겠다는 사람이 없어서 한국지사협회장 명함이 무색하게 될 판이었는데 나서줘서 고맙긴 하다. 그런데 서 선생 가는 건 곤란해, 나도."

"다녀와서 다시 참여할게요."

"육 개월이 걸릴지 일 년이 걸릴지 몰라. 가봐야 아는데 그동안의 갭은 어떻게 하려고?"

"과장님이 많이 봐주시면 되잖아요. 저 지금 도망 안 가면 날마다 볶여 말라죽어요. 그리고 늘 가보고 싶어했잖아요. 그때가 지금인 것 같아요."

"지우가 가면 아주 엄청난 경험을 하긴 할 거야. 환자를 보는 시각도 달라질 것이고."

"보내주세요. 엄청난 경험이라는 거 한번 해보고 싶어요."

"부모님 상심하시면?"

"그래도 가야겠어요."

지우가 확고한 어조로 말했다.

"그동안…… 너무 편했어요."

지우의 의미 담긴 눈빛을 과장님은 가만히 들여다봤다.

"뭐가 편해? 편한 의사가 어디 있어?"

"의사 말고 사는 거요."

"힘든 일 겪었으면서 편했다고?"

"아직도 한 번씩…… 몸서리치게 슬프고 끔찍하게 아파요, 과장님."

지우가 가라앉은 목소리로 속삭였다.

"그리워서?"

"……잊히지가 않아서요. 그 사람이 아니라…… 그 시간이요. 그가 죽던 날, 그 시간이."

지우의 목구멍에서 흐드득 한숨이 터져 나왔다.

"그립진 않은데, 보고 싶은 건 끝난 것 같은데 그 시간이 자꾸 생각나서 힘들어요. 편해서 그런 것 같아요. 안 편하고 싶어요."

지우의 목소리에 눈물이 묻어나기 시작했다.

"결혼하라 떠미는 부모님 때문에도 힘들지만 제 속엣것을 걸어 내지 못해 더 힘들어요."

과장님이 진중한 표정으로 지우를 쳐다보다가 천천히 고개를 끄덕였다.

"결심한 거야?"

"네."

"며칠만 더 생각해."

"오래 생각했어요. 한 달도 넘었어요. 한 달 전부터 아프리카에나 다녀올까 했었는데 그땐 그냥 홧김이었지만 지금은 정말이에요."

"그래도 일주일만 더 생각해."

"……그럴게요."

지우는 눈을 깜빡여 고여 있던 눈물을 말려내고 의연하게 미소 지으며 과장님 방을 나왔다.

잘 지내다 갑자기 왜 과장님 앞에서 약한 모습을 보였을까. 그동안 감정의 pH를 절묘하게 유지시켰으면서 한순간 무너진 속마음을 내보인 이유가 뭘까. 것도 피 한 방울 안 섞인 과장님 앞에서. 오래 알고 지냈고 존경하고 다른 과장님들과는 달리 곁을 제법 많이 내어주는 양반이라서 그런 건 아닐 것이다.

그러고 보니 곁에는 속을 다 토해내고 기꺼이 받아줄 사람이 없었다.

약한 소리 끔찍이 듣기 싫어하는 어머니, 아버지. 몇몇 가깝다 할 수 있는 친구가 있다지만 수다는 떨지언정 속상해 있는 꼴은 보여주지 못할 정도로 어느 정도의 거리가 있었다. 창피한 것도 모르고 구구절절 아픈 거 다 까발리던 태일이 녀석은 결혼 사태를 일으키는 바람에 원치 않던 틈이 벌어져 버렸고. 그래서 그랬나 보다. 쉰이 훌쩍 넘어 삼 년만 있음 환갑이라는 과장님, 말이 빠르지 않아 소문날 걱정도 없고 혼날 만한 실수를 하면 눈물이 쏙 빠지게 혼쭐을 내면서도 그래도 늘 저 양반은 속이 고운 분, 하는 생각이 밑바닥에 깔려 있게 해주셨던 분. 그래서 한 번쯤 깊고 오래된 상처 내보여도 손해 볼 것 없다 싶었나 보다.

뭐 하러 찔끔거리기까지 했나 후회하면서도 한편으론 묵직하게 짓누르던 뭔가를 솎아낸 듯 시원하기도 했다.

지우는 병원으로 돌아오고 처음으로 슬프지도 억지스럽지도 않게 제법 시원해하며 픽 웃었다.

과장님에게 아프리카에 보내달라 부탁하고 세 시간쯤 지났을까? 그새 태일이 전해 들은 모양이다. 과장님의 입에서 나온 소린 아닐 테고 누구한테 들었나? 태일이 꽤나 고민하는 얼굴로 너 아프리카 보내달라 했다며, 하고 물었다.

"누구한테 들었니?"

"임 간호사한테."

임 간호사면 과장님 방에서 일하는 간호사다.

"그랬어."

"왜?"

"아버지, 어머니가 아직까지 너 포기 못하셔서. 못 견디겠어서 도망가는 거야."

"내가 말씀드릴까?"

"됐어. 너까지 설득하실 양반들이야. 집요하시잖아."

"집요하시긴 뭐가. 다 너 잘되라고 하시는 건데."

"다 아는데, 알고 있는데 나는 안 되겠는데도 계속 저러시잖아."

"그냥 되면 안 되겠어?"

"관둬. 피곤해."

"아프리카까지 도망이야?"

"육 개월이래."

"일 년 넘을 수도 있다면서."

"다른 나라 의사들이 바톤 터치 안 해주면."

"안 해주면 물도 없고 차도 없고 침대도 김치도 없는 데서 일 년 넘게 징역 살래? 살 수 있어?"

"봉사단체야. 봉사하러 가는 거야. 물 넘치고 차 타고 호사 부리러 가는 거 아니야. 징역이라니. 너 말실수야. 김치는 여기서 가져가면 돼."

"말실수는 무슨. 불편하고 힘들 거 불 보듯 뻔하잖아. 지난번에 갔다 온 간호사 선생 말 들어보니 똥 누기도 힘들다던대."

"아무 데나 누면 되는 똥인데 뭐가 힘들어?"

"아무 데나 눠서 힘들대. 칸막이 하나 없이 알아서 적당히 해결봐야 해서. 화장실 따로 안 만들어놓은 부족이 허다하대."

"건 좀 그렇겠다."

"물 없어서 한국으로 돌아오기 전날 시내 호텔에 나와서 잤다는데 그때 목욕 사 개월 만에 첨 했단다."

"것도 제법 골 아프겠네."

"깔끔은 혼자 다 떨면서 그래도 가겠다고?"

"그래도 갈 거야."

"괜히 객기 부리다 아프리카 간 첫날부터 울고불며 보내달라 난리치지 말고 눌러앉아."

"싫어."

싫다는 지우의 대답에 태일이 한심하다는 듯 쳐다봤다.

"야, 다른 사람은 몰라도 서지우는 거기 가서 못 견뎌."

"날 우습게 보는 모양인데 나 제법 깡다구있어."

"퍽도 깡다구있겠다."

"도현 씨 죽고 미치지 않고 잘살고 있잖아. 깡다구 제법이지 않니?"

지우의 말에 태일이 갑자기 말문이 막힌 듯 지우를 쳐다봤다.

"그거하고 달라."

"남자들 군대 갔다 왔다고 여자보다 대우 더 해주잖아. 나도 군대 가는 거야. 대우 더 받으려고. 참, 넌 면제였지? 왜 면제니?"

"기흉."

"허파에 바람 든 놈이 옆에 있었네. 그리고 어머니, 아버지 나 미치게 만들어. 다 네 탓이야. 그래서 가야 해."

"너 잘되라 하시는 소리랬잖아."

"잘되라 하시는 소리라도 듣기 싫어, 더는."

"쌀쌀맞긴, 누구 닮았냐?"

"우리 어머니, 아버지 반반씩 딱 떨어지게."

지우의 대답에 태일이 몹시도 불만스러운 얼굴로 지우를 노려봤다.

결사반대, 극렬반대. 이런 단어들이 꼭 어울릴 만한 일들이 아프리카로 가게 됐다는 지우의 통보 뒤끝에 이어졌다.

어머니와 아버지는 한마디로 어이없다는 반응이었다. 아프리카라니, 마치 아프리카에 내려가는 것을 귀향 가는 것처럼 생각하시는 것 같았다.

의사 중에서도 제일 솜씨 좋다는 의사들이 포진되어 있는 병원을 내놓고 아프리카로 간다니 이게 말이나 되는 소리냐며 아프리카로 내쫓겠다는 사람이 누구냐고, 당장 달려가 멱살이라도 쥘 태세였다.

　"제가 사랑의 의사회 회원인 건 알고 계시잖아요. 로테이션이 됐고 이제 제 차례가 온 거예요. 사표 내고 가는 게 아니라 휴직계 내고 다녀오는 거예요."

　"왜 지금 가야 하냐고."

　"한국 의사가 파견이 될 차례거든요."

　"다른 의사 보내라고 해. 한국에 그 회원들 몇 사람 된다고 했잖아."

　"다 다녀왔어요. 이제 제 차례예요."

　"네가 간다고 했지? 가라는 말 없는데도 네가 나선 거지?"

　"네."

　"왜?!"

　어머니가 고함쳤다.

　"이제 그만 저도 홀로서기 하고 싶어서요."

　지우가 말했고 부모님은 충격에 빠진 얼굴로 지우를 쳐다봤다.

　"저도 나이가 들 만큼 들었으니 혼자 지내보고 싶어요. 어머니, 아버지 그늘에서 벗어날 나이도 된 것 같아요."

　"비켜서다니? 환갑이 넘어도 걱정스러운 게 자식이야."

　"네, 알아요. 하지만 이제 저도 혼자 뭔가를 결정할 때가 된 것 같아요."

"여보, 얘 말하는 것 좀 봐요. 나 기함하게 만들려고 작정했어."

어머니가 아버지에게 지원을 요청했다.

"육 개월이에요. 길어야 일 년. 저한테 아주 좋은 경험이 될 거예요. 다녀오신 분들이 그러는데 정말 훌륭한 경험이었대요."

"고생길이 훤하잖니. 생각만 해도 눈에 보여."

"고생스럽대요. 하지만 다녀오신 분들, 다음에 또 갈 거라고 하세요. 그만큼 좋은 경험이래요."

"필요없어. 그딴 경험 필요없어. 가지 마."

"가기로 했어요."

"태일이랑 결혼하라고 해서 이러는 거야? 너 그래서 시위하는 거야?"

"엄마, 엄마도 이제 그만 날 떨어뜨려 놔요."

"집에서 구속받기 싫음 결혼하란 말이야."

"구속하신 거 인정하시는 거예요?"

"뭐야?"

"부모님이 아닌 또 누군가에게, 남편이라는 사람에게 구속당하기 싫어요. 사랑하는 감정이 없다면 더 더욱 싫어요. 혼자 지내볼게요."

지우는 부모님이 어떤 압박을 해도 결코 흔들리지 않을 결심으로 말했다.

"지우야."

아버지가 지우를 불렀다.

"죽으러 가는 거 아니에요. 봉사예요. 봉사 그거 좋은 거잖아요. 어쩜 제 인생에 처음이자 마지막일지도 모를 일이에요. 하고 싶어요."

지우가 미소 지며 말하자 아버지는 아무 말도 못하셨다.

집에서 아무리 반대해도 아프리카행은 진행되고 있었다.

지우는 일주일 동안의 생각할 시간을 보낸 후 거듭 아프리카로 보내달라 청했고 과장님은 고심 끝에 지우의 청을 받아들여 사랑의 의사협회 본부가 있는 프랑스에 한국 대표로 서지우 씨가 갈 것이라고 통보했다. 프랑스 본부에서는 이 개월 안에 파리에 소집될 것이라고 소집일자는 소집일 이 주일 전에 알려주겠노라 답신을 보내왔다.

"휴직계 언제 낼래?"

과장님이 물었다.

"출발하기 전날까지 일할게요."

"그럴 필요 없어. 짐도 꾸려야 하니 한 달 안에 휴직계 내고 적어도 한 달 쉬어. 내가 처리해 줄게."

"아뇨, 그냥 일할게요."

지우는 프랑스로 떠나기 전에 한 달 동안이나 쉴 필요를 느끼지 못했다. 병원에 안 나오면 집에 있어야 하는데 집에 있으면 달리 할 일도 없고 결국 한 달짜리 백수밖에 더 되겠나 싶었다.

두 달 후엔 파리로 떠나 파리에 소집된 각 나라의 협회 소속 의사들과 아프리카로 가야 했지만 지우의 생활은 조금도 변한 것이 없었다. 약간 들뜨고 두려운 기분은 있었지만 지우의 일상을 방해할 정도는 아니었다.

지우는 진료 시간엔 진료를 보고 남는 시간엔 연구팀에 합류해 실험을 했다.

파리에서 이 개월 내로 소집한다는 답신을 받고 꼭 열흘이 지났을 때였다.

과장님이 자신을 대신 해 제주도 세미나에 참석하지 않겠냐고 제의했다. 지우는 망설이지 않고 얼른 받아들였다. 다른 이유 없었다. 비행기 표도 병원에서 해결해 주고 호텔부터 밥값까지 모두 해결해 준다고 했기 때문이다. 원래 과장님이 참석하기로 했던 자리니만큼 호텔도 제법 좋은 방으로 잡아놨을 것이다. 외국여행은 몇 번 했는데 제주도는 가본 적이 없어 꽤 솔깃했다.

"휴가 주고 싶어서 서 선생 가라고 한 거야. 태일이 가고 싶어 들썩거리더라."

"감사합니다, 과장님."

"제주도 가봤니?"

"처음이에요."

"이틀 세미나 하는데 일정이 빡빡해. 정신없을 거야. 그래도 하루는 쉬게 해준다고 하니까 다녀와."

"네."

집에 도착해 세미나 참석차 제주도로 내려간다고 알리고 짐을 꾸리는데 어머니가 들어오셨다.

"같이 갈래?"

"어딜요?"

"제주도."

"저 일하러 가는 거예요."

"넌 일하고 난 쉬고."

"혼자 갈게요. 나중에 아버지랑 다녀오세요."

"아프리카는 안 가기로 한 거지?"

물릴 수 없다고, 날짜 잡히는 대로 출발할 거라고 몇 번이나 확인했는데 어머닌 여전히 딴청이다.

"가기로 했어요. 바뀌지 않아요, 엄마."

"나도, 아버지도 싫다고 했어."

"두 분이 싫다신다고 안 간다 할 수 없어요."

"안 간다 할 수 없을 게 뭐야? 안 간다 해."

"안 가면 나만 우스운 사람 되는 게 아니라 과장님까지 신뢰 못할 사람으로 몰려요. 욕 한번 먹고 치울 수 있는 일이 아니에요."

지우가 신경질적으로 가방에 옷을 우겨넣으며 설명했다.

어머니가 마뜩찮은 얼굴로 지우를 노려보다가 한발 물러섰다.

"건 그렇고 제주도 같이 가. 너하고 여행하고 싶어 그래."

"여행 아니라 일이에요."

"불편하게 안 할게."

"감시받는 것 같아 기분 안 좋을 것 같아요."

"감시라니? 그렇게 말하면 서운해, 애."

어머니가 정말 서운한 얼굴로 말했다.

"서운하셔도…… 혼자 갈게요."

"알았어. 냉정한 기집애."

어머니가 많이 서운한 얼굴로 쌩하니 방을 나가 버리셨다.

지우는 어머니의 서운함을 풀어줄 생각이 없었다. 언제부터 모녀 사이가 냉랭하기 그지없어졌는지 모르겠다. 아니, 새삼스러울 것도 없다. 처음부터 그랬으니까.

아주 어릴 적 말귀 알아들을 때부터 안 된다고 한 번 말한 건 두 번 반복해서는 안 되고 먹지 말라는 건 먹지 말아야 하며 손이고 얼굴이고 어디 한 군데도 깔끔하지 않으면 여지없이 지적당하고 그렇게 살았다. 그렇게 사는 게 고단한 줄도 모르고 살았다. 되는 건 되고 안 되는 건 죽어도 안 되게 살다 보니 지우도 그렇게 돼버렸다. 싫은 건 어머니가 부탁해도 싫고 좋은 건 누가 뜯어말려도 좋은 거. 그러다 보니 어머니가 서운해해도 별다르게 미안하지 않았다. 어머니와 아버지에게로부터의 학습이었으니까.

도현을 만났을 때, 만나고 사랑할 때 이렇게 정확하고 똑 부러지고 심하게 깔끔한 것이 좋은 것만은 아니라는 걸 알게 됐고 털털하고 다소 덜 청결하고 헐렁한 도현의 그것과 섞이고 희석되면서 나아졌다 싶었는데 그가 떠나고 예전의 모습으로, 아니, 예전보다 더 차지게 쌀쌀해졌다.

지우는 무심한 얼굴로 짐을 다 꾸리고 불을 끄고 침대에 누웠다. 이십 분을 넘기지 않고 잠들었다.

다음날 아버지 차를 얻어 타고 공항으로 향하면서 아버지와 공통된 주제를 찾을 수 없어 별다른 대화를 하지 않았다.

따뜻한 옷을 챙겼냐는 물음에 그렇다고 대답했고 잘 챙겨 먹으라는 말에 걱정 마세요라고 대답했다. 그것으로 차 안에서의 대화는 끝이었다. 공항에서도 잘 다녀오라와 갔다 올게요라는 간단한 인사로 끝냈다. 이렇게 대화도 없고 서로 웃는 얼굴조차 주고받지 않으니 모르는 사람이 보면 부녀지간이 아니라 남남이라 할지도 모르겠다 싶을 정도였다. 그런데 중요한 것은 지우는 그것을 퍽 불편해하지도, 불행하게도 생각하지 않는다는 것이다.

비행기는 제주공항에 사뿐하게 내려앉았다. 그 순간부터 세미나 일정이 시작됐다. 택시를 타고 정해진 호텔로 향해 체크인을 하고 짐을 푸는 즉시 세미나장인 같은 호텔 루비홀로 직행해 점심을 세미나장 안에서 간단하게 해결하고 저녁 시간을 훌쩍 넘겨가며 갖가지 의견을 게시하고 토론을 거듭했다. 말하고 듣고 그것뿐인데도 어찌나 피곤한지 꿀처럼 달게 저녁을 먹고 숙소로 올라오자마자 샤워도 생략하고 이 닦고 세수만 하고는 곯아떨어졌다. 일정이 빡빡해 정신없을 것이란 과장님의 말이 사실이었다.

둘째 날도 역시 똑같았다.

과장님만큼의 내공이 없던 터라 둘째 날은 토론이 아니라 메모하고 받아적고 열청하는 공부 분위기였다. 어제처럼 점심을 세미나장 안에서 냄새나지 않는 샌드위치 두 쪽과 주스 한 잔 샐러드 한 접시로 해결하고 배가 고파 사방에서 간식이라도 내놓으라 볼멘 부탁을 하고 꼬로록 소리가 진동하는 밤 아홉 시가 되어서야 치열했던 세미나는 끝이 났다. 세미나 하려면 다 하지 하루는 왜 쉬는 날로 잡았을까 했더니 하루 정도 쉬게 해주지 않으면 화딱지가 날 정도로 참 힘든 일정이었다.

한식당으로 달려가 제일로 양 많이 주는 음식을 시켜 먹어야지 생각하며 세미나장을 나서는데 누군가 앞을 가로막았다.

"지우 씨?"

이름을 부르는 사람을 쳐다보니 승아였다.

정말 오랜만이다. 오랜만인데 너무 반갑다거나 어색하거나 그렇지 않고 그냥 무덤덤했다.

"승아 씨."

"세미나 참석한 거예요?"

"네."

"어제부터 있었죠?"

"네."

"어젠 왜 못 봤을까? 이 세미나 우리 회사에서 준비했거든요."

"아, 그랬어요?"

승아가 여기 있다면 도진도 있는 걸까?

문득 지우는 늘 승아 곁에 있던 도진을 생각했다.

"저녁 같이 해요."

"그럴까요?"

좋지도, 싫지도 않은 기분으로 지우는 승아와 함께 식당으로 향했다.

고기 먹을 생각은 없었는데 승아가 정말 맛있는 고깃집을 안다며 굳이 가자고 해서 차까지 타고 호텔 밖에 있는 고깃집으로 갔다. 너무 배가 고파 고기 구울 때까지 기다리지도 못하겠는데.

고기는 불판에서 굽히기 시작했고 허기진 배를 채우느라 반찬부터 집어 먹기 시작하는데 승아가 배가 많이 고팠나 봐요 했다.

"간식이라도 좀 주지, 정말 배고팠어요."

"그것까지 계산에 못 넣었어요. 세미나가 그렇게 오래 진행될 줄 몰랐거든요. 간식 준비하려고 했더니 끝났네요."

"반찬 맛있네요."

"이거 다 익었네요. 어서 먹어요."

승아가 익은 고기를 집어 주었고 지우는 눈치 안 보고 얼른 받아먹었다.

"잘 지냈어요?"

"네. 승아 씬요?"

"나도 잘 지냈어요."

"좋아 보이네요."

"지우 씨가 더 좋아 보이네요."

이런저런 얘기를 주고받으며 얼추 배가 부를 정도로 고기를 집어 먹고 났지만 여전히 승아는 편한 상대가 되어주지 못했다. 지우가 원래부터 붙임성 좋았던 사람도 아니고 승아는 지우의 과거 모습을 많이 알고 있는 여자가 아닌가. 게다가 승아는 도진의 연인이고.

도진도 함께 왔을까? 함께 왔다면 어디 있는 걸까? 왜 함께 있지 않지?

"도진 씬 잘 있죠?"

지우는 그저 일상적인 인사인 척 물었다.

"도진 씨요? 잘 있겠죠."

잘 있어요, 가 아니라 잘 있겠죠, 라는 대답이 나왔다.

지우가 약간 의아한 얼굴로 쳐다보자 승아가 픽 웃었다.

"헤어진 지 오래됐어요."

헤어진 지 오래됐다고?

헤어졌다는 말에 지우는 가슴이 뛰기 시작하는 걸 느꼈다.

가슴이 왜 뛸까, 그들이 헤어졌다는데 왜 가슴이 뛰는 걸까, 지우는 당황한 모습을 보이지 않으려고 애쓰며 승아를 쳐다봤다.

"맥주 한잔할래요?"

"그래요."

승아가 맥주를 시켰고 지우는 금방 먹은 고기와는 맥주가 어울리지 않다고 생각하며 상 위에 올라와 있는 반찬 중에 맥주 안주할 만한 게 있나 눈으로 더듬었다.

승아가 지우에게 먼저 한 잔 따라주고 지우가 맥주병을 받아 승아에게 따라주었다.

"아, 차 가져왔구나. 한 병 둘이 나눠 마시고 호텔 바로 코앞이니 그냥 몰고 가든지 아님 여기 세워두고 걸어가든지 해요."

"그래요."

승아가 먼저 맥주를 들이켰다. 그녀는 원래 술을 좀 하는 편이었다. 남자하고 대적해도 지지 않을 만큼 승아의 주량은 제법이었다.

"시원하다. 얼마나 바빴는지 나도 정신없었거든요."

"이렇게 빡빡할 줄은 몰랐어요."

"내일 올라가요?"

"아뇨, 하루 쉬어요."

"난 내일 첫 비행기 타야 해요."

"바쁘겠네요."

"글쎄 말이에요."

지우는 승아가 도진과 헤어진 스토리를 듣고 싶은데 승아는 맥주를 마시면서부터 다른 얘길 하고 있었다.

정말 헤어졌는지, 왜, 언제, 헤어진 후 도진은 어떻게 지내는지, 그에게 다른 여자가 생겼는지 낱낱이 다 알고 싶은데 승아는 먼저 얘기할 생각이 없는 것 같았다.

"왜 헤어졌어요?"

지우가 잔에 있던 맥주를 반만 마시고 내려놓으며 물었다.

"나 결혼했어요, 다른 사람이랑."

승아의 말에 지우가 약간 놀라며 쳐다봤다.

"그래요? 실수했네요."

"실수는요 뭐."

승아가 픽 웃었다.

"아참, 언제지? 레스토랑에서 만난 적 있죠?"

"네, 기억나요."

"그전에 헤어졌어요. 도진 씨 형 잘못됐을 때…… 이런, 내가 실수했네. 미안해요."

"괜찮아요."

"말해도 돼요?"

승아가 조심스럽게 물었다.

"해도 돼요."

"도진 씨 형 잘못되고 조금 있다가 그만 만나게 됐어요."

"도현 씨 때문에…… 그런 거예요?"

"아뇨, 그전에 그만 만나자 하더라구요. 거의 비슷한 시기인 것 같아요. 헤어지고 나서도 한참을 난 헤어지지 않은 척 도진 씨 만나러 다녔어요. 도진 씨 이사할 때 이삿짐 싸주러도 가고 이사한 집에 가서 정리도 해주고."

승아는 맥주 한 잔을 더 따라 마셨다.

"난 도진 씨 앞에서 얼쩡거리면 도진 씨 마음이 돌아설 줄 알았어요. 그런데 아무리 얼굴을 내보여도 도진 씬 벌써 오래전에 남이더라구요. 그러다 더는 안 만나게 됐어요. 한동안 연락 끊고 지냈는데 모터쇼 구경 갔다가 다시 만났어요. 올해도 모터쇼 할 때 됐네요."

도현이 잘못되고 그 충격과 죄책감으로 모든 복합적인 이유로 승아까지 내친 것일까 했는데 그건 아니었던 모양이다.

"그때 벌써 남편 만나고 있었어요. 모른 척하는 거 바보 같아서 인사 나누고 그러다 연락 주고받고, 전화번호 안 바뀐 것에 조금 놀라워하고."

도진의 전화번호가 바뀌지 않았단다…… 하지만 그때가 언젠데, 한참 전인데. 지금은 바뀌었겠지.

"그날 레스토랑요, 결혼 날짜 잡아놓고 무슨 바람이 불었나, 도진 씨한테 전화했었어요. 결혼 날짜 잡았다고. 그랬더니 축하한다면서 나하고 남편한테 저녁 산다고 하더라구요. 원래 시원한 사람인 건 알았지만 남편한테까지 저녁 산다고 하는데 뭐랄까, 오기 같은 게 생겼다고 할까? 하여튼 화도 조금 나고 기분이 이상하더라구요. 결혼날 잡아놓고 무슨 기대를 했는지 아님 홧김인지 남편더러 친하게 지내는 대학 동창이 저녁 사준다 했다며 거짓말까지 하면서 도진 씨 만났어요…… 좀 서운하더라구요."

"뭐가요?"

"내가 꽤 괜찮은 남자랑 같이 나갔는데도 도진 씨 나하고 헤어진 거 조금도 후회하지 않더라구요. 또 그 사람은 나하고 헤어지고 여전히 혼자인데 나이 들어 혼자인 도진 씨 전혀 후줄근하지 않고 말끔하고 단정하고. 남잔 여자하고 달라 나이 들어 옆에 짝 없음 좀 추레해지잖아요. 근데 아니더라구요. 그게 서운했어요. 그 사람 불행하길 바랐던 것도 아닌데 그렇더라구요. 참 웃기죠?"

"……그럴 수 있죠."

"도진 씨가 그만 만나자 할 때 솔직히 충격받았었거든요. 내가 미쳤나 봐, 이런 얘기 왜 하지? 푼수 같죠?"

"아니에요."

"그래도 예전에 도진 씨 형제랑 알고 지내고 같이 어울려서 말 못할 것도 없다 싶어요. 적어도 우린 같은 기억을 꽤 많이 가지고 있으니까."

"그래요."

승아가 이젠 옛일을 추억해도 쓸쓸할 건덕지가 없다는 듯이 귀엽게 웃으며 남아 있던 맥주를 마저 다 마셨다. 하긴 도진과 헤어진 일이 도현을 잃었을 때만큼의 아픔은 아닐 것이다.

식당을 나와 설마 오 분 사이에 음주운전 걸리겠냐며 그냥 타고 들어가자는 승아에게 지우가 좀 걷고 싶다고 했고 승아는 잠깐 망설이다 어차피 렌트한 차니 내일 렌트 회사에서 찾아가라면 될 거라며 지우와 함께 걸어주었다.

"여자가 있는 것 같더라구요."

식당과 호텔 중간 지점쯤에 왔을 때 승아가 불쑥 말했다.

"네?"

"도진 씨요. 헤어지자고 할 때 사랑하는 사람이 있다더라구요."

사랑하는 사람?

"누군지 모르지만 만날 수도 없다는 사람을 사랑한다면서 그 사람이 속에 있어서 나한테 못해줄 것 같다고 그만 만나자더라구요."

"……."

지우의 가슴 저 깊은 곳에서 작은 소용돌이 하나가 생겨나더니 무서운 속도로 기세를 떨치며 가슴을 뒤흔들기 시작했다.

만날 수도 없다는 사람을 사랑한다…….

"도현 씨 잘못된 거 나중에 알았어요. 그만 만나자는 얘기 듣고 한동안 연락이 안 됐거든요. 도진 씨 마음 돌려세울 생각으로 하루에 수십 번씩 전화를 해대다 한 달 만엔가 회사로 찾아가기까지 했었어요."

"승아 씨가요?"

"안 믿어지죠? 예전에 나 꽤 쿨한 척했었잖아요."

"조금 의외네요."

"아무리 쿨해도 함께 보낸 시간을 무시할 수는 없겠더라구요.

먼저 걷어차인 적도 없고 매달려 본 적도 없던 내가 참 흉하게 굴었어요, 도진 씨한테."

승아가 그때 생각하면 후회된다는 듯이 말했다.

"그만 만나자는 생각에 변함이 없다는 말 듣고 따귀까지 올려붙였거든요."

승아의 말에 지우가 픽 웃자 승아도 따라 웃었다.

"그때 알았어요, 도현 씨 잘못된 거. 도진 씨 무척 힘들어하더라구요. 도현 씨 잘못된 줄도 모르고 괴로운 사람 찾아가서 따귀까지 올려붙였으니 도진 씨 정 떨어졌을 거예요."

승아가 민망한 듯 픽 웃었다.

"난 말이죠…… 정말 부끄러운 얘긴데, 도현 씨 잘못되고 도진 씨 너무 힘들어하는 거 보고 그게 기회가 될지도 모르겠다 싶었어요. 내가 옆에서 위로해 주고 돌봐주면 도진 씨 마음 돌아설지도 모른다고. 그래서 좋다, 헤어지는 대신 친구 하자면서 달라붙었어요. 속 다르고 겉 다르게 한 거죠. 나 우습죠?"

"아니에요……."

"이런 얘기 그만 해요. 창피하다."

승아의 말에 지우는 미소만 지었다.

"지우 씬 어때요? 결혼할 남자 있어요?"

"없어요."

"설마 도현 씨 때문에 결혼 생각 아예 접은 건 아니죠?"

"그건…… 아니에요."

지우의 말에 승아가 예쁘게 씩 웃었다.

"아, 바람이 시원하네요."

승아가 공기를 깊이 들이마시고 내쉰 후 밝아진 얼굴로 말했다.

바람은 참 시원했다.

객실로 올라온 지우는 자신이 지금 무슨 생각을 하고 있는지도 모른 채 우두커니 침대에 걸터앉아 있었다. 멍하게 어디 한 군데 나사가 빠진 듯이 풀린 눈으로 쥐색 카펫이 깔린 바닥을 내려다보던 지우는 기계처럼 손을 뻗어 가방에서 휴대폰을 꺼내 들었다.

저장번호를 찾고 입력된 이름들을 훑어 내리던 지우는 '태도진'이라는 이름에서 멈췄다.

태도진. 승아와 헤어진 사람. 그리고 도현의 동생.

도현의 동생이라는 꼬리표를 정말 이 생에선 잘라 버릴 수 없는 것일까?

태도진의 번호를 띄워놓고 통화 버튼에 엄지손가락을 올려놓은 지우는 손가락 끝에 들쑥날쑥 힘이 실릴 때마다 가슴이 콩닥거리는 것을 느꼈다.

아직 이 번호를 쓰고 있을까? 시간이 많이 지났는데 레스토랑에서 마주치고도 한참 지났는데. 전화를 걸까, 전화는 왜 하려고? 할 얘기가 있니?

뒤섞인 생각들로 갈팡질팡하던 지우는 자신도 모르게 통화 버튼을 눌러 버렸다. 통화 연결 효과음이 들리자 지우는 불에 덴 듯이 놀라며 폴더를 접어버렸다.

"맙소사."

가슴이 후들거렸다. 손끝도 떨렸다. 휴대폰을 움켜쥐고 죄를 지은 듯 불안해하던 지우는 전화를 베개 속에 파묻어 버렸다.

"바보 같은 짓이야."

지우는 고개를 가로저으며 누워버렸다.

자리에 눕자 온갖 잡념들이 머리 속을 채우기 시작했다.

"날 먼저 만났어야 해. 날 먼저 만났다면 날 사랑했을 거야."

손을 움켜쥐고 타 들어가던 목소리로 중얼거리던 도진의 목소리가 귀청을 울렸다.

"잘 지내지 못했어. 만나지지 않아서."

도진의 목소리가 끝없이 귀에, 가슴에 속삭여 왔다.

"이렇게 오 분만 내가 가지면 안 될까? 아니, 일 분만, 내 평생에 꼭 일 분만이라도 형의 여자가 아니라 내가 가지면 안 될까?"

무너져 내리던 도진의 목소리.

열이 나는 것처럼 소름이 끼쳐 왔다. 감기 바이러스가 들어온 듯 오들오들 떨리기도 했다. 욱신욱신 팔다리가 저리고 쑤셨다.

지우는 벌떡 일어나 객실 안에 있던 냉장고를 열고 맥주를 꺼냈다. 아무래도 그냥은 잠이 들 것 같지 않았다. 아니, 맥주로도 안 될 것 같았다. 지우는 맥주를 도로 집어넣고 콘솔 위에 놓여 있는 장식용 미니어처 양주를 한 개 집어 들고 뚜껑을 열어 한입에 털어넣었다. 딱 한 모금이다. 딱 한 모금인데 목 넘김에 불이 붙는 듯했다.

"허억."

불이 붙은 양주가 가슴을 타고 내려가는 느낌이 적나라하게 느껴진다. 지우는 다른 미니어처 양주를 한 개 더 마셔 버렸다. 그래 봤자 두 모금.

지우는 귓바퀴에서부터 열이 번지는 것을 느끼며 침대에 누웠다. 침대에 누운 지 십 분쯤 지났을까 몸이 나른해졌다. 약간 숨이 차는 듯도 했다. 눈꺼풀이 충충하니 무거워지자 눈을 감아버렸다.

그의 모습이 보였다. 브리치가 드문드문 들어간 잘 손질된 머리카락, 중고등학생 때 제법 여드름이 났을 것이다라 짐작되어지는 몇 개의 넓은 모공을 가진 얼굴. 도톰하면서도 고집스러워 보이던 입술. 그가 보였다, 태도진.

"지금도 여전히 난, 치열해요."
"당신, 힘들게 하지 않을 거예요."
"힘들게 하지 않을게요, 형수님……."

그의 목소리도 들렸다.
"도진 씨……."
지우는 도진의 이름을 속삭이다 잠들었다.

열병
—섭씨 38.5℃

노크 소리와 함께 의국의 문이 열렸다. 과장님이 불쑥 들어왔고 의국에 있던 의사들이 재빨리 자리에서 일어나 인사했다.

"점심들은 먹고?"

"예."

"서 선생, 이 주 후에 파리에서 소집한단다."

"연락 왔어요?"

"응. 이거."

무언가 **빽빽**하게 적힌 에이포지 한 장을 지우에게 건넸다.

"그쪽에서 준비하라는 것들하고 거기서 하게 될 일이야. 파리에 소집될 의사들 명단도 있고. 여권이랑 비자는?"

"만들어뒀어요."

지우가 에이포지를 들여다보자 태일이도 끼어서 쳐다봤다.

"오늘부터 쉬어."

"이번 주는 나올게요."

"안 그래도 돼."

"괜찮아요."

"알았어. 병원에 말해 둘게."

"네. 과장님, 고맙습니다."

과장님이 의국을 나가자 태일이 지우의 손에 들려 있던 에이포지를 빼앗아 읽기 시작했다.

"진짜 가네."

"그러게."

"가기 싫지?"

"아니."

"뭐 준비할 게 이렇게 많아?"

"외국이잖아. 육 개월 이상 있어야 하고."

"난 짐 싸기 싫어서라도 안 가고 말겠다."

"그래서 해외여행 한번 하겠니?"

"여행하고는 다르지."

"봉사는 안 되고 여행은 된다고? 속 보여, 야."

"난 그냥 사랑이 덜 있는 의사로 살란다."

"나도 사랑이 넘쳐서 가는 건 아니야."

지우가 솔직하게 말했다.

"서운하네, 간다고 하니."

"나도 좀 그렇네."

지우는 오랜만에 태일에게 따뜻하게 웃어주었다.

지우는 그날 부모님께 이 주 후에 떠나게 됐다는 말을 하지 않았다. 일주일 후에나 하는 것이 좋겠다 싶었다. 어머니의 속상해하는 얼굴을 보며 속 쓰려하기 싫었기 때문이다.

퇴근길에 지우는 어머니가 좋아하시는 치즈 케이크를 사기 위해 썸 호텔로 향했다. 썸 호텔에 들렀다 가려면 꽤 돌아가야 했지만 어머니는 썸 호텔 안에 있는 플루트명과에서 만든 치즈 케이크만 드시기에 귀찮아도 할 수 없었다. 자주는 아니지만 썸 호텔을 지나게 될 땐 어머니가 좋아하는 치즈 케이크가 생각나 몇 번 사들고 들어갔었다.

오늘은 일부러 썸 호텔에 들르는 것이니 의미가 있다면 있을 수도 있었다. 이 주 후엔 한국을 떠나 멀고 먼 아프리카에서 몇 달혹은 일 년 이상 지내야 한다고 생각하자 부모님, 특히 어머니가조금 걸렸다. 형제가 하나라도 있었다면 덜할 텐데 오로지 지우하나였다. 지우 하나만 잘되길 바라던 분들인데 취소하라 매달리듯 엄포를 놓으실 땐 그럴 수 없다 딱 잘랐으면서도 막상 떠날 날을 코앞에 두자 미안하고 측은한 기분이 들었다. 좋아하는 음식이나 좋아하는 음악회나 입맛에 맞는 포도주를 선물 받으면 좋아라하시는 분이니 치즈 케이크라도 사다 드리자 싶었다.

썸 호텔 플루트명과에 들러 치즈 케이크를 구입해 차를 몰고 왔던 길을 되짚던 지우는 멀찍이 빌딩 전면을 뒤덮을 만큼 어마어마한 사이즈의 모터쇼 현수막을 보게 됐다.

"모터쇼……."

모터쇼 현수막을 보는 즉시 도진을 떠올렸던 지우는 쇼가 열리는 빌딩 근처에서 신호에 걸려 잠깐 정차한 사이 현수막을 뚫어져라 쳐다봤다.

도진이 저기 있을까?

제주도에서 만났던 승아가 그랬었다, 모터쇼 구경 갔다가 도진과 다시 만났다고.

오늘도 도진이 있을까?

신호가 바뀌고 앞서 출발하는 차들을 따라 움직이던 지우는 마치 빌딩이 엄청난 자력으로 끌어당기는 듯한 기분을 느끼며 직진이 아닌 우회전 하며 빌딩 지하 주차장으로 몰고 들어갔다. 도진이 있을 거라는 보장도 없이, 마치 뭔가에 홀린 듯 지우는 지하 일층 이층 삼층 사층까지 내려가며 주차 공간을 찾아내 주차했다.

왜 왔니?

지우도 알 수 없었다. 그냥 도진이 있을지도 모른다는 생각, 도진을 만날 수 있을지도 모른다는 생각을 했던 것 같다. 만나서 뭘 어떻게 하겠다는 계획도 없으면서 만날 수 있을지도 모른다는 기대를 무심결에 가졌던 것 같다.

지우는 차에서 내려 엘리베이터에 올랐고 그 안에 가득 붙여놓은 모터쇼 홍보 겸 안내 포스터에 적힌 대로 일층 쇼장으로 향했다. 일층에 엘리베이터가 멈추고 문이 열리자 즉시 모터쇼장이 펼쳐졌다. 시끄럽지 않을 정도의 흥을 돋우기 위한 음악도 흐르고 무척이나 넓은 공간에 마련된 각 스테이지마다 유달리 번쩍거리는 처음 보는 디자인의 신차들이 모셔져 있었다. 신차들 곁에는 둘 혹은 한 명의 도우미 아가씨들이 먼 미래를 연상시키는 의상과 메이크업으로 치장한 채 멋들어진 포즈를 잡고 있었다.

지우는 어색하기도 하고 엉뚱한 기분으로 모터쇼장 안을 천천히 옮겨 다녔다. 구경오는 사람들 참 많구나 하고 생각하며.

이 많은 사람들 중에 섞여 있을지 없을지 모를 도진을 꼭 찾아내고야 말겠다는 생각도 없이 분위기에 휩쓸려 눈에 들어오지도 않는 차를 구경하고 도우미 아가씨들을 구경하며 걸음을 옮기던 지우는 결국 자신이 이곳에 왜 왔는지 모르고 있다는 것을 깨닫게 됐다.

이게 무슨 바보 같은 짓이었을까. 여기 와서 뭘 하겠다고, 찾을 생각도 없다 해놓곤 무슨 맘으로 뭐에 홀린 듯 왔을까.

지우는 별나라에 뚝 떨어진 이방인이 된 기분으로 엘리베이터를 향해 돌아섰다. 한참 막힐 시간이라 집에 도착하려면 한 시간 이상 잡아먹겠다 생각하며 몇 사람과 부딪쳐 가며 엘리베이터에 도착해 맨 밑바닥까지 내려가 있던 엘리베이터를 호출했다.

엘리베이터가 멈춰 서고 문이 열리고 지우가 올라섰다. 같이 타려고 대기하던 사람이 없었던 터라 지하 사층 버튼을 누르고 기다리지 않고 닫힘 버튼을 눌렀다. 소음 하나 없이 조용히 문이 닫히는 찰나였다. 누군가의 팔이 쏙 껴드는가 싶더니 닫히던 문이 다시 열렸다. 그리고 그가 있었다. 도진.

"지우 씨."

도진이 이름을 부르는데 지우는 지우 씨 하고 부른 사람이 누군지 모르는 얼굴로, 아니, 지우라는 사람이 누군지 모르는 얼굴로 몽환적인 표정이 되어 도진을 쳐다보고 있었다.

도진이 엘리베이터에 올랐다. 문이 닫혔다.

지우는 여전히 멍한 얼굴로 도진의 얼굴을 올려다보고 있었다.

엘리베이터는 지하 사층을 향해 움직이기 시작했다.

도진 역시 아무 말도 않고 지우를 바라보고 있었다. 두 사람은 서로를 바라보고 있었고 지하 사층에 도착해 멈출 때까지도 얼어 붙은 듯 미동도 하지 않았다.

문이 열리고 텁텁한 공기가 끼쳐 오자 그제야 지우는 정신을 차리며 엘리베이터에서 내려섰고 도현도 지우를 따라 내렸다.

"잘 지냈어요?"

도진이 먼저 입을 열었다.

"네, 그래요."

지우도 어렵게 입을 뗐다.

"아닌 줄 알았어요. 다른 사람인 줄 알았어요, 머리를 잘라서."

도진이 말했고 지우는 무의식적으로 머리카락을 매만졌다.

"잘랐어요."

도진을 알았던 때는 긴 생머리였다. 지금은 목선까지 싹둑 잘라 내고 싼 고무줄로 아무렇게나 묶어버린 머리.

"여긴……."

"그냥 지나다가 모터쇼 현수막 보구요."

"그랬군요."

도진이 고개를 끄덕였다.

"아직 그 병원이에요?"

"네."

"괜찮죠?"

"⋯⋯네."

"오랜만이에요."

도진이 손을 내밀었고 지우는 도진의 손을 바라보다 살며시 붙잡았다. 도진의 손은 여전히 참 따뜻했다.

"반가워요."

"반가워요, 도진 씨."

지우는 반갑다는 인사까지 하고 나자 이제 더 이상 할 얘기가 없었다. 할 얘기가 없다는 것이 마음을 바쁘게 만들었는데 갑자기 뭣 때문에 마음이 바쁜 것인지는 지우도 알 수 없었다.

"어머닌⋯⋯."

"편안하세요. 아버지도."

도현이 죽고 장례식장을 마지막으로 그동안 안부전화조차 하지 않았었다. 못된 년이라 했을 것이다. 인연의 끈이 끊어졌다지만 그렇게까지 모른 척할 줄은 몰랐을 것이다. 괘씸해하셨을 것이다. 하지만 도저히 할 수 없었다. 지우도 너무나 극심하게 부대끼고 있었기 때문이다.

"연락 못했어요. 하고 싶지 않았어요."

"알아요. 이해해요. 나도, 부모님도."

"괘심해하시죠?"

"그렇지 않아요."

"……잘못한 게 많은 것 같아요."

"그렇게 생각하지 말아요."

도진은 그렇게 말했지만 생각해 보면 잘못한 게 정말 많은 것 같아 죄책감이 느껴졌다.

"그만…… 갈게요."

지우가 차를 향해 걷자 도진도 지우의 뒤를 따랐다.

"만나서 반가웠어요."

"내 번호…… 그대로예요."

도진이 말했고 지우는 심장이 두근거리는 것을 느끼며 도진을 쳐다봤다.

"잘 지내요."

들릴 듯 말 듯 속삭인 지우가 차에 오르려는데 도진이 지우의 손목을 움켜잡았다.

"보고 싶었어."

지우의 몸이, 가슴이, 입술이 떨리기 시작했다.

"보고 싶었어. 보고 싶었어, 지우야."

도진이 지우의 뒤통수에 입술을 대고 속삭였다. 녹아내리듯 괴로운 음성으로. 보고 싶은 걸 참느라 너무나 고통스러웠다는 음성으로.

지우가 돌아서서 도진을 쳐다봤다.

도진이 지우의 손목을 더욱 강하게 움켜잡았다. 절대로, 다시는 놓아줄 수 없다는 듯이.

"도진 씨…… 있을 것 같아서 왔어요."

고백하고 말았다. 고백해 버리고 말았다.

지우의 손목을 틀어쥔 도진의 손이 부들부들 떨리기 시작했다. 도진이 어금니를 틀어 무는 것이 보였다.

"도진 씨가 찾아질 것 같아서, 그래서 왔어요."

지우가 떨리는 음성으로 두 번째 고백했다.

"찾아져서 다행이에요."

지우가 슬픈 미소를 지으며 속삭였다.

도진이 지우의 어깨를 움켜잡았다.

"후욱."

도진의 거친 한숨 소리가 고스란히 날아들었다.

도진의 손에 손목을 잡힌 채 지우의 어깨를 움켜잡은 채 두 사람은 한동안 슬픈 눈으로 서로를 바라보고 있었다.

"그만 갈게요."

먼저 입을 연 사람은 지우였다.

"데려다 줄게요."

"아뇨, 혼자 갈게요."

지우가 자신의 어깨를 움켜잡고 있는 도진의 손을 슬그머니 내려놓았다.

도진이 몹시도 힘겹게 지우의 손을 놔주었다.

지우는 차에 올라 시동을 걸고 도진에게 미소 지어주지 않고 주차장을 빠져나왔다. 도진이 언제까지나 그 자리에 서서 보이질 않은 그림자를 좇을 것이라는 걸 지우는 알고 있었다. 하지만 뒤돌아보지 않았다. 돌아보면 그를 끌어당기고 싶을 것 같아서, 그를 붙잡고 싶을 것 같아서.

뱅글뱅글 몇 바퀴를 돌아 심연처럼 깊은 주차장에 도진을 남겨 두고 지우는 지상으로 올라왔다.

"흐흐흑."

울고 싶다는 생각을 하지 않았는데 흐느낌이 새어나오더니 눈물이 흘러넘치기 시작했다. 슬프지도 않은데, 서러울 것도 없는데 흐득흐득 흐느낌이 터져 나왔다.

왜 눈물이 날까?

손목을 붙잡았던 그의 손길에서, 어깨를 움켜잡던 그의 손아귀에서 그가 지금까지도 자신을 생각하고 있었다는 것을 확인했기 때문일까? 정작 자신이 그리워했던 사람은 도현이 아니라 도진이었기 때문일까? 긴 그리움 끝에 그리움의 원천을 찾아냈기 때문일까?

모르겠다, 꼭 어떤 것이라고 지우도 잡아낼 수 없었다. 그냥 눈물이 치솟고 가슴이 울렁거리고 흐느낌이 새어나왔다.

지우는 눈앞을 가리는 눈물을 닦을 생각도 못한 채 앞만 보고 달렸다. 얼마 만에 울어보는 걸까, 도현이 떠나고 지금까지 울지 않기 위해 필사적으로 참아왔던 걸까? 도현에게 미안해서, 사람들에게 창피해서, 자신이 너무 가증스러워.

누가 건드린 것도 아닌데 울컥 눈물이 치솟으려 할 땐 네가 왜? 네가 뭘 잘했다고, 네가 울 권리라도 있냐며 스스로에게 빈정거렸었다. 도진을 가슴에 담았던 죄로, 도현이 그것을 알고 떠났다는 죄로. 눈물을 한 방울 흘리면 흘린 눈물의 천 배로 더 큰 고통을

지게 되는 형벌에 묶인 듯 눈물을 말려야만 했었다.

이제, 무서운 형벌의 틀에서 놓여난 것은 아니지만 지우는 도현이 떠나고 처음으로 참지 않고 울었다. 면죄를 약속받지 못했음에도.

"서지우."

태일이 두 번째 불렀을 때야 태일의 목소리가 귀에 들어왔다.

"어, 왜?"

"붕 떴냐?"

"뭐?"

"반은 자고 있는 것 같다."

"어, 아니야. 그래, 그런 것 같아."

지우는 어리버리한 대꾸를 하며 정신을 차리려는 듯 묶었던 머리를 풀렀다가 다시 묶었다.

"막상 가려고 하니까 긴장되지?"

"어딜?"

"진짜 자고 있냐? 어디긴 어디야, 봉사지."

"아…… 그런 것 같아. 그런가 봐."

"토요일부터 못 보겠네."

"그러네."

"공항에 나가줄까?"

"아니, 오지 마."

"왜?"

"배웅해 주는 사람이 많으면 막 가기 싫어질 것도 같아서."

"솔직히 말해. 흔들리지?"

"……조금."

지우의 대답에 태일이 그럴 줄 알았다며 실실 웃었다.

"오늘 저녁 같이 할래?"

"아니, 약속있어."

지우는 약속있다고 대답했다가 깜짝 놀라고 말았다. 약속이라니. 아무런 약속도 없었다. 그런데 왜, 누구와 약속이 있다고 한걸까.

"누군데?"

"어…… 너 모르는 사람."

"너 가기 전에 밥은 한번 같이 먹자."

"그래, 그러자."

하루 온종일, 출근 때부터 퇴근할 때까지 태일의 말대로 반은 자고 있었던 것처럼 붕 뜬 채로 보낸 지우는 주차장으로 향하며 가슴이 두근거리는 것을 느꼈다. 비단 오늘만이 아니었다. 도진을 만나고 그날부터 닷새가 지나는 동안 반수면 상태가 이어지고 있었다.

도진을 만나고 지금까지 지우의 가슴은 이유를 알 수 없는 조바심과 두근거림으로 몸살을 앓고 있었다. 머리 속은 의도하지 않은 온갖 잡스런 생각들로 가득 차 중요하게 처리해야 할 일이 있었는데 깜빡하고 미뤄두었다가 촉박하게 독촉을 받자 어디서부터 손을 대야 할지도 생각이 안 나는 패닉 상태가 된 것 같았다. 지우를 더욱 곤란한 지경에 빠뜨리는 것은 바로 하루하루 날짜가 넘어갈 때마다 아프리카행을 선택한 것은 잘못한 일이 아닐까 하는 생각이었다.

시간이 제법 많이 흐른 지금 도진을 다시 만났다고 해서 이레이저가 나타나 거짓말처럼 숨기고 싶거나 잊고 싶은 과거를 날려주고 감쪽같이 새로운 신분을 만들어주며 지금부터는 당신들의 옛일을 알고 있는 사람이 단 한 명도 없는 곳에서 살게 해주겠소라며 꿈같은 선심을 쓸 리는 없었다. 그럼에도 지우는 부질없는 바보스러운 무엇인가를 자꾸만 기대하려고 했다. 지우는 그 기대라는 것이 정확하게 어떤 형태인지도 잘 모른 채 조바심과 두근거림에 시달리고 있었다.

차에 올라 시동을 걸던 지우는 어쩐지 정말로 약속이 있는 듯한 기분에 사로잡혔다.

약속? 누구와?

"내 번호…… 그대로예요."

도진이 그랬었다. 알려주듯, 당신의 전화를 기다리겠다는 듯.

지우는 조수석에 놓인 가방을 뚫어져라 쳐다보다가 이내 휴대폰을 꺼냈다. 이 휴대폰도 며칠 후부터는 쓰지도 못할 물건이다.

지우는 목젖이 들러붙는 듯한 긴장과 갈증을 느끼다가 폴더를 열고 저장번호에서 도진의 번호를 찾아냈다.

내 번호…… 그대로예요.

지우는 통화 버튼을 누르고 전화기를 귀에 가져갔다. 통화 연결음이 들리고 신호가 울리기 시작했다. 한 번, 두 번, 세 번. 지우는 급하게 폴더를 덮어버렸다. 뭐 하는 짓인지, 정말 뭐 하는 짓인지.

지우가 고개를 가로저으며 기어를 넣고 엑셀에 막 힘을 싣는데 전화벨이 울렸다. 엑셀에서 발을 떼고 기어를 다시 중립에 둔 지우는 전화를 받았다.

"여보세요?"

[……나예요.]

나예요라는 목소리를 듣는 순간 지우는 휴대폰을 떨어뜨릴 뻔했다. 도진이었다.

[지우 씨?]

지우가 아무 말도 못하고 있자 도진이 지우를 불렀다.

"네, 듣고 있어요."

[나한테…… 전화했죠?]

아니라고 할까?

"어떻게 알았어요?"

[왜 그냥 끊었어요?]

"……잘못하는 것 같아서요."

[뭐가요?]

"도진 씨한테 전화하는 거요."

지우가 솔직하게 말했다.

[만날 수 있어요?]

"네."

그냥 네라는 대답이 나와 버렸다. 기다렸다는 듯이, 만나자는 말을 해주길 너무 기다렸다는 듯이.

[어디예요?]

"병원이에요. 퇴근하려고요."

[그때 모터쇼하던 빌딩 뒷길에 후카시라는 일식집이 있어요. 간판은 크지 않지만 찾기 힘들진 않을 거예요.]

"알았어요."

[찾기 힘들면 내가 데리러 갈게요.]

"아뇨, 갈 수 있어요. 지금 출발할게요."

지우는 전화를 끊고 가슴이 아까보다 더 방정맞게 두근거리는 것을 느끼며 차를 출발시켰다.

"어쩌려는 거 아니야. 그냥 얼굴 보고 밥이나 먹으려는 거야."

지우는 애써 합리화시켰다. 지우는 정말 아무런 사심도 없이 만날 거라고 그럴 거라고 다짐하며 약속 장소로 향했다.

도진의 말대로 후카시라는 일식집은 작았지만 찾기 어렵지 않았다.

도진보다 지우가 먼저 도착했고 일본식 주방장 옷을 입은 흰머리가 근사한 남자의 안내를 받아 조용한 곳에 자리를 잡았다.

"주문은 일행이 오면 할게요."

"그러세요."

지우는 두근거림 반 초조함 반이 뒤섞인 기분으로 도진을 기다렸다. 지우를 안내한 남자가 따뜻한 국물을 가져다 주었는데 맛을 보니 일본 장국이었다. 한국 장국만큼 감칠맛은 없었지만 순하고 부드러웠다.

지우가 앙증맞고 귀엽게 생긴 그릇에 담겨 나온 장국을 다 마셨을 때쯤 후카시의 문이 열리고 도진이 들어왔다.

지우는 다리가 저릴 정도로 떨리는 것을 의식하며 후카시를 들어와 지우를 발견하고 곧장 지우에게로 걸어오는 도진을 바라봤다.

"늦었죠?"

"아니에요. 어차피 내가 더 가까운 곳에 있었던걸요."

"주문은요?"

"아직요."

장국을 맛보게 해준 남자가 메뉴판을 가져다 주었다.

"여기 초밥도 아주 좋고 오코노미야키하고 알탕 맛이 일품이에요."

도진이 말했고 지우는 오코노미야키가 무슨 음식인지도 모른 채 그럼 그걸 먹자고 했다. 도진은 두 사람이 먹을 정도의 초밥과 오코노미야키, 그리고 알탕을 주문했다.

"계속, 그 자동차 회사 신차 개발 연구팀에 있어요?"

지우의 물음에 도진이 고개를 끄덕였다.

"머리 모양이 달라졌네요."

"짧게 잘랐어요."

예전에 도진의 헤어스타일은 남자 머리치곤 제법 길면서 펌을 한 듯 굽실굽실 멋스러웠다. 브리치도 몇 가닥 들어가 있고. 제법 비싼 미용실에서 만진 듯한 헤어스타일이었는데 지금은 공을 들여 깎은 티는 나지만 군인처럼 짧은 스포츠머리였다.

도진이 잠깐 동안 말없이 지우를 바라봤고 지우 역시 도진을 쳐다보고 있었다. 예전엔 그가 지금처럼 바라보면 덜컥 겁을 집어먹고 피하기 바빴는데 지금은 그때와 같은 죄의식, 두려움 같은 건 느껴지지 않았다.

"할 말이 많을 거라 생각했어요."

도진이 말했다.

"만나면 이것저것 물어볼 게 많았는데 한 가지도 생각이 안 나요."

"나도 그러네요."

지우가 미소 짓자 도진도 어색하게 미소 지었다.

제법 두툼한 야채 위에 마요네즈와 소스가 뿌려진 오코노미야키가 먼저 나왔다.

도진이 윤택이 흐르는 나무젓가락과 숟가락을 지우 앞에 놓아주었다.

"일본식 빈대떡이에요, 이 음식."

"우리 빈대떡이랑 전혀 다르네요."

"맛도 달라요. 맛이 괜찮아요."

도진이 먹기 좋은 크기로 편 가르듯 오코노미야키를 잘라주었다. 지우는 도진의 이런 세심함에서 가슴이 동요하는 것을 느끼며 일본식 빈대떡이라는 걸 집어 입에 넣었다. 따끈하고 묘한 소스 맛이 입 안에 퍼졌다. 썩 마음에 드는 맛이었다.

"승아 씨 만났었어요, 제주도에 세미나 갔다가."

"그랬어요?"

"밥도 먹고, 맥주도 마시고, 두 사람 얘기도 들었어요."

"승아 결혼했어요."

"네, 그 얘기도 들었어요."

지우는 도진이 잘라준 빈대떡을 또 한 점 집어 입에 넣었다. 지우는 두 입째인데 도진은 아직 입에 대지 않고 있었다.

"도진 씨…… 결혼했어요?"

지우는 도진의 얼굴을 쳐다보지도 못하고 물었다.

"못해요, 결혼은."

도진이 대답했고 지우가 고개를 들고 도진을 쳐다봤다.

무슨 말일까, 결혼을 못한다는 말은.

"내가 결혼을 못할 거라는 거 알잖아요."

도진이 낮은 목소리로 중얼거렸다.

지우의 가슴이 술렁이기 시작했다.

"난, 난……."

지우는 무슨 말을 하기 위해 입을 열었다가 그냥 다물어 버렸다. 무슨 말을 해야 할지 몰랐다.

"부담 주려는 거 아니에요. 아무 부담도 안 줄 거예요."

도진이 말했고 지우는 소리없이 한숨을 내쉬었다.

"어쩌지 못하는 거 지금도 마찬가지니까. 아무것도 못하는 건 지금이나 그때나 똑같으니까. 그런데, 내 마음도 똑같아요, 그때 하고."

"……"

"당신을 다시 만나지 않았다면 몰랐을 거야. 당신이라는 사람이 나한테 어떤 존재인지 몰랐을 거야."

"나 도진 씨한테…… 끌렸어요."

지우의 속삭임에 도진의 눈빛이 타오르기 시작했다.

"도현 씨와 결혼 날짜까지 잡아놓고도 도진 씨가 다가왔을 때 끌렸어요. 흔들렸어요. 내가 조금이라도 흔들리는 모습을 보이면 도현 씨가 아니라 내가 도진 씨를 붙잡을 것 같아서…… 그게 두려웠어요. 난 참 나쁜 여자예요."

"당신한텐 아무런 책임 없어요. 내가 당신을 품지 않았다면, 당신은 괴롭지 않았을 거예요."

초밥과 알탕을 가져왔지만 아무도 먹을 생각을 하지 않았다.

"십 년쯤 지나면…… 그땐, 그땐 도진 씨 만나는 걸 용서받을 수 있을까요?"

지우가 슬픈 미소를 머금은 채 물었다.

도진이 조용히 손을 뻗어 탁자 위에 정갈하게 포개져 있던 지우의 손을 덮었다.

지우와 도진은 주방장이 식어버린 알탕과 오코노미야키를 다시 데워다 주었을 때야 식사를 시작했다. 배가 고픈지도 부른지도 모른 채 두 사람은 주문한 음식을 깨끗하게 먹어치우고 후카시를 나왔다.

두 사람은 후카시 처마 밑에 서서 끝없이 오고가는 사람들을 바라보고 있었다.

"집에 가아죠?"

도진이 물었다.

"그래야죠."

"차는 어디 있어요?"

"저기 저 앞에 주차장예요."

두 사람은 주차장으로 가기 위해 처마 밑에서 나왔다.

서너 걸음 걷는데 도진이 지우의 손을 잡았다. 그렇게 손을 잡고 주차장에 다다라 맡겨둔 키를 받기 위해 관리실로 향하는데 지우가 도진의 손을 틀어잡으며 걸음을 멈추었다. 도진이 지우를 뒤돌아봤다.

"우리 좀 걸을래요?"

지우가 물었고 도진이 고개를 끄덕인 후 지우의 손을 자신의 호주머니에 넣었다.

지우와 도진은 인파들에 섞이며 걷고 또 걸었다. 꼭 어떤 대화가 필요하지도 않았다. 지우의 손은 도진의 호주머니 속에 있었고 도진은 지우의 손을 꼭 잡은 채 걷고 있었다.

너무 멀리 와버렸다고 생각했을 때 돌아섰고 돌아선 두 사람은 다시 주차장을 향해 걸었다.

"내일 만날 수 있어요?"

도진이 물었다. 약간 두려움 음색으로. 지우가 안 된다고 할까봐 걱정하는 듯했다.

"네."

지우는 거절하지 않았다.

"내일은 데리러 갈게요."

"그래요."

주차장으로 와서 맡겨둔 키를 돌려받고 엄청난 주차비를 지불한 도진은 여전히 지우의 손을 꼭 잡은 채 지우의 차로 갔다. 직접 차 문을 열어주고 지우가 차에 오르자 차 문을 닫아주었다.

지우가 조심해서 들어가라고 말하기 위해 창문을 열어 도진을 올려다보는데 도진의 두 손이 지우의 얼굴을 움켜잡더니 입술을 부딪쳐 왔다. 너무나 불편한 자세로, 불같이 뜨거운 도진의 입술이 지우의 입술을 짓누르고 있었다. 아무 기교도 없이 그저 입술만 짓누르고 있을 뿐이었지만 지우의 가슴은 한순간 와르르 무너지는 듯했다. 조이고 묶이고 엉켜 있던 가슴이 한순간에 무너져 내리고 있었다.

도진이 천천히 입술을 뗐다.

"조심해서 가요."

도진이 속삭였다.

지우는 멀미난 사람처럼 속이 울렁거리고 목구멍을 향해 북받쳐 오르는 덩어리를 삼키며 차를 출발시켰다.

집으로 돌아온 지우는 방으로 올라오는 즉시 방문을 걸어 잠그고 이불을 뒤집어쓴 채 울기 시작했다. 가슴이 너무 따뜻해서, 너무 추워서.

"우리가 만나는 서……."

지우가 병원을 나섰을 때 주차장에서 기다리고 있던 도진이 보였다. 지우는 차를 병원에 두고 도진의 차에 올라 테이크 아웃 음식을 사들고 한강 둔치로 갔다. 두 사람의 식사를 방해할 사람은 없었지만 지우도, 도진도 낯모를 사람이 곁에 있는 게 별로였기 때문이다. 차 안에서 먹는 둥 마는 둥 간식 같은 저녁을 먹고 바람을 쐬자며 둔치 벤치에 앉았을 때 지우가 입을 열었다.

"그냥 만나요. 힘들게 하지 않겠다고 했잖아요. 어떤 약속이나 어떤 미래 같은 걸로 발목 잡으려 하지 않을게요."

도진이 지우를 안심시키기 위해 말했지만 지우는 이상한 섭섭함을 느꼈다.

도현은 죽고 없는 사람이고 이제 시간이 제법 흘렀으니 말하자면 거칠 것이 없으니 지금부터는 두 사람의 미래를 만들어보자며 덤벼들어도 겁이 나겠지만 약속이나 미래 같은 것으로 발목 잡지 않겠다고 하자 그것도 섭섭했다. 이 이중적인 기분은 뭘까. 시간이 많이 지났다 해서 옛 기억이 사라진 것은 아니다. 하필 도진은 도현의 동생이고, 도현과 지우의 가족이 고스란히 옛것을 기억하고 있었다. 형이 죽어 동생과 맺어졌다? 우습다. 말 안 된다. 따지기 좋아하는 사람이든 따지는 거 싫어하는 사람이든 혐오하려면 얼마든지 할 수 있는 모양새다. 하지만 그렇다고, 언제까지 이런 거리를 유지해야 하는 걸까.

도진은 이미 오래전에 사랑한다 했고 지금도 여전히 사랑하고, 지우는 그땐 고백하지 못했지만 지금은 고백하고 말았다. 사랑한다라고 정의하진 않았지만 그게 사랑이라는 걸 모를 사람이 있을까? 걸리는 게 너무 많다고 따지기 선에 보기에 기쁘지 않은 두 사람이다.

"사랑하는 사람이 생기거나 결혼할 사람이 생기더라도 딴죽 걸지 않을게요."

도진은 그렇게 생각했다. 지우를 위해서 그렇게 해주는 것이 최선이라 생각했다. 마음 같아서야 누가 뭐라고 하든 지우를 차지하고 싶었다. 아무도 허락하지 않는다면 허락 같은 거 구하지도 않고 살고 싶었다. 그래, 살고 싶었다. 지우와 함께 지우와 둘이. 몇 시간 만났다가 헤어지고 다시 다음날이 되길 피 말리게 기다리지 말고 지우를 끌어당기고 싶었다. 따라오지 않으면 잡아채서라도 날마다 곁에 두고 싶었다. 하지만 그건 지우를 힘겹게 하는 짓이었다. 예전 이미 도진은 지우를 너무나 힘들게 했던 사람이니까. 사랑하는 여자를 처절하게 울게 만든 사람이니까.

"도진 씨한테 사랑하는 사람이 생기고 결혼할 사람이 생기면……."

"그게 당신이에요."

도진이 말했고 지우가 고개를 들어 그를 마주 봤다.

"그게 당신인데, 그렇게 할 수 없잖아요. 그렇게 하면 안 되잖아요."

도진이 어금니를 틀어 물었다.

지우는 왜 안 되는데? 왜 그럼 안 되는 건데? 라고 되묻고 싶었다. 따지고 싶었다. 하지만 차마 말할 수 없었다. 그것이 정석이라고 우기는 사람들에게 반기를 드는 것 같아 손가락질당할까 봐, 아니, 지우 자신이 두려워서. 자신이 없어서. 반기를 들 자신, 손가락질을 감당할 자신.

"그럼, 나한테 사랑하는 사람이나 결혼할 사람이 생기면……
말할까요?"

"……."

도진은 대답이 없었다.

도진의 차를 타고 집으로 온 지우는 질리도록 높은 담벼락을 올
려다보며 갑자기 차에서 내리지 않고 지금 이대로 어디론가 가버
렸으면 좋겠다고 생각했다.

도진과 함께. 어디든, 어디든지.

지우가 안전띠를 끌르자 도진이 지우를 쳐다봤다.

"잘 자요."

"조심해서 가요."

"내일 만날 수 있어요?"

"네."

도진이 고개를 끄덕였고 지우가 차 문을 열다가 도로 닫았다.
도진이 긴장한 얼굴로 지우를 쳐다봤다.

"도진 씨를 놓고 싶지 않으면 어떻게 하죠?"

지우가 절망적인 얼굴로 물었다.

도진이 지우의 얼굴을 감싸 쥐더니 거칠게 입술을 눌러왔다. 갈
취하듯 강탈하듯.

도진의 혀가 지우의 입속으로 밀고 들어왔다. 지우의 혀에 휘감
긴다. 지우의 입속을 헤집어놓듯 거침없이 지우의 입술을, 혀를
탐한다. 지우의 혀를 자신의 입속으로 끌어당겨 훑던 도진이 천천
히 입술을 뗐다.

지우와 도진, 두 사람은 거칠어진 숨을 토해내고 있었다.

지우는 놓고 싶지 않은 도진의 손을 놓고 집으로 들어왔다. 이미 잠드셨는지 나와보지 않는 부모님께 인사를 생략하고 방으로 올라온 지우는 두근거리는 가슴을 싸쥐고 초조하게 방 안을 서성이다가 천천히 커튼을 걷고 창문을 열었다.

그가, 도진이 그 자리에 선 채로 지우의 방을 올려다보고 있었다.

지우가 창문을 열자 도진이 손을 들어 보였다. 예전 그때처럼. 그때와 똑같은 모습으로.

도진이 차에 올랐다. 그의 차가 움직이는 게 보였다. 지우는 달려나가고 싶었다. 달려가서 그를 붙잡고 싶었다. 붙잡고 부둥켜안고 싶었다.

멀어지는 도진의 차를 바라보며 지우는 눈물을 흘리기 시작했다.

병원 식구들이 마련한 환송회에 참석하느라 지우는 도진을 만날 수가 없었다. 아직 도진에게 아프리카로 봉사 간다는 말을 하지 못한 터라 빠질 수 없는 회식이라고만 했는데 지우도, 도진도 만나지 못하는 것이 몹시 서운했다. 일찍 빠질 수 있으면 빠져나오겠다고 했지만 사실 그건 불가능했다. 오늘은 순전히 지우를 위해 만들어진 자리였으니까.

과장님이 지갑을 털어 호주 앞바다에 살던 놈을 잡아다 긴급 공수한 어마어마하게 큰 가재를 두 마리나 잡아주고 빠진 후 2차로 가라오케에 들러 진탕 마셔대고 흔들어대며 놀았다. 일부러 돌아가며 먹이려는 술 거절해 가며 그쯤에서 빠지려고 했는데 술이 술을 마신다고 3차로 포장마차를 가는 바람에 새벽 한 시가 되어서야 집으로 돌아올 수 있었다.

따라주는 술 반이나 거절해 가며 몸을 사렸지만 지우는 제법 취하고 말았고 집 앞에 도착해 차에서 내릴 땐 휘청거릴 정도였다.

택시비를 지불하고 타에서 내려 비틀거리며 계단을 올라가는데 지우야 하고 부르는 소리가 들렸다. 뒤돌아보자 도진이 저만치 서 있었다. 집에 올 때까지 기다린 모양이었다.

"왜 왔어요?"

"걱정되어서."

도진이 지우 곁으로 다가왔다.

"뭐가요?"

"잘못될까 봐요."

"어린애도 아니고 뭐가 잘못될 거라구요."

"취했네요."

"안 마신다고 했는데도 취했네요."

"다행이에요, 집에 와서."

도진의 말에 지우가 픽 웃었다.

"얼마나 기다린 거예요?"

"보고 싶어서."

얼마나 기다린 거냐고 묻는데 보고 싶어서라고 했다.

"오늘도 안 보면 못살 것 같아서."

도진이 속삭였고 지우는 도진을 올려다보다가 도진의 가슴에 얼굴을 묻었다.

"도진 씨."

"응?"

"사랑한다고 말해 줄래요?"

지우가 울음 섞인 목소리로 부탁하자 도진이 지우를 꼭 끌어안았다.

"사랑해, 사랑해."

도진의 목소리에도 눈물이 묻어나왔다.

"도진 씨, 우리 영화 보러 갈래요?"

지우가 젖은 눈으로 도진을 올려다보며 말했다.

"영화?"

"영화 보는 동안에 우리 같이 있을 수 있잖아요."

지우가 말했고 도진이 고개를 끄덕였다.

그게 어떤 영화든, 재미가 있든 재미가 없든 그건 두 사람에게 중요하지 않았다. 두 사람이 같은 공간에 있는 것만으로도 좋았다.

영화는 벌써 중간까지 돌아간 상황에서 두 사람은 캄캄한 극장 안으로 들어가 자리를 잡았다. 심야 영화가 그렇듯 한산하고 조용했다. 구석지고 조용한 곳에 자리 잡은 두 사람은 손을 꼭 잡은 채 앉아 있었다.

지우가 도진의 어깨에 머리를 기댔다. 자신의 어깨를 빌린 지우를 바라보던 도진이 팔을 들어 지우의 어깨를 감싸 안았다. 작고 여린 지우가 가슴속으로 들어왔다.

"잠깐만 잘게요."

지우가 속삭였다.

"응."

"도진 씨한테 안겨서 잠깐만 잘게요."

"자."

도진이 조용히 지우의 머리에 입을 맞추었다.

지우는 도진의 팔에 안긴 채, 그의 가슴에 기댄 채 잠이 들었다.

"도진아, 지우 왔다!"

집으로 들어서며 도현이 소리치자 방에서 도진이 나왔다.

"안녕하세요."

"안녕하세요, 도진 씨."

지우가 웃자 도진도 웃었다.

지우는 신발을 벗고 올라서서 별로 볼 만한 것도 없는 도현의 집을 훑어봤다.

도현의 집을 방문한 것은 그날이 처음이었다.

밖에서 도현과 저녁을 먹고 뭘 할까 생각하는 중인데 도현이 우리 집에 갈래? 하고 물었고 지우는 그러자고 했다. 도현이 집으로 가는 길에 도진에게 전화를 걸어 지우를 데려가니 집을 대충 치워놓으라고 일렀는데 치운 집인지 치우지 않은 집인지 남자 둘만 사는 십이라 약간은 어수선했다. 급하게 청소기를 밀었는지 소파 옆에 청소기도 세워져 있었고 걸레질은 하지 않은 것 같았다.

환기를 위해서 거실 창문도 활짝 열어두었는데 지우는 그때 처음으로 남자들한테서 약간의 군내가 난다는 것을 알았다. 남자의 군내는 도현의 방에 들어갔을 때 더 진하고 강하게 풍겼는데 솔직히 퍽 좋은 냄새라고는 할 수 없었다. 오죽하면 지우가 방향제를 하나 사다 뒤야겠다는 말을 했을까. 방향제와 군내가 섞이면 더 고약한 냄새가 나겠지만 말이다. 누군가 홀아비 냄새 진짜 지독하다고 했던 말이 생각났는데 홀아비 냄새라는 게 이 군내를 두고 하는 말인가 싶었다.

"앉아, 지우야."

도현이 이 인용 소파를 가리켰고 지우는 고개를 끄덕이며 소파에 앉았다.

도현이 지우의 곁에 앉자 도진이 뭘 마시겠냐고 물었다.

"지우 뭐 마실래?"

"그냥 커피 주세요."

도진이 주방으로 가더니 커피 세 잔을 만들어왔다.

도진이 탁자가 없어서 그냥 바닥에서 마셔야 한다고 해서 지우는 소파에서 내려앉았다.

쟁반에 담긴 세 잔의 커피. 커피 잔도 예쁘장한 커피 잔이 아니라 그냥 어디서 싼값에 산 촌스런 머그잔이었다. 물 먹는 잔에 커피를 타온 것 같았다. 지우는 전혀 개의치 않았지만 어머니가 보셨으면 분명히 쌍스럽다고 한소리 하셨을 것이다.

"집에 원두커피가 없어요. 인스턴트예요."

"병원에서 인스턴트만 마셔요. 인스턴트도 좋아해요."

지우는 전혀 거부감없이 머그잔을 집어 들고 커피를 마셨다.

"형이 일찍 알려줬다면 과일이라도 사다 두는 건데 집에 간식거리가 없어요."

도진이 미안한 얼굴로 말했다.

"저녁 먹고 왔어요. 간식 필요없어요. 도진 씨는 저녁 먹었어요?"

"회사에서 먹고 나왔어요."

"나 좀 씻고 나올게. 도진아, 지우 재밌게 해줘라."

도현이 커피를 숭늉 마시듯 한 번에 들이킨 후 씻는다며 화장실로 들어갔다.

"어떻게 재밌게 해드리죠?"

"재밌게 해줘보세요."

"사진 보실래요?"

"있어요?"

"많지는 않은데 몇 장 있어요."

도진이 일어나더니 방에서 앨범을 가져왔다.

"어릴 적 사진은 거의 시골에 있고 서너 장 있어요. 거의 커서 사진밖에 없어요. 그나마도 많이 찍지 않아서 몇 장 안 돼요."

지우는 앨범을 펼쳐 놓고 한장한장 참 재밌어하면서 들여다봤다.

"누구예요? 도현 씨예요?"

"저예요."

"어릴 적엔 정말 많이 닮았네요."

"그렇죠?"

"이건 몇 살 때예요?"

어린 티를 벗은 사진을 가리키며 물었다.

"고등학교 때 같아요."

"도현 씨죠?"

지우가 유도복을 입고 있는 사진을 가리키며 말했다.

"저예요. 형 도복 입고 그냥 찍어본 거예요."

"가만히 보니까 도진 씨 같으네요. 정말 닮았다. 이 사람은 도진 씨예요?"

"그게 형이에요."

"아우, 계속 헷갈리네요. 도현 씨한테는 내가 도현 씨 족집게처럼 집어냈다고 말해 줘요."

"그럴게요."

정말 몇 장 되지 않았기 때문에 앨범에 든 사진을 금세 다 보고 말았다.

"형 방에 형이 시합 나가서 받은 메달이랑 상장 있는데 보실래요?"

"그래요."

지우는 도진을 따라 도현의 방으로 들어갔다.

문을 열자마자 맡아지는 군내에 자신도 모르게 얼굴을 찡그리자 도진이 방 창문을 열어 환기를 시켰다.

"방향제를 하나 사다 놔야겠네요."

"형이 바빠서 집에 오면 제대로 씻지 못하고 자기 바쁘거든요."

"아무리 그래도 하루에 한 번은 샤워를 해야 하지 않을까요?"

지우의 말에 도진이 픽 웃었다.

"결혼하면 닦달해서 날마다 씻게 해야겠어요."

지우는 도진이 보여주는 도현의 메달과 상장을 퍽 의미로운 시선으로 바라봤다.

"전국체전에서 금메달 딴 거예요."

"멋지네요."

"정말 멋진 승부였어요. 상대방이 형보다 키가 훨씬 컸는데 한 번에 메다꽂아서 한판승으로 이겼거든요."

"멋져요, 정말."

메달과 상장을 다 구경한 지우는 도현의 방에 있는 한쪽짜리 장롱의 문을 열었다. 이 군내가 어디서 비롯된 것인지 장롱 문을 연 순간 알게 됐다. 꼬질꼬질 세탁하지 않은 채 방치된 옷들이 가득 들어 있었다.

"다 빨아야 하는 것들이죠?"

"아무래도 그런 것 같네요."

도진이 약간 창피한 얼굴로 옷들을 꺼내더니 돌돌 뭉쳐서 밖으로 들고 나갔다.

"형, 잠깐 문 좀 열어봐."

도진이 소리치자 화장실 문이 열렸고 도진이 재빨리 빨랫감을 화장실 안에 던져 놓고 문을 닫았다.

"남자들끼리 살면 이래요."

"이해하려고 노력하고 있어요."

지우의 말에 도진이 웃었다.

"제 방도 보실래요?"

"그래도 돼요?"

"보세요."

도진이 지우를 자신의 방으로 데려갔다.

도현의 방에선 군내가 아주 심하게 났는데 도진의 방에선 아주 약간만 풍겼다.

"도진 씨 방에선 냄새가 거의 안 나네요."

"하루에 한 번은 샤워를 하거든요."

도진의 대꾸에 지우가 픽 웃었다.

"저 장롱은 열지 않을게요. 무시무시한 게 나올 것 같아요."

"제발 열지 마세요."

도진이 장난스럽게 말해서 지우가 웃음을 터뜨렸다.

"승아 씬 자주 놀러 오나요?"

"한 번도 집에 데리고 온 적 없어요."

도진의 말에 지우가 약간 놀라며 쳐다봤다.

"그럼 승아 씨도 못 와본 도진 씨 방에 내가 들어온 거예요?"

"그렇다고 봐야죠."

"으쓱해해야 해요, 승아 씨한테 미안해해야 해요?"

"미안해하실 필요는 없어요. 승아는 일부러 내가 데려오지 않은 거니까."

"내가 최초라는 거죠?"

"그래요."

"음, 그렇군요."

지우가 씩 웃자 도진도 웃었다.

지우가 주방으로 들어오자 어머니가 안쓰러운 얼굴로 쳐다봤다.

"얼마나 마신 거야? 다른 회식 땐 안 마시더니."

"좀 마셨어요."

"언제 들어왔니?"

"늦었어요."

"늦게 나가도 되는 거야? 벌써 여덟 신데."

아주머니가 콩나물국을 가져다 주었고 지우는 대답없이 국물부터 떠먹었다.

"다음 주에 파리 가요."

지우의 말에 아버지와 어머니가 동시에 지우를 쳐다봤다.

"파리라니?"

"아프리카 봉사요. 파리에 집결했다가 가요."

어머니와 아버지는 벙해진 얼굴로 말도 못하고 쳐다보기만 했다.

"몇 가지 준비해야 할 게 있는데 어머니가 대신 해주세요."

"가지 말라고 했잖아."

"가는 거였잖아요."

"기어이 간다고?"

"갔다 와야죠."

"어디 가까운 지방 것도 아니고 갔다 와야죠라니. 애 봐. 여보, 말 좀 해요."

"가야 한다잖아."

"보내라구요? 아프리카래요."

"물릴 수 없다고 벌써 얘기했잖아."

"이 양반이 정말. 애, 안 돼. 무슨 말도 안 되는 소리야. 여태 말 없길래 없던 일로 했나 보다 했더니."

"없던 일 안 된다고 했잖아요. 화요일이에요."

지우가 낮은 목소리로 말했다.

느즈막하게 병원에 나와 그동안 지우가 살피던 업무를 인계하고 몇 가지 정리할 것을 정리하고 어제 환송회에서 인사하지 못한 몇 사람과 인사를 나누고 있는데 휴대폰이 울렸다. 도진이었다.

[오늘 봐요.]

"그래요. 나 일찍 나갈 수 있어요."

[잘됐네요. 병원으로 가요?]

"아뇨, 밖에서 만나요."

지우는 과장님께 다시 한 번 인사한 후 병원을 나와 백화점으로 갔다. 갖고 있는 여행 가방 하나로는 안 될 것 같아 몇 개 더 사야 했다. 모양이나 브랜드 따지지 않고 튼튼하고 많이 들어가는 여행 가방 두 개를 샀다. 과연 봉사활동 하러 가서 밤낮으로 제대로 바를 수 있을지는 모르지만 기초 화장품 몇 개와 선블록 크림을 다섯 개나 구입했다. 먼저 다녀온 분들이 비누나 치약 같은 것들도 풍부하게 제공되지 못한다 해서 여유롭게 구입했고 물이 귀해 빨

래해 입기 힘드니 속옷은 많이 준비하라는 충고에 속옷도 과할 정
도로 넉넉하게 샀다. 옷은 집에 있는 옷도 많지만 덥기도 덥고 막
입어치울 옷이 제일 편하다는 말에 싼 티셔츠와 트레이닝 바지도
몇 개 샀다. 그러고 보니 준비할 게 한두 가지가 아니었다.

냄새가 나든 어떠하든 김치랑 고추장도 꼭 가져가라 했다. 거기
서 일주일만 지나면 김치가 먹고 싶어 울고 싶을 지경이 된다면서.

전부 다 어머니가 챙겨주셨으면 좋겠지만 아침에 파리로 떠난
다고 말하고 출근길에 잠깐 들여다보니 어머니 벌써 병이 나 침대
에 누워 있었다. 며칠은 누워 시위하실 양반이니 하는 수 없이 혼
자 다 준비해야 했다. 그리고 오늘은 봉사길에 오른다는 걸 도진
에게 말할 생각이었다.

몇 가지 덜 산 게 있는 것 같았지만 도진과의 약속 시간이 코앞
이라 지우는 서둘러 백화점을 나섰다.

도진은 시간보다 몇 분 일찍 도착해 있었고 이름만 대면 다 아
는 유명 연예인이 차린 고깃집으로 가서 금칠이 된 금 불판에 고
기를 구워 먹고 입가심하자며 커피숍으로 가 연한 원두커피 두 잔
을 주문했다.

"주말에 중국에 가게 됐어요."

도진이 말했다.

"중국에서 기술제휴하자고 해서 거기 상황 파악하러 가요."

"언제 와요?"

"수요일이나 목요일."

수요일이나 목요일. 지우는 화요일이 떠나는 날이었다.

"보고 싶어서 못 견딜 것 같아요."

도진이 말했다.

"안 갈 수 있어요?"

지우의 물음에 도진이 의외라는 얼굴로 쳐다봤다.

"나 붙잡는 거예요?"

"꼭 가야 해요?"

"가지 말까?"

"나, 다음 주 화요일에 파리 가요."

"파리?"

"파리에 들렀다가 아프리카로 가요."

아프리카로 들어가면 돌아오는 날까지 통화가 불가능할 것이다. 말 그대로 오지로 들어가는 일이라 전화는 물론이고 컴퓨터 같은 것은 꿈도 꿀 수 없다. 현재로선 편지도 주고받을 수 있을지 장담할 수 없다. 다음 주 화요일이면 이제 겨우 나흘이 남아 있었다. 남은 나흘이 파리로 떠나기 나흘 전이 아니라 도진을 만날 수 있는 날이 꼭 나흘밖에 남지 않았다는 말이다. 나흘밖에 남지 않아 조바심이 나고 초조해 미치겠는데 도진을 중국에 뺏기고 싶지 않았다. 겨우 나흘인데, 나흘뿐인데.

"아프리카는 왜요?"

"봉사활동이요, 의료봉사. 사랑의 의사회라고 의료 봉사단체가 있는데 거기 회원이에요. 이번에 내가 가게 됐어요."

"갑자기?"

도진의 얼굴이 어두워졌다.

"두 달 전에 결정된 일이에요."

"얼마나요?"

"육 개월 혹은 일 년."

도진이 믿을 수 없다는 얼굴로 지우를 쳐다봤다.

일주일 혹은 일 개월도 아니고 육 개월 혹은 일 년이라니.

"육 개월 혹은 일 년이라니?"

"보통 육 개월 단위로 로테이션되는데 교대해 줄 의사가 얼른 나서지 않으면 육 개월을 더 머물게 돼요."

"그렇게 오래?"

"그렇게 됐어요."

"아프리카 어디로?"

"그건 파리 본부에 가봐야 알아요."

"어디로 가는지도 모르고 육 개월이나 일 년을 기다려야 하는 거예요?"

도진이 약간 화난 음성으로 말했다.

"나…… 기다릴 거예요?"

지우가 물었다.

도진은 도저히 용납하지 못하겠다는 듯 신경질적으로 물을 마셨다.

"안 갈 수 없어요?"

"불가능해요."

"그래서 간다고?"

"……가야 해요."

"왜 이제야 나한테 말해요?"

"오늘로 병원에서 휴직 처리됐고 집에도 오늘 아침에 알렸어요."

"뭐라고 해야 돼요? 잘 갔다 오라고? 건강하게 잘 갔다 오라고?"

"화나요?"

"화나."

"화내지 말아요. 가야 할 일이고 좋은 일이에요."

"난?"

도진이 성난 음성으로 물었다.

"난 어떻게 해요? 보고 싶으면 어떻게 해요? 아프리카 어디쯤 떨어지는지도 모른 채 그냥 기다려?"

"……."

"얼마 만에 만났는데, 얼마 만에 찾았는데……."

"안 갈 수 있음…… 안 가고 싶어요."

지우가 속삭였다.

"결혼하라고, 결혼하자는 사람이 있었거든요, 그 사람 아니면 평생 혼자 지내다 죽을 것 같다고 제발 결혼하라고 매달리는 부모님한테서 도망가려고 다른 사람이 가도 되는데 보내달라 했던 거예요. 내가 만약에 결혼한다면……."

지우가 한숨을 내쉬었다.

"만약에 하나님이 누구든 네가 원하는 사람하고 결혼시켜 주겠다고 허락해 주시면…… 도진 씨랑 하고 싶었어요."

지우의 말에 도진의 주먹을 틀어쥐었다.

"이미 결정이 났는데, 안 갈 수 없는데…… 안 가고 싶어요."

도진이 지우의 손을 움켜잡았다.

"중국 안 갈게요."

도진이 낮은 목소리로 말했다.

방으로 들어와 문을 걸어 잠근 지우는 장롱을 열고 맨 구석 캄캄한 곳에 처박혀 있던 도현의 유품 상자를 꺼냈다. 먼지 타지 말라고, 한 점의 티도 묻지 말라고 자신이 제일 아끼던 스카프로 꽁꽁 묶어두었던 상자.

지우는 스카프를 풀고 뚜껑을 열었다. 상자 속엔 도현의 모든 것들이 들어 있었다. 도현이 남겨두고 간 모든 것.

지우는 오랫동안 들여다보다가 상자를 들고 방을 나와 소리도 없이 뒤꼍으로 갔다.

낮에 아버지 서재에서 찾아다 놓은 라이터를 꺼내 든 지우는 상자 속에 들어 있던 그의 유품에 하나씩 불을 붙이기 시작했다.

그와 함께 찍었던 사진들 한장한장, 그가 날림으로 긁적여 놓은 메모수첩 한장한장, 그가 쓰던 볼펜, 그가 쓰던 포스트 잇, 그의 마지막 남은 것들이 불에 타고 있었다.

지우는 그의 지갑을 집어 들고 그 안에 들어 있던 28,000원을 꺼내 라이터를 댔다.

막 불을 붙이려던 지우는 가슴이 무너져 내리는 아픔을 느끼며 지갑을 가슴에 끌어안았다.

"미안해, 도현 씨. 정말 미안해, 너무 미안해."

지우는 지갑을 끌어안은 채 흐느꼈다.

"나 그만 보내줘. 나 그만 놓아달라고 이래. 이거 갖고 있음 도현 씨가 나 안 보내줄 것 같아서."

도현의 지갑에 입을 맞춘 지우는 떨리는 손으로 불을 붙였다. 도현이 마지막 날 갖고 있던 푼돈이 타고 있었다. 도현이 마지막까지 가슴에 품고 있던 지갑이 타 들어가기 시작했다.

"나…… 도현 씨, 나……."

지우가 터져 나오려는 흐느낌을 막으려고 입을 틀어막았다.

"도진 씨 사랑하면 안 될까?"

결국 지우는 마지막까지 숨기려 했던 그 말을 토해내고야 말았다. 지우의 흐느낌마저 불처럼 타 들어가고 있었다.

[도진 씨.]

전화를 받자마자 지우의 목소리가 들렸다.

[잤어요?]

"아니."

[나올 수 있어요?]

도진이 시계를 들여다봤다. 새벽 두 시.

"어디예요?"

[지금 비 오는데…… 보고 싶어요.]

"갈게."

도진이 빗길을 뚫고 지우의 집으로 달려갔을 때 지우는 집 대문 처마 밑에서 도진을 기다리고 있었다. 지우의 손에는 아주 작은 삼단 우산 한 개가 들려 있었다.

"내리지 말아요."

도진이 차 문을 열어주기 위해 차에서 내리자 지우가 말렸다.

도진은 지우가 차에 탈 수 있도록 문을 열어주고 지우가 차에
오른 후 문을 닫아주었다.

비를 맞으며 차 앞머리를 돌아 운전석에 앉으면서 도진은 머리
카락에 얼굴에 부딪친 비가 조금도 찜찜하지 않았다.

"어디 갈까?"

"아무 데나 우산 쓸 수 있는 곳으로요."

도진은 여의도 공원으로 차를 몰았다. S방송국 근처에 차를 세
워두고 지우가 가져온 작은 우산을 함께 쓴 두 사람은 공원 안으
로 들어가 비 오는 날 청승 떠는 짓인 줄도 모르고 걸었다. 도진은
행여 지우가 비를 맞을까 봐 그녀 쪽으로 우산을 기울여 주었기에
점점 더 굵어지는 빗줄기가 도진의 한쪽 어깨를 흠뻑 적셔놓고 있
었다.

"왜 안 잤어요?"

도진이 물었다.

"이틀밖에 안 남았잖아요. 그새 하루가 또 지나서."

지우가 대답했다.

"아프리카에 다녀오면, 세상이 달라져 있을까요?"

지우가 걸음을 멈추며 물었다.

"내가, 도망가자고 하면, 갈 거예요?"

"……."

"부모님한테 나나 지우나 하나밖에 안 남을 자식인데 내가 가자고 하면 갈 거예요?"

"……가고 싶어요."

지우가 대답했다. 가고 싶다고.

도진이 조용히 지우의 이마에 입을 맞추었다.

한 사람은 고스란히 비를 맞아야 하는 작은 우산이 아니라 두 사람 모두 비를 피할 수 있는 처마 밑으로 들어와 나란히 앉은 두 사람은 누가 먼저랄 것도 없이 손을 잡았다.

손을 잡고 가로등 몇 개만이 우중충하게 밝혀주는 공원 안에서 비 오는 걸 바라보고 있었다.

"며칠 전에 영화를 봤는데…… 살인의 추억이라는 영화요. 도현 씨 잘못되고 형사 비슷한 사람만 나와도 안 봤거든요."

지우의 목구멍에서 가녀린 한숨이 새어나왔다.

"그런데 갑자기 볼 용기가 생기더라구요. 한 장면 한 장면, 마치 분석하는 자세로 영화를 봤더랬어요. 굉장히 잘된 영화구나, 잘 만든 영화구나, 거기…… 송강호요, 형사잖아요. 송강호 애인이 주사 놔주는 사람이고. 들판에서 나뭇가지에 수액 걸어놓고 힘든 애인한테 수액을 놔주는 장면을 보면서 생각했어요. 도현 씨 힘든 거 알면서도 소변 한번 누면 다 빠져나가는 수액이라도 한 대 안 놔줬구나…… 그 사람 날마다 힘든 사람이었는데……."

지우는 또다시 한숨을 내쉬었다.

"마지막에 범인인데, 분명히 범인인데, 미국에서 보내온 검사 결과엔 범인이라고 볼 수 없다는 장면. 누구죠? 송강호 말고 한 사람, 서울서 파견된 형사. 과학수사를 해야 한다고 해놓고선 뒤로 갈수록 과학수사가 아니라 시골형사들 주먹구구식 수사에 빠져드는 사람. 그 사람은 영어로 된 검사결과표를 읽는데 송광호는 영어를 몰라서 서류를 거꾸로 들었다 바로 들었다 뒤적거렸다 하면서도 결과를 모르는 거예요. 그러다가 범인 턱을 움켜잡고 네가 아니야? 정말 네가 안 그랬어? 묻고…… 제일 기억에 남는 대사가…… 송광호 대사예요. 그 영화에선 그 대사가 최고로 압권인 것 같아요. 마지막에 범인 턱을 움켜잡고 말할 수 없이 복잡한 시선으로 범인을 바라보며 경상도 말투가 섞인 억양으로…… 밥은 먹고 다니니?"

밥은 먹고 다니니 하는 대사에서 지우의 목소리가 흔들렸다.

"참 우습죠? 비 오는데 오밤중에 불러내서는 쓸데없는 영화 얘기나 하고."

"아니에요."

"도진 씨하고 말을 하고 싶어서요. 우리, 너무 많이 말을 못한 것 같아서요."

"아무 말이나 하고 싶은 말 다 해요."

"그래도 될까요?"

"해도 돼요."

"도현 씨랑…… 안 잤어요."

지우가 불쑥 말했다.

노신이 지우를 바라보자 지우의 두 눈에 그렁그렁 눈물이 매달려 있었다.

"다섯 번쯤, 아니, 열 번쯤은 잤을 만도 한데 그 사람, 나하고 안 잤어요."

지우의 눈에서 눈물이 또르르 굴러 떨어졌다.

지우의 차 앞에 차가 멈추자 지우가 도진에게 조금 웃어 보였다.

"나 때문에 귀찮았죠? 비도 많이 맞고."

"괜찮아."

"들어갈게요."

지우가 차 문을 열자 도현도 차에서 내렸다.

"내리지 말아요. 비 많이 와."

"괜찮아."

지우는 도진에게 다시 한 번 웃어주고 주머니에서 열쇠를 꺼내며 계단을 올라갔다.

"내일 만날 수 있지? 조금 자고 오늘 저녁에 또 볼 수 있지?"

도진이 조급한 목소리로 물었다. 지우가 고개를 끄덕였다.

"잘 자."

"잘 자요."

막 열쇠를 밀어 넣던 지우가 도진을 뒤돌아봤다.

"그 말 기억해요?"

"무슨 말?"

"꼭 일 분만이라도 형의 여자가 아닌 내가 가지면 안 되냐고 했던 말."

지우의 말에 도진이 고개를 끄덕였다.

"도진 씨."

"음."

"오늘만, 오늘만 도진 씨 내가 가지면 안 될까요?"

지우가 토해내듯 말하는데 도진이 지우를 향해 움직였다. 지우
역시 도진을 향해 움직이며 두 사람은 부둥켜안았다.

도진의 떨리는 손끝이 조심스럽게 지우의 얼굴을 쓰다듬었다.
만지면 부서질까, 힘을 주면 연기처럼 사라져 버릴까 두려워하며
조심스럽게 안타깝게 쓰다듬었다.

도진의 입술이 천천히 지우의 이마에 내려앉았다가 입술에 부
딪쳤다. 입술에 부딪쳤던 도진의 입술은 다시 지우의 목덜미로 옮
겨갔다. 급하게 심장이 뒤흔들리도록 급하게 뛰고 있는 맥이 느껴
졌다.

도진의 두 손이 지우의 얼굴을 감싸 쥐는 순간 도진의 입술이
지우의 입술을 삼키며 불처럼 데워진 혀가 지우의 입속으로 들어
왔다. 두 사람의 혀가 엉켜들고 두 사람은 서로의 타액을 충분히
흡수했다.

이런 순간은 영원히 오지 않을 줄 알았는데.

옛 기억에 아파하지 않고 옛 기억에 매달리지 않고 단 하루만,
오늘 꼭 하루만 태어났을 때의 때 묻지 않은 순수함의 모습으로
마주 보리라. 오늘이 영원이길 기도하며.

도진이 떨리는 손으로 지우의 블라우스 단추를 끄르기 시작했
다.

지우는 숨을 죽이고 도진이 자신의 블라우스를 벗겨내는 모습을 지켜보고 있었다.

　"후회하지 않아요."

　지우가 속삭이자 도진이 고개를 들고 지우를 바라봤다.

　"나중에 잊을까 봐, 미리 말하는 거예요. 후회하지 않아요."

　지우의 말에 도진이 고개를 끄덕였다.

　도진의 손에 의해 블라우스가 벗겨지고 지우의 몸에서 떨어졌다. 도진이 조심스럽게 지우의 속옷도 벗겨냈다.

　지우는 도진의 품에 안겨 침대에 누웠다. 따뜻한 면 스프레드와 도진의 체온. 지우는 그 모든 것을 기억하고 느끼기 위해 눈을 감았다.

　도진이 옷 벗는 소리가 들렸다. 바스락 바스락.

　가만히, 도진은 지우를 끌어안았다.

　그의 알몸이 느껴졌다. 도진 역시 지우의 알몸을 느끼고 있었다.

　사랑하는 사람, 그의 맨살.

　부드럽고 따뜻하다.

　"기다릴게."

　도진이 속삭였다.

　두 사람의 체온 36.5℃

알몸으로 마주 보다
—섭씨 36.5℃ + 36.5℃

얼마 만에 가져본 휴식일까, 지우와 함께 온 사랑의 의사회 회원 다섯은 일 년에 한 번 돌아오는 아프리카 오지마을 원주민들의 잔칫날을 맞아 오 개월 만에 처음으로 휴식을 가질 수 있었다. 하루도 쉬지 않고 새벽부터 밤늦게까지 계속되는 강행군 진료에 지칠 대로 지쳐 있던 의사들은 마을 사람들의 잔치 준비 때문에 이틀간의 휴식을 맞아 도시에서 데리러 온 가이드의 차를 얻어 타고 도시로 나가 목욕을 했다. 마음껏 헤프게 온몸에 물을 끼얹어 본 것이 다섯 달 만이었다.

원주민들의 잔칫날은 기독교의 안식일과 비슷해서 잔칫날 하루 전부터 잔칫날 다음날까지 삼 일 동안은 몸을 정결하게 하고 그 어느 때보다 숙연한 마음가짐으로 부족의 안위를 기도하고 부족의 존속을 신께 감사 올리는 그런 행사였는데 그들의 숙연함은 숙연하다는 단어가 무색할 만큼 음악과 노래로 가득한 날이었다.

잔칫날 부족으로 돌아왔을 때 아침부터 밤이 새도록 음악과 노래, 그리고 아이 어른 할 것 없이 이날을 손꼽아 기다린다 해도 과언이 아닐 정도로 온갖 음식들이 풍부하게 차려졌다.

부족들이 거의 신성시하는 소도 한 마리 잡아 고기를 뜯고 잔칫날 외엔 맛볼 수 없는 온갖 희귀한 음식들이 차려지는데 솔직히 지우와 다른 의사들이 거부감없이 먹을 수 있는 음식은 소고기와 로얄제리 열매로 만든 음식밖에 없었다. 그들에겐 웬만한 것들이 모두 음식이 되는 터라 들쥐도 잡아서 구워 먹곤 했는데 처음 들쥐를 잡아먹는 것을 보고 얼마나 놀랐나 그 후론 아무리 배가 고파도 주는 대로 받아먹진 않았다. 이 음식이 들쥐로 만들었는지 살이 통통하게 오른 애벌레로 만들었는지 알 수가 없었기 때문이다.

부족장이 근엄한 얼굴로 뭐라고 말하자 곁에 있던 가이드가 부족을 위해 소원을 빌고 자신의 개인적인 바람도 빌라고 한다며 알려주었다.

부족민들이 하나같이 절실한 얼굴로 약간은 소란스럽게―거의 노래와 같은 기도였기에―소원을 비는 동안에 지우를 비롯한 의사들은 꽤 흥미로운 구경거리를 보는 듯한 얼굴로 그들의 잔치를 즐기고 있었다.

"내 소원은 나와 교대해 줄 의사가 나타나 주는 거야."

뉴욕에서 왔다는 남자 의사가 속삭였고 다른 의사들이 조그맣게 웃었다.

"난 햄버거를 먹는 게 소원이야. 제발 돼지고기로 만든 고기를 넣어서."

영국에서 온 의사의 말이 또 웃게 만들었다.

"난 신김치, 밥, 라면……."

지우가 중얼거리자 일본에서 온 친구가 고개를 끄덕였다.

"그리고…… 도진 씨."

지우가 도진의 이름을 목구멍 뒤로 삼켰다.

아, 도진 씨…….

지우는 가슴 저 깊은 곳에서 뜨겁고 강렬한 무엇인가가 치밀고 올라오는 것을 느꼈다.

도진 씨…….

"사랑해요, 사랑해요, 사랑해요."

지우는 마치 주술을 외우듯 사랑해요를 읊조렸다.

"사랑해요, 사랑해요, 사랑해요…… 사랑해요."

지우의 눈에 눈물이 고이기 시작했다.

"사랑해요, 사랑해요, 사랑해요, 도진 씨……."

✳

집으로 들어와 불을 켠 도진은 식탁 위에 아파트 단지 안에는 있는 분식집에서 포장해 온 비빔밥과 된장 국물이 든 꾸러미를 내려놓고 버릇처럼 리모컨을 들어 TV를 켰다.

방으로 들어가 옷을 갈아입고 나와 화장실로 가서 손을 씻은 도진은 식탁 위에 올려놓은 저녁꾸러미를 소파 탁자로 가져와 끌렀다.

씌워져 있는 랩을 뜯어내고 일회용 플라스틱 숟가락으로 비빔밥을 비비며 건성으로 TV를 쳐다봤을 때 다큐멘터리가 방영되고 있었다.

비빔밥을 다 비빈 후 한 숟갈 떠먹고 채널을 돌리기 위해 리모컨을 들던 도진은 화면을 가득 채우는 까만 피부에 유달리 눈이 큰 아이들을 보게 됐다.

아프리카.

지우가 가 있는 곳.

꼬박꼬박 챙겨 보는 것은 아니지만 지우가 아프리카로 떠난 직후부터 까만 피부색의 사람만 보게 되어도 지우를 떠올렸다.

보고 싶은 사람, 사랑하는 사람.

—두 시간, 세 시간씩 뜨거운 사막을 가로질러 찾아온 병자들은 또다시 한두 시간을 기다려야 진료를 받을 수가 있다. 하지만 누구 한 사람 지루해하는 법이 없이 차례를 기다린다.

문명의 발달과 의학기술의 진보로 수만 종에 이르는 약들이 넘쳐 나지만 혜택에서 비켜선 오지의 사람들에겐 그저 먼 나라의 얘기일 뿐이다. 그들은 이렇게 먼 길을 걸어서라도 의사를 만날 수 있는 것을 행복하게 생각하는 오지의 사람들. 그들의 유달리 흰 눈망울에서 때 묻지 않은 순수함을 엿볼 수 있다.

TV 안에서는 몸이 축 늘어진 어린아이를 안은 여자가 급히 의사 앞으로 달려나오자, 당황하지 않고 아이의 풀린 동공을 살피고 가슴 소리를 듣는 여의사의 뒷모습이 나오고 있었다. 곧 아이의 팔에 수액이 꽂아지고 화면이 바뀌자 아이가 깨어났다. 늘어진 아이를 안고 달려왔던 여자의 고단한 얼굴엔 금세 안도의 미소가 떠올랐다. 아마 그녀도 모랫바람을 맞으며 몇 시간을 걸어 여기까지 찾아왔을 것이다.

꿈뻑거리며 쳐다보는 아이의 얼굴을 쓰다듬으며 미소 짓는 아프리카 여인의 미소를 보면서 도진도 슬며시 미소 지었다.

―끝없이 줄을 선 환자들을 돌보는 의사들 가운데 취재팀의 눈에 익은 피부색의 의사가 들어왔다. 바로 한국인 의사 서지우였다.

지우!

도진이 화들짝 놀라며 화면에 시선을 고정했다.

화면 가득 지우의 모습이 클로우즈업됐다.

지우였다, 분명히 지우였다. 그새 까맣게 타서 피부가 많이 상해 보이지만 여전히 사랑스럽고 아름다운 지우가 화면 속에서 도진에게 인사하고 있었다.

도진의 가슴이 뛰기 시작했다.

그녀가 아프리카로 떠난 지 팔 개월.

그녀는 돌아왔다는 연락이 없었다. 육 개월이면 돌아온다던 사람인데, 아니, 일 년이 될지도 모른다고 했지만 그녀는 언제 돌아오든 제일 먼저 찾겠다고 했었다. 그녀는 아직도 아프리카에 있었다.

지우가 아이들의 입 안을 살피고 열을 재고 가슴 소리를 듣는 모습이 화면을 채웠다. 아이들을 바라보며 웃는 지우. 그녀의 미소는 그 어느 때보다 사랑스러웠다.

도진의 눈에 눈물이 고이기 시작했다.

"지우야⋯⋯."

도진의 목에서 그리움에 가득 찬 흐느낌이 터져 나왔다.

의료캠프가 설치된 마을로 오려면 반나절을 걸어야 하는 부족 사람들의 요청으로 오늘은 그곳으로 원정의료를 가기로 했다. 새벽같이 일어나 준비했지만 의사들을 태우고 갈 지프가 고장이 나 버렸다. 아프리카에 파견된 의사들 중 팀장을 맡은 독일인 의사 켄이 의사와 부족인들간의 의사소통을 위해 통역을 해주는 카우다에게 급히 연락을 취해 다른 차를 보내주길 요청했고 여섯 시간이나 기다린 끝에야 카우다가 지프를 몰고 나타났다. 차로 쉬지 않고 달려도 세 시간은 족히 걸리는 곳에 위치한 부족. 늦었지만 늦었다고 의사들을 목이 빠지게 기다릴 그들을 외면할 수는 없었다.

의사들은 즉시 카우다의 지프에 올라 의사들을 기다리는 부족을 향해 출발했다. 워낙은 늦게 출발했고 의사를 기다리던 병자들이 너무 많았던 탓에 의사 일행은 원래 계획을 수정해 거의 밤샘 진료를 하며 환자를 돌봤다.

다음날 정오가 되어서야 진료가 모두 끝났고 밤샘 진료로 녹초가 된 몸을 카우다의 지프에 우겨넣고 부족으로 돌아왔다. 돌아오는 동안 사막을 가로지르며 찌는 듯한 더위와 갈증에도 의사들은 잠에 빠져 있었다.

부족으로 돌아와 카우다의 지프에서 내리며 벌써 길게 줄을 서서 기다리고 있는 환자들을 보며 의사들은 피로가 아니라 생기가 감도는 눈으로 환자들을 바라보며 미소 지었다.

"이럴 줄 알았어. 우릴 열렬하게 기다리고 있을 사람들이 넘쳐 날 줄 알고 있었다고."

켄의 말에 지우가 미소 지었다.

교대해 줄 의사가 와줬으면 하는 바람을 가지면서도 의사들을 신처럼 믿고 자신의 몸을 의지하는 환자들의 맑은 눈망울을 보면 어느새 모든 피로를 잊게 된다.

내가 의사가 되길 잘했구나 하는 것을 이곳에 와서야 뼈저리게 느낀 지우였다.

부족 꼬마 아이가 반가운 듯 지우에게 와락 안겨들더니 손으로 어딘가를 가리켰다.

"뭐라고? 카우다, 뭐라고 하는 거예요?"

"닥터 서에게 손님이 왔다는데요?"

"지우, 교대해 줄 의사가 온 것 아니야?"

"그런 모양인데?"

다른 의사들이 부러움 반 반가움 반 거든다.

지우는 꼬마를 따라 뒤쪽으로 걸어갔다.

정말 교대해 줄 의사가 온 걸까?

은근한 기대를 가지며 뒤쪽으로 돌아간 지우는 고장난 지프 바닥 밑으로 기어들어 가 있는 사람을 보게 됐다. 지우가 지프 근처로 다가가 멈춰 서자 지프 바닥을 고치고 있던 사람의 손놀림도 멈췄다. 그리고 천천히 사람의 모습이 드러나기 시작했다.

지프 밑에서 기어나오는 사람을 확인한 지우는 너무 놀라 소리를 지르고 말았다.

"도진 씨!"

도진이 씩 웃으며 지우의 앞에 우뚝 섰다.

"고쳤어요. 이제 굴러갈 거예요."

도진이 고장났던 지프를 탕탕 치며 말했다.

"여길, 여길 어떻게 왔어요?"

지우가 아직도 믿어지지 않는 듯한 얼굴로 물었다. 이렇게 바로 눈앞에 서 있는데도 지우는 그가 도진이라는 것이 믿어지지 않았다.

"한 달 전에 텔레비전에서 오지의 사람들 다큐멘터리 보는데 지우 씨가 나오더라구요. 방송국에 전화했는데 여기가 어딘지 알려주지 않아 사방에 알아보다가 병원에 가서 알아냈어요. 여기 들어오는 데 꼬박 한 달 걸렸어요. 당신 만나기가 쉽지 않을 거라는 건 알았지만 너무 꽁꽁 숨어 있었어요."

"나 찾아온 거예요?"

지우의 물음에 도진이 고개를 끄덕였다.

"육 개월이 지났는데도 안 와서."

"육 개월 연장됐어요. 교대해 주는 사람이 없어서."

"그래서 내가 왔어."

지우의 눈에 눈물이 고이기 시작했다.

"나 보러 왔어요?"

"응."

"여기 너무 더운데⋯⋯."

지우의 목구멍에서 흐느낌이 새어나오기 시작했다.

"덥네."

도진이 땀을 닦으며 그래도 활짝 웃는 얼굴로 말했다.

"여긴 먹을 것도 없어요."

"그런 것 같아. 어제 여기 도착해서 이상한 열매 두 개만 얻어먹었거든."

"여긴, 김치도 없어요."

지우의 말에 도진이 껄껄 웃었다.

"내가 김치 조금 가져왔어."

"씻지도 못해요. 물도 없어요."

"⋯⋯지우가 있잖아."

도진이 속삭였다.

"지우가 여기 있잖아."

지우의 눈에서 눈물이 흘러내렸다.

도진이 지우에게 다가오더니 가만히 지우를 껴안았다.

"지우가 있잖아. 다른 거 다 없어도 여긴 지우가 있잖아."

지우가 젖은 눈을 들어 도진을 올려다봤다.

"반가워요, 도진 씨."

"이제 당신을 사랑해도 되겠지?"

도진이 울먹이는 목소리로 속삭였고 지우는 도진의 가슴에 얼굴을 묻었다.

2005년 3월 2일.

아침에 커튼을 걷었더니 함박눈이 내리고 있었다. 봄이라고 했는데 봄에 무슨 눈이 이렇게 오시나 싶었다. 무슨 일기 쓰듯 날짜까지 박아가며 눈 오는 날을 꼽는 건 내가 『이브의 정원』을 마지막으로 수정하고 출판사에 넘기는 날을 기억하고 싶어졌기 때문이다.

엄지손가락만한 함박눈이 펑펑 오시더니 언제 그랬냐는 듯 볕이 나고 눈이 녹아내리고 있다. 눈 녹아내리는 소리가 꽤나 시끄러우면서도 정겹다.

『이브의 정원』을 쓰는 동안에, 솔직히 끝이 나지 않을 줄 알았다. 무슨 할 말이 그렇게나 많았나, 내가 하고 싶은 말은 이게 아닌데 얘기는 자꾸만 다른 쪽으로 가려고 해서 애를 태웠다. 연재를 하다 그만두고, 다시 올렸다가 또 그만두고. 결국 그만 올리겠다 하고는 아주 내려 버리고 나서야 얘기가 조금씩 이어지기 시작했다. 처음엔 퍽 쉽게 써질 줄 알았던 얘기였는데 너무 어려워서 골치를 앓았다.

형의 여자를 사랑하는 남자를 주인공으로 두다 보니, 여주와 맺어주려면 당연 걸림돌인 형을 죽음으로 내몰아야 했는데 처음으로 그렇게 쓰겠다 해놓고선 막상 걸림돌 형을 죽이는 장면에서 내가 왜 이런 글을 시작했을꼬 괴로웠다.

주인공 죽이는 글을 쓰지 않은 적도 없었건만 이때만큼이나 죽이는 장면을 어렵게 쓴 적도 없는 것 같다.

사랑하는 남자가 있는데 그 남자의 남동생이 남자로 다가서자 두려우면서도 끌어당기고 싶은 여자. 이런 여자의 마음은 어떨까 고민하며 그런 여자의 마음이 되어보려고 발버둥 치던 것에도 진저리가 쳐질 정도였다. 사랑하는 여자가 있는데 하필이면 형과 결혼할 여자로 나타났을 때의 남자의 심리는 어떨까도 내 머리를 치열하게 만들었다.

그리고 다시 만나게 되는 남자와 여자.

가장 고심했던 게 이 부분이었다. 남자를 외국으로 내보내나 여자를 외국으로 내보내나, 결국은 뻔한 내용이고 그렇게 헤어졌다가 다시 만날 텐데 뭐, 다들 그렇게 생각할 것이라 해서 뭐 좀 다른 획기적인 방법이 없을까 고민하다가 그냥 같은 하늘 아래 서울의 어느 곳에서 살다가 만나게 하기로 했다. 같은 하늘 아래에 두었다고 해서 이것이 획기적인 방법은 아니다. 다만 흔하디흔한 우연이 아니라 적극적으로 서로를 찾도록 했다.

　로맨스 소설에서 정사신을 빼놓을 수 없음에도 『이브의 정원』에는 최소한 느낌만을 갖게 했다. 여자 지우와 남자 도진이 다시 만나 미래를 약속할 수는 없지만 서로가 사랑하고 있다는 것을 확인시키기 위해 꼭 한 장면 필요했다. 하지만 아무리 생각해도 화려한 혹은 진한 정사 장면은 흐름과 전혀 어울리지 않을 것 같았다.

　가볍거나 밝게 가지 못하는 주제를 가졌음에도 되도록 덜 무겁고 덜 처지게 쓰려고 노력했지만 어쩔 수 없이 무거워져만 가는 내용 때문에 모자란 실력 탓을 얼마나 했는지.
　어느 곳에서는 이런 힘든 사랑을 하는 사람들도 있을 것이다. 그렇게 생각해 주셨으면 좋겠다.

　부족한 원고를 열심히 읽어주시고 적극적으로 수정할 부분을 일러주신 청어람의 김규진님과 이종민님께 감사함을 전하고 『이브의 정원』 원고를 선택해 주신 도서출판 청어람에도 감사함을 전한다. 마지막으로 늘 부족한 글임에도 읽어주시는 독자님들과 발전소 회원님들께도 감사함을 전한다.

이제 그만 추위가 풀렸으면 좋겠다.
『이브의 정원』이 세상에 나올 즈음엔 많이 따뜻해졌으면 좋겠다.
날이 따뜻해지면 조금 더 좋은 글을 쓸 수 있지 않을까 희망을 가져본다.

—김랑.

이지환

아무도 궁금해하지 않으므로 혼자 잘 놀고 있음
미역, 거짓말, 잘난 척하는 걸 싫어함
올해는 기필코 더 힘찬 글을 쓰고 싶음

〈그대가 손을 내밀 때〉, 〈이혼의 조건〉,
〈장미를 사랑하는 남자〉, 〈프롤로그 에필로그〉,
〈연인〉, 〈화홍〉 출간

『푸른 달을 걷다』

오홋! 뉴 페이스 절세미남! 넌 이제 나에게 찍힌 거얏!

무형의 마음엔 아직도 단단히 박혀 있는 가시, 가린이 있다.
세상의 어느 누구도 절대 무형을 열 수 없다.
흙 속에 감추어진 절세의 꽃미남을 알아보는 데 탁월한 재주를 가진 래인.
무형을 바라보며 지금 마음속으로 '시, 심봤다!!'를 외치고 있었다.

● 이지환 지음 값 9,000원

하나이

천칭자리

〈백작과 낭자〉, 〈특별한 거래〉,

〈백만장자와 결혼하기〉 종이 출간

〈백작과 낭자〉, 〈이집트의 파라오〉,

〈계상련이라 불러다오〉 전자 출간

『슬라이딩 도어즈』

어느 날 당신 앞에 죽은 남편의 영혼이 나타난다면 당신은 어떻게 하겠는가.

사랑하는 남편이 갑자기 쓰러졌다.

그런데 병원에선 불행하게도 수술조차 할 수 없댄다.

더 끔찍한 건 은혜가 이 슬픔을 받아들이기도 전에 남편은 세상을 떠나 버렸다.

그때부터 시작된, 끊임없이 그녀를 괴롭히는 유령의 정체.

그 현상의 의미가 무엇인지…… 그녀는 이해할 수 없다.

하나이 지음 값 9,000원

도서출판 **청어람**   chungeoram@chungeoram.com

☎ 032-656-4452   FAX 032-656-4453

chungeoram romance novel

이윤아

게으름 대마왕

이 말보다 더 잘 표현할 수 있는 말이 없다

변덕쟁이, 심술쟁이, 싫증쟁이, 투정쟁이

이런 것도 어울림

팔뚝 집착증이라는 이상한 병도 달고 있다

http://cafe.daum.net/yoonAZzang

『처녀가 처녀성을 버리는 몇 가지 이유』

가난한 무명 로맨스 작가와 재벌 2세 편집장이 엮어내는 처녀성 상실 프로젝트!!

비우가 손을 들어 박경진을 한 대 내려쳤다. 키스는 그렇게 끝나고, 박경진의 눈앞에는

잔뜩 붉어진 얼굴로 가쁜 숨을 몰아쉬고 있는 비우가 드러나 있었다.

"미친 건 어제로 끝 아녔어요?"

"네가 잊은 게 있는 것 같아서. 어제도 지금처럼 혀 넣었다. 네가 기억 못하는 것뿐이야."

● 이윤아 지음 값 9,000원

도서출판 **청어람** chungeoram@chungeoram.com
☎ 032-656-4452 FAX 032-656-4453